Mirjam Pressler

Dunkles Gold

Mirjam Pressler

Dunkles Gold

Roman

GULLIVER
von BELTZ & Gelberg

Ebenfalls lieferbar:
»Dunkles Gold« im Unterricht – in der Reihe
Lesen – Verstehen – Lernen
ISBN 978-3-407-63199-2
Beltz Medien-Service, Postfach 100565, 69445 Weinheim
Kostenloser Download: www.beltz.de/lehrer

MIX
Papier aus verantwortungsvollen Quellen
FSC® C089473
FSC www.fsc.org

Dieses Buch ist erhältlich als:
ISBN 978-3-407-75491-2 Print
ISBN 978-3-407-75799-9 E-Book (EPUB)

Lektorat: Frank Griesheimer
Einbandgestaltung: Suse Kopp,
unter Verwendung einer Zeichnung von © Montse Bernal
Druck und Bindung: Beltz Grafische Betriebe, Bad Langensalza
Printed in Germany
2 3 4 5 24 23 22 21

Weitere Informationen zu unseren Autor_innen und Titeln
finden Sie unter: www.beltz.de

Wer sich nicht an die Vergangenheit erinnern kann,
ist dazu verurteilt, sie zu wiederholen.
George Santayana

Ich ging in mein Zimmer, kam mit einer Handvoll Blätter zurück und legte das erste vor ihn auf den Tisch. Das Deckblatt zeigte die *Alte Synagoge* im Licht des Vollmonds, darunter stand:

1349 – In Erfurt war es dunkel – nicht nur bei Nacht.

Dann legte ich die anderen Zeichnungen vor ihn hin. Alexej betrachtete sie und stellte plötzlich, ohne den Kopf zu heben, eine Frage, auf die ich nicht vorbereitet war. »Ich wollte dich schon die ganze Zeit etwas fragen: Warum hast du mich eigentlich angesprochen?«

Ich antwortete wahrheitsgemäß, ohne zu merken, dass ich in eine Falle tappte, von der ich nichts geahnt hatte: »Weil du Jude bist.«

Auf einmal war alles anders. Ein Schatten schien über sein Gesicht zu fallen, als hätte sich plötzlich eine dunkle Wolke vor die Sonne geschoben, seine Augen verengten sich, auf seinem Gesicht zeigten sich rote Flecken. Es war eine Stimmung wie vor einem Gewitter – das Licht verändert sich, man spürt die Spannung, die in der Luft liegt. Eine unangenehme Spannung. Ich fühlte, wie meine Bauchdecke hart wurde und mir das Zwerchfell bis in den Hals drückte. Meine Hände fingen an zu zittern, meine Finger wurden steif.

Ich hatte die falsche Antwort gegeben, das war mir sofort klar, irgendetwas war geschehen, was ich nicht verstand. Alexej warf einen Blick auf seine Armbanduhr und sagte, ohne mich anzuschauen: »Ich muss jetzt gehen.«

Das war alles. Er ging und ließ mich zurück.

1 Der Schatz

Ich war so naiv gewesen. Obwohl mir »naiv« damals als letztes Adjektiv eingefallen wäre, um mich zu beschreiben, ich hielt mich eher für misstrauisch und skeptisch, auf jeden Fall für klug genug, Zusammenhänge zu verstehen und einzuordnen. Trotzdem war etwas geschehen, was ich nicht verstand.

Wenn man von früheren Ereignissen erzählt, erkennt man plötzlich Dinge, die man vorher nicht gesehen hat, findet manches wichtig, was man nur nebenbei wahrgenommen hat, oder man stellt fest, dass man sich grundlos aufgeregt oder geärgert hat, Überflüssiges gedacht und getan hat, und dass manches, was einem schrecklich vorkam, im Grunde nur banal war. Oder umgekehrt. Denn in dem Moment, in dem man eine Situation erlebt, ist es unmöglich zu wissen, ob sie später irgendeine besondere Bedeutung haben wird oder nicht.

So geht es mir heute, wenn ich an die vielen Streitereien mit meiner Mutter denke, übers Aufräumen, nicht erledigte Aufträge, nicht eingehaltene Versprechungen. Es ist nicht so, dass ich mich jetzt nicht mehr über sie ärgere, aber manchmal denke ich, was soll's, in einem Jahr sieht alles anders aus. Und ich glaube, meine Mutter empfindet es mir gegenüber ganz ähnlich. Wenn wir uns heute streiten, habe ich oft das Gefühl, als würden wir aus lauter Gewohnheit ein altes Spiel weiterführen, ein Spiel, über das wir manchmal sogar lachen können. Und wir können miteinander sprechen. Das ist erstaunlich, denn ich habe früher sehr wenig gesprochen. »Verschlossen wie eine Auster«, hat meine Mutter oft geklagt, »die Schalen schön fest geschlossen halten. Es könnte ja jemand auf die Idee kommen, sie aufzubrechen, um nach einer Perle zu suchen.«

Man weiß auch nicht wirklich, an welcher Stelle der Geschichte man mit dem Erzählen anfangen soll, was nichts mehr mit ihr zu tun hat oder bereits dazugehört. Ich habe beschlossen, mit meiner fixen Idee anzufangen, auch wenn ich nicht sagen kann, wann genau sie entstanden ist.

»Wie bist du eigentlich auf diese Idee gekommen?«, hat Alexej mich gefragt, als ich ihm zum ersten Mal einige zusammengeheftete Blätter überreicht habe. Ich habe nur mit den Schultern gezuckt. »Keine Ahnung. Manche Ideen sind plötzlich da, ohne dass man vorher darüber nachgedacht hat, es ist, als wären sie vom Himmel gefallen.«

Doch eigentlich glaube ich das nicht. Vermutlich schleichen sich Ideen heimlich ein, sind anfangs nur flüchtige Gedankenfetzen, die aufblitzen und sofort wieder verschwinden, weil sie von anderen Überlegungen verdrängt werden oder sich in ihnen auflösen. Trotzdem bleiben sie in irgendwelchen Winkeln des Gehirns hängen und warten auf eine günstige Gelegenheit, um wieder aufzutauchen.

Vielleicht hatte sich der Anfang zu meiner Idee bereits in meinen Gedanken festgesetzt, als es in der Schule mal wieder um den Schatz ging und Frau Küppers sagte, wir sollten uns doch mal vorstellen, wie vierzehn-, fünfzehnjährige jüdische Kinder in der Mitte des 14. Jahrhunderts in Erfurt wohl gelebt haben, und sofort hatte sie hinzugefügt: »Laura, du könntest doch mal ein Referat über dieses Thema halten, deine Mutter weiß bestimmt viel darüber.«

Ich spürte, wie Ärger in mir aufstieg, ich ballte die Fäuste und schüttelte heftig den Kopf. Nicht schon wieder! Ich hatte keine Lust, ein Referat über irgendetwas zu halten, was mit dem Schatz oder dem jüdischen Leben in Erfurt zu tun hatte, mir gingen die Gespräche darüber, die mich so ungefähr seit meiner Geburt verfolgten, auf die Nerven. Der Schatz war das ewige Thema meiner Mutter, und ich hatte nicht die geringste Lust, es von mir aus anzuschneiden. Im Gegenteil, ich setzte meine ganze Geschicklichkeit ein, ihm auszuweichen.

Den nächsten Anstoß für meine Idee bekam ich ein paar Wochen später, als ich meine Mutter aus irgendeinem Grund, den ich vergessen habe, fragte, ob es eigentlich heute noch Juden in Erfurt gäbe. An ihre Antwort erinnere ich mich ganz genau.

»Nicht *noch*, sondern *wieder*«, sagte sie.

»Kennst du welche?«

Sie nickte. »Du auch. Erinnerst du dich an den alten Mann von der Weinhandlung in der Rumpelgasse?«

»Klar«, sagte ich, »der mit dem witzigen Schild im Schaufenster, über das wir immer gelacht haben: *Im Weinhaus hier, da gibt's auch Bier.*«

»Ja«, sagte meine Mutter, »ja, der Spruch war irgendwie rührend. Herr Bamberger, der Inhaber, war Jude. Ich nehme an, dass er inzwischen gestorben ist, die Weinhandlung gibt es jedenfalls seit über zwei Jahren nicht mehr, jetzt ist dort ein Laden für Modeschmuck. Und was Juden betrifft: Bei uns im Institut haben wir eine jüdische Assistentin, und im Klinikum arbeiten, soviel ich weiß, zwei jüdische Ärzte. Es gibt in Erfurt sogar eine jüdische Gemeinde, allerdings hauptsächlich wegen der vielen Einwanderer aus Russland, denn die Juden, die nach dem Zweiten Weltkrieg nach Erfurt gekommen sind, sterben langsam aus. Übrigens, du müsstest auch einen jüdischen Jungen bei dir in der Schule kennen, den Sohn eines Professors an der Uni, Tschernowitzer heißt er.«

Ich schaute sie verblüfft an. »Alexej Tschernowitzer? Er geht in meine Parallelklasse, aber ich habe nicht gewusst, dass er Jude ist. Ich habe immer nur gehört, dass er aus Russland stammt, alle nennen ihn ›den Russen‹.«

Meine Mutter nickte. »Stimmt, Professor Tschernowitzer ist aus Russland gekommen und lehrt Slawistik, irgendjemand hat mir mal gesagt, er sei Jude. Seine Frau ist ebenfalls Dozentin, in Jena, Pharmazeutin mit Schwerpunkt mittelalterliche Heilpflanzen, glaube ich. Ich habe ihn ein paarmal getroffen, seine Frau allerdings noch nicht.«

Der Russe war also ein Jude, zumindest dachte das meine Mutter und im Allgemeinen hatte sie recht. Ich fand das spannend, für mich waren Juden bis dahin nur mit historischen Ereignissen wie zum Beispiel dem Schatz oder mit dem Holocaust verbunden gewesen, und natürlich mit Israel, das in den Nachrichten oft »der Judenstaat« genannt wird. Abfällige Bemerkungen über Juden fielen mir ein, sie wurden als »grausame Aggressoren« bezeichnet, wenn an der Grenze zu Gaza israelische Soldaten arabische Zivilisten erschossen oder wenn im Westjordanland neue jüdische Siedlungen gebaut wurden. Und natürlich hatte ich auch von dem wachsenden Antisemitismus in Deutschland gehört. »Du Jude« galt unter Schülern ebenso als Schimpfwort wie »du Loser« oder »du Opfer«.

Wussten die anderen überhaupt, dass »der Russe« eigentlich ein Jude war?

Meine Neugier war geweckt, ich fing an, diesen Alexej Tschernowitzer in den Pausen zu beobachten. Er hatte offenbar nicht viele Freunde, er lief selten mit anderen Jungen herum, sondern stand meist irgendwo am Rand des Schulhofs und spielte mit seinem Handy, ein ziemlich großer, schlaksiger Junge, der erstaunlich gut aussah, was sogar mir auffiel, obwohl ich mich überhaupt nicht für Jungs interessierte. Ein Aufreißertyp, hätte man meinen können, aber dafür zog er sich zu unauffällig an, Jeans und einfache dunkle T-Shirts, er hatte auch keine Tattoos oder Piercings, zumindest keine sichtbaren. Und seine Haare waren einfach nur ziemlich lang und lockig, ohne ausrasierte Streifen oder Ecken.

»Kennst du ›den Russen‹?«, fragte ich Vanessa, von der ich annahm, dass sie alle Jungs der Schule kannte. Sie lachte und sagte: »Nicht besser als du. Schade eigentlich, der wäre wirklich ein Sahnestückchen. Aber er scheint sich nicht für Mädchen zu interessieren, jedenfalls habe ich ihn noch nie mit einer gesehen. Vielleicht ist er ja schwul. Die hübschesten Jungen sind immer schwul, sagt meine Schwester, und die muss es ja wissen, ihr bester Freund ist schwul.«

Vanessas Verdacht kam mir plausibel vor, auch wenn es mir egal war, ob der Russe schwul war oder nicht. Jedenfalls stand er in den Pausen meist allein unter der Kastanie am Zaun und starrte auf sein Handy, nur manchmal spielte er mit ein paar anderen Jungs Basketball. Ein paar Tage lang nahm ich Anlauf, um ihn anzusprechen, gab das Vorhaben aber jedes Mal wieder auf und ging zurück. Wie spricht man einen Jungen an, mit dem man noch nie ein Wort geredet hat? Hey du, ich möchte dich gern ein bisschen ausfragen? Das wäre zwar die Wahrheit, klang aber absolut bescheuert. Oder sollte ich sagen: Hey du, ich möchte dich gern kennenlernen? Das klang erst recht blöd. Außerdem hätte er es für simple Anmache halten können und das wäre mir noch peinlicher gewesen. Deshalb ließ ich es lieber bleiben.

Der wichtigste Schritt, der zur Geburt meiner Idee führte, geschah aber, als ich der verschwommenen, eher nebelhaften Gestalt in meinem Kopf einen Namen gab. Denn um wirklich an jemanden als Person zu denken, braucht es einen Namen. Ein Name ist untrennbar mit einem Gesicht, einer Stimme, mit Bewegungen und mit bestimmten Gedanken verbunden, an die man sich sofort erinnert, wenn dieser Name auftaucht.

Rachel bekam ihren Namen an jenem Abend Ende August oder Anfang September, als Tamara bei uns zu Besuch war, eine ehemalige Studienkollegin meiner Mutter, die sie zufällig auf einem Kongress in Berlin wiedergetroffen und nach Erfurt mitgebracht hatte. »Sie sieht toll aus«, hatte sie am Telefon gesagt, »noch genau wie damals, als sie allen Kommilitonen den Kopf verdreht hat.«

Und es stimmte, sie sah wirklich toll aus, diese Tamara, ich konnte gar nicht anders, als sie immer wieder neugierig anzuschauen. Sie war größer als meine Mutter und irgendwie üppig, nicht dick, aber mit Rundungen, die meine Mutter nicht hatte. Wenn sie sich vorbeugte, fiel das Licht der Hängelampe auf ihre roten Haare, die dann glitzerten, als würden sie Funken sprühen.

Wir hatten zu Abend gegessen, und ich war so beeindruckt von unserer Besucherin, dass ich freiwillig anbot, den Tisch abzudecken. Ich blies die Kerzen aus, räumte das Geschirr in die Spülmaschine und Käse, Schinken und Butter in den Kühlschrank, bevor ich ins Wohnzimmer zurückging. Meine Mutter und Tamara hatten es sich, jede mit einem Glas Wein, in den Sesseln bequem gemacht und waren, wie Leute es tun, die sich lange nicht gesehen haben, in Weißt-du-noch-Geschichten vertieft. Ich setzte mich mit meinem Zeichenzeug zu Herrn Schneider aufs Sofa.

»Weißt du noch, wie du einmal fast das ganze Wohnheim abgefackelt hast, weil du mit deinem Kopfkissen einer brennenden Kerze auf dem Nachttisch zu nah gekommen bist?«, fragte meine Mutter. »Mein Gott, haben die verbrannten Federn gestunken. Ich meine es sogar jetzt noch zu riechen, wenn ich daran denke.«

»Oder wie du dir mal den Knöchel gebrochen hast, weil du beim Lernen zu lange die Füße um die Stuhlbeine gewickelt hattest und zu heftig aufgesprungen bist, als das Telefon klingelte?«, sagte Tamara. »Ich habe wochenlang den Putzdienst für dich übernehmen müssen.«

Meine Mutter nickte und schaute versonnen vor sich hin. »Und weißt du noch, wie wir bei der Fete dieses Medizinstudenten aus dem ersten Stock so versumpft sind, dass wir zwei Tage lang im Bett gelegen haben? Mein Gott, was hatten wir für einen Kater!«

»Das war nicht das erste Mal«, sagte Tamara. »Und es hat dich nicht davon abgehalten, mit diesem Sebastian etwas anzufangen und von der großen Liebe zu träumen.«

Sie kicherten wie zwei Schulmädchen und schienen meine Anwesenheit vergessen zu haben.

Ich hatte keine Lust, ihnen zuzuhören, ich griff nach Block und Bleistift und zeichnete die beiden Frauen, die nicht auf mich achteten. Das Bild gelang mir nicht schlecht. Kein Wunder, meine Mutter hatte ich schon oft genug gezeichnet, und Tamara war mit ihren runden Augen, der Stupsnase und den vollen Lippen ein Geschenk für jeden Porträtisten, auch in Schwarz-Weiß, also ohne das auffallende Rot ihrer Haare, die natürlich gefärbt waren, aber super aussahen.

Nach den letzten Strichen stand ich auf. »Ich mache jetzt mit Herrn Schneider unseren Abendspaziergang«, sagte ich, und die beiden starrten mich an, als hätten sie mich noch nie gesehen, als wäre ich gerade in diesem Moment vom Mond gefallen.

Jeder hat seine Reizworte, auf die er sozusagen auch im Tiefschlaf reagiert. Herr Schneider stand sofort auf, als er »Abendspaziergang« hörte, streckte sich, stieg steif wie ein alter Mann vom Sofa und stakste zur Tür.

Ich riss die Zeichnung aus dem Block und hielt sie Tamara hin. »Schau, das seid ihr beiden«, sagte ich und fügte überflüssigerweise hinzu: »Es ist nur eine Karikatur.«

»Stimmt«, sagte Tamara. »Meine Nase ist noch stupsiger und meine Augen sind noch kulleriger als in echt, und was für einen Mund du mir geschenkt hast, was für Lippen! Toll! Kathrin hat mir auf der Fahrt hierher schon erzählt, wie gut du zeichnest. Aber dass du so gut bist, hätte ich nicht gedacht. Schenkst du mir das Bild?«

Ich nickte und wandte das Gesicht ab, um zu verbergen, dass mir das Blut in den Kopf stieg. Zu viel Aufmerksamkeit bekam mir nicht, ich hielt sie ebenso wenig aus wie zu viel Nichtbeachtung, an die ich allerdings gewöhnt war.

Herr Schneider warf mir von der Tür aus einen vorwurfsvollen Blick zu, als wollte er sagen: Mach schneller, ich muss mal, lass mich gefälligst nicht so lange warten.

Ich leinte ihn an, steckte mir zwei Kotbeutel in die Hosentasche und überlegte kurz, ob ich meine Jacke anziehen sollte. Aber ich ließ es bleiben, es war noch warm genug, mein langärmeliges T-Shirt reichte mir. Außerdem war mir die Jacke an den Ärmeln zu kurz geworden, das war mir peinlich, ich wollte nicht, dass Tamara mich so sah, so kindlich, meine ich. Ich machte die Tür auf und wir zogen los.

Meine Mutter und Tamara hatten sich zwei Jahre lang ein Zimmer im Studentenwohnheim geteilt und sich dann, wie meine Mutter es formuliert hatte, aus den Augen verloren. Ich überlegte, als ich die Treppe hinunterging, wie zum Teufel man sich aus den Augen verlieren konnte, wenn man sich wirklich gernhatte.

Wir, Herr Schneider und ich, gingen die Moritzstraße entlang zur Michaelisstraße. Das war nicht nur der kürzeste Weg ins Zentrum, ich war auch einfach daran gewöhnt. Bei uns drehte sich damals alles nur um die Michaelisstraße. Das lag natürlich daran, dass meine Mutter schon seit vielen Jahren mit dem Schatz und über den Schatz arbeitete, den man in dieser Straße bei Grabungsarbeiten gefunden hatte. Als Kunsthistorikerin interessierte sie sich grundsätzlich nur für die mittelalterliche jüdische Geschichte Erfurts, und für diese spielt die Michaelisstraße eine bedeutende Rolle, hier hatten die meisten Juden gewohnt.

Vor der Krämerbrücke bog ich nach links in die Anlage ab. Herr Schneider hob am ersten Baum das Bein, und als er einen Grasfleck unter sich spürte, kauerte er sich hin und erledigte sein Geschäft. Ich sammelte es auf und warf es in den nächsten Mülleimer, bevor ich über die Rathausbrücke zurück zur Michaelisstraße und dann weiter in die Moritzstraße ging. Zugegeben, es war nur ein kurzer Spaziergang, aber wir waren am Nachmittag schon über eine Stunde lang unterwegs gewesen, das musste Herrn Schneider genügen. Und es genügte ihm auch, er war nicht mehr der Jüngste. Als ihn meine Oma aus dem Tierheim geholt hatte, war er schon ausgewachsen gewesen, und dann hatte er ein paar Jahre lang bei ihr gelebt, bis sie vor drei Jahren starb und ich ihn übernahm. Die Tierärztin meinte, er sei vermutlich um die dreizehn, vierzehn Jahre alt, vielleicht sogar schon fünfzehn.

Als ich zu Hause ankam, fand ich meine Mutter und Tamara noch immer ins Gespräch vertieft. Sie hatten ihre Weißt-du-noch-Geschichten offenbar abgehandelt, jetzt war der Schatz an der Reihe. Das hätte ich voraussagen können. Was denn sonst? So eine Chance, die Geschichte des Fundes jemandem zu erzählen, der noch nichts davon wusste, ließ sich meine Mutter nicht entgehen.

»Es war reines Glück, dass der Schatz entdeckt wurde«, sagte sie gerade. »Natürlich hatte ein Archäologe vorher, bevor man mit den Grabungsarbeiten begann, das ganze Gebiet untersucht, und erst als er es freigegeben hatte, wurde der ehemalige Kellerzugang mithilfe eines Baggers eingeebnet. Der Archäologe hatte ungefähr einen halben Meter vor dieser Stelle aufgehört zu suchen. Stell dir das vor: Er hätte die Entdeckung seines Lebens machen können und hat sie knapp verpasst. Bei den Bauarbeiten entdeckte dann einer der Arbeiter die ersten Fundstücke, silberne Becher, eine silberne Schale und eine Kanne, und weil er nicht erkannte, um was es sich handelte, hielt er die Sachen für altes Zinngeschirr und brachte seinen Fund zunächst einmal im Bauwagen unter. Zur gleichen Zeit fand in einem benachbarten Haus eine Ausstellung früherer Funde von Ausgrabungen in der Altstadt statt. Als dieser Arbeiter die Ausstellung besuchte, erzählte er etwas von einem ›schön verzierten Zinnteller‹, mit dem man ›doch ein bisschen Farbe in das Ganze‹ bringen könne. Dann übergab er dem Ausstellungsleiter seine Fundstücke. Der Ausstellungsleiter, ein Kunsthistoriker, erkannte natürlich sofort ihren Wert und ließ sich zeigen, wo er die Sachen ausgegraben hatte. Damit begann die systematische Suche und alles andere wurde gefunden, der Schmuck, die Münzen und die Silberbarren.«

»Es ist also nur einem neugierigen Bauarbeiter zu verdanken, dass der Schatz entdeckt wurde?«, fragte Tamara erstaunt. »Was für ein Zufall.«

Meine Mutter nickte. »Solche Funde sind immer zufällig. Sonst wären die Gegenstände doch längst gestohlen worden. Trotzdem hat der ehemalige Besitzer wohl nicht vorgehabt, seine Wertsachen langfristig unter dem Kellerzugang liegen zu lassen, dazu war das Versteck zu einfach und auch zu wenig geschützt. Er hat seinen Besitz offenbar vorsichtshalber verborgen, um ihn vor Raub und Plünderung zu schützen.«

Wie immer, wenn sie über etwas Historisches referiert, klang ihre Stimme zwei, drei Töne höher und seltsam distanziert, als trage sie etwas Auswendiggelerntes vor, während ich, wenn ich solche Geschichten höre, immer gleich Bilder vor mir sehe.

»Und woher wisst ihr, dass der Schatz genau 1349 versteckt wurde und nicht früher oder später?«

»Das lässt sich von der Datierung der gefundenen Münzen und von der Herstellungsart der Schmuckstücke ableiten, und außerdem davon, dass 1349 das sogenannte Pestpogrom gegen die Erfurter Juden stattgefunden hat.«

»Weiß man eigentlich, wer es war, der den Schatz versteckt hat?«, fragte Tamara.

»Alles spricht dafür, dass es sich um einen Juden handelte, einen gewissen Kalman von Wiehe.«

»Der Name hört sich aber nicht jüdisch an.«

»Doch, natürlich, der Name ist leicht zu erklären. Kalman ist eine Verkürzung des griechisch-jüdischen Namens Kalonymos und besonders verbreitet unter ungarischen Juden, und der Mann war wohl aus Wiehe im Unstruttal nach Erfurt gekommen.«

»Und warum war er so reich?«, fragte Tamara.

Meine Mutter hob die Schultern. »Er könnte ein Goldschmied gewesen sein, Erfurt war damals ein Zentrum der Goldschmiedekunst. Aber nach den alten Quellen war er wohl eher ein Bankier, der mit hohen Summen handelte, die Münzen und Silberbarren waren vermutlich das, was man heute als Portokasse bezeichnen würde. Doch das sind Spekulationen.«

»Weiß man sonst noch etwas über ihn? Hatte er Familie? Eine Frau? Kinder?«

»Das ist nicht bekannt«, sagte meine Mutter. »Aber er wird wohl eine Familie gehabt haben.«

Ich mischte mich ein. »Bestimmt hatte er eine fünfzehnjährige Tochter!«

Tamara lachte und nickte mir zu. »Bestimmt.«

»Möglich«, sagte meine Mutter. »Oder einen fünfzehnjährigen Sohn.«

»Nein«, sagte ich, »es war eine Tochter. Und sie hieß Rebekka oder Ruth oder Rachel oder Debora oder Miriam oder Bathseba ...«

»Oder Sarah«, sagte meine Mutter. »Woher kennst du denn all die biblischen Namen?«

Sie schaute mich mit einem dieser Blicke an, von denen ich nie wusste, ob sie wirklich verwundert oder nur gespielt verwundert waren, um mich zu provozieren.

»Ach, hör doch auf«, sagte ich. »Abgesehen davon, dass diese alten Namen wieder modern sind und es in unserer Klasse zwei Sarahs und eine Miriam gibt – hast du vergessen, wie oft du mich bei Oma abgeladen hast? In den Ferien und wenn ich krank war? Oder wenn du an irgendeinem Seminar teilnehmen musstest? Und damals, als du bei dieser Ausgrabung in Trier mitgemacht hast, war ich den ganzen Sommer bei ihr in Niederzimmern, über ein halbes Jahr lang. Ich bin sogar dort in die Schule gegangen.«

»Hat sie dich etwa auch mit biblischen Geschichten gefüttert?«, fragte sie.

»Womit denn sonst?«, fragte ich zurück. »Das musst du doch gewusst haben.«

Natürlich musste sie das gewusst haben, Oma war doch ihre Mutter. Und Oma war im Alter immer frommer geworden. Früher war sie Lehrerin gewesen, schon deshalb hatte sie jede Möglichkeit genutzt, mir etwas beizubringen. Und weil meine Mutter sie gebeten hatte, mit mir nicht über Religion zu sprechen, hatte sie mir eben außer Märchen und Fabeln auch viele Geschichten aus der Bibel erzählt.

»Bestimmt hatte er eine Tochter, dieser Kalman von Wiehe«, sagte ich. »Eine Tochter, die so alt war wie ich. Eine Tochter, die er über alles geliebt hat.«

»Werd jetzt bloß nicht sentimental«, sagte meine Mutter. »Kindheit war damals ganz anders als heute, man hat sich nicht groß um seinen Nachwuchs gekümmert. Kinder wurden geboren, manche sind gestorben und neue kamen auf die Welt. Kinder sind irgendwie mitgelaufen. Bei den ärmeren Leuten mussten sie sehr früh hart arbeiten, und die Mädchen hat man oft schon mit vierzehn, fünfzehn Jahren oder noch jünger verheiratet, auch wenn sie körperlich noch nicht so weit waren. Sie waren entwicklungsmäßig später dran als wir heute. Soviel ich weiß, haben die meisten Mädchen damals erst mit fünfzehn, sechzehn Jahren menstruiert.«

»Trotzdem«, sagte ich. »Ich bin sicher, dass dieser Kalman von Wiehe eine Tochter hatte und dass sie fünfzehn war. Und sie hat von dem Schatz gewusst.«

»Ach ja?«, sagte meine Mutter ironisch. »Und sie hatte einen Hund, der Herr Schneider hieß.«

Wenn sie solche Sprüche losließ, musste ich mich immer beherrschen, sie nicht anzuschreien oder in mein Zimmer zu laufen und die Tür hinter mir zuzuknallen.

Sie stand auf. »Wir müssen noch das Sofa für Tamara herrichten, bevor wir losziehen. Tamara und ich wollen uns noch ein bisschen die Beine vertreten.«

Von wegen die Beine vertreten, dachte ich noch immer wütend, klar, so lange, bis ihr zwei Barhocker gefunden habt, aber laut sagte ich: »Vielleicht möchte Tamara lieber in meinem Zimmer schlafen, ich könnte ja das Sofa nehmen.« Ich staunte selbst über meine Worte. Tamara hatte mir offenbar genauso den Kopf verdreht wie damals ihren Kommilitonen.

»Nein, nein«, sagte Tamara. »Macht euch keine Umstände, das Sofa reicht mir.«

Ich holte die Bettwäsche aus der Kommode, und meine Mutter brachte die Steppdecke für Gäste, die oben in ihrem

Schrank verstaut war, und wir richteten das Sofa her, das Herr Schneider nur widerwillig geräumt hatte. Aber nachts schlief er sowieso auf seiner Decke vor meinem Bett.

Tamara umarmte und küsste mich, bevor sie gingen. Ich wurde ein bisschen steif, ich hasste es, angefasst zu werden. Aber seltsamerweise war mir ihre Berührung nicht unangenehm. Im Gegenteil. »Wollen wir morgen zusammen zu Mittag essen?«, fragte sie. »Wann hast du denn Schule aus?«

»Um eins«, sagte ich. »Prima, ich geh gern mit dir essen.«

»Gut, ich suche morgen Vormittag etwas aus und schicke dir eine Nachricht, wo wir uns treffen.« Sie tippte meine Nummer in ihr Handy.

Ich schaute ihnen vom Fenster aus nach. Meine Mutter war einen halben Kopf kleiner als Tamara und sehr schmal, von hinten sah sie aus wie ein Junge. Und von hinten sah ich ihr auch ähnlich, aber von vorn nicht. Ich hätte gern so ausgesehen wie sie, sie war blond und hellhäutig und sehr schön, ich war braunhaarig und braunhäutig und nicht sehr schön, das größte Kompliment, das ich mal bekommen hatte, war, ich sähe »apart« aus.

Als sie um die Ecke zur Moritzstraße gebogen waren, machte ich das Fenster zu und ging in mein Zimmer. Herr Schneider folgte mir und ließ sich schwer auf seine Decke plumpsen. Mein geliebter Bettvorleger. Ich konnte mir ein Leben ohne ihn nicht mehr vorstellen. Ich kannte ihn, seit ich mich erinnern konnte, und seit fünf Jahren gehörte er mir. Ich schob die Hand über die Bettkante und kraulte ihn zwischen den Ohren. Er grunzte und stöhnte, legte den Kopf platt zwischen die Vorderpfoten und schloss die Augen.

Bevor ich die Nachttischlampe ausmachte, schaute ich auf meinem Handy nach, was meine »Freunde« gepostet hatten.

Nichts Besonderes. Am interessantesten war noch Vanessa. Sie war mit ihrer Mutter shoppen gewesen und hatte ein Bild von sich in ihrem neuen Outfit hochgeladen. Ein taubenblauer Jumpsuit mit einem schwarzen Retrogürtel. Sie sah super aus, wie immer, sie spielte in einer anderen Liga, wie man so sagt, nicht nur, was mich betraf. Sie hatte schon neunzehn Likes bekommen.

Der »Russe« gehörte nicht zu Vanessas Freunden. Gehörte er eigentlich irgendwo dazu?

Ich schaltete mein Handy auf Stand-by und knipste das Licht aus. Gute Nacht, Tamara, dachte ich, schlaf gut. Und ganz schnell, als hätte ich ein schlechtes Gewissen, fügte ich hinzu: Gute Nacht, Mama. Und damit du's weißt: Er hatte eine Tochter und sie hieß Rachel.

Das war der Durchbruch gewesen. Rachel nahm Gestalt an. Und mein Interesse an Alexej Tschernowitzer, den ich in Gedanken damals noch den »Russen« nannte, wuchs. Schließlich war er der einzige Jude in meinem Umfeld.

2 *Rachel*

Ich wache verwirrt auf und weiß nicht, wo ich bin und wer ich bin. Ich kenne diese Verwirrung, so etwas passiert mir öfter. Es ist, als hätte meine Seele den Körper verlassen und weigere sich, zurückzukommen. Erst als ich mir, noch immer mit geschlossenen Augen, vorsage: Ich bin Rachel, die Tochter Kalmans, kehrt meine Seele langsam wieder in meinen Körper zurück; und ich merke, dass ich auf meinem Lager liege. Ein Strohhalm hat sich durch das Leinen gebohrt und kratzt mich an der Hüfte.

Hat mich ein Hahnenschrei geweckt oder habe ich ihn nur geträumt? Ich lausche, höre aber nur ein leises Plätschern. Doch da ist er wieder, der Hahnenschrei, er kommt aus dem Hühnerstall hinter unserem Schuppen. Von der anderen Zimmerecke, von dem Schränkchen mit der Waschschüssel, dringt Prusten und Schnauben an mein Ohr, Agatha wäscht sich das Gesicht.

Ich blinzle und reibe mir den Schlaf aus den Augen. Im Dämmerlicht des neuen Morgens sehe ich Agathas breiten Rücken, sie steht, noch im Nachtgewand, vor der Waschschüssel, ihre Schlafhaube liegt daneben. Sie trocknet sich mit einem Tuch ab, lässt ihr Schlafgewand zu Boden gleiten, bindet sich das Mieder um, schlüpft in ihr Unterkleid, dann in ihr graues Gewand und legt den Gürtel um. Ich schaue ihr zu, wie sie sich die Haare kämmt und zu einem Knoten schlingt, bevor sie sich die Haube mit dem Spitzenrand über den Kopf stülpt und die Bänder unter dem Hals mit einer Schleife zusammenbindet.

Ich ziehe mir die Decke aus Schaffell über den Kopf, kneife die Augen zusammen und versuche wieder, mich an meinen Traum zu erinnern. Aber es gelingt mir nicht. Es war ein schöner Traum, das weiß ich, weil mir immer noch ein angenehmes Gefühl in den Gliedern steckt, ein Traum, der mit einem Hahnenschrei geendet hat und dessen Einzelheiten ich leider vergessen habe.

Agathas Stimme dringt durch die Decke an mein Ohr, eine freundliche, liebevolle Stimme. »Guten Morgen, Kind, hast du gut geschlafen?«

Ich schlage die Decke zurück und öffne endgültig die Augen, um den neuen Tag zu begrüßen. Agatha lächelt mir zu, wie sie es jeden Morgen tut, bevor sie hinuntergeht, um das Feuer im Herd anzumachen.

Bei uns verlaufen alle Tage gleich, wir sehen die gleichen Menschen, haben die gleichen Aufgaben, die wir erledigen müssen, sagen die gleichen Worte, hören die gleichen Worte. Ein Tag ist wie der andere. »Todlangweilig«, sagt Joschua oft, ich aber genieße den gleichmäßigen Fluss der Zeit, die Regelmäßigkeit gibt mir Halt, ich weiß, was von mir erwartet wird, und tue es, ohne groß nachzudenken. Veränderungen beunruhigen mich.

Auch dieser Tag fängt an wie immer. Ich stehe auf, als Agatha die Kammer verlassen hat, wasche mir an der Schüssel Gesicht und Hände und kleide mich an. Bevor ich in meine Schuhe schlüpfe, binde ich mit einem schmalen Leinenstreifen meinen etwas abstehenden rechten kleinen Zeh am Fuß fest. Dann gehe ich hinunter und helfe Agatha, die Morgenmahlzeit vorzubereiten. Durch die offene Tür sehe ich Burkhard, unseren Kutscher, über den Hof gehen, wie üblich versorgt er morgens unser Pferd und die beiden Ziegen und füttert hinter dem Schuppen die Hühner und die Gänse. Inzwischen ist auch mein Vater aufgestanden, ich höre seine schweren Schritte auf der Treppe und seine Stimme, als er meinen Bruder Joschua weckt.

Nach dem Essen, während ich Agatha helfe, die Küche und die Vorratskammer aufzuräumen und zu fegen, horche ich gespannt, ob ich das Hoftor knarren höre. Josef ben Zion muss bald kommen, der meinen Bruder in der Thora und im Lesen und Schreiben unterrichtet. Mein Vater hat erlaubt, dass ich, ein Mädchen, am Unterricht teilnehme. Wir lernen nicht nur die hebräischen Buchstaben, sondern auch die deutschen. Anders als Joschua liebe ich das Lernen und freue mich jeden Tag auf diese Stunden und darauf, dass Josef ben Zion mich lobt, weil ich eine eifrige Schülerin bin, viel eifriger als Joschua, dem das Stillsitzen schwerfällt. Josef ben Zion ist noch jung, nur wenige Jahre älter als ich. Ich schaue ihn nie direkt an, weil auch er mich nie direkt ansieht, sein Blick gleitet immer irgendwie an mir vorbei, und selbst wenn er mich anspricht, ist es, als spräche er mit einem geisterhaften Wesen neben mir.

Er bestreitet seinen Lebensunterhalt mit Unterrichten, denn seine Mutter, eine arme Witwe, kann nicht für ihn aufkommen. Tag für Tag besucht er, nachdem er das Mittagsmahl bei uns eingenommen hat, die *Synagoge der Talmudjünger* und studiert die Thora. Manchmal betrachte ich ihn heimlich von der Seite und überlege, ob Samuel, der junge Mann aus Nürnberg,

Sohn eines Geldverleihers, den mein Vater mir zum Bräutigam bestimmt hat, vielleicht so ähnlich aussieht, mit ebensolchen dunklen Locken, einer feinen, geraden Nase mit beweglichen Nasenflügeln, mit schön geschwungenen Lippen und einem flaumigen Bart. Dann erfüllt mich eine unbestimmte Sehnsucht, und ich muss den Kopf tief über die Bücher senken, um zu verbergen, dass mir das Blut in die Wangen steigt.

In zwei Jahren soll ich heiraten, so lange muss ich noch warten. »Ich brauche dich hier, bis Joschua seine Bar Mizwa gefeiert hat«, hat mein Vater gesagt, »erst danach kann ich dich ziehen lassen.« Das ist mir recht, denn ich weiß nicht, ob ich mich auf meine Vermählung freuen soll oder nicht, ich kann mir meine Zukunft als Ehefrau und Mutter nicht wirklich vorstellen, trotzdem denke ich manchmal darüber nach.

»Das Leben einer Frau besteht aus vielen Pflichten, von denen du noch nichts weißt«, hat Agatha gesagt, als ich Samuel neulich einmal erwähnt habe, beiläufig, damit sie nicht merkt, dass ich hin und wieder an ihn denke. »Mach dir keine Sorgen, Rachel, genieße es, dass du noch ein Kind bist.«

Hätte ich noch eine Mutter, könnte ich sie fragen, wie das ist und welche geheimen Pflichten auf mich warten. Oder wenn meine Großmutter noch lebte, die vor fünf Jahren in die andere Welt gegangen ist.

Draußen knarrt das Hoftor. Ich lasse den Besen einfach fallen und rufe nach Joschua. Josef ben Zion ist gekommen, die wichtigsten Stunden des Tages erwarten uns.

Später, nach dem Mittagessen, das bei uns oft nur aus einer Hafersuppe mit Sauermilch und Brot besteht, helfe ich Agatha, den Tisch abzuräumen, das Geschirr zu säubern und in den Schrank zu stellen. Dann gehe ich in den Garten zu dem

Heilkräuterbeet, das meine Großmutter angepflanzt hat und das von Agatha sorgfältig gepflegt wird. Vor dem Beet wächst Löwenzahn. Ich pflücke die ersten Blätter, um unser Abendessen mit etwas frischem Grün anzureichern, bevor wir, Agatha und ich, die Wäsche für den morgigen Waschtag vorbereiten. Die groben Leintücher und unsere Leibwäsche müssen eingeweicht werden, ebenso die Beinkleider von Burkhard, unserem Kutscher, von meinem Vater und von Joschua. Danach wird es schon Zeit, dass wir uns um die Abendmahlzeit kümmern, zwei gebratene Hühner mit Hirsebrei und Bohnen.

Ich lege mir gerade die nackten Hühner zurecht, die Agatha schon gerupft, gewässert und gesalzen hat, und greife nach dem Messer, da höre ich, wie an unser Tor geklopft wird. Ein lautes, forderndes Klopfen, das »Aufmachen!« schreit. Ich hebe neugierig den Kopf und recke mich, um durch das kleine Fenster zu sehen, was draußen passiert.

Burkhard, unser Kutscher, der auch als Knecht dient, geht zum Tor. Nachdem er sich erkundigt hat, wer Einlass begehrt, schiebt er die Riegel zurück und öffnet die beiden großen Torflügel. Vom Küchenfenster aus kann ich, wenn ich mich auf die Zehenspitzen stelle, alles genau beobachten. »Was ist?«, fragt Agatha neugierig. Sie trocknet sich die Hände an ihrer Schürze ab und stellt sich neben mich.

»Eine Kutsche kommt«, berichte ich und halte mich mit beiden Händen an der Fensteröffnung fest, um ja nichts zu verpassen.

Die Kutsche ist zweispännig und eleganter, als man sie bei uns für gewöhnlich sieht. Auf dem Bock sitzt ein Kutscher in einem dunkelgrünen Wams und mit einer grünen Kappe auf dem Kopf. Er legt die Peitsche zur Seite, springt ab und reißt die Wagentür auf. Ein groß gewachsener, etwas dicklicher und offenbar nicht mehr junger Mann steigt umständlich heraus und dehnt Arme und Beine, die vom langen Sitzen wohl ein wenig steif geworden sind. Sein Bart ist von grauen Strähnen durchzogen, das kann ich sogar von hier aus sehen. Er trägt einen dunklen Umhang und über einer blauen Gugel eine tief ins Gesicht gezogene Kopfbedeckung, die er erst zurückschiebt, als mein Vater aus der Haustür tritt, die Arme ausbreitet und mit schnellen Schritten auf ihn zugeht.

Erstaunt sehe ich, wie herzlich mein Vater den Fremden begrüßt. Die beiden Männer fallen einander in die Arme wie Brüder, die sich nach langer, viel zu langer Zeit endlich wiedersehen. Sie küssen sich auf die Wangen und klopfen sich gegenseitig auf Rücken und Schultern. Ihre Freude ist offensichtlich, doch was sie sagen, kann ich nicht verstehen, ich sehe nur, dass sich ihre Lippen bewegen, wenn sie sich zwischendurch voneinander lösen, einen Schritt zurücktreten und sich anschauen, als könnten sie dieses Wiedersehen nicht fassen, bevor sie sich erneut in die Arme fallen.

Agatha schiebt mich zur Seite, um durch das Fenster schauen zu können. »Weißt du, wer das ist?«, fragt sie erstaunt, und als ich den Kopf schüttle, geht sie zum Herd zurück und murmelt: »Da werden wir für heute Abend wohl ein bisschen mehr kochen müssen.«

Inzwischen hat Burkhard das Tor geschlossen. Er hilft dem Kutscher des Fremden, die beiden Pferde, einen Fahlbraunen und einen Gescheckten, auszuspannen, holt ein Bündel Stroh und macht sich mit dem anderen Mann daran, die beiden Tiere abzureiben, die vor Anstrengung förmlich dampfen. Als sie einigermaßen trocken sind, nimmt Burkhard sie am Zügel und führt sie in den Stall, zu unserem alten Braunen, um sie zu füttern. Der fremde Kutscher folgt ihm.

Mein Vater und sein Gast können sich noch immer nicht voneinander lösen, wieder und wieder schauen sie sich staunend an und fallen sich in die Arme. So freudig erregt habe ich meinen Vater nicht oft gesehen, eigentlich noch nie. Endlich lassen die beiden Männer die Arme sinken und mein Vater führt seinen Gast zur Haustür neben dem Küchenanbau.

Die Hühner liegen vor mir auf der Holzplatte und warten darauf, in Stücke zerteilt zu werden, die wir später auf der offenen Feuerstelle vor der Küche rösten werden. Agatha hat, was sie öfter tut, wenn wir allein sind, ihre Haube abgesetzt, unter der es ihr leicht zu heiß wird, und zerstößt Hirse zu einem Brei, den wir zu den gebratenen Hühnern essen wollen. Die Bohnen sind schon seit dem Vorabend eingeweicht.

Meine Finger bewegen sich wie von selbst, sie kennen ihre Arbeit und wissen, was sie zu tun haben. Ich muss nur aufpassen, dass ich mich nicht schneide, während ich gleichzeitig angestrengt horche, ob ich durch das offene Fenster irgendetwas von dem mitbekomme, was in der Stube, in der mein Vater seine Leihgeschäfte erledigt, gesprochen wird, doch Agathas gleichmäßiges Mörsergestoße macht es mir unmöglich. Außer einem unverständlichen Gemurmel dringt nichts an mein Ohr, jedenfalls kein klares Wort.

Ich bin gerade mit dem Zerteilen der Hühner fertig geworden, da öffnet mein Vater die Tür und ruft laut nach Joschua und mir. »Kommt und begrüßt unseren lieben Gast!«, ruft er.

Ich wasche mir die Hände im Wasserkübel und gehe zögernd hinüber zur Haustür. Hinter dem Schuppen gackern die Hühner, ab und zu hört man das Fauchen einer Gans, und auf dem Dach gurren ein paar Tauben. Mein Bruder wartet schon vor der Tür auf mich, er deutet auf die Kutsche und fragt neugierig: »Hast du gesehen, wem sie gehört?« Im Gegensatz zu mir, die ich eher zurückhaltend und ängstlich bin, ist er freudig erregt, ihm ist jede Abwechslung willkommen. Er hat Hummeln im Hintern, wie Agatha es ausdrückt.

Der Besucher hat Umhang, Hut und Gugel abgelegt und über eine Stuhllehne gehängt. Sein langer Leibrock, der über seinem Bauch ein bisschen spannt, ist hellgrün, dazu trägt er dunkelblaue Beinlinge und rote Schnabelschuhe. Im Gegensatz zu unserem Vater legt er offenbar Wert auf elegante Kleidung. Er ist fast ebenso groß wie unser Vater, wirkt aber wegen seiner gebeugten Haltung etwas kleiner. Auf dem Hinterkopf trägt er, genau wie unser Vater, ein blaues, silberbesticktes Käppchen. Seine grauen Pejes sind in lange Locken gedreht und sein Bart ist sorgfältig gestutzt, auch darin gleicht er unserem Vater. Die beiden Männer sehen sich ähnlich, sie könnten Brüder sein, auch wenn der Gast deutlich fülliger und wohl auch ein paar Jahre älter ist.

»Das ist Meir Nachum von Köln, mein alter Freund«, sagt unser Vater und legt dem Mann den Arm um die Schulter. »Und das sind meine Kinder Joschua und Rachel. Sie sind groß geworden, nicht wahr?«

»Groß und schön«, sagt der Mann und lächelt uns freundlich zu. »Ihr könnt euch bestimmt nicht an mich erinnern. Als ich euch das letzte Mal gesehen habe, wart ihr noch sehr klein. Du, Joschua, hast gerade deine ersten Schritte gemacht und bist dauernd hingefallen, aber du hast nicht geweint, du bist immer wieder aufgestanden und hast es erneut versucht. Das hat mich damals sehr beeindruckt.«

Das heißt, dass er unsere Mutter gekannt hat, schießt es mir durch den Kopf. Damals war sie noch am Leben. Sie ist im Kindbett gestorben, zusammen mit unserem kleinen Bruder, als Joschua zwei Jahre alt war und ich sechs. Ich kann mich nur noch undeutlich an sie erinnern, auch wenn ich oft versuche, ihr Gesicht vor mir zu sehen. Doch genau dann, wenn ich glaube, jetzt, jetzt weiß ich wieder, wie sie ausgesehen hat, verschwimmt ihr Gesicht zu einem hellen Fleck mit zwei dunklen Augen, der sich auflöst, je mehr ich ihn mit den Blicken festzuhalten versuche, und am Schluss verschwindet ihr Antlitz in einer Art Nebel, in einer Wolke an einem grauen Himmel.

Joschua, der sich überhaupt nicht mehr an sie erinnert, lacht den Fremden an. »Jetzt kann ich nicht nur auf den Füßen laufen, sondern sogar auf den Händen!«, ruft er und springt sofort auf, um Meir Nachum von Köln, dem Freund unseres Vaters, sein Kunststück vorzuführen. Er macht einen Handstand und fängt an, sich rasch und geschickt vorwärtszubewegen. Seine Beinkleider rutschen bis zu den Knien, man sieht seine nackten Waden.

»Joschua!«, ruft mein Vater tadelnd. Es ärgert ihn, dass mein Bruder lieber Kunststücke übt, als bei unserem Lehrer Lesen und Schreiben und die Thora zu lernen. Joschua springt mit einem Satz zurück auf die Füße.

»Wie geschickt du bist, ein richtiger Akrobat«, sagt Meir Nachum. »Du könntest tatsächlich auf dem Jahrmarkt auftreten.« Er streckt die Hände aus, um Joschua zu umarmen. Aber mein Bruder, der es hasst, angefasst zu werden, zieht eine Grimasse und duckt sich unter den Armen des Gastes hinweg. Er lässt sich die Umarmung erst gefallen, als mein Vater noch einmal »Joschua!« sagt, diesmal etwas lauter und schärfer.

Meir Nachum mustert mich, und ich spüre, wie mir die Röte ins Gesicht steigt. So bin ich immer, wenn ein Fremder mich anschaut, am liebsten würde ich mein Gesicht hinter den Händen verstecken und noch lieber würde ich in der Erde versinken.

»Du siehst deiner seligen Mutter sehr ähnlich«, sagt Meir Nachum dann, »du hast auch ihre schönen, rotblonden Haare geerbt.« Und er fügt, wie es die Sitte verlangt, hinzu: »Sie war eine gute Frau, deine Mutter, ihr Andenken gereiche uns zum Segen.«

Ich wische mir mit der Hand über die Augen, wie ich es immer tue, wenn es um meine Mutter geht, obwohl meine Augen trocken sind und ich nur ein leichtes Brennen spüre. Hilflos lasse ich die Hand wieder sinken und fange vor Verlegenheit an zu stottern. »Ich muss in die Küche zurück«, stammele ich. »Agatha braucht meine Hilfe, damit wir unseren Gast angemessen bewirten können.«

»Geh nur, Tochter«, sagt mein Vater. »Und decke den Tisch zur Feier des Tages.«

Das hätte er mir nicht aufzutragen brauchen, seine überschwängliche Freude über die Ankunft seines Freundes hat mir schon gezeigt, dass ich die Decke, die meine Mutter selbst mit blauen Blumen bestickt hat, auflegen und das kostbare Silbergeschirr aus dem Schrank holen muss.

»Und kümmere dich bitte darum, dass mein Kutscher etwas zu essen bekommt«, sagt Meir Nachum. »Er ist bestimmt rechtschaffen hungrig, ich habe unterwegs das Brot gegessen, das uns der Wirt heute Morgen mitgegeben hat, aber der arme Kerl hat die ganze Zeit auf dem Bock gesessen.«

»Ja«, sage ich, »ja, natürlich. Ich werde unseren Kutscher

Burkhard bitten, ihm einen Imbiss vorzusetzen, bis zur Abendmahlzeit dauert es noch eine Weile.«

»Und vergiss nicht, ein Nachtlager für unseren Gast herzurichten!«, ruft mein Vater mir noch nach.

Joschua nützt die Gelegenheit, um mit mir aus der Stube zu verschwinden.

In der Küche hat Agatha schon die Bohnen und den Hirsebrei in irdenen Töpfen über das Herdfeuer gehängt. Dampf steigt aus ihnen auf und Agatha wischt sich mit ihrer Schürze den Schweiß vom Gesicht. Ich trage das Brett mit den zerteilten Hühnern hinaus und stelle es auf den Holzblock neben dem Rost. Dann zerhacke ich die Löwenzahnblätter, die ich gepflückt habe, um sie später unter die Bohnen zu mischen, wie meine Großmutter es mich gelehrt hat, nehme die beiden Eimer, die immer in der Küche stehen, und hole frisches Wasser aus unserem Brunnen auf dem Hof. Anschließend reinige ich das Messer, das ich zum Zerteilen der Hühner benutzt habe, und räume es in den Schrank.

Während das Essen kocht, richten wir, Agatha und ich, in der Stube neben der Küche ein Nachtlager für den Gast her. Seit mindestens einem Jahr hat hier keiner mehr geschlafen, der Letzte war der Geschäftsfreund meines Vaters aus Nürnberg, der Vater jenes jungen Mannes, dem ich, wie mein Vater sagt, bestimmt bin. Dann machen wir uns wieder ans Kochen.

Ich lege die Hühnerstücke auf den Rost der offenen Feuerstelle und fache mit dem Blasebalg die Glut an, während Agatha sich um den Hirsebrei und die Bohnen kümmert. Der Blasebalg quietscht, ich muss Burkhard Bescheid geben, dass er ihn ölen soll. Die Flammen flackern auf und die Hitze schlägt mir ins Gesicht, sodass ich erschrocken zurückweiche.

Noch bevor wir mit dem Essenzubereiten fertig sind, höre ich, wie mein Vater nach Joschua ruft. Diesmal stehen sie direkt vor der Feuerstelle, sodass ich verstehen kann, was gesprochen wird.

»Geh zu Nathan, dem Parnass, und zu Reb Jud Menachem, dem Rabbiner«, sagt mein Vater, »und bitte sie, nach der Abendmahlzeit hierherzukommen, wir haben etwas Wichtiges zu besprechen.«

Mein Bruder nickt und macht sich sofort auf den Weg. Er liebt solche Aufträge, die ihm einen Vorwand bieten, das Haus zu verlassen.

Beim Abendessen erzählt Meir Nachum, wie er auf der Hohen Straße von Köln über Frankfurt nach Erfurt gefahren ist. »Die Reise war sehr beschwerlich«, sagt er, »und ich habe noch einen langen Weg vor mir. Ich bin unterwegs nach Polen, wo ich mir ein neues Leben aufbauen will. Ich werde über Görlitz und Breslau nach Krakau oder Lemberg fahren, mein genaues Ziel steht noch nicht fest, ich werde erst, wenn es so weit ist, entscheiden, wo ich mich niederlassen möchte.«

»Ich würde diese Städte auch gern sehen«, sagt mein Bruder sehnsüchtig. Er legt die Hände über die Augen und bewegt den Kopf hin und her, als sähe er diese Wunderorte in der Ferne auftauchen. Er seufzt. »Eine lange Reise muss herrlich sein. Jeden Tag etwas Neues zu sehen und etwas Neues zu erleben, das stelle ich mir aufregend vor.«

Ich sehe, wie sich bei Joschuas Worten die Miene meines Vaters verdüstert, obwohl es vermutlich weniger die Worte selbst sind, die ihn stören, sondern die hörbare Sehnsucht in der Stimme meines Bruders. Joschua ist nicht der Sohn, den sich ein frommer Jude wünscht, das weiß ich schon lange, Joschua ist abenteuerlustig und verwegen und verhält sich oft anders, als es meinem Vater recht ist.

Ich würde gern etwas sagen, um die plötzlich spürbare Anspannung zu vertreiben, aber mir fällt nichts ein, und selbst wenn mir etwas Angemessenes einfiele, würde ich vermutlich nicht wagen, es auszusprechen. »Du bist einfach zu bescheiden«, hat Agatha schon oft gesagt. »Dabei hast du das gar nicht nötig, als Tochter eines so angesehenen und wohlhabenden Mannes.« Aber ich kann es nicht ändern, so bin ich nun mal.

Deshalb fühle ich mich erleichtert, als ich Agatha helfen kann, das Geschirr abzudecken, es zu reinigen und wegzuräumen. Mein Vater schickt Joschua los, um Nathan, den Gemeindepfleger, und Reb Jud Menachem, den Rabbiner, abzuholen und hierher zu begleiten.

Als wir allein sind, sagt mein Vater: »Du wirst uns heute Abend bedienen, Rachel, unser Gespräch ist nicht für Agathas Ohren bestimmt.«

Ich nicke. Von draußen dringt das Krächzen einer Krähe an mein Ohr. Ein seltsames Gefühl ergreift mich, eine Vorahnung, dass irgendetwas geschehen wird. Bald.

3 Ein Plan

Der nächste Tag sollte mit einem großen, um nicht zu sagen größenwahnsinnigen Plan enden, doch anfangs verlief er wie alle anderen normalen Schultage. Ich stand auf, leise, um meine Mutter und Tamara nicht zu wecken, ging mit Herrn Schneider Gassi, kaufte Brötchen fürs Frühstück, aß eines mit Honig und machte mich dann auf den Schulweg, zu Fuß, weil mir mein Fahrrad vor zwei Monaten geklaut worden war und meine Mutter sich weigerte, mir ein neues zu kaufen. Tamara rührte sich nicht, als ich im Vorbeigehen einen Blick durch die halb geöffnete Wohnzimmertür warf. Sie lag auf der Seite, mit dem Gesicht zur Wand, und hatte den Kopf in ihrem angewinkelten Arm vergraben, ihre roten Haare züngelten wie Flammen über das Kopfkissen.

Die Mathearbeit, die letzte vor dem Zeugnis, war noch leichter, als ich erwartet hatte, außerdem war ich in Mathe sowieso gut, ich gehörte zu den wenigen Mädchen, die Mathematik mochten. Ich war ziemlich schnell fertig und legte mein Blatt so zurecht, dass Julian unauffällig herüberschielen konnte. Sein »Danke« war so leise, dass ich es mehr erahnte als hörte.

In der großen Pause kaufte ich mir wie üblich ein Buttercroissant am Kiosk und ging in den Hof. Automatisch glitt mein erster Blick hinüber zu der Kastanie. Dort stand er, dieser Alexej Tschernowitzer, und spielte mit seinem Handy. Vermutlich war Rachel schuld daran, dass ich ihn jetzt noch interessanter fand als vorher. Er war jüdisch, so wie Rachel jüdisch gewesen war. Was hieß das eigentlich? Was hatte es für sie bedeutet, damals, und was bedeutete es für ihn? Um das herauszufinden, musste ich ihn kennenlernen, eine andere Chance hatte ich nicht.

Zögernd ging ich einen Schritt in seine Richtung, blieb aber gleich wieder stehen. Hinter mir hörte ich ein Kichern und lautes Flüstern. Vanessa und ihre Clique. Ich hob den Kopf zum Himmel, als fände ich die weißen Wattewölkchen unglaublich spannend, und biss in mein Croissant.

Ich hatte keine Ahnung, wie ich es anstellen sollte, mit diesem Alexej ins Gespräch zu kommen, ich konnte mich nicht erinnern, jemals einen fremden Jungen angesprochen zu haben. Mit den Jungen aus meiner Klasse redete ich natürlich, aber genau genommen auch nur Sätze wie: Hast du Englisch gemacht? Hast du die Matheaufgaben kapiert? Wie findest du den neuen Musiklehrer? Bio war heute besonders langweilig, ich bin fast eingeschlafen. Sätze eben, die man sagt, wenn man sich nicht wirklich was zu sagen hat.

Ansonsten hatte ich mit niemandem viel zu tun, weder mit den Mädchen noch mit den Jungen. Außer mit Julian, aber das war etwas anderes. Erstens saßen wir schon seit der Fünften nebeneinander und zweitens waren wir irgendwie befreundet. Nicht so, dass wir uns nachmittags oft trafen, höchstens manchmal, wenn er Hilfe bei den Hausaufgaben brauchte oder weil er wegen eines Konzerts versäumten Stoff nachholen musste.

Julian war nämlich unser Wunderkind. Er übte jeden Tag

ein paar Stunden auf der Geige und hatte mehrmals die Woche Unterricht am Konservatorium. Manchmal fuhr er mit den Studenten dort zu Konzerten in andere Städte, im Frühjahr waren sie sogar in London aufgetreten. Selbstverständlich gehörte er auch zu unserem Schulorchester und spielte bei feierlichen Anlässen die Solopartien, dann waren die Leute immer ganz aus dem Häuschen. Julian war wirklich so eine Art Freund, auch wenn sich unsere Freundschaft vor allem aufs Schachspielen beschränkte, wenn mal wieder eine Stunde ausfiel, und darauf, dass wir nebeneinandersaßen und uns ab und zu Bemerkungen zuflüsterten.

Ich lehnte mich an die Hauswand, die sich noch überraschend kühl anfühlte, und ließ meine Blicke herumwandern, sodass sie wie zufällig immer wieder Alexej streiften. Und plötzlich sah ich deutlich eine Zeichnung vor mir: Ein Schulhof in der großen Pause. An der Kastanie lehnt ein schmaler, etwas schlaksiger Junge in Jeans und einem schwarzen T-Shirt und schaut auf das Handy, das er in den Händen hält. Ein Mädchen mit kurzen dunklen Haaren geht auf den Jungen unter dem Baum zu, halb mit dem Rücken zum Betrachter. Von hinten könnte man sie für einen Jungen halten, aber ich weiß genau, dass sie ein Mädchen ist. *Hey, du, bist du wirklich ein Jude?* steht in der Sprechblase, die aus ihrem Mund kommt. Und seitlich neben dem Kopf des Jungen steht seine Antwort: *Das geht dich einen Dreck an.*

Das Croissant in meinem Mund schien aufzuquellen, ich konnte den Bissen nur mit Mühe schlucken. Nach seiner Antwort war die Sache klar, so konnte sich keine Handlung entwickeln, er hatte das Gespräch abgewürgt, bevor es in Gang gekommen war. Was hatte ich denn erwartet?

Die Clique kam an mir vorbei, Carina rempelte mich an, doch bevor ich mich ärgern und sie anfauchen konnte, schoss mir ein anderer Gedanke durch den Kopf. Ich warf den Rest meines Croissants in den Abfalleimer neben der Treppe, kauerte mich hin, als müsste ich meine Schnürsenkel binden, und zeichnete dabei in Gedanken ein weiteres Bild.

Wieder der Schulhof, doch diesmal mit einer Gruppe Mädchen im Vordergrund, die den großen, schmalen Jungen und das Mädchen, das auf ihn zugeht, beobachten. Der Platz um ihre Köpfe und darüber reicht kaum für die vielen Sprechblasen: *Schaut mal, die will den schönen Alexej aufreißen.* Und: *Was bildet die sich eigentlich ein, diese langweilige Tussi?* Und: *Die tut doch immer so unschuldig.* Und: *Als könnte sie kein Wässerchen trüben.* Nein, das hätte eher meine Oma gesagt, nicht die blöde Paula, der ich den Spruch in die Sprechblase geschrieben hatte, die würde höchstens sagen: *Geschieht ihr recht, wenn sie mal was auf die Schnauze bekommt, diese eingebildete Kuh!*

Dann fiel mir noch ein Bild ein. Ich zeichnete meinen Kopf von vorn in die obere linke Ecke und unten in die rechte mein zweites Ich, im Profil. In der oberen Sprechblase stand: *Du magst ja ganz gut zeichnen können, Laura, aber bilde dir ja nichts ein. Sozial gesehen bist du eine Niete.*

Aber …, sagt Ich Nummer zwei. Doch Ich Nummer eins unterbricht sie rüde: *… eine Niete mit Sternchen, dass du's nur weißt.*

Ich war froh, als es zum Pausenende klingelte. In Bio bekam ich eine SMS von Tamara: *Um halb zwei beim Italiener am Fischmarkt?* Julian beugte sich neugierig zu mir herüber und flüsterte. »Mit wem hast du dich denn verabredet? Kenne ich ihn?« Ich zuckte mit den Schultern und bestätigte die

Nachricht mit drei Smileys. Die letzte Stunde, Musik, hielt ich leicht aus. Der neue Musiklehrer erklärte die Tonleitern und den Unterschied zwischen Dur und Moll. Dur und Moll waren mir egal, ich dachte nur an Tamara. Und an diesen Alexej. Ich ärgerte mich über mich selbst. Ich klappte ein Heft auf und schrieb hinten hinein: *Laura, du bist ein Angsthase!* Mit einem Ausrufezeichen. *So geht es nicht weiter!!* Mit zwei Ausrufezeichen!! *Reiß dich zusammen!!!* Mit drei Ausrufezeichen. Und in Klammern: *Oder gefällt dir die Rolle als Feigling?* Julian schielte zu mir herüber, ich deckte das Geschriebene schnell mit der linken Hand ab.

Als ich beim Italiener ankam, hatte Tamara bereits einen Tisch vor dem Lokal besetzt. Zum Glück, denn an den wenigen anderen Tischen saßen schon Gäste, wir hätten jetzt keinen Platz mehr gefunden. »Bei schönem Wetter scheint sich ganz Erfurt im Freien aufzuhalten«, sagte sie und stand auf, um mich zu umarmen. Sie trug zimtbraune Jeans und eine mit einem Gewirr aus grünen Schlingpflanzen bedruckte Bluse.

Wir begrüßten uns mit Küssen, wie wir uns gestern verabschiedet hatten. Es war, als würden wir uns nicht erst seit einem Tag kennen. Ich wurde diesmal kein bisschen steif, es war mir auch nicht peinlich, im Gegenteil, ich warf schnell einen Blick über ihre Schulter, ob irgendjemand sah, dass diese schöne Frau mich umarmte und küsste. Insgeheim beschloss ich, sie keinesfalls aus den Augen zu verlieren. Ich verstand nicht, wie meiner Mutter das hatte passieren können, nicht bei einer Frau wie Tamara.

»Nun, wie war die Schule?«, erkundigte sie sich.

Ich ließ mich auf den Stuhl ihr gegenüber fallen. »Langweilig wie immer«, sagte ich. »Ich halte Langeweile für das größte Problem der Pubertät, schlimmer noch als die Sache mit den Hormonen.«

Sie lächelte. Auch heute, in der Sonne, glitzerten ihre Haare, als würden sie Funken sprühen. »Manche Situationen muss man einfach aushalten«, sagte sie. »Als ich so alt war wie du, habe ich mir in Gedanken immer Fortsetzungsgeschichten erzählt, auch in der Schule, das war gut gegen die Langeweile.« Sie zuckte mit den Schultern. »Damals gab's ja noch keine Handys.«

»Ich male«, sagte ich. »Ich kritzle immer irgendwelche verrückten Sachen, Lehrer, deren Zeigestock sich in eine Schlange verwandelt, Fische mit Flügeln, tanzende Einhörner oder Dinos in einer Disco. So etwas macht mir Spaß.« Ich wunderte mich über mich selbst, weil ich einfach drauflosredete, ohne mir vorher die Sätze zu überlegen, das passte überhaupt nicht zu mir, der verschlossenen Auster.

»Willst du Malerin werden?«, fragte Tamara.

»Nein, ich glaube nicht. Ich weiß noch nicht, was ich werden will, aber auf keinen Fall Archäologin oder Kunsthistorikerin. Ich habe keine Lust, in der Vergangenheit zu leben, meine Zeit ist heute. Ich mag auch lebende Tiere lieber als irgendwelche alten Schädel oder Oberschenkelknochen.«

»Apropos Tiere«, sagte sie. »Hält Herr Schneider es aus, den ganzen Vormittag lang allein zu sein?«

»Lieb von dir, dass du an ihn denkst«, sagte ich. »Er ist daran gewöhnt. Außerdem ist er nicht den ganzen Vormittag lang allein, er geht jeden Tag zwischen elf und zwölf eine Stunde lang mit Frau Schmitz spazieren, einer Nachbarin, sie zieht immer mit vier Hunden los. Das macht sie nicht, weil sie dafür bezahlt wird, obwohl sie natürlich etwas bekommt, sie hat

Hunde einfach gern. Ohne sie wäre es schwieriger, vor allem wenn ich Nachmittagsunterricht habe. Außerdem holt sie Herrn Schneider zu sich, wenn wir mal wegfahren und ihn nicht mitnehmen können. In den Sommerferien waren wir drei Wochen auf Kreta.«

»Wie seid ihr eigentlich auf seinen ungewöhnlichen Namen gekommen, Herr Schneider?«, fragte Tamara.

Ich lachte. »Er hieß einfach so, schon bei meiner Oma. Keine Ahnung, was sie sich dabei gedacht hat, als sie ihm diesen Namen gab. Vielleicht war sie ja mal in einen Herrn Schneider verliebt gewesen und sein Schnauzbart hat sie an ihn erinnert.«

Antonio, der Kellner, kam und begrüßte mich. »Hallo, Laura, schön, dich zu sehen.«

Es hat was, wenn man von einem Kellner mit Namen begrüßt wird, und an jenem Tag fühlte ich mich besonders geschmeichelt, weil Tamara mir einen anerkennenden Blick zuwarf. Dabei war es ganz einfach: Meine Mutter und ich kamen öfter hierher, wenn wir zu faul zum Kochen waren, und das passierte mindestens einmal in der Woche. Tamara und ich bestellten beide Spaghetti, Tamara mit Meeresfrüchten, ich mit Gorgonzolasoße, und dazu für mich einen Orangensaft und für sie eine Weißweinschorle.

Die Sonne schien, Tamaras Haare glitzerten und aus der Küche wehte ein aufreizender Duft nach frisch gebackener Pizza. Tamara lächelte mich an, und dann erzählte sie, dass sie morgens in der *Alten Synagoge* gewesen sei und den Schatz besichtigt habe. »Er ist wirklich beeindruckend.«

»Mir hängt er zum Hals raus«, sagte ich. »Es gibt nichts, worüber meine Mutter so viel redet wie über den Schatz.«

Antonio brachte die Getränke, ich hatte Durst und trank

das halbe Glas Orangensaft auf einen Zug leer. Tamara nahm nur einen Schluck von ihrer Weißweinschorle.

»Sei doch froh, dass deine Mutter ihre Arbeit so liebt«, sagte sie, »etwas Besseres kann einem Menschen gar nicht passieren. Schließlich verbringt ein Erwachsener mindestens die Hälfte seiner wachen Zeit bei der Arbeit, und den größten Teil der anderen Hälfte mit Essen, Einkaufen, Putzen, Waschen und allen möglichen Beschäftigungen, die oft so langweilig sind wie labbrige Pommes. Da ist es gut, wenn man wenigstens eine einigermaßen spannende Arbeit hat.«

»Stimmt ja«, sagte ich. »Aber meine Mutter interessiert sich mehr für das, was früher passiert ist, als für das, was heute ist. Echt, ich habe manchmal das Gefühl, dass sie bei allem, was ich sage, nur auf ein Stichwort lauert, um mir etwas von früher zu erzählen.«

»Findest du das nicht interessant?«, fragte Tamara und nahm noch einen Schluck.

»Doch, schon, zumindest manchmal. Aber was bringt es mir? Ich habe den Kopf voll mit unnützem Wissen aus der Vergangenheit. Ich weiß zum Beispiel alles über die Pestepidemie im 14. Jahrhundert, wo sie entstanden ist und wie sie sich verbreitet hat.«

»Ist ja abgefahren«, sagte sie. »Wie denn?«

»Heute nimmt man an, dass sie in Asien entstanden und über die damaligen Handelswege nach Europa gekommen ist. Dann hat sie sich über die Krim zu den Handelsstädten am Mittelmeer verbreitet. Die Seuche scheint jedenfalls in Messina ihren Anfang genommen zu haben, sie trat zuerst vor allem bei Seeleuten auf und verbreitete sich schnell. Sie gelangte von Genua nach Marseille und folgte der Rhone in nördlicher Richtung. Ein anderer Ansteckungsweg führte von Venedig aus über den Brenner nach Österreich und von dort nach Deutschland. Manche Gebiete wurden weitgehend verschont, andere litten umso mehr. In Florenz, heißt es, habe nur ein Fünftel der Bevölkerung überlebt. Heute schätzt man, dass zwischen 1346 und 1353 etwa ein Drittel der Einwohner Europas der Pest zum Opfer gefallen ist, manche Quellen gehen sogar von sechzig Prozent aus.«

»Wow«, sagte Tamara bewundernd. »Für dein Alter weißt du ganz schön viel.«

Ich zuckte mit den Schultern. »Das sagt meine Geschichtslehrerin auch immer. Aber bei so einer Mutter ist das kein Wunder. Egal welches Thema ich auch anschlage, sie entdeckt regelmäßig einen Anlass, um mir etwas Historisches zu erzählen, ob ich es nun hören will oder nicht. Sie ist einfach besessen. Vom Mittelalter und der jüdischen Vergangenheit Erfurts abhängig wie ein Fixer von seinem Stoff.«

Antonio brachte unsere Spaghetti. Eine Weile lang aßen wir schweigend. Dann trank ich meinen Orangensaft leer, wischte mir mit dem Handrücken über den Mund und fuhr fort: »Als ich noch jünger war, konnte ich sie mit Fragen nach Dinosauriern stoppen, von denen weiß sie nämlich nicht das Geringste. Aber irgendwann hat sie den Trick durchschaut und nur noch gelacht, wenn ich damit angefangen habe. Vielleicht sind ja alle Archäologen und Kunsthistoriker so. Die Scherben einer alten Vase sind ihnen wichtiger als eine neue Bratpfanne, obwohl bei der alten die Beschichtung abblättert, und antike Broschen und Gewandschließen finden sie interessanter als Outdoorjacken für ihre Töchter. Ganz zu schweigen von den Resten einer mittelalterlichen Schubkarre, gegen die ein neues Fahrrad keine Chance hat. Meine Mutter interessiert sich jedenfalls nur dafür, wie die Menschen früher gelebt haben, und kaum dafür, wie eine Fünfzehnjährige heute lebt. Wenn ich zum Beispiel sage, ich habe in dem und dem Laden eine hübsche Kette gesehen, sie kostet nur fünfzehn Euro, dann sagt sie nicht, hier hast du das Geld, kauf sie dir, wenn sie dir so gut gefällt, sondern: Der heutige Modeschmuck ist noch nicht mal ein Abklatsch dessen, was Goldschmiede früher hergestellt haben. Ehrlich gesagt, ich glaube nicht, dass sie sich wirklich für mich interessiert.«

»Und ich glaube, da täuschst du dich«, widersprach Tamara. »Du bedeutest ihr alles. Sie hat mir unterwegs dauernd von dir vorgeschwärmt und erzählt, was für ein wunderbares, begabtes Mädchen du bist.«

»Komisch, dass ich davon nie etwas merke«, sagte ich. »Zu Hause meckert sie immer nur an mir herum.« Ich äffte die Stimme meiner Mutter nach: »Warum hast du schon wieder das Hundefutter anbrennen lassen und den Topf nicht sauber gemacht? Schon wieder hast du die Milch vergessen, muss ich denn an alles denken? Du hast versprochen, die Küche zu putzen, und was hast du getan? Und warum hast du die Sachen nicht aus der Reinigung geholt, kannst du nicht wenigstens ein einziges Mal tun, was man dir sagt?«

Tamara stieß ein freudloses Lachen aus. »So ist das nun mal, wenn man zusammenlebt.«

Sie winkte Antonio und bezahlte. Dann holten wir Herrn Schneider ab und zogen los. Es wurde ein wunderbarer Nachmittag, das Wetter war ungewöhnlich warm, die Sonne strahlte von einem blauen Himmel. Ich wunderte mich, wie viel ich reden konnte. Es war so einfach mit Tamara, sie war neugierig und witzig. Ich bemerkte sehr wohl die Blicke, die sie immer wieder auf sich zog, aber ich war kein bisschen neidisch, ich schaute sie ja selbst gern an.

Abends wollten meine Mutter und Tamara ins Kino gehen, ohne mich, aber das störte mich nicht. Ich drehte noch eine kleine Runde mit Herrn Schneider, dann legte ich mich ins Bett und dachte nach, über Tamara, über den Schatz und über Juden im Allgemeinen und Alexej im Besonderen. Ich musste es einfach schaffen, ihn anzusprechen, andere konnten so etwas doch auch.

Ich mag dieses abendliche Nachdenken im Bett, mochte es schon immer, dieses Gefühl, dass Gedanken und Erinnerungen durch den Kopf schweben, ohne irgendwo hängen zu bleiben, diesen weichen, nebelhaften Bereich zwischen Wachsein und Schlafen, in dem manchmal Bilder aufblitzen und wieder verschwinden. In diesem Moment des Wegsinkens in den Schlaf muss die Idee geboren worden sein, denn am nächsten Morgen wachte ich auf und dachte: Rachel. Graphic Novel.

4 *Die große Pestilenz*

Die vier Männer sitzen in der Stube meines Vaters um den großen Eichentisch, auf dessen einer Seite die Waage steht, die er zum Abwiegen von Silber und Gold braucht. Meir Nachum von Köln sitzt neben meinem Vater und auf der Bank ihnen gegenüber Nathan, der Gemeindevorsteher. Den Stuhl am Kopfende hat mein Vater Reb Jud Menachem überlassen, unserem Rabbiner, der schon ein wenig gebrechlich ist, der dunkle Rock schlottert um seine alten Knochen. Seinen Gehstock mit dem silbernen Löwenkopf hat er neben sich an den Tisch gelehnt, bevor er sich umständlich hingesetzt hat.

Unser Rabbiner ist ein angesehener Mann, weise und gottesfürchtig, und wenn er durch die Stadt geht, wird er von allen gegrüßt, sogar die Christen ziehen ihre Hüte und Mützen und verbeugen sich vor ihm. Man sagt, er sei in seiner Jugend ein starker, wehrhafter Mann gewesen, einer, der sich nichts gefallen ließ und sogar Scharmützeln nicht aus dem Weg gegangen sei, aber davon ist nichts mehr zu sehen, das Alter hat sein Fleisch schrumpfen lassen und ihm fast alle Haare und Zähne geraubt.

Nathan, der Parnass, ist der jüngste der vier Männer. Seine Tochter Mirjam, ein hübsches, dralles Mädchen, ist eine meiner Freundinnen, obwohl sie erst zwölf ist. Wir sitzen in der

Synagoge immer nebeneinander und beobachten vom Frauenabteil aus die Männer, wie sie beim Beten die Oberkörper vor und zurück wiegen und sich zwischendurch unterhalten, lachen und manchmal sogar streiten. Mirjam fällt immer eine lustige Bemerkung ein. Besonders oft lästern wir über die Jungen, die, noch bartlos, kaum älter sind als wir und schon so tun, als wären sie erwachsene Männer. Mirjam kichert manchmal so albern, dass sie mich damit ansteckt, dann halten wir uns die Hände vor den Mund und versuchen, das Prusten zu unterdrücken. Wir reißen uns erst zusammen, wenn Ruth, Mirjams Mutter, uns Rippenstöße versetzt und mit strafenden Blicken zur Ordnung mahnt. Ich mag Mirjam sehr. Sie sieht ihrem Vater Nathan ähnlich, ist rundlich wie er und hat ebenso krause, dunkle Haare und dunkle Augen, die sich zu schmalen Schlitzen verengen, wenn sie über ihre eigenen Albernheiten lacht.

Vor den Männern stehen die Silberbecher, die ich vorhin noch schnell mit einem trockenen Tuch glänzend gerieben habe, und die große Silberschale mit dem fein ziselierten Muster ist mit Rosinen und getrockneten Aprikosen gefüllt, die wir letzten Herbst bei einem fahrenden Händler gekauft haben. In einer anderen Schale liegen die Hirseküchlein, die Agatha noch vor der Abendmahlzeit für unsere Gäste gebacken hat.

Ich gieße mit Wasser gemischten Wein aus der großen Silberkanne in die Becher vor den Männern und bemühe mich, nichts zu verschütten, auch wenn meine Hände vor Aufregung zittern. Auf dem Tisch stehen zwei brennende Öllampen und einige Kerzen. Ihre Flammen beleuchten die Gesichter der Männer und werfen unheimlich flackernde Schatten an die Wände, Schatten, die sich bei jedem zustimmenden Nicken, bei jedem Kopfschütteln und bei jeder Handbewegung verzerren. Es sieht unheimlich aus, als würden im Holz verborgene Schattenwesen ein eigenes, geheimes Dasein führen und von ihrem Reich aus uns Menschen bedrohen. Ich versuche, nicht hinzuschauen, kann aber den Blick kaum abwenden, das Schattenspiel zieht, so beängstigend es auch ist, meine Aufmerksamkeit unwiderstehlich an.

Reb Jud Menachem spricht den Segensspruch über den Wein: *»Gelobt seist Du, Ewiger, unser Gott, König der Welt, Schöpfer der Frucht des Weinstocks«*, über das Obst: *»Gelobt seist Du, Ewiger, unser Gott, König der Welt, Schöpfer der Baumfrucht«*, und über die Küchlein: *»Gelobt seist Du, Ewiger, unser Gott, König der Welt, durch dessen Wort alles entstand.«* Dann wischt er sich mit einer zittrigen Hand den Mund ab und wendet Meir Nachum von Köln erwartungsvoll den Kopf zu. »Nun, Fremder, was hast du zu berichten?«, fragt er in die angespannte Stille hinein.

Meir Nachum fährt sich über die Haare, rückt sein Käppchen zurecht, streicht sich wieder über die Haare, als müsse er sich erst die richtigen Worte zurechtlegen. »Ich nehme an, ihr habt schon von der großen Pestilenz gehört«, sagt er schließlich zögernd.

Nathan, der Parnass, stützt die Ellenbogen schwer auf den Tisch, wiegt bekümmert den Kopf hin und her. Seine Stimme klingt besorgt. »Man hört so einiges«, sagt er leise, »es gibt Gerüchte, aber etwas Genaues weiß man nicht. Man sagt, die Pestilenz sei vor zwei, drei Jahren in Italien aufgetaucht und breite sich weiter aus. Ein reisender Händler hat sogar behauptet, sie habe schon die Alpen überquert, aber wir wussten nicht, ob wir ihm glauben sollten. Deshalb haben wir beschlossen, uns nicht zu ängstigen, solange wir nichts sicher wissen. Aber wir beten, dass die Geißel der Menschheit nicht bis zu uns nach Erfurt kommt und der Ewige uns verschont.«

Mein Vater wirft mir über den Tisch hinweg einen Blick zu, vielleicht um mich zu beruhigen, aber ich weiche ihm aus. Meine Knie fangen an zu zittern, und ich halte mir eine Hand vor den Mund, um einen Aufschrei zu unterdrücken. Wann immer von großem Unheil die Rede ist, von Kriegen, Dürre, Überschwemmungen, Hungersnöten, Verfolgungen und Seuchen, fällt auch das Wort Pestilenz. Wenn sie es hört, wird Agatha ganz blass, schlägt ihre Schürze vors Gesicht und ich höre sie flüstern: »Der Herr stehe uns bei und errette uns aus großer Not.«

»Das sind keine Gerüchte«, sagt Meir Nachum, »leider nicht, meine Brüder, der Ewige, gelobt sei Er, möge uns schützen und bewahren. Diese furchtbare Krankheit ist bis zu uns vorgedrungen. Und sie breitet sich rasch nördlich der Alpen aus, rascher als ein vorschnell ausgesprochenes böses Wort. Im Süden unseres Landes sind bereits etliche Gebiete betroffen.«

Nathan stößt einen unterdrückten Schreckensschrei aus, seine sonst glänzenden Augen sind auf einmal stumpf geworden. »Wir sind in der Hand des Ewigen«, sagt er mit schwacher Stimme. »Er allein ist es, der über Heil und Unheil entscheidet und uns, so es Ihm gefällt, ins Buch des Lebens schreibt.«

Meir Nachum nickt. »Ja«, sagt er, »unser Schicksal liegt in Seiner Hand, nur Er kann uns retten. Wo immer die Pestilenz auftritt, folgt ihr der Tod mit seiner Sense und mäht die Menschen nieder. Und wie gewöhnlich gibt man uns Juden die Schuld an jedem Unglück, auch an dem Großen Sterben. Man sagt dann immer, wir würden Brunnen und Quellen vergiften.«

Er schweigt, nimmt einen Schluck Wein und steckt sich eine getrocknete Aprikose zwischen die Lippen. Reb Jud Menachem, der Rabbiner, kaut an einem Küchlein herum. Man sieht förmlich, wie er es im Mund mit der Zunge gegen den zahnlosen Gaumen drückt, um es mit Speichel aufzuweichen. Ein paar Krümel hängen in seinem Bart und zittern bei jeder Bewegung seiner malmenden Kiefer.

Meir Nachum trinkt noch einen Schluck, bevor er das Aprikosenstück hinunterschluckt und weiterspricht. Es fällt ihm schwer, seine runden Wangen blähen sich auf und sein gestutzter Bart scheint sich zu sträuben. »In Savoyen haben sich Juden, die man angeklagt hat, schuldig bekannt. Sie haben zugegeben, die Brunnen vergiftet zu haben. Die Ärmsten, man hat sie gefoltert, sie haben die Qualen nicht ausgehalten und einen schnellen Tod vorgezogen. Doch für uns hat das falsche Geständnis unserer armen, geschändeten Brüder schlimme Folgen, die schlimmsten, die man sich vorstellen kann. Ihr Geständnis hat sich noch schneller verbreitet als das Große Sterben selbst und zu einem schrecklichen Blutbad geführt. Zu einem Zeitpunkt, als die Krankheit die Stadt noch gar nicht erreicht hatte, wurden in Straßburg zweitausend Juden getötet, die gesamte jüdische Bevölkerung, heißt es. Und kürzlich verbrannten sich in Worms vierhundert Juden in ihren Häusern, um dem Gemetzel oder der Zwangstaufe zu entgehen.«

Meir Nachum hebt die Hände, lässt sie wieder fallen, eine Gebärde großer Hilflosigkeit. Dann fügt er hinzu: »Als mir das zu Ohren gekommen ist, habe ich alles verkauft, was ich besaß, und bin geflohen, aus Angst, die Krankheit könnte auch in Köln ausbrechen und zu schrecklichen Gräueln führen.«

Das Blut strömt aus meinem Kopf, mir wird schwarz vor

den Augen und meine Knie geben unter mir nach. Um nicht umzusinken, presse ich den Rücken fest an die Wand hinter mir. Vierhundert Juden, deren Angst so groß war, dass sie es vorgezogen haben, sich eigenhändig das Leben zu nehmen. Das ist unvorstellbar. Eine Wiederholung des Schicksals, das, wie unsere Ältesten berichten, den Zeloten auf dem Berg Massada am Toten Meer bestimmt war: Sie stürzten sich in den Tod, Männer, Frauen und Kinder, um nicht den Römern in die Hände zu fallen. Ich merke, wie mir Tränen in die Augen steigen, und wische sie schnell ab. Dann reiße ich mich zusammen und gieße Meir Nachums Becher, den er mir auffordernd hinhält, wieder voll.

»Der Ewige stehe uns bei«, sagt Nathan und fährt sich mit der Hand durch die schwarzen Kraushaare. »Der Ewige stehe uns bei, es kommen schlimme Zeiten auf uns zu. Es reicht nicht, dass seit ein paar Jahren die Ernten immer schlechter geworden sind und viele Menschen Hunger leiden, jetzt steht uns auch noch die große Pestilenz bevor.« Er, der sonst immer rot und verschwitzt aussieht, ist aschgrau geworden wie ein zerschlissenes Leintuch und seine dunklen Augen sind tief in die Höhlen gesunken. Seine Hand zittert, als er den Becher an den Mund führt.

»Wir haben alle davon gehört, wie vor Zeiten die Pestilenz in Byzanz gewütet hat«, sagt Reb Jud Menachem und streicht sich über den Bart, der, im Gegensatz zu den Bärten der anderen drei Männer, nicht gestutzt ist, sondern lang, weiß und zerzaust. »Die Hälfte der Menschen soll damals gestorben sein.« Obwohl er doch ein so sanfter Mann ist, gleicht sein Gesicht jetzt einer Fratze. Seine Falten, beleuchtet von den Kerzen, sehen noch tiefer aus als tagsüber, wie eingekerbt, wie mit einem Messer geschnittene schwarze Furchen zwischen fahlen, wulstigen Rändern.

Mein Vater hat bisher noch nichts gesagt, er hat den Kopf nur einmal gehoben, um mich anzuschauen, dann hat er ihn wieder gesenkt. Jetzt richtet er sich auf, und seine Stimme ist ungewohnt hart, als er sagt: »Der Ausbruch der Pestilenz in Byzanz ist lange her, ein paar Hundert Jahre. Wir haben die Geschichten von unseren Vätern und Großvätern gehört, ohne sie wirklich glauben zu wollen. Wir haben diese Krankheit aus unserem Gedächtnis gelöscht und so getan, als wäre die Vergangenheit vergangen, als könnte die Pestilenz nie mehr ausbrechen. Doch jetzt müssen wir feststellen, dass wir uns geirrt haben. Wir haben uns in falscher Sicherheit gewiegt.«

»Ja«, sagt Meir Nachum von Köln, »jetzt ist sie wieder da, eine Strafe des Allmächtigen.«

»Woran merkt man, dass jemand die Pestilenz hat und nicht eine andere, weniger gefährliche Krankheit?«, fragt Nathan widerstrebend, als sei er gar nicht so sicher, es genau wissen zu wollen.

Meir Nachum wiegt den Kopf hin und her. »Gesehen habe ich auch noch keinen Pestkranken«, sagt er zögernd. »Aber ich habe gehört, dass die armen Menschen Schüttelfrost bekommen, Kopfschmerzen und hohes Fieber, und vor allem sichtbare Beulen am Hals, in den Achselhöhlen, in den Leisten und sogar im Gesicht. Diese schmerzhaften Beulen können handtellergroß werden, sie färben sich schnell schwarzblau und dann platzt der Eiter aus ihnen heraus. Meist sterben die Kranken innerhalb weniger Tage. Manche wachen sogar morgens noch gesund auf und liegen abends schon auf dem Totenbett.«

Wie es mir vorhin schon aufgefallen ist, stockt er, als suche er nach den richtigen Worten, bevor er weiterspricht: »Wer kann, flieht vor der großen Pestilenz, denn sie ist sehr ansteckend. Hat sie sich erst einmal irgendwo niedergelassen, gibt es keine Rettung, dann geht sie von Haus zu Haus und alle werden krank. Der Tod lässt sich auf den Dächern nieder, breitet die Arme aus und wartet geduldig auf seine Opfer, die unweigerlich kommen werden. Wenn man morgens durch die Stadt geht, kann man die Leichen auf den Straßen liegen sehen, heißt es. Oft sollen es so viele sein, dass zwei oder drei oder noch mehr auf einer einzigen Bahre transportiert werden, und an manchen Orten, sagt man, habe es so viele Tote gegeben, dass niemand mehr da war, um sie zu begraben.«

»Die Pestilenz ist fürchterlich, schlimmer als die zehn Plagen, die der Herr einst über die Ägypter geschickt hat«, sagt mein Vater. Seine Worte klingen so hohl, als kämen sie von weit her, ein Echo seiner sonst so kraftvollen Stimme. »Der Ewige möge uns beschützen.«

Und Reb Jud Menachem fragt: »Was ist mit den Ärzten und Badern, können sie nicht helfen?«

Meir Nachum hebt die Hände, lässt sie wieder fallen. »Die Ärzte und Heiler sagen, die Krankheit würde sich durch faulig riechende Winde verbreiten, die sie Miasmen nennen. Vor allem der Südwind soll schuld sein an der Verbreitung der Seuche. Deshalb raten viele, man solle nur die Fenster nach Norden öffnen und die nach Süden fest geschlossen halten. Doch das hat bisher offenbar kaum geholfen. Die Ärzte versuchen, die Kranken mit Aderlässen und nassem Schröpfen zu heilen, und sie verbrennen alle möglichen aromatischen Substanzen, um die Krankheit abzuwehren. Aber wirklich nützen, sagt man, tut das nichts. Die große Pestilenz erweist sich als unbesiegbar.«

Ich schaue zum Fenster. Draußen ist es inzwischen stockfinster geworden, kein Stern ist zu sehen. Wind ist aufgekommen. In der Ferne heulen Wölfe und irgendwo in der Nähe antworten Hunde ihren wilden Brüdern. Dann wird es wieder still. Ich höre die Zweige des Apfelbaums von draußen gegen die Hauswand schlagen, als würden sie um Einlass bitten. Dieses klatschende, schabende Geräusch lässt das ganze Bild, das sich mir bietet, noch unheimlicher erscheinen. Mir läuft ein Schauer über den Rücken. Es ist nicht richtig, dass ich mir diese furchtbaren Geschichten anhören muss, sie sind nicht für meine jungen Ohren bestimmt. Auf einmal fühle ich mich wieder wie ein Kind, das sich unter dem Rock seiner Mutter verstecken möchte.

Nathan rauft sich den dunklen Bart und stößt einen schmerzerfüllten Seufzer aus. »Das bedeutet, dass uns eine schwere Prüfung bevorsteht.«

Mein Vater schaut Meir Nachum an. »Wie sollen wir uns vorbereiten? Sag, mein Freund, weißt du, was wir unternehmen können, um uns und unsere Familien zu schützen?«

Meir Nachum öffnet den Mund, um etwas zu sagen, macht ihn wieder zu und presst die Lippen zusammen. Er hebt die Hände, breitet sie aus und lässt sie auf den Tisch sinken, eine Gebärde der Hilflosigkeit, die ich noch von meiner Großmutter her kenne. »Ich weiß es nicht«, sagt er schließlich, »ich glaube, das weiß niemand. Kasimir III. von Polen hat den Juden angeboten, sich in seinem Herrschaftsgebiet anzusiedeln, er hat ihnen Schutz versprochen. Ich habe keine Familie, für die ich die Verantwortung trage, ich brauche nur für mich selbst zu sorgen, deshalb habe ich beschlossen, nach Polen zu ziehen. Ich habe dort einen Vetter, Aaron, er lebt schon seit ein paar Jahren in Lemberg und handelt mit Getreide, er wird mir bestimmt helfen, in der Fremde Fuß zu fassen. Die Reise ist lang und gefährlich, aber vielleicht bedeutet Flucht ja die Rettung, sowohl vor der Pestilenz als auch vor den Ausschreitungen gegen die Juden, die sie überall mit sich bringt. Alles geschieht nach dem Willen des Ewigen, Sein Name sei gelobt.«

»Wir müssen irgendetwas unternehmen, wir dürfen uns nicht einfach dem Schicksal überlassen«, sagt Nathan und hebt die Fäuste, eine Gebärde, als könnte er die Pestilenz mit Schlägen abwehren, doch seine Stimme klingt plötzlich schwach wie die eines alten Mannes, viel älter, als er es den Jahren nach ist. Hilflos lässt er die Fäuste wieder sinken.

Reb Jud Menachem meldet sich zu Wort. »Wir müssen dem Ewigen vertrauen. Vielleicht kommt es hier ja nicht zu solchen Ausschreitungen, wir leben doch seit vielen Jahren in Frieden mit unseren christlichen Nachbarn.«

Mein Vater schlägt so heftig mit der Faust auf den Tisch, dass ich unwillkürlich zusammenzucke, als hätte er mich getroffen. Sein Becher kippt um und der Rest des Weines fließt über die Tischplatte und tropft auf den Boden. Er wischt die Flüssigkeit mit dem Ärmel weg, dreht sich zu mir um und hält mir seinen Becher hin, eine Aufforderung, ihm nachzuschenken, was ich auch sofort tue.

»Reb Jud Menachem«, sagt er, »auf diese friedliche Nachbarschaft können wir uns nicht verlassen. Hast du nicht auch die Flagellanten gesehen, die seit längerer Zeit immer wieder durch die Stadt ziehen und sich mit Weidenruten und Knüppeln kasteien? Hast du nicht gehört, wie sie umso lauter gegen uns Juden hetzen, je mehr Blut über ihren nackten Rücken strömt? Sie verfluchen uns, als wäre nicht das Wetter schuld an den schlechten Ernten, sondern wir, die Juden. Ich sage dir, Reb Jud Menachem, wenn die Pestilenz Erfurt erreicht, sind wir alle in großer Gefahr, nicht nur durch die Krankheit selbst, sondern durch die Judenhasser, die es auch hier zahlreich gibt. Glaubt mir, meine Brüder, man wird uns die Schuld an allem geben. Wir sind schon immer die Sündenböcke für jedes Unheil gewesen und so wird es auch diesmal sein.«

Er wiegt schwer den Kopf hin und her, fährt sich mit der Hand durch die Haare und rückt sein Käppchen zurecht, das ihm fast vom Kopf gerutscht ist. Meir Nachum von Köln hat sich vorgebeugt und ihn verdeckt, deshalb habe ich das Gesicht meines Vaters nicht sehen können, als er gesprochen hat, aber seine Stimme hat höher geklungen und seltsam fremd, seltsam verschreckt. So habe ich ihn noch nie sprechen gehört.

Mir stockt der Atem. Mein Vater, dieser mächtige Mann, hat Angst? Mein Vater, der sonst immer alles weiß, ist ratlos? Und wenn er schon nicht weiterweiß, was soll dann aus uns anderen werden?

Obwohl er mich nicht sehen kann, scheint er meine Gedanken zu spüren, meine Angst. Denn plötzlich lehnt er sich zurück, dreht sich zu mir um und wirft mir einen Blick zu, als falle ihm erst jetzt auf, dass ich die ganze Zeit in der Ecke neben der Tür gestanden und alles gehört habe, was gesprochen worden ist. Dabei hat er mich selbst aufgefordert, ihn, seinen Freund Meir Nachum, den Parnass und unseren Rabbiner an diesem Abend zu bedienen. Sein Blick ist kühl, abweisend und irgendwie leer, sein Gesicht, das nur zur Hälfte beleuchtet ist – die andere Hälfte liegt im Schatten und wirkt geisterhaft.

»Rachel«, sagt er jetzt, »geh schlafen, Tochter. Und vergiss, was du hier gehört hast. Kein Wort zu den anderen, auf keinen Fall zu Agatha und Burkhard. Auch nicht zu Joschua. Wir sollten es unserem Rabbiner und dem Parnass überlassen, unsere Menschen zum richtigen Zeitpunkt und mit angemessenen Worten zu warnen. Hast du mich verstanden, Tochter?«

Ich nicke, nehme eine der Kerzen vom Tisch, wünsche den Männern eine geruhsame Nacht und steige leise und vorsichtig, um Joschua nicht zu wecken, die Treppe hinauf zu der Kammer, die Agatha und mir als Schlafraum dient. Dort ziehe ich mich bis auf mein Unterkleid aus. Die Schlüssel klirren leise, als ich meinen Gürtel löse und ihn unter die anderen Kleidungsstücke auf den Hocker schiebe. Ich schlüpfe in mein Nachtgewand und setze die Schlafhaube auf, bevor ich die Kerze lösche und über Agatha hinweg ins Bett steige. Sie schläft schon fest und schnarcht leise, wie sie es immer tut. Es ist ein schnarrendes, von plötzlichen Luftschnappern unterbrochenes Geräusch, das mich oft genug stört und am Einschlafen hindert, heute jedoch, nach den bedrohlichen Reden, die ich gehört habe, kommt es mir vertraut und tröstlich vor.

Aber wirkliche Ruhe finde ich nicht. Zum Glück hat Agatha einen festen Schlaf, es stört sie nicht, dass ich mich immer wieder hin und her drehe. Die Geschehnisse des Abends gehen mir einfach nicht aus dem Kopf, ich kann nicht vergessen, was für Ungeheuerlichkeiten ich gehört habe.

Ich rutsche etwas näher zu Agatha, um Schutz zu suchen, vielleicht auch nur um mich zu wärmen, wie ich es in kühlen Nächten immer tue. Ich schmiege mich an ihren breiten Rücken, der sich weich und zugleich fest anfühlt, und atme tief ihren vertrauten Geruch nach Rauch und Schweiß und Zwiebeln ein. Doch meine Angst und meine innere Unruhe sind so groß, dass ich einfach keinen Schlaf finde. Ich spüre, wie mir die Tränen aus den Augen laufen und auf Agathas Hemd tropfen, deshalb, um sie nicht zu wecken, rutsche ich wieder von ihr weg. Ich habe schon lange nicht mehr geweint, aber heute kann ich die Tränen nicht zurückhalten. Es ist, als würde die Welt vor meinen Augen zerfallen. Wer weiß, was uns noch bevorsteht.

5 Konturen

Das war's, eine Graphic Novel, so etwas wie *Der Drachenläufer*, *Huck Finn* oder *17. Juni*, die in meinem Bücherregal standen. Ich hatte schon lange über eine gute Idee nachgedacht, zum Beispiel ein modernes *Rotkäppchen* oder die Fabel von Reineke Fuchs. Doch abgesehen davon, dass ich nur Hunde und Katzen wirklich gut zeichnen konnte, waren die Geschichten mir letztlich zu langweilig vorgekommen, zu bekannt. Nun würde es also die Geschichte des Erfurter Schatzes werden, die Geschichte von Kalman von Wiehe und seiner Tochter Rachel. Übrigens war ich mir inzwischen sicher, dass Rachel einen Bruder hatte, einen jüngeren Bruder, der Joschua hieß.

Ich war so begeistert von meiner Idee, dass ich Herrn Schneider, der seinen dicken Kopf neben meinen gedrückt hatte, um mich aufzuwecken, zur Seite schob und sofort aus dem Bett sprang.

Auf unserem morgendlichen Pinkelgang konnte ich an nichts anderes denken. Wie hatten sie gelebt, dieser Kalman von Wiehe und seine Kinder? Was bedeutete es im Mittelalter, ein Jude zu sein? Und was bedeutet es heute? Wie hatte er seine Flucht organisiert? War er ein liebevoller Vater gewesen oder ein unerbittlicher Patriarch? Was für eine Rolle spielte ein Vater bei Juden? Ich musste unbedingt mehr erfahren, und der »Russe« war der Einzige, von dem ich wusste, dass er Jude war. Jetzt hatte ich, abgesehen von meiner Neugier, einen wirklich wichtigen Grund, ihn anzusprechen.

Das tat ich auch. An diesem Tag sprach ich den »Russen« tatsächlich an. Und damit änderte sich viel in meinem Leben.

Doch vielleicht sollte ich erst mal erklären, was mir Zeichnen und Malen bedeuten. Soweit ich mich erinnere, habe ich immer gern gemalt, schon im Kindergarten, aber damals war es, glaube ich, nur eine Art Zeitvertreib, ein kindliches Vergnügen wie Kneten oder Basteln, nicht mehr. Doch dann sah ich etwas, was mir bis dahin noch nie aufgefallen war. Ich muss neun oder zehn gewesen sein, jedenfalls hat meine Oma noch gelebt. Ich war mit meiner Mutter in den Weihnachtsferien beim Skifahren in Winterberg. Das, was mir damals passierte, war eine Art Offenbarung, so jedenfalls hat es meine Oma genannt, als ich ihr, erschreckt und verwirrt durch die Intensität meiner Empfindungen, davon erzählte. Mir ist klar, dass das etwas theatralisch und bombastisch klingt. Trotzdem bin ich überzeugt, dass auch Kinder solche entscheidenden Momente erleben können. Meine Oma meinte sogar, das sei gar nichts Außergewöhnliches, erstaunlich sei nur, dass ich diese plötzliche Erkenntnis so intensiv erlebt und mich an ihr festgeklammert hätte.

Ich war keine großartige Skifahrerin, bin es bis heute nicht, ich habe mich also einen ziemlich flachen Hang hinuntergemogelt und wartete am Lift auf meine Mutter, da fiel mir plötzlich der Horizont auf, den ich vorher nicht wirklich gesehen hatte, bis dahin hatte ich meine Umgebung als mehr oder weniger weiße Flächen wahrgenommen. Doch auf einmal sah ich die geschwungenen, hier und da gezackten Konturen der verschneiten Bergkämme, die sich gegen den hellen, fast weißen Himmel kaum abhoben, ich sah die dunklen Umrisse von Bäumen und die geschwungenen Spuren, die Skifahrer in den Schnee gezogen hatten. Ich erkannte die Schönheit der Kontraste scharfer und zarter Linien gegen harte und weiche Schatten, und alles in differenzierten Abstufungen von Weiß und hellem Grau, nur die Skifahrer leuchteten als bunte Sprenkel wie Blumen auf einer Wiese. Die Schönheit dieses Anblicks hat mir den Atem verschlagen, jedenfalls würde ich es heute so beschreiben. Damals dachte ich nur: Wieso ist mir das nie aufgefallen? Bin ich denn blind gewesen?

Ich weiß noch, dass ich unbeweglich dastand, in den Anblick versunken, denn als meine Mutter kam und sagte: »Willst du hier Wurzeln schlagen? Komm, wir fahren noch mal«, war ich wütend auf sie, weil sie mich gestört hatte. Aber ich konnte und wollte ihr nicht sagen, was mir gerade passiert war.

Als wir wieder zu Hause waren, versuchte ich, die Horizontlinien aus dem Gedächtnis zu zeichnen, aber es gelang mir nicht. Wenn ich abends im Bett die Augen zumachte, konnte ich sie deutlich vor mir sehen, doch wenn ich aufstand, um sie zu zeichnen, entschlüpften sie mir wieder. Ich kaufte mir einen Skizzenblock und verschiedene Bleistifte. Tagelang versuchte ich es, am Schluss hatte ich einen ganzen Stapel Zeichnungen. Eine, die mir am besten gefiel, hob ich auf, die anderen warf ich enttäuscht in den Papierkorb.

Aber ich hatte meine Leidenschaft fürs Zeichnen entdeckt und im Lauf der Zeit bekam ich es immer besser hin. Ich zeichnete Tiere, Menschen, Gegenstände, Landschaften: Linien, Schatten, Konturen. Es war eine einsame Leidenschaft, die ich mit niemandem teilte, zum einen, weil ich nicht wusste, wie ich es hätte erklären können, zum anderen, weil ich es gar nicht wollte. Die Heimlichkeit machte den Genuss nur noch größer. Natürlich bekam meine Mutter mit, dass ich jetzt immer Blöcke und Bleistifte herumliegen hatte, schließlich musste sie meine Zeichenutensilien ja auch bezahlen, aber sie sah es nur als ein Hobby an, das, wie alle anderen meiner Spleens, wie sie es nannte, bald vergehen würde.

Aber es verging nicht.

Da ist es mir schon wieder passiert, dass ich von etwas anderem spreche, als ich eigentlich wollte. Das ist eine weitere Eigenheit von mir – oder vielleicht auch nur eine schlechte Angewohnheit. Meine Oma hat früher immer gesagt: Du umkreist einen Punkt so lange, bis du an einem ganz anderen landest, als du eigentlich wolltest, und deine Zuhörer nicht mehr wissen können, welchen du ursprünglich gemeint hast, und vermutlich weißt du es selber nicht. Aber das stimmt nicht, ich weiß, dass ich vorhatte, von meinem ersten Zusammentreffen mit Alexej zu berichten.

Er stand in der Pause wieder an seinem Platz unter der Kastanie und spielte mit seinem Handy, und ich, ich ging einfach auf ihn zu, ohne lange nachzudenken, ohne zu planen, ohne mich misstrauisch umzuschauen, wer mich dabei beobachten könnte. Ein gelber Schmetterling flatterte an mir vorbei, ich blieb stehen und schaute ihm kurz hinterher, dann ging ich weiter. Meine Füße bewegten sich wie von selbst, meine Gedanken folgten dem Schmetterling.

Alexej schaute erst von seinem Handy hoch, als ich schon vor ihm stand. »Was willst du?«, fragte er erstaunt. Ein Sonnenstrahl fiel schräg durch das Laub und malte helle Flecken auf sein Gesicht.

Was für eine schöne Stimme er hat, schoss es mir durch den Kopf, nicht mehr wie ein Kind und noch nicht wie ein Mann. Irgendetwas zwischen Dur und Moll. Er sah nicht nur verdammt gut aus, aus der Nähe sogar noch besser, er hörte sich auch gut an.

»Was willst du?«, fragte er noch einmal und musterte mich mit seinen schönen dunklen Augen. Mir fiel auf, was für lange Wimpern er hatte, Wimpern, um die ihn jedes Mädchen beneiden würde.

Plötzlich wurde mir warm, ich spürte, wie meine Wangen glühten, und war dankbar dafür, dass man das bei Braunhäutigen nicht so sieht. »Ich glaube, du kannst mir helfen«, sagte ich.

»Womit?«

Ich zögerte einen Moment, dann sagte ich: »Ich möchte ein Bild von einem Juden im Mittelalter zeichnen. Woran kann man gleich erkennen, dass in einer Wohnung Juden leben?«

Das war nicht besonders diplomatisch, so etwas nennt man mit der Tür ins Haus fallen. Auf den ersten Blick ungeschickt, auf den zweiten auch, trotzdem hat es funktioniert. Er schien sich über meine Frage nicht zu wundern, er antwortete so selbstverständlich, als hätte ich gefragt, wo der nächste Coffeeshop sei.

»Die Wohnung von außen oder von innen?«

»Von innen«, sagte ich.

Er lächelte. »Von außen wäre es ganz einfach, du müsstest einfach eine Mesusa an den rechten Türpfosten malen, das ist eine Metall- oder Holzkapsel mit einem heiligen Text auf Pergament. Von innen, da musst du eine Menora irgendwohin stellen, in eine Vitrine, auf die Fensterbank oder auf den Tisch.«

»Eine Menora?«

»Ja. Das ist ein siebenarmiger Kerzenständer, dem Leuchter nachgebildet, der im Tempel in Jerusalem gestanden hat.«

»Wie genau sieht dieser Leuchter aus?«, fragte ich.

Er tippte *Menora* in sein Handy und zeigte mir das Bild, das sofort auf dem Display erschien.

»Solche Kerzenständer sieht man doch überall«, sagte ich enttäuscht, »man kann sie in jedem Dekoladen kaufen. Ich hätte ihn nicht als jüdisch erkannt.«

Er nickte. »Stimmt, sie sind Mode geworden und man verbindet sie nicht mehr automatisch mit Juden.« Er fuhr sich mit der Hand durch die Haare, eine schnelle Bewegung, eigentlich berührte er nur seine Haarspitzen, eine, wie ich später merken sollte, flüchtige Geste, die bedeutete, dass er unschlüssig war, nachdenklich. »Aber im Mittelalter waren es bestimmt nur Juden, die eine Menora besaßen, also weiß jeder, dass es sich um eine jüdische Familie gehandelt haben muss.«

Er hatte wirklich eine Stimme, bei der sich mir die Härchen auf den Armen aufrichteten, es war, als würde der gelbe Schmetterling sie mit seinen Flügeln streifen.

Bevor ich ihn fragen konnte, was es mit diesem Leuchter auf sich hatte, ging die Klingel, die Pause war zu Ende. »Wenn du noch etwas wissen willst, über Geschichte meine ich, kannst du mich ruhig fragen«, sagte er, steckte sein Handy in die Hosentasche und ging auf das Schulhaus zu.

Und ich dachte: Ich muss mir wirklich Fragen überlegen, die ich ihm stellen kann. Unbedingt. Schon damit ich diese Stimme wieder höre.

Etwas verdattert blieb ich noch einen Moment stehen. Es war zu schnell gegangen, zu einfach. Ich verstand nicht mehr, warum ich mir so viele Gedanken gemacht hatte.

Auf dem Weg zum Klassenzimmer musste ich an der Clique vorbei. Sie standen zu viert oder fünft unten an der Treppe, steckten die Köpfe zusammen und tuschelten. Als ich näher kam, hörten sie auf zu sprechen und starrten mich neugierig an. Es war genau so, wie ich es mir vorgestellt hatte, ich konnte die Sprechblasen über ihren Köpfen förmlich sehen. *Schaut mal, die will den schönen »Russen« aufreißen.* Und: *Was bildet die sich eigentlich ein, diese langweilige Tussi?* Ich ging betont gleichgültig die Stufen hinauf und tat, als hätte ich sie nicht bemerkt.

Mittags aß ich in der Kantine, weil wir nachmittags Kunst hatten, da lohnte es sich nicht, nach Hause zu gehen. Außerdem war Tamara nach Weimar gefahren. »Ich kann doch nicht so nah bei Weimar sein, ohne die Stadt der Dichter und Denker zu besichtigen«, hatte sie gesagt, »noch dazu, wenn du länger Schule hast.« Ich hatte das Gesicht verzogen und sie hatte gelacht. »Mach keinen Flunsch, Laura, es ist mir klar, dass dich Goethe und Schiller nicht interessieren, aber ich bin eine andere Generation, und glaub mir, den *Faust* und *Die Räuber* kann man sich auch heute noch im Theater anschauen.« Und als ich die Augen verdrehte, hatte sie schnell hinzugefügt: »Natürlich nicht nur so alte Sachen.«

In der Kantine gab es Bratkartoffeln mit Frikadellen und Salat, nicht gerade sterneküchenwürdig, aber was soll's, ich hatte Hunger. Ich war schon fast fertig, da setzte sich Vanessa zu mir und stellte ein Glas Limo vor sich auf den Tisch. Sie stützte die Arme auf und legte das Kinn auf die gefalteten Hände, ihre blaugrünen Augen funkelten neugierig. »Hey«, fragte sie, »was hast du mit Alexej zu tun?«

Ich zuckte mit den Schultern. »Nichts, wir haben uns nur ein bisschen unterhalten.«

»Worüber denn?«, fragte sie.

Wieder zuckte ich mit den Schultern, stand auf und stellte mein benutztes Tablett in einen der Ständer. Bevor sie mir nachkommen und weiterbohren konnte, ging ich zu Julian und seinem Freund Simon aus der Klasse über uns, der denselben Geigenlehrer hatte. Sie saßen hinten in der Ecke und aßen Chips. Abwechselnd griffen sie in die Tüte und hielten sie mir hin, als ich mich zu ihnen setzte. Aber ich konnte nur zweimal zugreifen, da läutete es bereits. Ende der Mittagspause.

Im Kunstunterricht redete Frau Zimmermann lange über Marc Chagall, einen jüdischen Maler, und seine fantastischen Motive, und plötzlich hatte ich das Gefühl, von Juden und jüdischen Themen umgeben zu sein, fast umzingelt: Da gab es nicht nur den Schatz und Kalman von Wiehe und seine Tochter, sondern auch Alexej und die siebenarmigen Leuchter, und jetzt noch Marc Chagall.

Frau Zimmermann zeigte uns Bilder mit Menschen und Tieren, die zwischen Erde und Himmel schwebten, in bunten Farben, mit viel Blau, einem sehr leuchtenden Blau, und erzählte uns vom Leben dieses Mannes, der zu den bedeutendsten Malern der Moderne gehört. Ich war fasziniert von diesen Bildern, so wie ich von allem fasziniert bin, was die Realität ins Irreale oder Surreale verändert. Trotzdem konnte ich mich nicht richtig konzentrieren, mir ging dieser Alexej nicht aus dem Kopf. Und als wir mit Wasserfarben ein Bild im Stil von Marc Chagall malen sollten, malte ich einen fliegenden blauen Esel, um den lauter gelbe Schmetterlinge flatterten.

Diesen Abend, Tamaras letzten, sie wollte am nächsten Morgen nach Straßburg zurückfahren, wo sie als Dolmetscherin beim Europäischen Parlament arbeitete, verbrachten wir gemütlich zu Hause und unterhielten uns, natürlich auch über den Schatz, aber nicht nur. Ich weiß nicht mehr genau, was wir alles geredet haben, denn ich musste immer wieder Tamara anschauen. Es tat mir so leid, dass sie wegfahren würde, das Leben zu dritt, obwohl es nur drei Tage gedauert hatte, hatte mir gefallen, ein Leben ohne Streit und Nörgeleien. Als sich unsere Blicke trafen, lächelte Tamara, strich mir leicht über die Hand und sagte: »Ich komme bald wieder, versprochen.«

Später, vor dem Einschlafen, als ich über Rachel nachdachte, fiel mir ein, was auf dem Deckblatt meiner Graphic Novel zu sehen sein würde: die *Alte Synagoge* bei Nacht. Das Gebäude wird nur schwach vom Mond beleuchtet, man erkennt die Fenster und die Konturen des Dachfirsts, die Seitenmauern vermischen sich mit den Mauern der umliegenden Häuser. Ein sehr dunkles Bild, das würde ich auch als Text darunterschreiben. *1349 – In Erfurt war es dunkel – nicht nur bei Nacht.*

6 *Das Versteck*

Ich schrecke mitten in der Nacht hoch, und es dauert eine ganze Weile, bis ich verstehe, was los ist. Eine Hand schüttelt mich leicht an der Schulter. Der Mond scheint durch das Fenster, gegen sein blasses Licht hebt sich eine große Gestalt dunkel ab. Mir verschlägt es den Atem, doch dann erkenne ich, dass es mein Vater ist. Er trägt eine Kerze in der Hand, der Schein wirft flackernde Schatten auf sein Gesicht. Er beugt sich zu mir, sodass ich seinen warmen Atem auf meinem Gesicht spüre, und flüstert mir ins Ohr: »Zieh dir etwas über, Tochter, und komm mit mir.« So leise spricht er, dass ich erst glaube, Blätterrascheln von draußen zu hören, doch als ich nicht reagiere, wiederholt er seine Worte und richtet sich wieder auf. Groß und mächtig steht er da.

Zögernd schlage ich die Decke zurück. Agatha schnauft, als ich vorsichtig über sie steige, und stößt einen Ton aus, der wie ein Seufzer klingt, aber sie wird nicht wach. Sie wird nie wach, sie hat einen festen Schlaf. Wer seine Arbeit anständig macht und ein reines Gewissen hat, kann nachts gut schlafen, sagt sie immer. Das ärgert mich, denn ich mache meine Arbeit ebenso anständig wie sie, und warum ich kein reines Gewissen haben sollte, weiß ich auch nicht. Trotzdem liege ich des Abends oft lange wach und mein Schlaf ist immer unruhig und leicht.

Ich ziehe meinen Umhang über, schlüpfe in meine Schuhe und folge meinem Vater aus dem Schlafgemach. Die Tür knarrt leise, als ich sie hinter mir zuziehe. Ich habe Angst. Noch nie hat mich mein Vater nachts geweckt, noch nicht einmal, als meine Großmutter auf dem Sterbebett lag. Da ist es Agatha gewesen, die mich nachts zu ihr geführt hat, damit sie mich segnen konnte. Ist etwas passiert? Mit Joschua? Oder Burkhard? Oder hat er von Meir Nachum von Köln, der gestern Morgen wieder abgefahren ist, eine schlimme Nachricht bekommen? Warum sagt er nichts?

Er leuchtet mir die Treppe hinunter. »Vorsichtig«, flüstert er, »damit Joschua nicht aufwacht.«

Mein Bruder schläft in einem Verschlag unter der Treppe. Diesen Platz hat er sich selbst ausgesucht, er ist ihm, auch wenn er eng und niedrig ist, lieber als die Stube hinter der Küche, und bei Burkhard in der Kammer über dem Pferdestall will er auch nicht schlafen.

In der Küche drückt mir mein Vater die Kerze in die Hand. Zu meinem Erstaunen bückt er sich in den Schatten neben dem Herd, ich höre, wie etwas scharrend über den Boden geschleift wird, weiß aber nicht, was das sein kann. Dann richtet er sich auf und dreht sich zu mir. »Zünde einen Kienspan an«, sagt er, »wir gehen in den Keller.«

Was sollen wir mitten in der Nacht im Keller?, denke ich, wage aber nicht zu fragen. Mein Vater mag es nicht, wenn man ihm Fragen stellt, das findet er überflüssig. Wenn er etwas sagt, haben die anderen es zu tun. Also zünde ich mit der Kerze einen Kienspan an, den ich von der Kredenz nehme. Sofort wird es viel heller, und ich erkenne, dass er unseren größten irdenen Topf von seinem Platz neben dem Herd hervorgezogen hat. Er bückt sich, legt die Arme um den Topf und hebt ihn vorsichtig hoch.

»Leuchte mir«, sagt er.

Ich gehorche und folge ihm Richtung Keller. Den Kienspan halte ich in der ausgestreckten Hand schräg nach vorn und leuchte ihm, damit er den Weg findet. Der Rauch brennt mir in den Augen. Ein Kienspan ist zwar viel heller als eine Kerze oder ein Öllicht, qualmt aber auch mehr.

Die schwere Tür, die den Zugang verschließt, steht offen. Mein Vater tritt zur Seite und bedeutet mir mit einer Kopfbewegung, ich möge vorgehen. Ich trete auf die steile, unebene Rampe, die nach unten führt, und lege eine Hand an die Mauer, um mich abzustützen. Die Steine sind rau und etwas feucht. Vorsichtig tastend setze ich einen Fuß vor den anderen. Kellergeruch schlägt uns entgegen, ein modriger Geruch nach Erde und Schimmel. Meine Hand, mit der ich den Kienspan halte und meinem Vater leuchte, damit er mit seiner schweren Last nicht stolpert, zittert und lässt die Flamme flackern. Der Rauch trifft mein Gesicht, dringt mir in Mund und Nase, ich muss husten. »Psst«, zischt mein Vater, und ich unterdrücke den Krampf in meiner Kehle, bis nur noch dumpfe, knarrende Töne aus meinem Hals dringen.

Unten, am Durchgang zu den Kellerräumen, stoße ich mit dem Fuß gegen etwas, das auf dem Boden liegt, und bleibe erschrocken stehen. Ich lasse die Hand mit dem Kienspan sinken. Es sind Steine, gegen die ich getreten bin, Mauersteine, die auf dem Boden liegen, und als ich den Kienspan näher hinhalte, erkenne ich, dass daneben Silberbarren liegen und ein ganzer Haufen Münzen, Silbermünzen, die man Turnosen nennt. Ich hebe den Blick und erst jetzt fällt mir das große Loch in der Mauer auf, da müssen die Steine, die auf dem Boden liegen, herausgebrochen worden sein.

Was soll das bedeuten?

Mich fröstelt, ich ziehe mit meiner freien Hand meinen Umhang fester zu. Nun mischt sich in den modrigen Geruch auch ein säuerlicher Duft nach den Äpfeln, die wir, Agatha und ich, im letzten Herbst hier unten gelagert haben, weil wir so viele geerntet hatten, dass der Platz in der Vorratskammer nicht reichte. Dem Geruch nach müssen sie angefangen haben zu faulen.

»Aber, Vater …«, fange ich an, doch er unterbricht mich. »Frag nicht, jetzt ist keine Zeit für Fragen. Du musst mir helfen, allein bekomme ich den Topf nicht hinein.«

Ich halte den Mund und stecke den Kienspan zwischen die Steine auf dem Boden. Mein Vater packt den Topf mit beiden Händen von der einen Seite, ich von der anderen, und gemeinsam wuchten wir ihn hoch und stellen ihn auf dem Mauersims vor dem Loch ab.

»Halt ihn fest«, sagt mein Vater, »lass ihn ja nicht los, ich bin gleich wieder da.«

Es fällt mir schwer, den Topf zu halten, ich muss mich auf die Zehenspitzen stellen und den rauen Rand fest umklammern. Aber da kommt er auch schon wieder, in der Hand einen Hocker, den er vor die Öffnung stellt. Dann steigt er hinauf und ergreift den Topf. »Du kannst jetzt loslassen«, sagt er und ich ziehe meine Hände zurück. Meine Finger sind steif und gekrümmt und tun weh, ich bewege sie vorsichtig. Der Topf landet dumpf auf dem Boden hinter der Öffnung. Dem Klang zufolge muss sie mit Erde angefüllt sein, nicht mit Steinen. Ich lehne mich erschöpft an die Mauer und spüre durch den Umhang hindurch, wie rau sie ist.

Mein Vater steigt vom Hocker, wickelt die Barren in ein Tuch, das er unter seinem Umhang hervorzieht, und drückt sie mir in die Hand. »Du musst mir die Sachen reichen«, sagt er, »erst die Barren, dann die Münzen.«

Ich halte ihm die Barren hin, er versenkt sie hinter der Öffnung. Dann bücke ich mich, packe eine Handvoll Turnosen, reiche sie ihm, bücke mich wieder. Er nimmt sie, beugt sich in die Öffnung, lässt sie hineinfallen »Weiter«, sagt er, »wir haben nicht viel Zeit.«

Ich versuche, mich möglichst schnell zu bewegen. Es sind viele Geldstücke, sehr viele, es müssen Hunderte sein, vielleicht Tausende, mir wird schon ganz schwindlig vom vielen Bücken. Schweißtropfen laufen mir über die Stirn und brennen mir in den Augen, sodass sie anfangen zu tränen. Meine Handflächen tun weh, aber ich wage nicht, mich zu beklagen. Mein Vater arbeitet schweigend, nur sein lauter werdender Atem verrät, dass auch ihm die Arbeit schwer fällt. Ich sehe, wie sich seine Hände bewegen, und höre die Münzen klirren, wenn sie in den Topf fallen. Das Klirren dröhnt in meinen Ohren, lauter und lauter, bis mir schwindlig wird und ich das Gefühl habe, als hätte ich nie etwas anderes gehört als dieses Klirren.

Als mein Vater Barren und Münzen verstaut hat, steigt er vom Hocker. »Und jetzt die Steine«, sagt er. »Niemand darf etwas von dem Versteck hinter der Wand wissen. Es könnte ja sein, dass Agatha oder Burkhard aus irgendeinem Grund in den Keller müssen, und sie dürfen nichts davon merken.«

Er steckt den Kienspan auf der gegenüberliegenden Seite in eine Mauerritze und macht sich daran, die Steine in die Öffnung zu schieben. Das tut er geschickt und ohne herumzuprobieren, zielsicher landet ein Stein nach dem anderen an der richtigen Stelle, und mir wird klar, dass er das nicht zum ersten Mal tut. Dann wischt er sich die Hände am Rock ab, nimmt den Kienspan aus der Ritze und sagt: »Komm mit in meine Stube, Tochter, ich werde dir alles erklären.«

Leise steigen wir die Treppe hinauf und ich folge ihm zur Stube. Als er die Tür hinter uns geschlossen hat, stellt er den Kienspan in einen Halter auf dem Tisch, setzt sich auf die Bank und deutet mit einer Handbewegung auf die Bank gegenüber.

Ich bin so müde, dass ich kaum mehr die Augen offen halten kann, mein Kopf ist schwer und mein Atem geht stoßweise. Eigentlich möchte ich gar nicht erfahren, was das alles soll, es macht mir Angst.

Wir sitzen jeder auf einer Seite des großen Tischs, zwischen uns steht der rauchende Kienspan und wirft sein Licht bis an die Wände mit den Regalen. Ich starre in den blauen Kegel in der Mitte der Flamme, bis meine Augen tränen. Meine Hände tun weh und brennen, und als ich die Handflächen nach oben drehe, sehe ich, dass sie rot geworden sind.

»Tochter«, sagt mein Vater ernst und mit der tiefen, rollenden Stimme, mit der er sonst aus der Thora vorliest. »Tochter, die Zeiten sind hart für unser Volk, und keiner kann wissen, was uns in den nächsten Wochen und Monaten noch bevorsteht. Du hast ja gehört, was Meir Nachum von Köln über die große Pestilenz und über die Ausschreitungen gegen uns Juden gesagt hat. Wenn unsere Lage sich weiter verschlimmert, könnte es sein, dass wir aus Erfurt fliehen müssen, um unser Leben zu retten. Deshalb werden wir unser Vermögen im Keller verstecken, vorsichtshalber …« Seine Stimme wird leiser, verklingt.

Ich schaue ihn an und sage nichts. Was könnte ich auch sagen?

Nach längerem bedrückendem Schweigen fährt er, diesmal mit seiner normalen Stimme, fort: »Ich habe dich nicht nur deshalb geweckt, damit du mir hilfst, Tochter. Der Hauptgrund ist: Ich möchte, dass du genau weißt, wo wir unsere Wertsachen versteckt haben. Falls mir etwas geschieht, musst du später, wenn alles vorbei und die Welt wieder in Ordnung ist, zurückkommen und den Schatz herausholen, hörst du? Das ist wichtig, hast du mich verstanden?«

Und als ich nicht antworte, wiederholt er: »Hast du mich verstanden?«

Ich nicke und höre selbst, wie gepresst meine Stimme klingt, als ich sage: »Warum nehmen wir unser Geld nicht mit, wenn wir wirklich fliehen müssen? Wir sind doch keine Bettler.«

Er beugt sich vor, sodass sein Atem die Flamme hin und her schwanken lässt wie in einem Windzug, und greift nach meinen schmerzenden Händen, die auf dem Tisch liegen, als würden sie mir nicht gehören. »Tochter«, sagt er langsam und eindringlich, in einem Ton, der mich noch mehr erschreckt als alles andere, »Tochter, merke dir eines: Ein reicher Jude lebt gefährlich. Das darfst du nie vergessen.« Und wieder fügt er hinzu: »Hast du mich verstanden?«

Ich kann nur nicken. Er drückt meine Hände so fest, dass ich nur mit Mühe einen Aufschrei unterdrücke. »Merke dir meine Worte«, sagt er, »merke sie dir gut.«

Wieder nicke ich, der Druck seiner Finger lässt nach, ich ziehe meine Hände zurück und verstecke sie in meinem Schoß.

»Morgen Nacht machen wir weiter. Suche alle Schmuckstücke aus den Kästen und Schränken, alle Broschen, alle Ringe und Gürtelschließen, die wir an den verschiedenen Stellen aufbewahren, und bringe sie mir. Und noch etwas: Du musst in den nächsten Tagen alle Gewandschließen, die Gürtelschnallen und was wir sonst noch an kostbarem Schmuck an unseren Kleidungsstücken haben, entfernen und sie mir bringen, damit wir sie ebenfalls verstecken. Versuche es unauffällig zu tun, und falls Agatha dich dennoch dabei ertappt, dann sage, ich wolle die Sachen einschmelzen und erneuern lassen. Und vergiss nicht unser Silbergeschirr. Aber das Wichtigste ist der Schmuck. Alles soll bis zu unserer Rückkehr im Keller verborgen bleiben.«

Ich erschrecke. »Auch der Ring meiner Mutter, den du mir geschenkt hast?« Zitternd strecke ich die Hand aus, an der der goldene Ring mit dem blauen Saphir glänzt. Seit zwei Jahren trage ich ihn Tag und Nacht und nehme ihn nur ab, wenn wir die Wäsche waschen.

Mein Vater nickt. »Auch der. Wenn wir fliehen müssen, werden wir es ohne Schmuck tun. Ich habe dir doch gesagt, ein reicher Jude lebt gefährlich, also werden wir als arme Juden reisen und nur ein paar Geldstücke für unterwegs mitnehmen. Deshalb wirst du tun, was ich dir sage. Und du wirst niemandem ein Wort vom Schatz und von unserem Fluchtplan verraten, auch Joschua nicht. Er ist unbesonnen und leichtfertig, er könnte uns verraten, selbst ohne es zu wollen. Deshalb soll er es erst im letzten Moment erfahren. Aber auch Agatha und Burkhard dürfen nichts davon wissen. Nicht dass ich ihnen nicht traue, sie sind ehrlich und treu ergeben, das weiß ich, trotzdem ist es besser, wenn sie nichts davon erfahren, dann können sie, wenn der schlimmste Fall eintritt, auch nichts von dem Schatz verraten, selbst bei strenger Befragung nicht, also hüte deine Zunge.«

Ich zucke hilflos mit den Schultern, nicke und starre in die Flamme, bis mir Tränen aus den Augen laufen und das Gesicht meines Vaters verschwimmt. Hilflos senke ich den Blick. Ich habe das Gefühl, als verlöre ich den Boden unter den Füßen, als drehe sich der ganze Raum um mich, die ganze Welt.

Mein Vater bemerkt offenbar meine Verwirrung, er erhebt sich, kommt zu mir und streicht mir unbeholfen über den Kopf. Diese Berührung ist fast noch erschreckender als seine Worte, denn ich kann mich nicht erinnern, wann er mich einmal angefasst hätte. Er ist ein sehr zurückhaltender Mensch, mein Vater, ganz anders, als es seine Mutter, meine Großmutter, gewesen ist, sie hat mich oft in den Arm genommen und geküsst.

»Mach dir keine Sorgen, Rachel«, sagt er mit einer Stimme, die vielleicht beruhigend sein soll, doch ich kann seine Besorgnis genau hören. »Vielleicht geht ja alles gut und wir holen unser Vermögen bald wieder aus dem Versteck und lachen über meine unnötige Vorsicht. Möge der Ewige es so kommen lassen. Aber es ist immer besser, auf das Schlimmste vorbereitet zu sein. Und jetzt geh wieder schlafen, meine Tochter. Schlafe und denke nicht mehr daran, was ich dir gesagt habe. Doch vergessen darfst du meine Worte nicht, niemals. Versprichst du mir das?«

Ich nicke, zünde mir eine Kerze an und steige hinauf in unsere Schlafkammer. Obwohl ich die Tür sehr leise schließe, höre ich, dass Agatha sich zu mir herumwälzt, als habe sie mich bemerkt. Doch als ich näher trete, sehe ich, dass sie nicht aufgewacht ist, und ihr Atem geht tief und gleichmäßig. Draußen, ganz nahe, schreit ein Käuzchen. Ich ziehe meinen Umhang und die Schuhe aus, lösche die Kerze und steige vorsichtig über Agatha hinweg ins Bett.

Ich bin noch immer so aufgeregt, dass ich keinen Schlaf finde. Und plötzlich kommt mir ein Gedanke, der den Schlaf erst recht vertreibt. Wenn wir wirklich fliehen müssen, bleiben die Gräber meiner Mutter und meiner Großmutter auf unserem Friedhof hinter dem Moritztor zurück, wir werden unsere Toten im Stich lassen. Das kommt mir plötzlich so schrecklich vor, dass es mir die Tränen in die Augen treibt. Hilflos fange ich an zu weinen. Ich drücke mich an Agathas Rücken und gebe mich meinen Erinnerungen hin.

Ich weiß noch genau, dass mein Vater und meine Großmutter nach dem Tod meiner Mutter wie versteinert waren vor Schmerz, sie beachteten mich kaum, es war, als gäbe es mich nicht mehr. Nur Agatha versuchte, mich zu trösten. Wenn ich weinte, nahm sie mich auf den Arm und summte Wiegenlieder und trug mich durch den Hof und durch die Küche. Ich hatte den Kopf auf ihre Schulter gelegt, roch ihren besonderen Duft nach Zwiebeln oder nach Zimt, gemischt mit dem Geruch nach Schweiß und verbranntem Holz. So lief sie mit mir herum, bis aus meinem Schluchzen ein sanftes Weinen wurde, dann ein Schniefen und zuletzt ein ruhiges Atmen. Und das tat sie jedes Mal, wenn ich anfing zu weinen. Später, als meine Großmutter starb, war es eigentlich noch schlimmer, da wusste ich bereits, was Tod wirklich bedeutet. Als meine Mutter starb, war ich sechs Jahre alt, noch zu jung, um seine Endgültigkeit zu erfassen. Damals hatte es sehr lange gedauert, bis ich gelernt hatte, dass der Tod ein unwiderruflicher Abschied für immer ist.

Als meine Großmutter starb, wusste ich das bereits, doch auch da war Agatha für mich da. Ich war inzwischen zehn Jahre alt, zu groß, um noch herumgetragen zu werden. Agatha nahm mich in die Arme und drückte mich an sich, sodass mein Kopf an ihrer weichen, warmen Brust lag. Sie summte auch keine Wiegenlieder mehr, sondern sprach murmelnd auf mich ein. »Es wird alles wieder gut, Gott hat sie zu sich gerufen, doch unser Leben hier geht weiter, wir müssen Gottes Willen annehmen, Er hat es so beschlossen, und uns bleibt nichts anderes übrig, als uns zu fügen. Und wenn wir das gehorsam und ohne böse Gedanken tun, lässt der Schmerz nach, glaub mir, mein Kind.«

Agatha hat recht behalten. Wenn ich jetzt, nach so vielen Jahren, an meine Mutter oder meine Großmutter denke, bin ich zwar traurig, empfinde aber nicht mehr den scharfen Schmerz von damals. Der Schmerz ist zu einer Erinnerung geworden, einer sanften, fast tröstlichen Erinnerung. So wie man sich an einen heftigen körperlichen Schmerz erinnert, von dem man zwar weiß, dass man ihn empfunden hat, der aber inzwischen wie von einem weichen Tuch eingehüllt ist.

Ähnlich wie mit meinem rechten kleinen Zeh, der bis heute absteht und wehtut, wenn ich nicht sorgsam mit ihm umgehe. Ich habe gelernt, ihn mir morgens, bevor ich meine Schuhe anziehe, mit einem schmalen Leinenstreifen am Fuß festzubinden, weil er sonst nach kurzer Zeit so schmerzt, dass ich kaum mehr gehen kann.

Der Zeh ist eine Erinnerung daran, dass mir Burkhard vor drei Jahren mit der Kutsche über den Fuß gefahren ist. Es war nicht seine Schuld, ich bin unaufmerksam gewesen und nicht rechtzeitig zur Seite gesprungen. Ich spüre den Zeh noch immer, und wenn ich ihn nicht festbinde, tut er weh, aber irgendwie ist es, als wolle er mich für alle Zeit ermahnen, vorsichtig zu sein. Und der Tod meiner Großmutter, noch mehr als der Tod meiner Mutter, ermahnt mich, nicht nur Zufriedenheit oder sogar Glück vom Leben zu erwarten. Du musst stark sein, sagt mir diese Erinnerung, du musst stark genug sein, um Unglück und Missgeschick ertragen zu können, denn davor ist kein Mensch gefeit.

Ich hatte gewusst, dass meine Mutter ein Kind erwartete, dass ich einen kleinen Bruder oder eine kleine Schwester bekommen sollte, und wünschte mir insgeheim eine kleine Schwester, nur eine Schwester. Und als meine Mutter starb, zusammen mit dem kleinen Bruder, den ich nicht gewollt hatte, glaubte ich, es sei deshalb passiert, weil ich ihn abgelehnt hatte, und gab mir die Schuld an beider Tod. Dieser Gedanke war fast nicht auszuhalten, ich trug ihn lange mit mir herum, ohne den Mut zu finden, ihn auszusprechen, noch nicht einmal meiner Großmutter oder Agatha gegenüber. Aber im Lauf der Jahre verblasste er und ist jetzt nur noch wie ein kühler Windhauch, der einen plötzlich an einem sommerlichen Tag treffen kann, man zuckt zusammen, hat aber keine Angst vor einem Unwetter.

Inzwischen weiß ich natürlich auch, dass dieser Gedanke unsinnig war, meine Mutter ist nicht die einzige Frau, die im Kindbett starb, das kommt immer mal wieder vor und hat in den Jahren, die inzwischen vergangen sind, auch andere Familien getroffen.

Ich schmiege mich noch fester an Agatha und begreife: Wenn wir fliehen müssen, werde ich auch sie verlieren. Wieder fange ich an zu weinen. Ich habe Angst vor den Tagen, die kommen werden.

7 Der Russe

Tamara hatte sich den Zug um acht Uhr achtzehn ausgesucht, er passe ihr am besten, hatte sie gesagt, dann würde sie gegen halb drei in Straßburg ankommen und könne noch bei ihrem Büro vorbeigehen und einige Akten durcharbeiten, sie müsse dringend etwas vorbereiten, denn am nächsten Tag habe sie einen wichtigen Termin. Meine Mutter bedauerte, dass sie sie wegen einer dringend angesetzten Besprechung nicht zum Bahnhof bringen könne.

Tamara trug heute wieder ihr offizielles dunkles Kostüm mit der hellgrünen Bluse, wie am Tag ihrer Ankunft, und kam mir plötzlich distanzierter und fast ein wenig fremd vor, vor allem sah sie älter aus, so alt wie meine Mutter. In Jeans und Bluse hatte sie mir besser gefallen und auch wesentlich jünger ausgesehen.

»Schade, dass du nicht in Erfurt wohnst«, sagte ich.

Meine Mutter fing wieder damit an, wie leid es ihr tue, dass sie Tamara nicht zum Bahnhof begleiten könne, sie sah wirklich bekümmert aus, der Abschied von ihrer wiedergefundenen Freundin fiel ihr sichtlich schwer. »Aber ich kann die Besprechung auf keinen Fall schwänzen, dazu ist die Sache zu wichtig. Wir haben erst gestern erfahren, dass heute ein hoher Regierungsbeamter extra aus Berlin kommt, es geht nicht um irgendwelche wissenschaftlichen Erörterungen, sondern um Geld, um viel Geld.«

»Für dich?«, fragte Tamara.

Meine Mutter schüttelte den Kopf. »Schön wär's. Nein, fürs Institut.«

Wir saßen am Frühstückstisch, die ganze Wohnung roch nach frischem Kaffee und den noch warmen Brötchen, die ich gekauft hatte, zusammen mit einer Tüte Milch und ein bisschen Gebäck für Tamara, für unterwegs. Herr Schneider hatte seinen Napf schon leer gefuttert und lag zwischen mir und Tamara auf dem Boden.

»Das macht doch nichts«, sagte Tamara, »ich werde den Weg auch allein finden. Die Haltestelle Bergerstraße kenne ich ja, und von dort mit der Straßenbahn über den Anger direkt zum Hauptbahnhof, so schwer ist das wirklich nicht.« Sie schmierte sich Hüttenkäse auf ihre zweite Brötchenhälfte. »Mach dir keine Sorgen, Kathrin, ich komme klar.«

Ich mischte mich ein. »Ich begleite dich zum Bahnhof, Tamara«, sagte ich, und als ich das erstaunte Gesicht meiner Mutter sah, fügte ich schnell hinzu: »Bei mir fällt heute die erste Stunde aus.« Der Vorschlag kam mir so selbstverständlich über die Lippen, als hätte ich mir die Sache lange vorher überlegt. Hatte ich auch.

»Prima, Laura«, sagte Tamara, »dann haben wir noch ein bisschen Zeit zusammen.« Sie biss in ihr Brötchen.

Ich würde in der Schule einfach sagen, mir sei schlecht gewesen, so etwas konnte ja passieren. Und außerdem hatten wir in der ersten Stunde Sozialkunde, und was konnte es Sozialeres geben, als sich um eine Besucherin zu kümmern, die sich in Erfurt nicht auskannte?

Nach dem Frühstück umarmte meine Mutter Tamara lange und sagte: »Was für ein Glück, dass deine Kollegin krank geworden ist und du für sie einspringen musstest«, und: »Aber diesmal warten wir keine sechzehn Jahre.« Dann war sie verschwunden.

Tamara ging noch einmal ins Badezimmer. Ich sah durch die offene Tür, wie sie sich die Zähne putzte, das Gesicht eincremte, mit einem Kajalstift die Augen umrandete und Lidschatten auftrug, alles ganz dezent. Sie schminkte sich die Lippen und bürstete die Haare, bevor sie ihre Sachen in eine kleine, goldene Toilettentasche packte und diese anschließend in ihrem Koffer verstaute. Sie kontrollierte, ob die Fahrkarte, die sie gestern gekauft hatte, wirklich in ihrer Umhängetasche steckte, und schob ihr Handy in die Innentasche ihres Mantels. Sie hatte auf einmal so etwas Geschäftsmäßiges, Kühles. Erst als sie sich vor Herrn Schneider hinkauerte und die Arme um ihn legte, war sie wieder die Tamara von gestern.

Ich zog meine Jacke an, setzte meinen Schulrucksack auf, schnappte Tamaras Rollkoffer und wir zogen los. Wir waren viel zu früh dran, aber Tamara meinte, sie sei lieber zu früh als zu spät, sie könne es nur schlecht ertragen, sich hetzen zu müssen.

Das Wetter war über Nacht umgeschlagen, plötzlich war es kühler geworden. Der Himmel war grau, mit tief hängenden Wolken, doch immerhin regnete es nicht. Noch nicht. Aber die Stadt sah irgendwie trist aus. Ich hätte mir für Tamaras Abschied einen sonnigen Tag gewünscht, als letzten Eindruck von Erfurt, damit sie Lust hätte, bald wiederzukommen, aber das Grau passte zu meiner Stimmung.

In der Straßenbahn hatten wir uns gerade hingesetzt, da drängte sich ein altes Ehepaar zu den Sitzen gegenüber. Der Mann sah ein bisschen tatterig aus und schwankte, als die Bahn anfuhr. Tamara sprang auf, um ihm zu helfen, aber seine Frau hatte ihn schon am Arm gepackt, drückte ihn auf den Fensterplatz und ließ sich schwerfällig auf den Sitz neben ihm fallen. Ihr Rock war verrutscht, sie zog ihn mit fahrigen Bewegungen zurecht. Ihr Mann brabbelte etwas, was ich nicht verstand, und ein bisschen Spucke lief ihm seitlich aus dem Mundwinkel über das Kinn. Sie zog ein Papiertaschentuch aus ihrer Handtasche und wischte dem Alten die Spucke ab. Es war eine fürsorgliche Geste, wirkte aber auch irgendwie gereizt.

Ich beobachtete sie unauffällig. Ihr Mund war sehr schmal, die Lippen bildeten, obwohl sie sie nicht zusammengepresst hatte, einen so geraden Strich, als wäre er mit einem Lineal gezogen. Das muss ich mir merken, dachte ich. Später habe ich dieses Gesicht gezeichnet, und da wurde mir klar, was der Mund ausdrückte: absoluten Überdruss.

Am Hauptbahnhof stiegen wir aus, das alte Ehepaar fuhr weiter, vielleicht zum Sozialversicherungszentrum, so sahen die beiden jedenfalls aus. Wir sagten »Auf Wiedersehen«, als wir uns an ihnen vorbeidrängten, doch sie taten, als hätten sie uns nicht gehört. Der Mann schaute aus dem Fenster, die Frau starrte mit unbewegtem Gesicht auf ihre Handtasche, die sie fest an den Bauch gepresst hielt. Was sollte das? Hielt sie uns etwa für Taschendiebe, oder war sie von Natur aus so misstrauisch, dass sie von jedem nur Schlechtes erwartete, auch von einer Fünfzehnjährigen in Begleitung einer gepflegten Frau in einem dunkelblauen Trenchcoat und einem ebenfalls dunkelblauen Rock, der höchst anständig bis zu den Knien reichte?

Wir waren eine knappe halbe Stunde zu früh dran und setzten uns auf eine Bank am Bahnsteig. Ich wusste nicht, was ich sagen sollte, ich war traurig, aber irgendwie auch erleichtert, in den letzten drei Tagen hatte ich kaum Zeit gehabt, mich um meine Graphic Novel zu kümmern, jetzt freute ich mich darauf.

Tamara legte ihre Hand auf meine, eine weiche, warme Hand.

»Schade«, sagte ich.

»Ja, schade«, sagte sie, »jetzt, wo wir uns gerade kennengelernt haben.«

Wir schauten uns an. Sie hob die andere Hand und fuhr mir durch die Haare. Wenn meine Mutter das machte, zog ich immer den Kopf ein, ich mochte es grundsätzlich nicht, an den Haaren angefasst zu werden, ich mochte überhaupt nicht angefasst werden, aber Tamaras Berührung war mir angenehm, sie war wie ein freundliches Wort.

»Du könntest mich doch auch mal besuchen«, sagte sie und zog ihre Hand von meiner zurück, um sich ein graues Hundehaar vom Mantel zu zupfen. »Straßburg mit dem weltberühmten Münster ist auch eine sehr schöne Stadt. Ich könnte dir das Europäische Parlament zeigen, das ist immerhin keine historische Sehenswürdigkeit und hat auch nichts mit Mittelalter oder mit Juden zu tun.« Sie sprach schnell und herausfordernd, wie eine Marktfrau, die die Qualität ihrer Ware anpreist.

»Ganz frei von jüdischer Geschichte ist Straßburg aber nicht«, sagte ich. »In Straßburg sollen damals, beim Pestpogrom, zweitausend Juden umgebracht worden sein.«

»Was du alles weißt«, sagte Tamara.

Sie zückte ihr Handy und wollte mir ihre Nummer geben,

aber die hatte ich nach ihrer SMS wegen des italienischen Restaurants längst gespeichert, das hatte ich mir doch nicht entgehen lassen.

»Das Münster ist wirklich beeindruckend«, sagte sie. »Wir könnten auch einen Ausflug nach Colmar machen und uns den Isenheimer Altar anschauen, der würde dich doch bestimmt interessieren.«

»Und schon sind wir doch wieder beim Mittelalter«, sagte ich. »Grünewald hat um 1500 gelebt und gemalt, die genauen Jahreszahlen weiß ich nicht, ich glaube, ich habe sie auch nirgendwo gelesen.«

»Du bist wirklich verdammt gebildet«, sagte Tamara, »das ist mir fast unheimlich.«

»Nur in Geschichte und Kunst«, sagte ich. »Vielleicht ist das sogar genetisch. Aber frag mich mal was in anderen Fächern, in Bio, Erdkunde, Physik, da versage ich kläglich, da bin ich höchstens Durchschnitt.«

Tamara lachte. »Wenigstens etwas. Und wie steht's mit Sprachen?«

»Na ja, meine Sprachkenntnisse halten sich in Grenzen, ich finde Vokabeln lernen ziemlich langweilig. Nur in Deutsch bin ich wirklich gut.«

»Ein Grund mehr, nach Straßburg zu kommen und ein bisschen Französisch zu üben«, sagte sie, und ich nahm mir sofort vor, bis dahin alle französischen Vokabeln vom letzten Halbjahr zu wiederholen, schließlich wollte ich mich nicht vor ihr blamieren.

Wir schwiegen, schauten uns aber immer wieder an und lächelten, und ich wusste, dass wir beide »Schade« dachten, ohne es jedes Mal wieder aussprechen zu müssen. Ich zog an meinen Jackenärmeln, die mir, wenn ich die Arme anwinkelte, bis über die Handgelenke hochrutschten..

Der Zug fuhr ein. Fünf Minuten würde er halten, das hatte ich auf dem Fahrplan gesehen. Tamara suchte sich einen Platz und stellte ihr Köfferchen ab, dann kam sie noch einmal zu mir heraus und umarmte und küsste mich, bevor sie wieder einstieg. Einsteigen musste.

Der Zug fing an zu rollen, Tamara stand am Fenster. Ich hob zögernd die Hand, winkte aber nicht, und Tamara hob ebenfalls die Hand. Der Zug fuhr schneller. Ich schaute ihm nach, er wurde kleiner und kleiner und erst dann fing ich an zu winken. Ich winkte und winkte, auch wenn mir natürlich klar war, dass sie das nicht mehr sehen konnte. Als der Zug verschwunden war, ließ ich die Hand sinken und blieb noch eine ganze Weile stehen. Wie bestellt und nicht abgeholt, hätte meine Oma gesagt.

Ich eignete mich nicht für Abschiede. Eindeutig nicht.

Ich kaufte mir ein Buttercroissant, das mir seltsamerweise nicht schmeckte, und warf es, nachdem ich die Hälfte gegessen hatte, in einen Mülleimer und beobachtete die Leute, die aussahen, als wüssten sie ganz genau, was sie zu tun hatten und wie ihr Leben ablaufen sollte. Ein paar Tauben trippelten über den Boden, und ich überlegte, ob ich das halbe Croissant wieder aus dem Mülleimer holen und für sie zerbröseln sollte, tat es aber nicht. Ein Lautsprecher verkündete eine Verspätung auf Gleis sieben. Ich schaute auf die Uhr und sagte mir: Schluss mit der Trödelei, sonst komme ich auch noch zur zweiten Stunde zu spät.

Ich kam gerade noch rechtzeitig an. Meine Entschuldigung wurde akzeptiert, niemand sagte etwas von Schwänzen. Kein

Wunder, ich war eine gute Schülerin und achtete sorgfältig darauf, nicht besonders aufzufallen, in der Schule war es nützlich, unauffällig zu sein, eine unter vielen. Am besten ein grauer Schatten, den man zwischen den vielen bunten Figuren übersah. Wer Aufmerksamkeit auf sich zog, hatte automatisch ein schwereres Leben.

Als ich in der Pause auf den Schulhof trat, warf ich, wie üblich, einen Blick zur Kastanie hinüber. Alexej stand da und hob grüßend die Hand, nein, mehr als das, es dauerte einen Moment, bis ich merkte, dass er mir winkte, er winkte mich zu sich. Ich musste mich beherrschen, um nicht loszurennen, sondern betont langsam auf ihn zuzuschlendern.

»Hi«, sagte er.

»Hi«, sagte ich. Mehr fiel mir nicht ein.

Er lächelte verlegen. »Ich wollte dich etwas fragen.« Diese Stimme! Sie ging mir durch und durch.

Ich bemühte mich, meine Aufregung zu unterdrücken und wie nebenbei ein »Dann frag doch« auszustoßen.

»Was für ein Bild willst du malen?«

»Ein Bild von einem Juden im Mittelalter, das habe ich doch gesagt.«

Er hob die Hand, fuhr sich über die Haare. »Warum?«, fragte er. »Man kommt doch nicht einfach auf die Idee, einen Juden im Mittelalter zu malen. Das muss doch einen Grund haben. Was steckt dahinter?«

Später habe ich oft überlegt, warum ich ihm die Wahrheit gesagt habe, es wäre so leicht gewesen, eine Ausrede zu erfinden, und normalerweise sprach ich nicht über meine Leidenschaft fürs Zeichnen, und erst recht nicht über ungelegte Eier. Sogar Tamara gegenüber hatte ich mir jede Erwähnung der

Graphic Novel verkniffen. Doch in jener Pause erzählte ich diesem wildfremden Jungen, mit dem ich erst einen Tag zuvor ein paar Worte gewechselt hatte, von meinem Plan, so als würden wir uns schon ewig kennen und wären sehr vertraut miteinander.

Ihm schien es ähnlich zu ergehen, er hörte mir aufmerksam zu, dann sagte er: »Echt spannend. Wie weit bist du denn? Magst du mir schon was zeigen?«

»Ich fange gerade erst an«, sagte ich. »Vielleicht habe ich in den nächsten Tagen schon etwas fertig, dann zeig ich's dir.« Und wieder, als würden wir uns schon ewig kennen, fing ich an, ihm von Kalman von Wiehe zu erzählen, von Rachel und ihrem Bruder Joschua.

So hat es angefangen.

8 *Abschied von Erfurt*

Fast eine Woche ist vergangen, seit Meir Nachum von Köln abgereist ist. Mein Vater und ich haben nachts, wenn die anderen schliefen, heimlich silberne Schalen und Becher in das Versteck gebracht, dazu alle Wertsachen, die wir besitzen. Die Kannen haben wir mit Broschen und Ringen gefüllt, die Kleiderspangen, Gürtelschnallen und andere kleine Schmuckgegenstände in Tücher gewickelt, bevor wir sie in der Höhlung verbargen.

Vor ein paar Tagen hat mich Agatha eines Morgens dabei ertappt, dass ich die Schmuckplatten von meiner und Joschuas Festkleidung entfernte. Ich bin rot geworden und habe gestottert, als ich die Ausrede vorbrachte, zu der mir mein Vater geraten hatte, nämlich dass er die Stücke zum Goldschmied bringen und vielleicht erneuern lassen wolle. Sie hat mich durchdringend angeschaut, und mir war klar, dass sie mir nicht glaubte. Aber zum Glück hat sie sich damit zufriedengegeben und keine weiteren Fragen gestellt. Ich bin ihr den ganzen Tag ausgewichen, soweit es möglich war, aber ich habe sehr wohl gemerkt, dass sie mich immer wieder besorgt anschaute. Ich bin keine gute Lügnerin, Agatha merkt es immer, wenn ich nicht die Wahrheit sage. Aber wenn wir wirklich fliehen müssen, wird sie sich bestimmt an dieses Gespräch erinnern und hoffentlich verstehen, dass mein Vater mir das Reden verboten hatte und warum ich sie anlügen musste.

Als Letztes, bevor er das Versteck wieder schloss, hat mein Vater noch Ringe und Broschen in den Doppelkopf gelegt, das Gefäß aus zwei ineinandergesteckten Hälften. Auch meinen Ring, der früher meiner Mutter gehört hat. Dann hat er unseren wertvollsten Besitz, den goldenen Hochzeitsring, noch einmal ins Licht gehalten und gesagt: »Diesen Ring wird Joschua, so der Ewige will, eines Tages seiner Braut an den Finger stecken. Möge er ihm Glück bringen.«

Mich ließ der Gedanke an Agatha nicht los, ich machte mir Sorgen um sie. Alles, was wir besaßen, lag hier im Keller, wovon sollte Agatha leben, wenn wir nicht mehr hier waren? Zögernd fragte ich: »Sollen wir nicht ein bisschen Schmuck für Agatha hierlassen? Dann hätte sie etwas zu verkaufen, wenn sie Geld braucht.«

Mein Vater schüttelte heftig den Kopf. »Eine Magd, die ein goldenes Schmuckstück besitzt? Das würde sie nur unnötig in Gefahr bringen. Man würde glauben, sie wüsste, wo wir unseren Schatz versteckt haben, und sie vielleicht sogar peinlich befragen, damit sie den Ort verrät.«

Mir fuhr der Schreck in die Glieder und mein Herz setzte einen Schlag lang aus. Dass wir Juden in Gefahr sind, habe ich begriffen, oder besser gesagt, ich muss es wohl oder übel hinnehmen, aber es fällt mir schwer zu verstehen, dass auch Agatha und Burkhard in Gefahr sind, gefoltert zu werden. Nur weil sie bei Juden arbeiten?

Das ist jetzt einige Tage her und in der ganzen Zeit hat mein Vater weder den Schatz noch eine mögliche Flucht erwähnt, und ich habe insgeheim schon angefangen zu hoffen, dass alles gar nicht so schlimm ist und wir uns vielleicht schon bald daranmachen werden, alles, was wir so mühsam versteckt haben, wieder hervorzuholen. Wären nicht Reb Jud Menachem und Nathan, der Parnass, mehrmals gekommen und in der Stube meines Vaters verschwunden und wäre dieser danach nicht noch verschlossener und schweigsamer gewesen als sonst, könnte ich mir fast einbilden, Meir Nachums Besuch und alles, was danach geschah, wäre nur ein böser Traum.

Heute ist Schabbat, ein grauer, nebliger Tag, und ab und zu fällt ein leichter Nieselregen. Deshalb ziehen wir unsere Umhänge mit den Kapuzen über unsere Feiertagskleidung, als wir uns auf den Weg zur Synagoge machen.

Mirjam, meine Freundin, ist schon da und spricht mit der kleinen Zippi, der Tochter des Kantors, die sich oft zu uns stellt, weil ihr die hebräischen Buchstaben noch nicht so vertraut sind und wir ihr immer zeigen müssen, an welcher Stelle der Gebete wir gerade sind. Sie ist erst zehn und kann noch nicht so gut lesen, vor allem nicht so schnell, wie ihr Vater die Gebete vorträgt. Auch mir fällt das schwer. Mirjam ist in Hebräisch viel besser als ich, sie kann viel schneller lesen, ihr Vater hat sehr früh angefangen, sie zu unterrichten, vielleicht weil er keinen Sohn hat.

Mirjam begrüßt mich ernster als sonst und drückt mir lange die Hand. Sie macht auch keine lustigen Bemerkungen, als wir zu den betenden Männern hinunterschauen. Heute ist alles anders als an den Schabbatot davor, oder es kommt mir anders vor, weil ich das Gefühl habe, Mirjam gegenüber nicht aufrichtig zu sein. Ich bin nicht daran gewöhnt, Geheimnisse zu haben.

Mirjam umarmt und küsst mich zum Abschied, das tut sie sonst auch, aber heute ist ihr Kuss inniger, ihre Umarmung fester. Weiß sie etwas von unseren Plänen? Oder hat sie auch ein Geheimnis vor mir?

Am Nachmittag geht unser Vater trotz des anhaltenden Nieselregens mit Joschua und mir zu unserem Friedhof hinter dem Moritztor. Das ist ungewöhnlich, denn eigentlich darf ein Jude am Schabbat, dem Tag der Freude über die Erschaffung der Welt, keinen Friedhof besuchen. Und außerdem ist heute weder der Todestag unserer Mutter noch der unserer Großmutter, auch nicht unseres Großvaters, der lange vor meiner Geburt gestorben ist. Aber ich wage nicht, etwas gegen diesen Friedhofsbesuch einzuwenden, das Gesicht meines Vaters ist voller Trauer und Gram.

Er steht am Grab unserer Mutter, und ich weiß, dass ich diesen Anblick nie vergessen werde: seine kräftige, leicht gebeugte Gestalt im Nieselregen auf dem Friedhof, zwischen den Grabsteinen, das Gebetbuch in den Händen, und dazu seine vor Kummer zitternde Stimme, mit der er die Worte spricht: *»Sein großer Name werde erhoben und geheiligt in der Welt, die Er nach Seinem Willen erschaffen hat …«*

Als unser Vater von einem Grab zum anderen geht und jedes Mal sein Gebetbuch aufschlägt und das Kaddischgebet für die Toten sagt, beschleicht mich der Verdacht, dass wir jetzt Abschied von unseren Liebsten nehmen, vor allem, als er auch noch zum Grab Esthers geht, seiner ersten Frau, die, noch kinderlos, sehr jung am Fieber gestorben ist. Erst Jahre nach ihrem Tod hat er unsere Mutter geheiratet. Auch an Esthers Grab spricht er das Kaddisch, bevor wir uns schweigend auf den Heimweg machen. Ein Schwarm Krähen, Boten des Unheils, fliegt laut kreischend über uns hinweg in östlicher Richtung, ich würde mir am liebsten die Ohren zuhalten.

Abends ruft mein Vater mich noch einmal zu sich in die Stube. Ich setze mich gehorsam an den großen Tisch. Er betrachtet mich schweigend, bevor er sich räuspert und leise sagt: »Tochter, morgen ist es so weit. Sobald Agatha und Burkhard sich auf den Weg zur Kirche gemacht haben, ziehen wir los. Bis sie von der Spinnstube und vom Wirtshaus zurückkommen, sind wir weit genug entfernt, dass sie uns nicht mehr finden.« Sonntags nach der Kirche trifft Agatha sich immer mit den Mägden wohlhabender Bürger in der Spinnstube, um zu schwatzen und Neuigkeiten auszutauschen, und Burkhard sucht eine Wirtschaft auf, wo er mit anderen Kutschern einen Humpen Bier oder zwei trinkt, das ist sein regelmäßiges Sonntagsvergnügen.

Mein Vater nimmt meine Hände und drückt sie. »Niemand darf etwas davon ahnen, lass dir also nichts anmerken, Tochter. Und jetzt geh schlafen, wir haben morgen einen weiten Weg vor uns.«

An diesem Abend liege ich lange wach. Agatha schläft schon, sie atmet ruhig und gleichmäßig, bald wird sie anfangen zu schnarchen. Ich schmiege mich an ihren breiten Rücken. Ich werde sie vermissen, ich vermisse sie ja jetzt schon. Wer weiß, wie lange es dauert, bis wir nach Hause zurückkommen können, wann die schweren Zeiten, von denen mein Vater gesprochen hat, vorbei sind und die Welt wieder in Ordnung ist. Wie lange wird das dauern? Wochen? Monate? Oder gar Jahre? Dieser Gedanke tut so weh, dass ich Agatha am liebsten wecken würde, um in ihren Armen zu weinen. Aber ich reiße mich zusammen, ich bin kein kleines Kind mehr. Wenn mein

Vater es so beschlossen hat, dann wird es wohl das Beste für uns sein. Und selbst wenn es das nicht ist, muss ich mich fügen. Ich mache die Augen zu, obwohl ich das Gefühl habe, vor Kummer nicht schlafen zu können. Aber irgendwann muss ich doch eingeschlafen sein.

Am Morgen, nachdem wir mit Honig gesüßte Hafersuppe und ein paar dicke Scheiben Brot mit salziger Butter gegessen haben, zieht Agatha ihren Sonntagsstaat an, um zur Kirche zu gehen. Als sie sich von uns verabschiedet, muss ich meine ganze Selbstbeherrschung aufbringen, um ihr nicht um den Hals zu fallen und ihr zu versichern, wie lieb ich sie habe und dass ich sie nie vergessen werde, egal was kommt. Aber ich bleibe sitzen und behalte meine Arme bei mir, denn ich merke sehr wohl, dass mein Vater mich nicht aus den Augen lässt.

Burkhard ist schon unterwegs zur Kirche, und Joschua hat sich, wie er es oft tut, in den Stall zurückgezogen, um den Braunen zu striegeln. Er liebt alle Tiere, besonders unseren Braunen, und nichts genießt er mehr, als Burkhard zu begleiten, wenn dieser zur Mühle fährt, um einen Sack Korn mahlen zu lassen, oder sonst irgendeinen Auftrag zu erledigen hat.

Ich dagegen gehe gern mit Agatha durch die Felder zu den Bauern, bei denen wir Butter, Käse und Honig kaufen, dazu andere Dinge, die wir nicht selbst herstellen können oder die in unserem Garten nicht wachsen, wenigstens nicht in ausreichender Menge, denn so groß ist er nicht. Bohnen, Kohl und Kraut reichen bei uns beispielsweise nur zur Erntezeit, alles, was wir an Vorräten lagern wollen, müssen wir kaufen. Außerdem nimmt mich Agatha auch mit, wenn sie in den Wiesen und am Waldrand Heilkräuter sucht. Wir pflücken sie, und manchmal graben wir sie auch aus, um sie in unserem Kräuterbeet hinter der Scheune einzupflanzen, in das Beet, das meine Großmutter angelegt hat und von Agatha sorgfältig gepflegt wird.

»Packe uns eine Wegzehrung ein«, befiehlt mein Vater. »Und dann geh und hole deinen Bruder. Zieht eure Umhänge mit den Kapuzen an, falls es regnet. Und sage Joschua, er soll seine Schleuder und sein Messer mitnehmen, wir hätten einen weiten Weg vor uns.«

Ich tue, was er mich geheißen hat, packe Brote und Käse ein und gehe in den Stall, um Joschua Bescheid zu sagen. Er ist entzückt von der Aussicht auf einen langen Ausflug, er rennt sofort los, um die Anordnungen unseres Vaters auszuführen. Mir aber ist das Herz schwer. Ich lege die Arme um den Hals des Braunen und drücke ihm einen Kuss auf die weichen, grauen Nüstern. Ich habe ihn mein Leben lang gekannt, er ist alt, sehr alt, und wird es wohl nicht mehr lange machen, hat Burkhard gesagt.

»Auf Wiedersehen, Brauner«, flüstere ich ihm ins Ohr. »Möge es dir gut gehen, Burkhard wird für dich sorgen.« Schweren Herzens reiße ich mich los.

Und dann ist alles Abschied, Abschied von unserer Schlafkammer, als ich meinen Umhang vom Haken nehme, Abschied von dem Bett, in dem ich all die Jahre mit Agatha geschlafen habe, Abschied von der Stube, von der Küche, dem Hof und dem Brunnen, aus dem ich unzählige Eimer Wasser gezogen habe, auch Abschied vom Schuppen, hinter dem die Hühner gackern, die uns so zuverlässig mit Eiern versorgt haben. Lebt wohl, ihr Hühner, lebt wohl, ihr Gänse, lebe wohl, Hahn, der du mich so oft mit deinem Krähen geweckt hast. Wer wird mich wecken, wenn ich nicht mehr zu Hause bin?

Und als wären meine Gedanken wie auf Flügeln hinter den Schuppen geflogen, zu ihm, stößt er ein lautes Kikeriki aus.

Unser Vater macht das Tor auf, und wir gehen hindurch, so selbstverständlich, als würden wir in zwei, drei Stunden wiederkommen. Doch auch der Gang durch die Straßen ist Abschied, Abschied von all den Häusern, deren Anblick mir vertraut ist, und Abschied von den Menschen, die in ihnen leben. Außer dem alten Josef treffen wir zum Glück keine Bekannten, die uns fragen könnten: Wohin des Weges? Und Josef ist kein Problem, er ist nicht mehr ganz bei Sinnen und läuft, vor sich hin brabbelnd, an uns vorbei, ohne uns zu erkennen. »Leb wohl, Josef«, sage ich leise, und mein Vater schaut mich so verständnisvoll an, dass ich das Gefühl habe, er nehme genauso Abschied von allem, was unsere Welt bedeutet, wie ich es tue. Nur Joschua ist fröhlich und unbekümmert, er weiß noch nicht, wie lang der Weg, der uns bevorsteht, wirklich sein wird. Ich weiß es auch nicht, unser Vater sagt nichts, er geht mit kräftigen Schritten vorwärts.

Es ist kühler geworden, ein kalter Wind treibt Wolken über den Himmel, doch immer wieder kommt die Frühlingssonne durch, und ihre warmen Strahlen berühren mein Gesicht, als wollten sie mich trösten. Die Wolken sind nicht schwarz und drohend, sondern von einem sanften Grau mit weißen, flockigen Rändern. Es wird nicht regnen.

Hinter der Stadtmauer schlagen wir eine schmale Straße Richtung Osten ein. Ich drehe mich immer wieder um, um noch einen Blick auf Erfurt zu werfen, die Stadt, in der ich geboren wurde und in der ich mein ganzes Leben verbracht habe. Allmählich sind nur noch die Umrisse der Kirchtürme zu sehen. Ich höre nicht auf, mich umzuschauen, bis mein Vater mir die Hand auf die Schulter legt, sie fest drückt und in ernstem Ton sagt: »Wir müssen vorwärtsschauen, Tochter, immer nur vorwärts.«

Ich gehorche.

Wir haben inzwischen die Straße verlassen und gehen auf Feldwegen zwischen Wiesen und Äckern hindurch, auf denen die Saat bereits zu sprießen beginnt, vorbei an Büschen mit prallen Knospen, an Weiden, an denen die Kätzchen schon blühen, bis wir an einen Wald kommen, an dessen Rand ein paar Birken mit vorwitzigen Blattknospen stehen, deren Spitzen hellgrün und fast durchsichtig aufleuchten, wenn ein flüchtiger Sonnenstrahl sie trifft. Die Buchen sind kahl, an vielen Zweigen hängen noch die alten Blätter und die Tannen sehen graugrün und müde aus. Im Wald ist es dämmrig, obwohl die hohen Baumkronen noch nicht belaubt sind, die Dämmerung drückt auf mein Gemüt.

Unser Vater scheint den Weg zu kennen, er stapft, ohne zu zögern, vorwärts. Unter unseren Füßen raschelt das Vorjahreslaub, es riecht nach modrigem Moos und feuchter Erde. Joschua hüpft hin und her wie ein junger Hund und schreit jedes Mal begeistert auf, wenn er ein Reh, einen Hasen oder auch nur ein Eichhörnchen sieht. Einmal entdeckt er einen Fuchs. »Schau nur, wie schön er ist«, ruft er. Er ist so leicht zu begeistern, mein Bruder. Sogar Käfer und Schmetterlinge lassen ihn ein entzücktes »Rachel, schau doch nur!« ausstoßen. »Rachel, schau doch nur, ein Hirschkäfer!«, oder »Rachel, schau doch nur, der erste Schmetterling in diesem Jahr!«

Als wir den Wald hinter uns haben, kommen wir an einem abgebrannten Bauernhof vorbei. Von der Scheune und den Ställen sind nur Aschehaufen geblieben, vom Wohnhaus ragen noch einzelne verkohlte Balken wie anklagende schwarze Finger zum Himmel und mitten in der Asche steht ein verklumpter Dreifuß. Obwohl der Brand längst vorbei ist, kommt es mir vor, als könne man den Rauch noch riechen. Das Einzige, was von dem Hof erhalten ist, ist der Misthaufen, auf dem sogar ein paar Hühner scharren. Als wir daran vorbeigehen, sehen wir Ratten, die durch das faulige Stroh huschen.

Wir sind nun schon lange, sehr lange gegangen, sogar Joschua wird müde von dem ständigen Hin- und Herspringen und stellt endlich die Frage, auf die ich schon die ganze Zeit gewartet habe. »Wohin gehen wir eigentlich?«

»Nach Polen«, sagt unser Vater.

»Zu Fuß?«, rufe ich erschrocken, denn mir schmerzen bereits jetzt die Füße. »Zu Fuß? Das kann doch Jahre dauern.«

Da lächelt mein Vater zum ersten Mal an diesem Tag. »Nein, Tochter, so weit ist Polen nun auch nicht entfernt, aber mache dir keine Sorgen, wir werden nicht zu Fuß gehen müssen.«

Und dann erklärt er Joschua, warum wir aus Erfurt geflohen sind, er spricht von der großen Pestilenz und von den Ausschreitungen gegen Juden, von denen Meir Nachum von Köln berichtet hat, und weil auch in Erfurt Ähnliches zu erwarten sei, sagt er, würden wir zu unserer Sicherheit nach Polen ziehen, bis sich das Land wieder beruhigt hätte. Mir fällt auf, dass er seine Worte vorsichtig wählt, um Joschua nicht mehr als nötig zu ängstigen, zum Beispiel vermeidet er die Ausdrücke »Gemetzel« und »Blutbad«, er erzählt auch nichts von den Juden in Worms, die sich aus Angst selbst getötet haben.

Joschua wird auf einmal ganz still, und als wir weitergehen, spüre ich, dass er nach meiner Hand greift, wie er es früher immer getan hat, als er noch ein kleiner Junge war. Ich lasse ihn gewähren, und Hand in Hand gehen wir weiter. Von dem ausgelassen herumhüpfenden Knaben ist nichts mehr zu merken, seine Schritte sind langsamer geworden, vorsichtiger.

An einer Quelle machen wir Rast, trinken von dem frischen, kühlen Wasser und essen das Brot und den Käse, die ich in einen Leinensack gepackt habe. Um die Quelle herum wächst frisches Moos und Farn, und als Joschua einen blau schillernden Käfer und dann noch eine Eidechse entdeckt, kehren seine Lebensgeister zurück.

Unser Vater räuspert sich. »Ihr müsst mir jetzt gut zuhören«, sagt er ernst und eindringlich. »Ab heute heißt ihr nicht mehr Rachel und Joschua, sondern Agatha und Burkhard. Die Bauersleute, zu denen wir gehen werden, wissen zwar, wer wir sind, aber ihre Kinder sollen es nicht erfahren. Falls sie später gefragt werden, ob sie in der letzten Zeit Besuch von Fremden hatten und wer die Leute gewesen seien, sollen sie gute christliche Namen angeben. Wir werden uns jetzt wie Christen verhalten, doch später, wenn das alles vorbei ist, werden wir wieder Juden sein. Ich werde mich Sigmund nennen, Sigmund, ein Kaufmann aus Nürnberg, und meine verstorbene Frau, eure Mutter, hieß Adelheid. Und als Grund dafür, dass wir zu Fuß unterwegs sind, werden wir angeben, unser Kutscher habe uns hinter Erfurt im Stich gelassen und habe sich bei Nacht und Nebel mit unserem Besitz aus dem Staub gemacht. Also, wer seid ihr?«

»Ich heiße Agatha«, sage ich. »Ich bin die Tochter des Kaufmanns Sigmund aus Nürnberg und seiner verstorbenen Frau Adelheid.«

»Du bist ein kluges Mädchen«, sagt unser Vater und nickt mir anerkennend zu. Dann wendet er sich an Joschua. »Und wer bist du, Junge?«

»Burkhard«, sagt Joschua missmutig. »Muss das wirklich sein?«

»Es muss sein«, sagt unser Vater, »um uns und unsere guten Helfer zu schützen. Also, wer bist du?«

»Ich bin Burkhard, der Sohn des Kaufmanns Sigmund von Nürnberg und seiner Frau Adelheid. Meine Mutter ist vor vielen Jahren gestorben. Hinter Erfurt hat uns unser Kutscher, dieser Gauner, einfach zurückgelassen und ist mit Pferd und Wagen auf und davon. Deshalb sind wir jetzt zu Fuß unterwegs und brauchen Hilfe.«

»Sehr gut«, lobt unser Vater, »ich bin stolz auf dich, mein Sohn.«

Joschua wird rot und lächelt etwas schief. Er ist noch nicht oft von unserem Vater gelobt worden.

Als wir weitergehen, fängt er an zu singen: »Agatha heißt sie, meine Schwester, Sigmund, der Vater, ist ein Bester.«

Ich tue es ihm nach und singe: »Burkhard heißt mein Brüderlein und Sigmund ist der Vater mein.«

Es ist ein Spiel, ein lustiges Spiel, und wir fangen an zu kichern. Wir lachen und hören erst auf zu lachen, als unser Vater sagt: »Schluss jetzt, ihr habt keinen Grund zu lachen, unsere Situation ist ernster, als ihr denkt.«

Er hat ja recht, wir haben keinen Grund zu lachen.

9 Fineliner

Nach jenem Gespräch mit Alexej begann ich schon während des Unterrichts in Gedanken zu planen, wie ich weiter vorgehen wollte, auf einmal hatte ich das Gefühl, dringend mit dem Zeichnen anfangen zu müssen, schon um Alexej etwas zeigen zu können. Der Gedanke daran gefiel mir. Ich gebe zu, dass ich ihn beeindrucken wollte.

Ein Bleistift war zu zart für so eine Geschichte, vielleicht würde ich die Bilder zwar mit Bleistift vorzeichnen, dann aber mit Fineliner oder Tuschestift übermalen. Schwarz und hart, so wie das Mittelalter war. Klar, es gab auch Jahrmärkte, Gaukler und fahrende Sänger, für die bunten Szenen könnte ich es mit Wachskreiden oder Wasserfarben versuchen. Oder mit Tempera. Oder doch lieber mit Buntstiften, die waren meinem bevorzugten Material, dem Bleistift, am ähnlichsten. Jedenfalls brauchte ich die Möglichkeit, dunkle oder halbdunkle Szenen zu malen, schließlich gab es damals weder Straßenlaternen noch Neonbeleuchtung.

Zu Hause machte ich mich als Erstes an die Stube, in der Kalman von Wiehe saß und einem Kunden Geld für einen goldenen Ring gab, und dabei dachte ich nicht nur daran, was ich selbst sehen wollte, sondern auch an das, was Alexej vielleicht gefallen würde.

Weil ich mir noch nicht überlegt hatte, wie Kalman von Wiehe aussehen sollte, strichelte ich ihm einen dunklen Umhang, der seine Gestalt verbarg. An eine Seite des Raums malte ich einen Bücherschrank, dann riss ich das Blatt heraus und zerknüllte es. 1349 gab es noch keine Bücherschränke, der Buchdruck wurde erst im 15. Jahrhundert erfunden, davor waren alle Bücher mit der Hand geschrieben, Bibliotheken gab es nur in Klöstern und in Fürstenhäusern, in Privathäusern besaß man keine Bücher, höchstens ein Gebetbuch, und auch das nur bei reichen Leuten, die Armen waren Analphabeten. Wie war das eigentlich bei Juden?

Ich fing neu an, Kalman von Wiehes Stube zu zeichnen, ohne Bücherschrank, dafür mit einer schönen geschnitzten Truhe, auf die ich eine Menora stellte. Die Wände waren aus Holz, das vermutlich eher nachgedunkelt war, wegen der rußenden Lichtquellen, Kerzen, Öllampen, Kienspäne. Die Fenster waren klein, das wusste ich von meiner Mutter, die mich einmal, als ich ihr widerwillig maulend beim Fensterputzen half, darüber aufgeklärt hatte, wie dunkel es in den mittelalterlichen Häusern gewesen sei, die Fenster seien im 14. Jahrhundert in der Regel noch nicht verglast gewesen, sondern mit durchscheinendem Pergament bespannt. Die Räume waren dunkel, so dunkel wie das ganze Jahrhundert.

Was war das eigentlich, ein Kienspan? Ich nahm mein Handy und tippte *Kienspan* ein. *Vierkantige oder flach gespaltene Stücke unterschiedlicher Längen aus harzreichem Holz, vorwiegend hergestellt aus Kiefer (auch Kienföhre, Kienbaum, Fackelbaum oder Feuerbaum genannt), aber auch aus Tanne, Fichte, Faulbaum, Lärche und Kirschbaum.*

Und wie, verdammt, haben sie den Kienspan angezündet?

Sie hatten ja keine Streichhölzer, sie benutzten Feuerstein und Zunder. Aber wie? Es gab so vieles, was ich noch nicht wusste.

Ich riss das Blatt heraus, lehnte mich zurück und stellte mir, bevor ich neu anfing, den Raum vor, in dem Kalman von Wiehe mit einem Bauern saß, der ihm den Ehering seiner Frau oder ein Erbstück seiner Mutter als Pfand für ein Darlehen anbot. Der Mann ist armselig gekleidet und streckt dem Bankier hilflos beide Hände entgegen. Wie will er eigentlich das Geld aufbringen, um das Pfand wieder einzulösen? Wartet er auf eine bessere Ernte? Gab es damals schon Waid, die Pflanze für das berühmte Erfurter Blau, durch das die Stadt im Mittelalter, vor der Entdeckung des Indigos, reich geworden war? Es ist ein schönes, sanftes Blau, es wird auch heute noch als Volkskunst hergestellt, meine Mutter hat einen Seidenschal in dieser Farbe.

Nach zwei Stunden war ich mit der Zeichnung fertig, jedenfalls mit dem ersten Entwurf, aber ich wusste, dass ich noch viele weitere Versuche brauchen würde, bis ich zumindest einigermaßen zufrieden wäre. »Los, Herr Schneider, wir gehen Gassi!«, rief ich und zog meine blaue Jacke an, die mir an den Ärmeln schon zu kurz wurde, ich brauchte dringend eine neue, diesmal vielleicht eine angesagtere, keinen Anorak, sondern eine richtige Outdoorjacke. Doch in Gedanken hörte ich meine Mutter bereits sagen: Du spinnst wohl, über zweihundert Euro für eine Jacke, die dir im nächsten Jahr vielleicht schon nicht mehr passt. Nimm doch diese da oder eine andere, Hauptsache, sie ist warm genug, und dir steht sowieso alles.

Vermutlich würde sie die Gelegenheit nutzen und mir erklären, dass Mädchen sich jahrhundertelang mit einem Umhang begnügen mussten und auch nicht erfroren sind.

Herr Schneider stand schon an der Tür, mit erwartungsvoll gerecktem Kopf, sein Schnauzbart zitterte vor Freude. Ich schob mir schnell zwei Kotbeutel in die Tasche, weil er sein Geschäft meistens auf zwei Mal erledigte, leinte ihn an und wir zogen los.

Vor der Wohnanlage in der Michaelisstraße hob Herr Schneider an einem Laternenpfahl das Bein. Ich wartete geduldig. Hier stand vor sechshundertachtundsechzig Jahren noch das Haus, in dem Rachel gewohnt hatte, die Tochter Kalman von Wiehes. Wie hatte es ausgesehen? Wie waren die Zimmer eingerichtet? Die Küche? Wo haben sie gegessen, wo geschlafen? Wodurch haben sich jüdische Häuser von christlichen unterschieden? Ich musste mir unbedingt Informationen besorgen, so einfach, wie ich es mir vorgestellt hatte, würde ich meine Graphic Novel nicht hinkriegen.

Zeichnungen verlangen viel größere Genauigkeit und viel mehr Details, als es ein geschriebener Text tut. Wenn zum Beispiel in einem Buch steht: »Sie sitzen beim Abendessen«, muss man auf einem entsprechenden Bild zeigen, aus wie vielen Personen das »sie« besteht, ob aus Frauen, Männern oder Kindern, wie sie aussehen, wie alt sie sind, welche Kleidungsstücke sie tragen, ob Sommer- oder Wintersachen, welche Gesichter sie machen, ob ihnen das Essen schmeckt oder nicht, wie der Tisch und die Stühle aussehen, ob es sich um eine arme oder um eine wohlhabende Gruppe handelt, wie und womit der Tisch gedeckt ist, und so weiter. Und eigentlich braucht man auch ein Fenster oder zumindest eine brennende Lampe, damit man erkennt, dass es draußen dunkel ist und sie wirklich beim Abendessen sitzen. Das alles merkt man dem einfachen geschriebenen Satz nicht an. Selbst wenn man beim Zeichnen viele Details nur andeutet, müssen sie für den Betrachter auf einen Blick erfassbar sein, sie bieten die nötigen Informationen und geben die Stimmung des Ereignisses wieder.

Ich nahm mein Handy und tippte eine Nachricht an Tamara. *Hi, wie war die Fahrt, bist du gut angekommen? Übrigens, wie gefällt dir der Name Alexej?*

Ich war kaum ein paar Schritte gegangen, da kam auch schon ihre Antwort: *Wer ist denn der Glückliche?*

Der Glückliche, schrieb ich zurück, *ist nicht glücklich, sondern einfach nur Jude. Er hilft mir beim Recherchieren.*

Dann viel Erfolg, antwortete sie. *Au revoir, ma chérie, ich muss jetzt zurück in die Sitzung.*

Ich steckte das Handy ein und ging langsam weiter, um den Domberg herum. So ungefähr musste auch der Tempel in Jerusalem gelegen haben, auf einem Hügel, aber er hat bestimmt ganz anders ausgesehen als unser Dom, auch ganz anders als das Gebäude auf dem Hochzeitsring. Die mittelalterlichen Goldschmiede haben sich vermutlich an dem orientiert, was sie kannten.

Die Häuser vor mir warfen schon lange Schatten, als wir uns auf den Heimweg machten, Herr Schneider und ich. Er ging immer langsamer, manchmal musste ich ihn förmlich weiterziehen. Wir waren zu lange gelaufen für seine alten Knochen, ich sollte mir die ausgedehnten Spaziergänge abgewöhnen, obwohl ich sie so liebte, weil es immer etwas zu sehen gab und ich in Gedanken alles Mögliche nachzeichnete. Zum Beispiel diesen graubärtigen Obdachlosen, der, mit dem Rücken an sein Gepäck gelehnt, an einer Straßenecke saß, neben sich einen Hund und vor sich einen umgedrehten Hut. Ab und zu warf ihm jemand ein Geldstück hinein. Seine rechte

Hand, die auf dem Hundekopf lag, war verkrüppelt, Zeigefinger und Mittelfinger fehlten ganz.

Er tat mir leid, ich fischte zwei Ein-Euro-Münzen aus meiner Jackentasche und warf sie in seinen Hut, wobei ich Herrn Schneider am Halsband festhielt. Er liebt nämlich nicht nur alle Menschen, sondern auch alle Hunde und kapiert nicht, dass Liebe nicht immer auf Gegenseitigkeit beruht. Im letzten Jahr hatte ihn irgendein Mistköter so fest in die Schulter gebissen, dass die Tierärztin die Wunde nähen musste. Der Hund des Alten, eine Dogge-mit-irgendwas-Mischung, reagierte allerdings nicht auf Herrn Schneider, er schaute hochmütig an ihm vorbei, als gäbe es ihn nicht. Ich zog Herrn Schneider, der sich noch ein paarmal enttäuscht nach dem erhofften Spielgefährten umschaute, energisch weiter. Es wurde bereits dunkel, die Straßenlaternen waren angegangen und warfen einen matten Lichtschimmer auf das Pflaster, das bläulich aufleuchtete. bis die Farbe außerhalb des Lichtkreises wieder grau und stumpf wurde.

Meine Mutter war schon zu Hause und auffallend gut gelaunt. Mir sollte es recht sein, mir war eine fröhliche, zufriedene Mutter lieber als eine melancholische oder gar missmutige. Vermutlich hatte sie sich für später mit ihrem Neuen verabredet.

»Ich habe vergessen einzukaufen«, sagte sie, ohne hinzuzufügen: Du hättest ja auch daran denken können. »Was hältst du davon, dass wir zu Antonio gehen und eine Pizza essen?«

Davon hielt ich viel. Herr Schneider offenbar nicht, obwohl er »Antonio« verstand und sonst sofort zur Tür lief, wenn er den Namen hörte. Diesmal stieg er aufs Sofa und streckte sich aus. Er war wohl zu müde, deshalb ließen wir ihn zu Hause.

Ich füllte ihm noch ein bisschen Trockenfutter in seinen Napf, falls er Hunger bekommen sollte, und streichelte ihm über den Kopf. Er leckte mir liebevoll die Hand, blieb aber liegen.

Antonio brachte, ohne dass wir etwas gesagt hatten, einen Orangensaft für mich und für meine Mutter ein Glas von dem Wein, den sie immer trank. Wir bestellten beide eine Pizza mit Salami und Anchovis.

»Wie haben die Häuser damals eigentlich ausgesehen?«, fragte ich, während wir warteten. »Ich meine die in der Michaelisstraße, die Häuser von Juden.«

»Wie die Häuser von Christen auch«, antwortete sie. »Die meisten Juden haben in der heutigen Altstadt gelebt, bunt gemischt mit Christen, das weiß man von alten Zinsregistern. Es gab sogar Juden, die sich in christlichen Häusern eingemietet hatten, und umgekehrt genauso.«

»Aber wie haben sie gewohnt?«, fragte ich. »Wo haben sie gegessen, wo geschlafen? Wie groß waren die Häuser?«

»Die meisten Häuser waren aus Holz«, sagte sie, und da Antonio gerade vorbeiging, bat sie ihn um ein Blatt Papier und einen Bleistift. Er brachte beides. Mit raschen Strichen zeichnete sie ein Rechteck auf. »So ungefähr musst du dir ein Grundstück von wohlhabenden Bürgern vorstellen. Hier könnte das Wohnhaus gestanden haben, das aber selten aus Backsteinen gebaut war. Im Erdgeschoss des Hauses gab es eine große Stube, in der alles stattfand, oft diente sie dem Hausherrn zugleich als Werkstatt. Im Winter war sie der einzige beheizte Raum. Neben der Stube und im ersten Stock gab es noch Kammern, in denen man schlief und in Schränken und Truhen Wäsche und Kleidung verwahrte. Häufig befand sich die Küche in einem speziellen Anbau, um die Brandgefahr zu verringern. Im

Mittelalter hat man nichts so sehr gefürchtet wie Feuersbrünste, die oft ganze Straßenzüge und Stadtviertel in Schutt und Asche legten. Neben Wohnhaus und Küche gab es auch noch einen Stall für Pferde und Ziegen, manchmal sogar für eine eigene Kuh, dazu Schuppen und Wirtschaftsräume. Auf dem Hof befand sich in einer Ecke der Misthaufen, und hinter den Stallungen gab es einen Garten für Gemüse und üblicherweise auch Verschläge für Hühner und Gänse, die man für den Eigenbedarf gehalten hat. Die Christen hatten, im Gegensatz zu den Juden, auch noch ein oder zwei Schweine.«

Ich betrachtete ihre Zeichnung. Sie hatte einen sicheren, aber viel zu festen und zu gleichmäßigen Strich, sie nutzte die sensiblen Möglichkeiten, die ein Bleistift bietet, nicht aus, erkannte sie vermutlich gar nicht. Und wie so oft fragte ich mich, ob ich meine Neigung zum Differenzieren und den genauen Blick von meinem unbekannten Vater geerbt hatte. Einerseits fand ich die Idee ganz witzig, andererseits gefiel es mir aber besser, diese Fähigkeiten als ganz eigenen Teil meiner Persönlichkeit zu sehen.

Ich nahm das Blatt, faltete es zusammen und steckte es in die Hosentasche. Meine Mutter machte den Mund auf, um etwas zu fragen, doch da kam Antonio mit der Pizza, und wir fielen hungrig darüber her. Noch kauend fragte sie es dann doch: »Wieso interessierst du dich plötzlich so für das Mittelalter?«

Eigentlich hatte ich es nicht sagen wollen, und ich hätte es auch bestimmt nicht getan, wenn ich es nicht bei Alexej schon geübt hätte, jedenfalls platzte ich einfach damit heraus: »Ich überlege, ob ich die Geschichte des Erfurter Schatzes als Graphic Novel zeichnen könnte.«

»Das ist ja eine tolle Idee!«, sagte sie begeistert. »Hast du schon angefangen? Zeigst du mir die Bilder?«

Ich hob abwehrend die Hände. »Du weißt doch, dass ich das nicht tue«, sagte ich. »Erst wenn ich fertig bin.«

Sie trank einen Schluck Wein, wischte sich mit der Serviette über den Mund und sagte: »Ja, ich weiß, du bist verschlossen wie eine Auster. Ich habe noch nie einen so verschlossenen Menschen erlebt. Wüsste ich es nicht besser, würde ich sagen, du bist autistisch oder hast zumindest autistische Züge. Keine Ahnung, von wem du das hast, von mir jedenfalls nicht.«

»Vielleicht von meinem Vater«, sagte ich.

Sie zuckte mit den Schultern. »Vielleicht.« Dann fügte sie hinzu: »Obwohl ich ihn nicht als besonders verschlossen erlebt habe.«

Ich hätte am liebsten gesagt: Natürlich nicht, du hast mit ihm geschlafen, das ist wohl das Unverschlossenste zwischen zwei Menschen, das man sich denken kann. Aber ich hatte keine Lust, mir wieder die Geschichte von der lauen Sommernacht, dem Wein und der unbezähmbaren Lebensfreude anzuhören, deshalb schluckte ich die Worte, die mir auf der Zunge lagen, lieber runter. Sie machte kein Geheimnis aus jenem Intermezzo beim Weinfest in der Toskana, auf ihrer ersten Reise nach Italien, und wie sie dort den gut aussehenden Italiener Massimo kennengelernt hatte. Die Nacht war kurz, aber folgenreich, denn als sie wieder zu Hause war, merkte sie, dass sie ein Kind erwartete, und mehr als den Vornamen meines Vaters wusste sie nicht. Sie hätte mich abtreiben können, aber das tat sie nicht, obwohl sie damals noch an ihrer Dissertation gearbeitet hat. Sie habe sich trotz der misslichen Umstände sehr auf mich gefreut, das hatte sie mir oft genug versichert.

Und so kam es, dass ich ein Kind ohne Vater war, dafür aber immer wieder lange Zeit von meiner Oma aufgezogen wurde.

Zu Hause, vor dem Schlafengehen, betrachtete ich noch einmal die Zeichnung von Kalman von Wiehes Stube. Sie war mir gar nicht so schlecht gelungen. Und dann dachte ich: Meine Mutter war heute Abend erstaunlich friedlich. Tamara wirkt noch nach.

10 *Abstehende Zöpfe*

Ich weiß nicht, wie lange wir gegangen sind, es müssen viele Stunden sein, denn die Sonne hat ihren höchsten Punkt längst überschritten und es ist deutlich kühler geworden. In der Ferne taucht ein Bauernhof auf. Auf einer eingezäunten Wiese weiden Schafe. Unser Vater deutet auf das Haus und sagt: »Dorthin gehen wir, dort werden wir erwartet.«

Je näher wir dem Hof kommen, umso deutlicher wird, dass es sich um einen wohlhabenden Bauern handeln muss, der dort lebt, das Wohnhaus ist aus Stein gemauert, und aus einem Schornstein steigt Rauch auf. Es gibt Ställe und eine Scheune aus Holz und das ganze Gehöft wird von einer Mauer geschützt. »Da wohnt Sebastian, der Bauer, der uns helfen wird«, sagt unser Vater.

Als wir uns dem Haus nähern, empfängt uns ein wütendes Gebell. Hinter dem Gittertor toben zwei Hunde, die eher Wölfen ähneln als ihren gezähmten Artgenossen. Ich weiche erschrocken zurück, Joschua und mein Vater erstarren. Doch da geht die Haustür auf, ein bäuerlich gekleideter Mann tritt heraus und stößt einen lauten Pfiff aus. Die Hunde hören sofort auf zu bellen und laufen zu ihm. Er kettet sie neben einer Hütte an, bevor er das Tor öffnet und unseren Vater mit Händedruck und Schulterklopfen begrüßt.

»Das sind meine Kinder Agatha und Burkhard«, sagt mein Vater und deutet auf uns. »Und ich heiße Sigmund.«

»Das hast du dir gut ausgedacht, Sigmund«, sagt der Mann. »Wir müssen aber unbedingt Notburga Bescheid sagen. Ihre Mutter ist sehr alt und hört und sieht kaum noch was, sie ist keine Gefahr, doch mit den Kindern müssen wir vorsichtig sein, Kinder verplappern sich schnell.«

Er geht uns voraus über den gepflasterten Hof. Neben einem Stall befindet sich ein großer Misthaufen, auf dem Hühner kratzen, und auf dem Dach entdecken wir einen Taubenschlag. Ein paar Gänse watscheln hinter einem Gänserich her zum Misthaufen, der Gänserich faucht uns an, als wir an ihm vorbeigehen.

Der Mann ruft durch die offene Haustür: »Notburga, komm, wir haben Gäste!«

Eine kleine, gedrungene Frau, kaum größer als ich, tritt aus der Tür und kommt ein paar Schritte auf uns zu, sie lacht über das ganze Gesicht. »Da seid ihr ja endlich«, sagt sie und streckt die Arme nach uns aus.

Doch ihr Mann hält sie zurück. »Das ist Sigmund«, sagt er, »und seine Kinder heißen Agatha und Burkhard.«

Joschua scheint Vergnügen an dem Versteckspiel zu finden. »Ja«, ruft er, »ich bin Burkhard, der Sohn des Kaufmanns Sigmund von Nürnberg, und meine verstorbene Mutter hieß Adelheid. Hinter Erfurt hat uns unser Kutscher einfach im Stich gelassen und ist mit Pferd und Wagen auf und davon, dieser Schurke, deshalb sind wir jetzt zu Fuß unterwegs und brauchen Hilfe.«

»Ein waches Bürschchen, dein Sohn«, sagt Notburga zu unserem Vater, »und was für schöne Namen du ihnen gegeben hast. Aber kommt ins Haus, ihr seid bestimmt hungrig und durstig.«

Inzwischen sind fünf Kinder in der Tür aufgetaucht, das älteste, ein Junge, ist wohl in meinem Alter, die anderen, drei Mädchen und ein weiterer Junge, sind deutlich jünger, das größte Mädchen ist bestimmt jünger als Joschua, höchstens so alt wie Zippi, die Tochter des Kantors. Auf einen Wink ihrer Mutter treten die Kinder zur Seite, um uns durchzulassen. »Geht zu den Schafen«, sagt Notburga, »und schaut, ob alles in Ordnung ist und der Pferch kein Loch hat.«

Dann geht sie uns voraus in einen Raum, der zugleich Küche und Stube ist. »Setzt euch«, sagt sie, »ihr werdet nach dem langen Weg hungrig und durstig sein.«

Wir setzen uns an einen großen Tisch aus roh gehobelten Brettern. Unter dem Fenster steht ein Spinnrad, daneben ein Webstuhl. Nahe dem Herd, neben einer Kiste mit Holzscheiten, sitzt eine uralte Frau, deren Haare schon so dünn sind, dass man den rosafarbenen Schädel deutlich erkennen kann. Trotz der dicken Schaffelldecke, in die sie gehüllt ist, sieht man, wie mager sie ist. Ich sage laut »Guten Tag«, aber sie reagiert nicht auf uns, sie starrt nur vor sich hin. »Das ist meine Mutter«, sagt Notburga, »sie sieht und hört nichts mehr und betet jeden Tag zu Gott, er möge sie erlösen.«

Als sie Becher mit Milch und einen Teller mit kalten, in Teig ausgebackenen Apfelscheiben vor uns hinstellt, schauen wir unseren Vater fragend an. Wir haben noch nie in einem christlichen Haus etwas gegessen und wissen nicht, ob hier die jüdischen Speisegesetze eingehalten werden. Eher nicht, nehme ich an. Aber unser Vater nickt uns aufmunternd zu und beißt, ohne den üblichen Segen zu sprechen, in ein Apfelküchlein. Da zögern wir nicht länger und greifen ebenfalls zu. Wir haben Hunger und die Küchlein schmecken sehr gut.

Nach diesem Imbiss zieht sich Sebastian, der Bauer, mit unserem Vater in eine Kammer neben der Küche zurück und Notburga geht zur Haustür und ruft nach ihrem großen Sohn. »Benedict«, befiehlt sie, »zeig unseren Gästen den Hof und vor allem die Tiere, das wird ihnen gefallen.«

Benedict verzieht unwillig das Gesicht, aber er gehorcht. »Kommt mit«, sagte er, schaut aber nur Joschua an. Ich folge ihnen zögernd.

Doch als wir den Stall betreten, ist unsere Schüchternheit schnell verflogen. Außer zwei Kühen und einigen Ziegen gibt es zwei Verschläge, in dem einen steht ein kräftiges, dunkelbraunes Pferd mit schwarzer Mähne und schwarzem Schweif, mit dem es sich immer wieder auf den Rücken schlägt, als müsse es Mücken verscheuchen. »Er heißt Kuno und ist ein Wallach«, sagt Benedict. Doch aus dem zweiten Verschlag, dem größeren, wiehert uns eine Apfelschimmelstute mit einem fast weißen Fohlen entgegen. »Es ist erst ein paar Tage alt«, erklärt Benedict, »deshalb ist es noch ein bisschen wackelig.«

Er nimmt eine verschrumpelte Karotte aus einem Korb und hält sie der Stute hin. Sie frisst sie ihm aus der Hand und lässt sich willig streicheln, auch von Joschua. Sogar das Fohlen, das seiner Mutter nicht von der Seite geht, weicht Joschuas Hand nicht aus, im Gegenteil, es bewegt unter seiner Berührung zutraulich den Kopf hin und her. Mein Bruder ist außer sich vor Begeisterung. Benedict lächelt und sieht plötzlich so freundlich und liebenswert aus wie seine Mutter.

Ich spüre, wie müde ich von dem langen Fußmarsch bin, ich lasse die beiden Jungen bei den Pferden und gehe zurück ins

Haus. Im Hof komme ich an den kleineren Kindern vorbei. Sie spielen mit zwei Lappenpuppen, für die sie aus Holzscheiten ein Bett und einen Tisch gebaut haben. Als sie mich sehen, halten sie mitten in der Bewegung inne und starren mich mit offenen Mündern an. Ich nicke ihnen zu. Man merkt, dass sie nicht oft Fremde gesehen haben. Doch als ich mich nach ein paar Schritten noch einmal nach ihnen umdrehe, sind sie schon wieder in ihr Spiel vertieft. Es sind hübsche Kinder, sie sehen gesund und wohlgenährt aus. Besonders gut gefällt mir die Kleinste, ein molliges Mädchen mit abstehenden blonden Zöpfchen.

Im Haus treffe ich Notburga, die am Herd steht und kocht. Die alte Frau sitzt noch genauso da wie vorher und starrt unbeweglich vor sich auf den Boden, wie sie es vermutlich die ganze Zeit getan hat, nur ihr Kopf wackelt manchmal auf dem dünnen Hals hin und her wie eine Blüte auf einem Stängel. Notburga rührt mit einem Holzlöffel in einem großen Topf, der auf dem Dreifuß steht. Ich brauche die Federn in dem Korb neben der Holzkiste nicht zu sehen, um zu wissen, was es zu essen geben wird. Der Duft, der aus dem Topf steigt, verrät es mir. Hühnersuppe, es riecht nach Hühnersuppe.

Notburga legt den Holzlöffel zur Seite und macht sich daran, Karotten zu schneiden, Karotten für die Suppe.

»Komm, setz dich zu mir«, sagt sie und deutet auf einen Stuhl.

Ich tue, was sie mich geheißen hat.

»Du fragst dich doch bestimmt, warum ihr zu uns gekommen seid«, sagt sie, »oder hat dein Vater dir alles erklärt?«

Ich schüttle den Kopf. »Er sagt nie sehr viel.«

Sie lacht. »Das habe ich mir gedacht, so sind Männer nun mal.« Sie wirft die Karotten in den Topf und legt eine halbe

Sellerieknolle auf das Brett. »Aber warum ihr flieht, weißt du doch, oder?«

Ich nicke. »Wegen der Pestilenz und wegen der Ausschreitungen gegen uns Juden.«

»Also hör zu«, sagt sie. »Mein Mann Sebastian und dein Vater sind Freunde aus Kindertagen, sie waren Nachbarn. Ihre Freundschaft blieb auch bestehen, als Sebastian Erfurt verließ, um seinem Onkel hier auf dem Hof zu helfen. Ich war damals noch ein Kind, aber er hat auf mich gewartet und mich später geheiratet. Sebastian und dein Vater haben sich zwar selten gesehen, aber sie wissen, dass sie sich aufeinander verlassen können. So hat dein Vater uns vor Jahren geholfen, als unsere Stallungen abgebrannt waren und wir neue bauen mussten. Da ist es nur recht und billig, dass wir jetzt, in dieser harten Zeit, euch zum Dank ebenfalls unterstützen. Nachdem dein Vater einen Boten mit der Bitte um ein Pferd und einen Wagen geschickt hat, konnten wir uns denken, dass er vorhat, zu fliehen, und haben alles vorbereitet. Ihr bekommt einen Planwagen und unseren Wallach und werdet als einfache Bauern reisen.«

Sie unterbricht ihren Redefluss und kippt die Selleriestücke, die sie inzwischen geschnitten hat, in die Suppe, bevor sie fortfährt: »Ich habe schon Kittel für euch hergerichtet und Münzen in die Säume und die Gürtel genäht, damit ihr euch unterwegs etwas zu essen kaufen könnt und nicht hungern müsst. Hast du alles verstanden?«

Ich nicke. Ich weiß nicht, was ich sagen soll, mehr als ein »Danke« bringe ich nicht heraus.

Die Hühnersuppe auf dem Dreifuß dampft und riecht wunderbar, genau wie die Hühnersuppe, die Agatha immer kocht. Ich werde ganz gierig bei diesem Geruch und habe nur einen

Gedanken: Sie ist nicht koscher, die Suppe, was wird unser Vater sagen?

Er sagt nichts. Nachdem Notburga die Fleischstücke auf dem Teller ihrer Mutter zu winzigen Stücken zerteilt und sie gefüttert hat, stellt sie eine große Schüssel mit Suppe mitten auf den Tisch und wir setzen uns. Alle falten die Hände und senken die Köpfe und nach einem Blick auf unseren Vater falten auch wir, Joschua und ich, die Hände und senken die Köpfe. Sebastian spricht ein Tischgebet, dann greifen alle nach ihren Löffeln, auch mein Vater. Joschua und ich tun es ihm nach. Die Suppe riecht nicht nur so, wie Agathas Suppe riecht, sie schmeckt auch ebenso köstlich.

Danach, es ist inzwischen dunkel geworden, gehen wir beim Licht von Öllampen schlafen. Notburga hat für mich ein Lager in der Kammer der Mädchen hergerichtet, für Joschua eines bei den Jungen. Wo mein Vater schläft, weiß ich nicht.

Nachdem Notburga mit dem Licht die Kammer verlassen hat, liege ich, trotz meiner Müdigkeit, schlaflos auf dem Strohsack, der eigentlich ein Heusack ist, wie man deutlich am Geruch merkt. Zu viel ist an diesem Tag passiert und ich habe noch nie in einem fremden Haus geschlafen. Ich sehne mich nach Agatha.

Da spüre ich plötzlich, wie jemand meinen Arm berührt und zu mir unter die Schafwolldecke kriecht. Es ist Urselchen, die Kleine mit den abstehenden Zöpfen, die sich an mich schmiegt. »Kann ich bei dir schlafen?«, fragt sie leise.

Ich nehme sie in die Arme. Sie drückt sich weich und warm an mich.

Plötzlich kommt es mir gar nicht mehr so unwahrscheinlich vor, dass ich eines Tages selbst Kinder haben werde. Mit

Samuel, der mir als Bräutigam bestimmt ist und den ich noch nie gesehen habe. Und sogleich taucht vor mir das Bild Josef ben Zions auf, unseres Lehrers.

»Gute Nacht«, sage ich zu beiden, zu meinem unbekannten Bräutigam und zu Josef ben Zion. Und die kleine Ursel, die ich in den Armen halte, küsse ich in die weiche Kuhle zwischen Hals und Schulter, ihre Haut riecht ein bisschen nach saurer Milch und Honig. Sie drückt sich noch fester an mich und stößt ein schmatzendes Glucksen aus.

11 Viel Glück

Auf einmal war ich für die anderen interessant geworden, und mir war natürlich klar, dass das an Alexej lag. Wenn er sich für mich interessierte, musste das ja bedeuteten, dass man vielleicht doch etwas an mir gut finden konnte. Jedenfalls würden sie mich jetzt nicht mehr ignorieren, wie sie es sonst getan hatten. Früher waren meine Kommunikationsversuche, zu denen ich mich gezwungen hatte, um mich wenigstens ein bisschen anzupassen, meistens danebengegangen. Wenn ich zum Beispiel Tina oder Carina oder Sarah gefragt hatte, wie es ihnen in der Mathearbeit oder in Englisch ergangen war, hatten sie nur »Ganz gut« gesagt, zu einem Gespräch war es selten gekommen, oft hatten sie mich einfach stehen gelassen und waren weitergegangen. Das würde mir jetzt nicht mehr passieren, sie waren richtig heiß auf eine Unterhaltung mit mir. Nur dass mir jetzt überhaupt nicht mehr danach war, ich wollte nichts mehr von ihnen, denn ich verbrachte die großen Pausen mit Alexej und das war schön.

Wir sprachen über die Schule, seine Lieblingsfächer waren Geschichte und Sprachen, ich wusste inzwischen, dass er eine kleine Schwester hatte, Danila, und dass seine Großmutter bei ihnen lebte, und ich hatte ihm von meiner Mutter erzählt, von Herrn Schneider und sogar von Tamara. Wir sprachen auch viel über Rachel und Joschua, und er fragte jedes Mal, wie weit ich mit meiner Geschichte sei und ob ich ihm nicht bald etwas zeigen könne.

Ich hatte am Wochenende viel gearbeitet und schon einige Zeichnungen fertig oder so gut wie fertig, deshalb schlug ich ihm am Montag vor, mich nachmittags zu besuchen.

Nach der Schule raste ich nach Hause, briet mir ein Rührei und aß eine Scheibe Brot, dann räumte ich hektisch auf. Ich war durcheinander, das gebe ich zu, denn außer von Julian, der gelegentlich auftauchte, bekam ich nur selten Besuch, und eingeladen hatte ich, glaube ich, noch nie jemanden. Ich lief so oft zum Fenster und wieder zurück, dass Herr Schneider sich irritiert unter den Tisch zurückzog. Ich war mir nicht sicher, ob Alexej wirklich kommen würde. Vielleicht hat er es sich ja anders überlegt, dachte ich, als ich die bunte Flickendecke, die meine Oma im Jahr vor ihrem Tod für mich genäht hatte, über meinem Bett glatt strich, und war daher fast überrascht, als es plötzlich klingelte.

Mit weichen Knien machte ich die Tür auf und er stand vor mir. Mein Mund war auf einmal so trocken, außer »Hi« brachte ich kein Wort heraus. Es war Herr Schneider, der mich rettete, er drängte sich vehement zwischen mich und Alexej. Er freut sich über jeden Gast und begrüßt ihn mit begeistertem Schwanzwedeln, auch auf der Straße läuft er auf jeden zu, der ihm einen Blick gönnt, er liebt einfach alle Menschen und erwartet, dass jeder und jede ihn ebenfalls liebt, er ist der gutmütigste Hund, den man sich vorstellen kann, so gutmütig, dass ich ihn manchmal sogar für ein bisschen dumm halte, oder zumindest für naiv.

Alexej bückte sich und streichelte Herrn Schneider, der

vor Begeisterung anfing zu fiepen und zu sabbern, sodass ihm die Spucke über den Schnauzbart tropfte. »Du bist also Herr Schneider«, sagte er. »Was für ein schöner Hund.«

Schön?, dachte ich, wie kommt er bloß darauf, ihn schön zu nennen? Vermutlich ist er ebenso verlegen wie ich und hat das nur gesagt, weil ihm nichts anderes eingefallen ist. Herr Schneider ist eine Straßenmischung, irgendetwas zwischen Terrier und Schäferhund und noch ein paar weiteren Rassen, die sich nicht genau definieren lassen. Jedenfalls gehörte er eindeutig zu den Hunden, die nur schön sind, wenn man sie liebt. Meine Oma hatte immer gesagt: Er hat eben innere Werte.

Ich führte Alexej ins Wohnzimmer, weil mir mein eigenes Zimmer plötzlich zu chaotisch vorkam. Oder zu privat. Ich wollte nicht, dass er meine Wand mit den Zeichnungen sah.

Er setzte sich an unseren Esstisch und streichelte Herrn Schneider, der ihm den dicken Kopf auf die Knie legte. Ich ging in die Küche, um zwei Gläser Apfelschorle vorzubereiten, und fragte mich, warum ich mich mit Alexej hier, bei mir zu Hause, so viel unbehaglicher fühlte als unter der Kastanie im Schulhof.

Er nahm einen Schluck von seiner Schorle, wischte sich mit dem Handrücken über den Mund, rutschte etwas weiter vor und fragte: »Zeigst du mir jetzt die Bilder?«

Ich ging in mein Zimmer, kam mit einer Handvoll Blätter zurück und legte das erste vor ihn auf den Tisch. Das Deckblatt, die *Alte Synagoge* im Licht des Vollmonds, darunter der Text: *1349 – In Erfurt war es dunkel – nicht nur bei Nacht.*

Dann kam das zweite Bild, Kalman von Wiehes Stube. Der Geldverleiher sitzt an einem Tisch und hält prüfend ein Schmuckstück hoch, zu klein, um es zu erkennen, aber die

Handbewegung ist gut, er hält sich das Ding, vermutlich einen Ring, mit spitzen Fingern vor die Augen. Ihm gegenüber, auf der anderen Seite des Tischs, hockt ein buckliger Bauer in einem geflickten Wams und streckt ihm hoffnungsvoll die Hand entgegen. Im Hintergrund, auf einer Truhe, steht eine Menora.

Alexej betrachtete das Bild lange. »Schön«, sagte er, »ich kann mir jetzt richtig vorstellen, wie es ausgesehen haben könnte. Aber ich glaube, er hat nicht nur armen Leuten Geld geliehen, davon hätte er wohl nicht leben können, er muss auch mit Adligen und angesehenen Bürgern Geschäfte gemacht haben.«

Ich nickte. »Klar, aber eine Szene mit einem armen Bauern lässt sich besser zeichnen.« Ich hielt ihm das nächste Blatt hin, Rachel, wie sie mit ihrem Vater im Keller den Schatz versteckt. »Ich habe lange hin und her überlegt, wie Rachel aussehen soll«, erklärte ich, vor Verlegenheit ein bisschen hektisch. »Erst sollte sie rotblonde Haare haben, dann wollte ich lieber dunkle Locken, aber auf keinen Fall Krusseln, auch wenn die leichter zu zeichnen sind, und schließlich habe ich mich doch für die rotblonden Locken entschieden, schon deshalb, weil sich dunkle Haare in schummrigen Räumen kaum gegen die Umgebung abheben würden. Ich bin mir noch unsicher, ob ich die Zeichnungen kolorieren soll, vielleicht mit Buntstiften …«

Alexej ließ das Blatt sinken, fuhr sich über die Haare, hob das Bild wieder hoch. »Ich finde Schwarz-Weiß schöner, glaube ich, die Bilder sehen so geheimnisvoller und romantischer aus.«

Ich zeigte ihm auch noch einen neuen Entwurf, an dem ich am Wochenende gearbeitet hatte: ein Planwagen mit großen

Rädern, unter dem eine Henne hindurchläuft, gefolgt von einer Schar Küken.

»Wieso hatte Sebastian eigentlich einen Planwagen?«, fragte Alexej. »Ich glaube nicht, dass jeder Bauer einen Planwagen hatte.«

Ich dachte nach. »Ein Onkel von Notburga war fahrender Händler gewesen, der Planwagen hatte ihm gehört und war in der Scheune stehen geblieben. Man hat damals nichts weggegeben, irgendwann hätte man es ja brauchen können.«

Alexej nickte. »Stimmt. Meine Großmutter wirft auch ungern etwas weg, da gibt es immer Diskussionen.«

Er nahm das nächste Bild, das eigentlich nur eine Skizze war: Joschua, der auf Händen über eine Wiese geht. Zum Glück fiel ihm nicht auf, wie ähnlich Rachels Bruder ihm sah, und ich hätte lieber meine Zunge verschluckt, als ihn darauf hinzuweisen.

Alexej schaute das Bild an und stellte plötzlich eine Frage, auf die ich nicht vorbereitet war. »Ich wollte dich schon die ganze Zeit etwas fragen: Warum hast du mich eigentlich angesprochen?«

Und ich, naiv wie ich war, antwortete: »Weil du Jude bist.«

Das war's. Ich hatte die Wahrheit gesagt, nichts als die Wahrheit, und auf einmal war alles anders. Alexej sagte kein Wort, er schaute mich nicht an. Durch das offene Fenster flog brummend eine hässliche, schwarze Fliege.

Ich stand stocksteif da, einen weiteren Entwurf in der Hand, Kalman von Wiehe und seine Kinder auf dem Planwagen, und verstand nicht, was passiert war. Eine angespannte Stille hing über uns, eine unerträgliche Stille, die mir in die Ohren zischte, dass mir schwindlig wurde, und als Herr Schneider, mein sensibler Hund, der die Anspannung offenbar auch spürte, ein paar Schritte auf mich zuging, dröhnten seine Tapser so laut wie Donnerschläge, und sein Atem fuhr durch das Zimmer wie ein Windstoß. Er rieb sich kurz an meinem Bein, dann ging er zu Alexej zurück und stieß ein sanftes, aufforderndes Brummeln aus. Unten vor dem Haus fiel ein Deckel scheppernd auf eine Mülltonne.

Alexej fuhr gedankenlos mit der Hand über den Hunderücken, dann warf er einen Blick auf seine Armbanduhr und sagte, ohne mich anzuschauen: »Ich muss jetzt gehen.«

Das war alles. Er ging. Durch das Fenster sah ich ihn noch um die Ecke biegen, mit gesenktem Kopf und tief in die Hosentaschen vergrabenen Händen.

Fassungslos blieb ich eine Weile stehen, dann nahm ich die Blätter, die er betrachtet hatte, vom Tisch und brachte alle zurück in mein Zimmer. Was hatte ich denn gesagt? Die Wahrheit, nichts als die Wahrheit. Und warum hatte Alexej so darauf reagiert? Als hätte ich das Wort »Jude« als Schimpfwort benutzt, als hätte ich »du Jude«, »du Loser« oder so was gesagt.

In mir brodelte es, ich wurde von einer Mischung aus Angst, Unsicherheit, Bedauern und Ärger überflutet und wusste mir nicht anders zu helfen, als Herrn Schneider anzuleinen und loszulaufen, Bewegung hatte schon immer beruhigend auf mich gewirkt. Aber ich wurde nicht ruhiger, ich lief schneller als sonst, und es dauerte eine Weile, bis ich merkte, dass ich Herrn Schneider regelrecht an der Leine hinter mir herzerrte. Ich entschuldigte mich bei ihm und passte mich seinem Trott an und in meinem Kopf wirbelten die Gedanken herum wie heruntergefallenes Laub im Wind.

Es war, als hätte ich Alexej etwas angetan, oder er mir. Ich verstand einfach nicht, was passiert war, war es ein Missverständnis, hatte ich ihn beleidigt? Aber womit? Es ließ mir keine Ruhe, mit derartigen Verwirrungen konnte ich nicht umgehen, daran war ich nicht gewöhnt, ich hasste es, wenn etwas außerhalb meiner Kontrolle lag, ich wollte immer alles klar und übersichtlich haben, auch wenn es um etwas Unangenehmes ging. Und die Sache mit Alexej war alles andere als klar und übersichtlich. Deshalb traf mich seine Reaktion doppelt hart.

Natürlich kam ich irgendwann auch auf den Gedanken, ob ich mich vielleicht in Alexej verliebt hatte, schließlich hatte ich keine Ahnung, wie sich so etwas anfühlte, ob es vielleicht das war, worüber ich in Büchern gelesen und was ich bei Gesprächen meiner Klassenkameradinnen, die dauernd in irgendjemanden verliebt waren, aufgeschnappt hatte.

Doch diesen Gedanken verwarf ich gleich wieder. Die Frauen unserer Familie verliebten sich nicht, sie waren nicht wie andere, davon war ich überzeugt. Die Frauen unserer Familie fügten sich nicht in das übliche Schema von Liebe, Heirat, Kinderkriegen. Von ihrer Mutter, meiner Urgroßmutter also, hatte meine Oma erzählt, sie sei zwar verheiratet gewesen, doch ihr Mann, ein Zahnarzt, sei gewalttätig gewesen und habe sie schließlich mit drei Kindern sitzen gelassen. Meine Oma selbst hatte nie geheiratet, sie hatte ihre Tochter allein aufgezogen, und mit meiner Mutter war es nicht anders. Sie hatte zwar immer wieder mal einen Freund, aber diese Beziehungen waren jedes Mal nach kurzer Zeit auseinandergegangen. Den einen oder anderen Mann hatte ich kennengelernt, aber vermutlich hatte sie auch andere gehabt, die sie vor mir verheimlicht hatte. So war es auch diesmal, denn ich war sicher, dass sie einen Neuen hatte. Sie versuchte zwar, es vor mir zu verbergen, aber ich war ja nicht blöd. Natürlich musste es mir auffallen, dass sie bei bestimmten Anrufen leise ins Telefon sagte: »Es geht jetzt nicht, ich rufe dich später zurück.« Und es blieb mir auch nicht verborgen, dass sie an manchen Abenden, wenn sie glaubte, ich würde längst schlafen, noch einmal das Haus verließ und erst gegen Morgen wieder heimkam. Meistens wachte ich dann auf, ich hatte schon immer einen leichten Schlaf, und schaute auf den Wecker, wie viel Uhr es war. In der Regel drei oder vier. Herr Schneider wurde allerdings nie wach, er schnaufte höchstens mal tief auf. Vermutlich war er der einzige Hund auf der Welt, der jeden Einbrecher verschlafen würde.

Ich habe keine Ahnung, wo ich an jenem Nachmittag, nach der Sache mit Alexej, herumgelaufen bin, meine Füße bewegten sich wie von selbst, als hätte mein Kopf den Kontakt zum übrigen Körper einfach abgebrochen. Ich lief und lief. Ich hatte das Gefühl, als laufe ich vor mir her, dann drehte ich mich nach hundert Metern um und sah mich selbst … Es war, als müsste ich zu mir zurücklaufen, um alles wieder ins rechte Lot zu bringen.

Irgendwann fand ich mich vor der *Alten Synagoge* wieder, ohne zu wissen, wie ich dahin gekommen war.

Herr Schneider schnüffelte am Torpfosten, hob das Bein und schaute mich müde an. Seine Pisse bildete eine gelbliche Pfütze, und es dauerte eine Weile, bis sie in den Ritzen zwischen den Pflastersteinen versickert war.

Dort, im Untergeschoss, lag der Schatz. Schön angeordnet mit kleinen Schildern, auf denen die wichtigsten Details vermerkt waren. Gefällig, informativ, eine Sehenswürdigkeit für kulturinteressierte Touristen.

Auf einmal war ich nur noch wütend. Ich dachte: Was geht mich der Schatz eigentlich an? Was kümmert mich dieses alte Zeug? Das alles war über sechshundertfünfzig Jahre her. Soll meine Mutter sich doch damit befassen, wenn es ihr Spaß macht, was habe ich mit diesem Kram zu tun? Und dann dachte ich: Und was habe ich mit Alexej zu tun?

Zögernd ging ich über den Hof, vorbei an den alten Grabsteinen, und betrat das Gebäude.

Frau Mohr saß an der Kasse. »Hallo, Laura«, sagte sie, »du warst schon lange nicht mehr hier.«

»Kann ich Herrn Schneider kurz bei Ihnen lassen?«, fragte ich. »Ich möchte mir noch mal den Schatz anschauen.«

Sie nickte. »Natürlich kannst du das. Komm, Herr Schneider, ich habe einen Keks für dich.«

Ich hielt ihr die Leine hin und betrat die Synagoge. Im Untergeschoss blieb ich vor dem Hochzeitsring stehen, dem Glanzstück der Ausstellung. Der Ring ist viel zu groß, um getragen zu werden, fast fünf Zentimeter hoch, aus reinem Gold und ohne Edelsteinbesatz, und oben auf dem Ring thront ein Aufsatz in Form eines Tempels. Die Architektur wird von zwei geflügelten Drachen getragen und auf den glatten Dachflächen findet sich die Inschrift in hebräischen Buchstaben, *MASEL TOW*, viel Glück.

Mir fiel ein, was Tamara gefragt hatte, als sie sich mit meiner Mutter über den Schatz unterhielt. »Kannst du mir etwas über diesen Hochzeitsring erzählen? Hat man früher wirklich solche Ringe getragen? Er ragt so weit über den Finger hinaus, dass man bestimmt überall damit anstößt oder hängen bleibt, jedenfalls kann ich mir nicht vorstellen, dass eine Frau mit so einem Ring an der Hand Bohnensuppe kocht oder Strümpfe stopft.«

Meine Mutter, wie immer begeistert, wenn ihr jemand eine historische Frage stellte, fing sofort mit einer ausführlichen Erklärung an. »Dafür war dieser Ring auch nicht gedacht. Man hat ihn nicht einfach als Schmuck getragen, er war nur für die Hochzeitszeremonie bestimmt. Der Bräutigam steckte ihn der Braut an den Finger und sagte die vorgeschriebene Trauungsformel: *Durch diesen Ring seist du mir angetraut durch das Gesetz Moses' und Israels.* Der Ring war Teil des Brautpreises, den der Bräutigam für die Braut bezahlte, und wurde nach der Hochzeit aufbewahrt. Er sollte dazu dienen, dass die Frau, falls ihr Mann starb, die Familie ernähren konnte.«

»Ich habe so ein Monstrum von Ring noch nie gesehen«, sagte Tamara.

Meine Mutter lachte. »Kein Wunder, bis zum Erfurter Fund waren nur drei solcher mittelalterlichen Hochzeitsringe bekannt, einer gehört zum Schatz von Colmar, ein zweiter stammt aus dem Weißenfelser Fund von 1826, und der dritte befindet sich seltsamerweise in der Schatzkammer der Wittelsbacher in München, keiner weiß, wie er dort hingekommen ist. Der Aufbau auf dem Ring soll vermutlich den Tempel von Jerusalem darstellen, der im Jahre 70 zerstört wurde, bis heute eine traumatische Erinnerung für jeden Juden.«

Das war die Stelle, an der ich mich eingemischt hatte. »Für dich ist der Erfurter Hochzeitsring eine Sensation, für mich bedeutet er etwas ganz anderes, so etwas wie eine Handschelle oder Fußfessel. Natürlich weiß ich, wie großartig er ist, aber irgendwie fühle ich mich durch ihn verfolgt. Der Schatz wurde 1998 entdeckt, das war vier Jahre vor meiner Geburt. Der silberne Doppelkopf, in dem der Hochzeitsring lag, kam geschlossen in die Restaurierungsabteilung des Landesamtes in

Weimar und wurde dort erst vier Jahre später geöffnet, um restauriert zu werden. In ihm befand sich der kostbarste Gegenstand des ganzen Schatzes: der goldene Hochzeitsring. Der Ring ist zwar über sechshundertfünfzig Jahre alt, erblickte aber erst vor fünfzehn Jahren wieder das Licht der Welt, 2002, genau wie ich. Und seither lässt er mich nicht los. Ich habe das Gefühl, dass ich seit meiner Geburt jeden Tag oder zumindest jeden zweiten etwas über den Hochzeitsring gehört habe. Vermutlich habe ich als erstes Wort nicht ›Mama‹ gesagt, sondern ›Hochzeitsring‹, und meine ersten Kritzeleien im Kindergarten waren, denke ich, Hochzeitsringe mit einem Tempelaufbau. Und beim Kneten habe ich bestimmt Hochzeitsringe geknetet. Manchmal glaube ich, der Hochzeitsring hat mir meine Kindheit gestohlen.«

Tamara lachte und meine Mutter grinste mich ein bisschen schief an. Bestimmt erinnerte sie sich in diesem Moment an das Jahr davor, als wir mit Archäologen und Kunsthistorikern zur Feier der Entdeckung des Schatzes eine Grillparty auf der Datsche eines ihrer Kollegen gefeiert hatten. Es waren ungefähr zehn Leute dort, Erwachsene, und auch vier oder fünf Kinder, aber die waren noch klein, Kindergarten oder höchstens erste Klasse. Ich hatte mich wie immer ein bisschen verloren und nirgendwo zugehörig gefühlt. Das war vermutlich auch der Grund dafür, dass ich, als alle von dem Ring sprachen, mich einmischte und die Rede hielt, die ich hier etwas gekürzt wiedergegeben habe. Die Leute hatten gelacht und Beifall geklatscht, und meine Mutter hatte gesagt, sich mit einem mittelalterlichen Hochzeitsring zu beschäftigen sei allemal besser, als ewig mit Barbiepuppen zu spielen.

Sie hatte recht, dachte ich nun, als ich vor dem Hochzeitsring stand. Aber ich hatte auch recht. Der Ring hatte mich und mein Leben geprägt. Fast widerwillig drehte ich mich um und stieg die Treppe hinauf, in Gedanken noch immer den Ring vor Augen. *MASEL TOW.*

Ich war mir gar nicht so sicher, ob mir eine Barbiepuppe nicht lieber gewesen wäre.

12 *Der Planwagen*

Es ist das Krähen eines Hahns, das mich weckt und in das sich lautes Vogelgezwitscher und das Gurren von Tauben mischen. Im ersten Moment, noch mit geschlossenen Augen, meine ich, zu Hause zu sein, und erwarte, Agathas warme Stimme zu hören, die gleich »Guten Morgen, Kind, hast du gut geschlafen?« sagt, bevor sie hinuntergeht in die Küche, um Feuer anzumachen und die Morgenmahlzeit für uns herzurichten. Doch da steigt mir der Heugeruch in die Nase, und mir fällt auf, wie viel lauter hier die Tauben gurren, und mit einem Schlag weiß ich wieder, wo ich bin: bei Sebastian und Notburga.

Durch das kleine Fenster oben in der gegenüberliegenden Wand dringt ein Streifen graues Morgenlicht in die Kammer und fällt auf das Gesicht der kleinen Ursel, die, mit dem Rücken an meinen Bauch geschmiegt, vor mir liegt, ihr Köpfchen ruht auf meinem linken Arm wie früher der Kopf der Lappenpuppe, die Agatha für mich genäht hatte, als ich ein kleines Kind war. Nur dass Urselchens Kopf viel schwerer ist. Ich spüre ihre warmen Atemzüge am Arm. Ihre Lippen sind leicht geöffnet, ein glänzender Spuckefaden zieht sich von ihrem Mundwinkel über das runde Kinn, und ihre Augenlider mit den langen, gebogenen Wimpern zucken im Schlaf, als würde sie träumen.

Vorsichtig ziehe ich den Arm unter ihrem Kopf hervor und stütze mich auf. Sie schläft mit angezogenen Knien, ihr Atem geht ruhig und raschelt leise wie Laub, durch das ein leichter Wind weht. Ich streiche ihr sanft mit den Fingern über die Haare, die sich feucht und verschwitzt anfühlen und so weich sind wie das Fell eines Kätzchens. Wie vertrauensvoll sie schläft und wie herzergreifend wehrlos sie ist. Ich denke an die kleine Schwester, die ich mir so sehr gewünscht und nicht bekommen habe. Gerührt beuge ich mich vor und berühre mit den Lippen ihre Haare, die ein bisschen nach angebrannter Milch und Heu riechen. Im Schlaf verzieht sich ihr Mund zu einem Lächeln, fast so, als habe sie im Traum die Berührung gespürt, und ihre kleine Grübchenhand greift nach meinem Gesicht. Ich halte die Luft an. Zum Glück ist sie nicht aufgewacht, ihre Hand fällt zurück auf meinen Arm. »Der Schlaf von kleinen Kindern ist heilig«, hatte Agatha einmal gesagt, als wir eine Nachbarin im Wochenbett besucht und ihr einen Topf Suppe gebracht hatten. »Und wenn sie lächeln, hören sie die Engel singen.«

Der Heugeruch wird stärker und kitzelt mich in der Nase, sodass ich ein Niesen nur mit Mühe unterdrücken kann. Schnell werfe ich einen Blick hinüber zu den beiden anderen Mädchen, Amalia und Magdalena. Ihr Atem geht tief und gleichmäßig, sie schlafen ebenfalls fest.

Ich lege mich wieder zurück, schließe die Augen und sehe Agatha vor mir, die vermutlich gerade aufsteht, und bedrückt frage ich mich, ob sie mich ebenso vermisst wie ich sie. Was tut sie, wenn wir nicht da sind und sie niemanden mehr hat, für den sie sorgen muss? Findet sie überhaupt einen Grund, in aller Frühe aufzustehen, wenn keiner auf seine Morgenmahlzeit wartet? Mir steigen Tränen in Augen. Ich kenne mich selbst nicht mehr. Jahrelang sind meine Augen trocken geblieben und in der letzten Zeit habe ich so nahe am Wasser gebaut. Ich muss mich zusammenreißen, sage ich mir, ich bin doch kein kleines Kind mehr.

Ich drehe mich auf die Seite, lege den Arm um Urselchens warmen Bauch und ziehe sie etwas fester an mich. Ihr Körperchen ist so weich wie Joschuas, der, als er noch klein war, mit Agatha und mir im Bett geschlafen hatte, weil unsere Großmutter damals schon kränklich war und ihre Ruhe brauchte.

Die Tür geht knarrend auf, Notburga kommt herein, mit einem Bündel auf dem Arm, das sie fest an sich drückt. Sie steht im Schatten, die Konturen ihrer kleinen, gedrungenen Gestalt verschmelzen mit der Dämmerung. Als sie sieht, dass ich die Augen offen habe, tritt sie näher und steht nun in dem Lichtstreifen, der aus dem Fenster fällt und immer heller wird. Jetzt erkenne ich, dass es Kleidungsstücke sind, die sie auf dem Arm hat. Draußen im Hof bellen die Hunde kurz auf, dann ist es wieder still. Auch der Hahn und die Tauben schweigen, nur das Zwitschern der Vögel ist noch zu hören. Und das Atmen der kleinen Ursel. Auf dem anderen Lager raschelt es, ich blicke hinüber, eines der Mädchen dreht sich um, jedoch ohne aufzuwachen.

Notburga kommt noch einen Schritt näher und legt mahnend den Finger auf die Lippen. »Aufstehen, Agatha«, flüstert sie. »Aber leise, damit du die Mädchen nicht weckst. Es ist besser, wenn sie nichts mitbekommen. Los, Kind, es wird Zeit, ihr müsst fahren.«

Ich löse behutsam Urselchens Hand von meinem Arm, rutsche vorsichtig, um ihren Schlaf nicht zu stören, zur Seite und steige von meinem Heusack. Als ich die Decke anhebe, sehe ich, dass ihr das Hemd bis zum Bauch hochgerutscht ist und ihren Po und die kleinen, stämmigen Beine freigelegt hat. In ihren runden Knien hat sie süße Grübchen. Die Luft, die ihren Körper trifft, lässt sie sehnsüchtig aufseufzen, sie bewegt die Fingerchen, als wolle sie mich festhalten.

Notburga legt die Kleidungsstücke auf einen Hocker und hilft mir, mich anzuziehen. Mein weiches Unterkleid darf ich anbehalten, darüber kommt eine warme Weste aus Hasenfell und dann ein schlichter, knielanger, grauer Kittel aus einem groben Stoff, der sich rau und kratzig anfühlt. Der Kittel sieht aus wie der, den Benedict trägt, vermutlich stammt er auch von ihm. Sie reicht mir noch ein Wams aus Schafwolle mit großen Taschen. Dazu bekomme ich Beinkleider, die mir ohne Gürtel von den Hüften rutschen würden, und ein paar dicke, grob gestrickte Strümpfe. Zum Schluss steckt sie mir die Haare mit Nadeln, die sie aus ihrer Tasche zieht, auf dem Kopf fest und stülpt mir eine Kappe darüber. Als ich in meine Schuhe schlüpfen will, schüttelt sie den Kopf und bedeutet mir mit einer Handbewegung, ihr zu folgen.

Auf Strümpfen gehe ich ihr hinterher in die Küche. Dort warten schon mein Vater und mein Bruder auf mich, ebenfalls in bäuerliches Gewand gekleidet. Mein Vater trägt eine graue Kappe nach Art der Bauern. Joschua hat über dem Kittel, der ihm viel zu groß ist, einen Leinengürtel gebunden, in den er das Messer und die Schleuder gesteckt hat. Ich mustere die beiden neugierig. Sowohl die Füße meines Vaters als auch die meines Bruders stecken in einfachen plumpen Schuhen und sehen auf einmal viel zu groß aus, so wie die Watschelfüße von Gänsen zu groß für ihre dünnen Beine zu sein scheinen. Bei diesem Anblick muss ich lachen, werde aber sofort ernst, als mein Vater mich anschaut, sich laut räuspert und tadelnd den Kopf schüttelt.

Notburga hat meinen Blick gesehen, sie sagt: »Eure feinen Schnabelschuhe könnt ihr nicht tragen, mit solchen Schuhen würdet ihr sogar dem größten Dummkopf sofort auffallen. Du bekommst ein Paar Schuhe von mir, Agatha.«

Sie geht in eine Kammer neben der Küche und bringt mir ein Paar Schuhe, die kaum weniger klobig aussehen als die meines Vaters und meines Bruders. Die Schuhe sind mir zu groß, ich rutsche, als ich versuche, ein paar vorsichtige Schritte zu machen, ständig mit den Fersen heraus. Notburga überlegt kurz, dann zupft sie etwas Schafwolle von ihrem Spinnrad und stopft damit die Schuhspitzen aus. Jetzt geht es besser.

Durch die offene Kammertür dringt ein weinerliches Jammern, fast wie das Winseln eines kranken Tieres, ein Geräusch, das mir, obwohl es so leise ist, durch Mark und Bein fährt. Notburga geht hinein und kehrt bald darauf mit der alten Frau zurück, die, wie am Tag zuvor, in eine Decke gehüllt ist. Vorsichtig führt sie sie zu dem Stuhl neben dem Herd. »Gleich gibt's was zu essen, Mutter«, schreit sie ihr ins Ohr. Die alte Frau wackelt mit dem Kopf, ihr Hals ist so dünn wie ein Blumenstängel. Drückt das Wackeln Zustimmung aus, weil sie die Worte verstanden hat, oder deutet sie mit ihrem Kopfschütteln an, dass sie nichts mehr vom Leben will, auch nichts essen? Dass sie, wie Notburga gesagt hat, ihren Gott anfleht, sie endlich zu erlösen?

Sebastian und Benedict kommen in die Küche, Sebastian mit einem Eimer noch schäumender Milch, Benedict mit sechs oder sieben Eiern in einem flachen Korb, den er auf die Anrichte stellt. Er schaut mich im Vorbeigehen von der Seite an, senkt aber schnell den Kopf, als ich seinen Blick erwidere und ihn freundlich anlächle.

Wir essen als Morgenmahlzeit gebratene Eier und Hafersuppe, dazu eine dicke Scheibe Brot mit Butter. Zum Trinken gibt es frische, noch kuhwarme Milch. Notburga bringt, nachdem sie ihre Mutter gefüttert hat, noch eine Schale mit in Teig gebackenen Apfelscheiben, wie wir sie am Tag zuvor schon gegessen haben. Diesmal kippt sie zusätzlich ein paar Löffel Honig darüber. Ich bin so aufgeregt, dass ich mich zum Essen zwingen muss, ich bin schon nach den Eiern satt. Aber Notburga hört nicht auf, mich zu drängen: »Iss, Agatha, ihr werdet in den nächsten Tagen viel Kraft brauchen.« Also esse ich gehorsam weiter und nehme sogar ein zweites Küchlein.

Sebastian steht auf, sein Stuhl rutscht laut über den Boden. »Komm, Benedict, wir spannen schon mal an«, sagt er zu seinem Sohn.

»Aber ...«, sagt Benedict.

Sein Vater macht eine drohende Handbewegung. »Kein Aber«, sagt er in einem Ton, den ich von meinem Vater kenne. Benedict zieht den Kopf ein, springt schnell auf und verlässt hinter Sebastian die Küche.

Die aufgehende Sonne färbt den Himmel in Gelb und Rosa, als wir durch die Haustür auf den Hof treten, wo bereits ein Planwagen für uns bereitsteht, davor das angeschirrte Pferd, das wir gestern im Stall gesehen haben. Joschua läuft zu ihm und streichelt seinen Kopf und seine Mähne. Wie immer interessiert er sich mehr für das Tier als für alles andere.

»Er heißt Kuno und ist ein Wallach«, sagt Sebastian zu meinem Vater. »Er ist neun Jahre alt und ruhig und folgsam, er wird euch keine Schwierigkeiten machen.« Dann führt er uns vor, was er uns alles für unterwegs in den Planwagen geladen hat: ein paar zusätzliche warme Kleidungsstücke, Schafwolldecken, einen Hammer, ein Beil, eine Schaufel und eine Sichel.

»Wozu brauchen wir die ganzen Sachen?«, fragt mein Vater, und Sebastian antwortet: »Ihr reist als einfache Bauern, vergiss das nicht, und ein Bauer hat immer Gerätschaften bei sich. Wer weiß, ob sie euch nicht noch gute Dienste leisten werden, zum Beispiel wenn ihr euch im Wald ein Lager herrichten müsst. Vielleicht sollte ich euch noch eine Säge dazulegen.«

Gesagt, getan. Er geht in einen Schuppen, kommt mit einer Säge zurück und schiebt sie zwischen die anderen Sachen.

Notburga bringt zwei Körbe und einen Eimer, in denen sich ein kleiner Vorrat an Nahrungsmitteln befindet: zwei Brotlaibe, Gänseschmalz, ein Topf mit gesalzener Butter, ein kleiner Sack gemahlenes Korn, ein Krug Milch, ein paar Eier, ein Säckchen mit Salz, ein paar Äpfel. Dazu bringt sie noch einen Kochtopf, drei Löffel und ein großes Messer. Und zwei Krüge mit Wasser.

»Hier habt ihr noch einen Feuerstein und Zunder, damit ihr euch ein Feuer machen könnt, um etwas zu kochen«, sagt Notburga. Sie drückt Joschua den Feuerstein und ein Päckchen Zunder in die Hand. »Hier, Burkhard, steck es in deine Tasche und verliere es nicht.«

Sie nimmt sich ihr schwarzes Schultertuch aus Wolle ab und legt es mir um. Es ist groß genug, dass ich mich hineinwickeln kann. »Hier, Agatha, es wird dir noch gute Dienste leisten.«

Sebastian kratzt sich am Kopf. »Es ist an der Zeit, Abschied zu nehmen«, sagt er und mein Vater nickt mit ernstem Gesicht.

»Einen Moment«, sagt Notburga, sie bückt sich, wischt mit

der flachen Hand über die Pflastersteine und fährt mir dann mit ihren staubigen Händen über Wangen und Hals. »Du siehst mit deiner weißen Haut trotz der Bauernkleidung wie eine feine Dame aus, die sich nur verkleidet hat«, sagt sie. »Deine Haut ist viel zu weich und zart. Du musst dich ein bisschen schmutzig machen, damit das nicht mehr so auffällt. Und deine Hände sind auch zu weiß.« Sie schaut zustimmend zu, wie ich mir die Hände mit Staub einreibe. Dann wendet sich an meinen Bruder: »Du auch, Burkhard.«

Joschua fährt ebenfalls mit den Händen durch den Staub und dann über seine Wangen. Dunkle Streifen bleiben zurück. Notburga verwischt sie und färbt ihm auch den Hals grau. Dann nimmt sie Benedict die Kappe vom Kopf und setzt sie meinem Bruder auf. »Vergesst nicht, ihr müsst euch immer Gesicht und Hände schmutzig machen, wenn ihr euch gewaschen habt«, sagt sie nachdrücklich.

»Du auch, Sigmund«, sagt Sebastian zu meinem Vater. »Man sieht euch sonst schon von Weitem die Städter an.« Er zögert. »Und noch etwas, mein Freund: Du solltest dir die Kappe immer tief ins Gesicht ziehen, damit man dir den Juden nicht gleich ansieht. Deine Tochter hat mit ihren hellen Haaren zum Glück nicht viel Jüdisches an sich, und dein Sohn geht allemal als Gassenjunge durch, wenn er sich nicht so sauber wäscht. Nur bei dir ist es schwierig.«

Mein Vater nickt und zieht die Kappe tief ins Gesicht.

Diesmal lache ich nicht, als ich meinen Vater und meinen Bruder anschaue, mich beschleicht Beklemmung bei dem Gedanken daran, was uns bevorsteht, und mich bedrückt auch der erneute Abschied.

Notburga läuft noch einmal ins Haus und bringt ein großes,

schwarzes Wolltuch und hängt es mir um. »Hier, Agatha, das wird dich schützen, wenn es kalt wird.« Sie weint, als sie mich in die Arme nimmt und küsst. »Möge Gott euch beschützen, möget ihr gesund ankommen und gesund zurückkehren«, sagt sie. »Viel Glück, Agatha.« Und ins Ohr flüstert sie mir: »Sei tapfer, Rachel, du wirst viel Mut brauchen.«

Sie küsst auch Joschua zum Abschied, und mein Bruder, der sonst so spröde ist, lässt es sich gefallen, ohne den Kopf abzuwenden. Unser Vater bedankt sich noch einmal ausführlich und mit Rührung in der Stimme, umarmt Sebastian und gibt Notburga die Hand, dann steigt er auf den Bock. »Los, beeilt euch, Burkhard und Agatha!«, ruft er.

Joschua, dem der Abschied offenbar ebenfalls schwerfällt, verzieht unwillig das Gesicht, aber er gehorcht, steigt auf und hält mir die Hand hin, um mir hinaufzuhelfen. Wir setzen uns rechts und links neben unseren Vater auf den Bock, der nur aus zwei auf Klötzen aufgenagelten Brettern und einem dritten senkrechten Brett als Lehne besteht.

Unser Vater nimmt die Zügel in die eine Hand, die Peitsche in die andere. Doch bevor er »Hü« sagen kann, tritt ihm Benedict in den Weg. »Einen Moment!«, ruft er, rennt in den Stall und kehrt mit einer kleinen Holzkiste zurück. Er hebt sie zu mir hoch und sagt: »Für dich.«

In der mit Heu ausgefütterten Kiste sitzt ein fahlbrauner Hase und schaut mich mit runden schwarzen Augen an. In einer Ecke liegen ein paar Löwenzahnblätter und verschrumpelte Karotten. Mir schießt vor Überraschung und Freude das Blut in den Kopf. »Danke, Benedict«, sage ich, »vielen Dank.« Doch als ich ihn anschaue, wendet er sich ab und steht gleich wieder neben seiner Mutter.

»Und vergesst nicht, ihr müsst euch ranhalten, damit ihr abends die Herberge erreicht, die ich dir beschrieben habe, Sigmund«, sagt Sebastian mit rauer Stimme.

Mein Vater nickt. Er hebt die Zügel und das Pferd setzt sich in Bewegung. Der Wagen rumpelt über den gepflasterten Hof. Ich drehe mich um und werfe einen letzten Blick auf unsere braven Helfer. Sebastian, Notburga und Benedict winken uns nach. Dann sehe ich gerade noch, wie Amalia, das größte Mädchen, im Nachtgewand aus der Haustür tritt, sich zum Schutz gegen das grelle Morgenlicht die eine Hand über die Augen hält und mit der anderen winkt. Ich winke zurück, aber das sieht sie vermutlich schon nicht mehr.

So fahren wir in die aufgehende Sonne hinein. Schon wieder ein Abschied, denke ich, mein Leben besteht anscheinend nur noch aus Abschieden.

Ich drücke die Kiste mit der einen Hand fest an mich, mit der anderen streichle ich das weiche Fell des Hasen. Ich bin entzückt davon, wie schnell sein Näschen beim Knabbern zuckt, entzückt auch von den dunklen Augen und den Ohren, die sich ständig bewegen, als lausche es auf etwas, was wir nicht hören können. Es ist ein überwältigendes Geschenk, das Benedict mir gemacht hat, ich kann es kaum fassen.

Erst nach einer ganzen Weile hebe ich den Kopf und sehe, dass wir die Feldwege hinter uns gelassen haben und eine breite Landstraße entlangfahren, die Hohe Straße. Kuno läuft ruhig und gleichmäßig, sein Kopf bewegt sich im Takt seiner Schritte auf und ab, ebenso wie die Deichsel unseres Wagens. Manchmal schlägt er sich mit dem Schweif über den Rücken, vielleicht um die ersten Fliegen abzuwehren, vielleicht auch nur aus Lebensfreude. Mein Vater hat sich die Kappe bis in die Stirn gezogen, er hält die Zügel fest in der Hand und schaut starr geradeaus auf die Straße, während Joschua ständig den Kopf hin und her wendet und offenbar gar nicht genug von all dem Neuen bekommen kann. Als uns eine zweispännige Kutsche entgegenkommt, ähnlich der, mit der Meir Nachum von Köln neulich gereist ist, winkt er dem Kutscher begeistert zu. Der Mann hebt grüßend die Hand an die Kappe und Joschua tut es ihm nach.

Neben der Hohen Straße, unterhalb einer grasbewachsenen Böschung, fließt ein Bach durch sein steiniges Bett, das immer wieder von Büschen gesäumt ist. Dazwischen kann ich Gänseblümchen und die gelben Blüten von Huflattich erkennen. Auf der anderen Seite der Straße erstrecken sich Wiesen und Felder bis zum Waldrand. Ab und zu tauchen windschiefe Hütten auf, vermutlich Scheunen, und ein paarmal sehen wir in der Ferne den einen oder anderen Bauernhof. Auf den Wiesen blühen Kuhblumen. Die Luft ist lau und riecht nach Frühling. Ich spüre, wie mir warm ums Herz wird und mein Mund sich unwillkürlich zu einem Lächeln verzieht. Wüsste ich nicht, dass wir auf der Flucht sind, könnte ich die Reise genießen, zum ersten Mal verstehe ich meinen Bruder, den alles Neue entzückt.

Joschua hört nicht auf, unruhig auf seinem Sitz herumzurutschen. »Steig ab, bevor du uns ganz verrückt machst!«, sagt unser Vater gereizt zu ihm. »Du kannst das Pferd ja am Halfter führen.«

Joschua springt vom Wagen, läuft zu Kuno, unserem neuen Wallach, und packt den Strick, der am Halfter befestigt ist. Mein Vater lässt die Hände mit dem Zügel und der Peitsche sinken. Ich stelle die Kiste mit dem Hasen so vor mich auf den Boden, dass ich sie mit den Füßen festhalten kann.

»Warum hat Sebastian uns einfach ein Pferd und einen Wagen geschenkt?«, frage ich.

Mein Vater schüttelt lächelnd den Kopf. »Sebastian ist ein treuer Freund«, sagt er, »er hätte mir Pferd und Wagen auch geschenkt. Aber mach dir keine Sorgen, Tochter, ich habe ihm genug Geld gegeben, damit er sich ein neues Pferd und einen neuen Wagen kaufen kann.«

Ich bin erstaunt, wie bereitwillig er meine Frage beantwortet hat, das tut er sonst nicht, sonst reagiert er auf Fragen eher abweisend, er hält Neugier für eine Untugend, besonders bei Frauen und Mädchen.

Ich habe noch weitere Fragen, die ich aber nicht zu stellen wage, weil mein Vater sie für eine unangemessene Kritik an seinen Entscheidungen ansehen könnte. Doch dann halte ich es nicht länger aus. »Warum fahren wir eigentlich nicht mit unserer eigenen Kutsche?«, platze ich heraus. »Meir Nachum von Köln ist mit seiner eigenen Kutsche gefahren und er hat sich auch nicht verkleidet.«

Die Stimme meines Vaters klingt aber nicht verärgert, wie ich es eigentlich erwartet habe, er antwortet: »Meir Nachums Kutscher war früher Söldner und ist kampferprobt und bewaffnet. Sie sind also zwei wehrhafte Männer. Ich hingegen bin alles andere als kampferfahren und werde von zwei hilflosen Kindern begleitet. Würden wir in unserer Kutsche fahren, wäre das eine Einladung für alle Strauchdiebe und Wegelagerer. Und außerdem ist unser Brauner zu alt, er hätte die Strapazen einer langen Reise bestimmt nicht durchgehalten.« Nach einer kurzen Pause fügt er hinzu: »Ganz abgesehen davon, dass uns irgendein Kutscher oder Händler aus Erfurt leicht erkennen könnte.«

Die Selbstverständlichkeit und Ausführlichkeit, mit der er mir antwortet, erstaunt mich, daran bin ich nicht gewöhnt. »Und wohin in Polen fahren wir?«, frage ich weiter, ermutigt durch seine Bereitwilligkeit.

»Nach Lemberg«, antwortet er. »Du hast doch gehört, was Meir Nachum von seinem Vetter Aaron erzählt hat, der schon seit einigen Jahren in Lemberg lebt und mit Getreide handelt. Ich nehme an, dass wir Meir Nachum bei ihm treffen werden.«

»Kennst du den Weg nach Lemberg?«

»Meir Nachum hat ihn mir beschrieben«, sagt mein Vater. »Es geht über Leipzig, Königsbrück, Breslau und Krakau nach Lemberg. Merk dir die Namen, es kann nichts schaden, wenn du die Stationen weißt.«

Er lässt mich die Namen der Städte ein paarmal wiederholen.

»Und wovon werden wir leben?«, frage ich.

Er zögert, dann sagt er: »Ich habe Meir Nachum einige Silberbarren mitgegeben, damit wir etwas für den Anfang haben und nicht auf die Wohltätigkeit anderer Juden angewiesen sind. Damit werde ich hoffentlich etwas Neues aufbauen können.«

So hat mein Vater noch nie mit mir gesprochen, es ist, als wäre ich plötzlich eine erwachsene Frau. Das schmeichelt mir natürlich. Aber vielleicht will er sich auch nur vor mir rechtfertigen, weil er das Gefühl hat, uns etwas zuzumuten. Was auch stimmt. Dabei können wir gar nicht wissen, was die Zukunft noch für uns bereithält. Seltsamerweise spüre ich jedoch, dass meine Angst geringer geworden ist, fast empfinde ich so etwas wie Zuversicht.

Nach einer Weile lässt Joschua Kunos Halfter los und springt zurück auf den Bock. »Mir tun die Füße in diesen Schuhen weh«, sagt er und mein Vater ergreift wieder die Zügel.

Wir fahren und fahren. Manchmal halten wir an, um unsere Notdurft zu verrichten, dann lassen wir Kuno eine Weile grasen und aus dem Bach trinken und ich zupfe ein paar Löwenzahnblätter für meinen Hasen.

Als die Sonne am höchsten steht, biegt mein Vater in einen Feldweg ein und wir machen am nahen Waldrand Rast. Wir essen Brot mit gesalzener Butter und trinken abwechselnd Milch aus dem Krug, den Notburga uns mitgegeben hat. Um uns herum zwitschern Vögel, Amseln, Stare, Finken und andere, deren Namen ich nicht kenne, in der Ferne krächzen ein paar Raben, es ist friedlich und ruhig. Drüben auf der Hohen Straße fahren ab und zu Fuhrwerke und Kutschen Richtung Osten oder sie kommen aus dem Osten und fahren westwärts. Reiter traben vorbei. Da und dort sehen wir auch Leute, die zu Fuß unterwegs sind, sie tragen Bündel auf dem Rücken und sind mit Holzstöcken bewaffnet. Kuno grast, wir essen und mein Hase knabbert an seinen Blättern. Joschua hat seine Schleuder aus dem Gürtel genommen und zielt mit kleinen Steinen und alten Eicheln auf irgendwelche Baumstämme.

Ich lege mich mit dem Rücken ins Gras, verschränke die Arme unter dem Kopf und schaue hinauf in den Himmel. Zwei Eichhörnchen laufen hintereinander her den Stamm einer Buche hinauf, als würden sie Fangen spielen. Ich mache Joschua auf sie aufmerksam. Er legt sich neben mich, und wir schauen gemeinsam hinauf in die noch blattlosen Wipfel und sehen den Eichhörnchen zu, bis sie sich so weit entfernt haben, dass wir sie nur noch als fliegende Schatten wahrnehmen, wenn sie von einem Ast auf den nächsten springen.

»Hast du dir schon überlegt, wie dein Hase heißen soll?«, fragt Joschua.

Ich zucke mit den Schultern.

»Vielleicht Knöpfchen, weil es Knopfaugen hat?«, schlägt er vor.

Ich bin einverstanden. »Knöpfchen ist ein hübscher Name.«

Wir, Joschua und ich, würden eigentlich gern noch eine Weile hierbleiben, doch unser Vater treibt uns zur Eile an. »Wir müssen weiter«, sagt er.

Joschua setzt sich neben ihn auf den Bock.

Ich steige hinten in den Wagen, stelle die Kiste mit Knöpfchen zwischen unsere Essensvorräte und ziehe meine Schuhe aus. Meine Füße tun weh, ich habe heute Morgen meinen Zeh nicht festgebunden, das tue ich jetzt, bevor ich mich auf einen Strohsack lege. Vorsichtig betaste ich den Saum meines Kittels und spüre die Münzen, die Notburga für uns eingenäht hat. Was für eine gute Frau. Ich wäre gern bei ihr geblieben, aber noch lieber würde ich nach Hause zurückkehren, zu Agatha, deren Namen ich jetzt trage. Mein Herz ist schwer. Ich ziehe meine Schuhe wieder an, klappe die hintere Plane auf und schaue hinaus. Unter mir entfernt sich die Straße, die Bäume und Büsche am Straßenrand entfernen sich, jeder Stein, den ich gerade noch gesehen habe, entschwindet meinem Blick, jeder Vogel, jeder Pferdeapfel. »Wir müssen vorwärtsschauen, Tochter, immer nur vorwärts.« Das hat mein Vater gesagt. Ich klappe die Plane wieder zu, krieche durch den rumpelnden Wagen nach vorn und setze mich neben meinen Vater und Joschua auf den Bock.

Wir fahren und fahren. Und schauen und schauen.

»Ich habe Hunger«, sagt Joschua irgendwann.

Ich habe ebenfalls Hunger, aber nach einem Blick auf das besorgte Gesicht meines Vaters halte ich lieber den Mund.

»Jammern nützt nichts«, höre ich Agatha sagen. »Vom Jammern kann man sich keinen Bissen abbeißen, Jammern macht einem nur das Herz schwer.«

Ich will nicht jammern.

13 Ganz normal

Am nächsten Vormittag, als ich in der großen Pause aus der Tür trat, stand Alexej schon an seinem üblichen Platz, doch statt mir zuzuwinken, als ich in seine Richtung ging, drehte er mir demonstrativ den Rücken zu. Die Enttäuschung traf mich wie ein Schlag ins Gesicht, es war also doch keine Laune gewesen, wie ich mir einzureden versucht hatte, kein plötzlicher Stimmungswechsel, wie er mal vorkommt und auch wieder vorbeigeht. Er wollte nichts mehr mit mir zu tun haben.

Ich drehte mich um und ging zur Toilette, damit ich nicht zu ihm hinüberschauen musste, und blieb bis zum Pausenende dort hocken. Und die ganze Zeit dachte ich: Wenn du nicht willst, dann eben nicht. Ist mir doch egal.

Aber es war mir nicht egal, ich konnte an nichts anderes denken, auch wenn ich dauernd versuchte, mich abzulenken. In der Freistunde, Bio fiel aus, spielte ich mit Julian eine Partie Schach und ärgerte mich, weil er wieder einmal gewann. Dabei hatte ich ganz gut gestanden, bis er mich zu einem Damentausch gezwungen hatte, und das war mein Untergang. »Du hast nicht aufgepasst«, sagte Julian, »wo warst du mit deinen Gedanken?«

Ja, wo war ich mit meinen Gedanken?

Am Nachmittag wusste ich auch nichts mit mir anzufangen, ich nahm ein Buch in die Hand und konnte mich nicht konzentrieren, ich putzte das Wohnzimmerfenster, was ich meiner Mutter schon lange versprochen hatte, und empfand keinerlei Befriedigung, ich ging mit Herrn Schneider spazieren, und es machte mir keinen Spaß, ich kaufte mir eine Tafel Schokolade, und sie schmeckte mir nicht, und das Schlimmste war, dass ich, als wir wieder zu Hause waren und Herr Schneider sich für ein Nickerchen auf das Sofa zurückgezogen hatte, nicht zeichnen konnte. Meine Finger gehorchten mir nicht und meine Augen auch nicht. Sie glitten immer wieder zu der Zeichnung, die Alexej gestern, bevor er weggegangen war, auf den Tisch zurückgelegt hatte: Joschua, der auf Händen über eine Wiese geht. Joschua, der Alexej ähnlich sieht. Und als meine Mutter heimkam und mich als Dank dafür, dass ich endlich das Fenster geputzt hatte, zum Essen ausführen wollte, schob ich Kopfschmerzen vor und ging ins Bett.

Der nächste Tag verlief nicht besser. Ich verbrachte die große Pause mit Julian und seinem Freund Simon und hörte mir an, mit welcher Begeisterung sie über ein geplantes Konzert in Weimar sprachen, das in den Herbstferien stattfinden sollte. Julian bot mir an, zwei Karten für mich und meine Mutter zu besorgen, und ich bedankte mich, obwohl ich jetzt schon wusste, dass ich keine Lust haben würde.

Alexej und ich gingen uns aus dem Weg, das heißt, er ging mir aus dem Weg und ich wagte mich einfach nicht in seine Nähe. Ich wollte ihm nicht die Gelegenheit geben, mich abzuweisen, genau genommen hatte ich Angst davor, dass er sagen würde: Was bildest du dir eigentlich ein? Nur weil wir ein paarmal miteinander geredet haben? Das hat doch nichts zu bedeuten.

Ich sah ihn deutlich vor mir, samt Sprechblase.

Am meisten störte es mich aber, dass in meinem Kopf kein Raum für andere Gedanken war, noch nicht einmal für Gedanken an Rachel, geschweige denn an die Schule oder meinen normalen Alltag. Nur Herr Schneider schaffte es noch, mich vorübergehend abzulenken. Ich fühlte mich verwirrt, bedrückt und irgendwie wütend und verstand nicht, warum mir die ganze Sache so wichtig war. Früher war ich doch auch ohne Alexej ausgekommen, und zwar gut ausgekommen. Und wenn er nicht wollte, dann eben nicht. Ja, wir hatten ein paarmal miteinander geredet, das war alles. Es hatte nichts zu bedeuten.

Am dritten Tag nahm ich das Buch, das ich gerade las, mit in die Schule, um mich in der großen Pause dahinter verschanzen zu können und mich dazu zu zwingen, nicht immer zu ihm hinüberzuschauen. Es war ein Buch über M. C. Escher, einen niederländischen Künstler und Grafiker, dessen optische Täuschungen mich faszinierten.

Ich hockte also am anderen Ende des Schulhofs, an die Hauswand gelehnt, und betrachtete eine Lithografie mit dem Titel *Das Treppenhaus*, auf der unzählige mechanisch wirkende Tiere, eine Art abstrakte sechsbeinige Reptilien, sich auf verwinkelten Treppen aufwärts und abwärts bewegten, und schaffte es einfach nicht, das Ordnungsprinzip herauszufinden. Alles sah so logisch aus, ich meinte jedes Mal, ich müsste die Treppen und die Ein- und Ausgänge perspektivisch zuordnen können, trotzdem verirrte ich mich immer wieder in der verwirrenden Konstruktion und fand nicht mehr heraus.

Da fiel plötzlich ein Schatten über mein Buch, jemand blieb vor mir stehen und setzte sich dann neben mich an die Mauer. Ich senkte den Kopf noch tiefer, denn natürlich hatte ich ihn sofort erkannt, die langen Beine in den dunklen Jeans, die alten Sneaker und vor allem die Hände, die er auf die angezogenen Knie legte. Aus dem Augenwinkel sah ich die untere Hälfte seines Profils, das feste Kinn, die schönen Lippen. Alexej.

Er sah starr geradeaus, als er sagte: »Ich habe nachgedacht.«

Seine Stimme. Ein Schauer lief mir über den Rücken.

»Ich auch«, sagte ich.

Eine Weile lang war es still, ich wartete, dann sagte er: »Ich glaube, wir müssen miteinander reden.«

Ich nickte. »Das glaube ich auch.«

Ich starrte vor mich auf den Boden, am Rand meines Blickfelds sah ich seine Sneaker. Aber ich wagte nicht, den Kopf zu heben. Gleich wird er die Sprechblase füllen, dachte ich, ich muss mich wappnen und so tun, als machte es mir nichts aus. Warum lässt er sich so lange Zeit?

Ich hörte ihn schlucken, bevor er zögernd sagte: »Du hast doch gesagt, dass du nachmittags immer mit deinem Hund spazieren gehst, nicht wahr? Könnte ich dich heute vielleicht begleiten?«

Mein Herz schlug schneller. Ob er das könnte? Natürlich könnte er das. Und wenn er mir nur sagen wollte, dass es aus war? Auch gut, dann wüsste ich wenigstens Bescheid. Aus? Wieso aus? Es hatte doch gar nichts angefangen. Oder doch?

So gleichgültig, wie es mir möglich war, sagte ich: »Ja, warum nicht.«

Ich sah, wie er die rechte Hand hob, und wusste, dass er jetzt seine Haare berührte, dann ließ er sie wieder auf sein Knie sinken. Ich hörte, wie er die Luft einsog und sie langsam, mit einem leichten Zischen, wieder ausstieß. Dann fragte er, wann er mich abholen könne.

»Gegen vier«, antwortete ich und wunderte mich, wie normal meine Stimme klang. »Ich muss vorher noch einkaufen. Ist dir um vier Uhr recht?«

»Ja, in Ordnung.« Er richtete sich auf, mit einem Schwung, ohne sich abzustützen, und stand vor mir. Seine Sneaker waren ziemlich abgetragen, am rechten Schuh hatten sich zwei Metallösen gelöst. Langsam hob ich den Kopf und schaute ihn an. Sein Gesicht war ausdruckslos.

Bis zum Schulschluss konnte ich an nichts anderes denken. Auch danach nicht. Ich erledigte meine Pflichten, ich packte Obst, Gemüse, Apfelsaft und Butter in den Einkaufswagen, räumte zu Hause alles ein, kochte Reis mit Hackfleisch für Herrn Schneider und bereitete mich innerlich auf den Schlag vor, der mich erwartete. Sieben Minuten nach vier kam er, klingelte und sagte in die Gegensprechanlage, er würde unten warten. Ich leinte Herrn Schneider an und verließ die Wohnung.

Wir gaben uns nicht die Hand, wir nickten uns nur kurz zu und gingen einfach los. An einem Baum mussten wir warten, bis Herr Schneider gepinkelt hatte, und am nächsten Baum ein zweites Mal. Dann gingen wir weiter. Nebeneinander, aber nicht miteinander. Zwei Passanten überholten uns und drehten sich noch einmal nach uns um. Ich wusste, was sie sahen: ein Junge, ein Mädchen und ein Hund, und im Hintergrund die Fassaden der alten Häuser. Ich wusste auch, was sie dachten: Was für ein nettes Pärchen. Und: Ja, ein hübsches Pärchen. So kann man sich irren. Ich packte Herrn Schneiders Leine fester und passte meine Schritte Alexejs Tempo an.

Die Sonne wanderte schon westwärts, als wir uns auf einem abgelegenen Platz an der Wilden Gera ins Gras setzten. Wir hatten den ganzen Weg über geschwiegen. Mir fiel nichts ein, was ich hätte sagen können, und außerdem war er es, der hätte anfangen müssen, schließlich hatte er gesagt, wir müssten miteinander reden.

Ich klickte Herrn Schneiders Leine aus, und er trottete zufrieden und langsam am Ufer entlang, schnüffelte, hob an einem Baum das Bein, kam zu uns zurück, rieb seine Schnauze an meinem Gesicht und lief wieder los.

Ich pflückte ein Gänseblümchen und kaute darauf herum. Gänseblümchen kann man essen. Meine Mutter und ich hatten früher, als wir noch zusammen spazieren gingen, oft welche gepflückt und sie an den Salat getan.

»Ich habe nachgedacht«, sagte er. »Über uns.«

Und ich dachte: Jetzt kommt's, jetzt sagt er, dass es ein Irrtum war. Ich wappnete mich innerlich, um mir nichts anmerken zu lassen, diese Befriedigung würde ich ihm nicht gönnen. Mein Mund wurde trocken, ich musste schlucken.

»Als du mir die Bilder gezeigt hast …«, fing er an und schwieg wieder.

Ich hielt es nicht länger aus. »Und?«, fragte ich. »Was war da?«

»Ich habe dich gefragt, warum du mich überhaupt angesprochen hast. Eigentlich habe ich erwartet, du würdest sagen: Weil du so gut in Geschichte bist, so was spricht sich doch rum.« Er schwieg, riss einen langen Grashalm aus, ließ ihn hin und her schwingen und sagte leiser als vorher: »Oder du hättest sagen können: Weil du mir gefällst.« Wieder machte er eine Pause, bevor er fortfuhr: »Stattdessen hast du gesagt: Weil du Jude bist.«

»Und? Du bist doch Jude, oder?«

»Ja«, sagte er. Der Grashalm in seiner Hand zitterte.

»Und warum sollte ich das nicht sagen?«

Er ließ sich Zeit mit der Antwort. »Ich habe nicht gewusst, dass du es weißt. Möglicherweise habe ich es ja geahnt, denn warum hätte ich dich sonst gefragt?«

Wieder schwieg er, diese Pausen zerrten an meinen Nerven. Sollte er es doch endlich sagen!

Dann fragte er: »Woher weißt du es eigentlich.«

»Von meiner Mutter«, sagte ich, »sie kennt deinen Vater.«

Alexej zog die Schultern hoch. »Ach so«, sagte er, als würde er jetzt etwas verstehen, obwohl es dabei doch gar nichts zu verstehen gab.

»Ich habe gedacht, du weißt, dass ich es weiß, schließlich habe ich dich danach gefragt, woran man ein jüdisches Haus erkennt.«

Er nickte. »Stimmt. Aber das ist mir erst später aufgefallen, als ich darüber nachgedacht habe.«

»Und was ist so schlimm daran, dass ich es wusste?«, fragte ich.

Er ließ den Grashalm fallen, riss einen neuen ab. »Du hättest es nicht wissen sollen.«

»Was ist denn schon dabei?«, platzte ich heraus.

»Das verstehst du nicht.«

Ich spürte, wie der Ärger in mir aufstieg. »Dann erkläre es mir.«

Langsam, stockend und mit langen Pausen fing er an zu erzählen, dass seine Eltern, nachdem sie als Kontingentflüchtlinge aus Russland gekommen waren, in Berlin gelebt hatten, wo er und seine Schwester auch geboren worden waren. Eigentlich war alles in Ordnung, bis er in die Schule kam. Die anderen Jungen in seiner Klasse hatten ihn von Anfang an gemobbt, weil er Jude war, und das wurde von Jahr zu Jahr schlimmer, sie hatten ihn beschimpft, ihn Saujude genannt, Loser, Opfer, Pisser, und sie hatten ihn regelmäßig geschlagen.

»Ich habe mich lange nicht getraut, zu Hause etwas zu sagen, weil sowieso alles so schwierig war, Danila war noch so klein und immer krank und alle haben sich Sorgen gemacht. Ich habe die Schule gehasst, ich habe alle gehasst, sogar meine Familie. Irgendwann haben meine Eltern es doch mitbekommen und dann ging es erst richtig los. Sie haben angefangen zu streiten und eigentlich haben sie bis heute nicht wirklich damit aufgehört. Mein Vater wollte sich bei der Schule beschweren und verlangen, dass die Lehrer etwas unternehmen, sonst würde er mit der Geschichte an die Öffentlichkeit gehen. Ich habe geheult und geschrien, dass ich das auf keinen Fall wollte, denn ich hatte Angst, die anderen würden dann erst recht über mich herfallen. Meine Mutter sagte, Kinder wären doch nicht von Geburt an antisemitisch, wir sollten meine Schulkameraden einladen, damit sie sehen, dass wir eine ganz normale Familie sind, und meine Großmutter war der Meinung, wir sollten niemandem sagen, dass wir Juden sind, nur dann könnten wir normal leben, das hätten wir doch unser ganzes Leben lang getan und seien immer gut damit gefahren.«

Wieder machte er eine Pause, ich wusste nicht, ob er wartete, dass ich etwas dazu sagte, aber was hätte ich sagen können?

Er fuhr fort: »Diese Meinung vertritt sie bis heute. Mein Vater sagt, er habe die Nase voll davon, sich zu verstecken, wir sollten stolz darauf sein, Juden zu sein, auch wenn wir mit Religion nichts zu tun hätten, im Gegenteil. Und meine Mutter sagt, Antisemiten hätte es immer gegeben, wir dürften den zunehmenden Antisemitismus nicht zu ernst nehmen. Bis heute geht der Streit weiter. Die Einzige, die nicht daran beteiligt ist, ist Danila, ich glaube, sie weiß überhaupt noch nicht, was es heißt, jüdisch zu sein.«

»Ich weiß es offenbar auch nicht«, sagte ich.

Alexej zupfte immer weitere Grashalme aus und ließ sie wieder fallen, während er fortfuhr: »Es hat damals damit aufgehört, dass ich die Schule gewechselt habe. In der neuen Schule wusste niemand, dass ich Jude bin. Und als ich ins Gymnasium kam, habe ich es ebenfalls verschwiegen, ich ging in den Ethikunterricht, wie so viele andere, und das war's. Auch vor zwei Jahren, als wir nach Erfurt gezogen sind und ich in unsere Schule kam, habe ich kein Wort gesagt. Es ist mir lieber, ›der Russe‹ zu sein, als ›der Jude‹, vor allem, weil wir alles andere als religiös sind. Und als du gesagt hast, ›weil du Jude bist‹, habe ich angenommen, die anderen wüssten es auch alle.«

»Es wäre vielleicht einfacher, wenn sie es wüssten«, sagte ich vorsichtig.

»Das verstehst du nicht«, sagte Alexej wieder. »Ich habe Angst, dass alles von vorn losgeht, das Mobbing, der Streit, die gehässigen Bemerkungen. Du weißt doch selbst, was alles über Juden gesagt wird. Wenn sie es wüssten, wäre ich wirklich das ›Opfer‹, der ›Loser‹. Kannst du nicht verstehen, dass ich das auf keinen Fall sein will?«

Ich zog die Schultern hoch, schaute zu Herrn Schneider hinüber, der um einen kleinen weißen Pudel herumscharwenzelte. Dessen Frauchen, eine füllige ältere Dame mit einem Strohhut auf dem Kopf, hob ihr Hündchen hoch und trippelte mit eiligen Schritten davon. Herr Schneider schaute ihnen enttäuscht hinterher, hörte aber nicht auf, mit dem Schwanz zu wedeln.

Ich senkte den Kopf. Das Herz klopfte mir heftig bis in den Hals, die Wiese verschwamm vor meinen Augen. Vielleicht wusste ich es ja wirklich nicht, was es hieß, jüdisch zu sein. Ich hatte nie darüber nachgedacht. Ich war naiv gewesen, arglos, bis jetzt war »Jude« für mich eine Bezeichnung gewesen wie »Christ«, »Moslem«, »Buddhist«. Und dabei hätte gerade ich es besser wissen müssen, ich wusste doch, was im Mittelalter passiert war, wie es den Juden ergangen war. Die Geschichte zieht sich fort bis in die Gegenwart, das war ein Satz, den ich von meiner Mutter oft genug gehört hatte.

»Das kann dir doch egal sein«, sagte ich schließlich leise. »Die Mädchen finden dich toll, du könntest alle haben, zehn an jedem Finger, wenn du wolltest.«

Er schüttelte den Kopf. »Als Jude nicht, da kannst du sicher sein.«

Wir schauten uns an. Lange. Er griff nach meiner Hand. Ich spürte seine Knöchel unter meinen Fingerkuppen. Seine Haut war rau und warm, eine wohlige Wärme floss von seiner Hand durch meinen Körper.

»Außerdem will ich keine zehn Mädchen an jedem Finger«, sagte er leise, mit einer Stimme, dass sich mir die Härchen auf den Armen aufstellten. Der Druck seiner Hand wurde fester, als er sagte: »Ich will dich.«

So lange hatte ich noch nie einen anderen Menschen angeschaut und so etwas hatte ich noch nie empfunden. So viel Glück.

Was danach geschah, will ich nicht beschreiben, es ist mir peinlich. Und es geht auch niemanden etwas an, nur Alexej und mich.

14 *In der Herberge*

Allmählich wird es Abend, die Sonne wird bald untergehen und die Bäume werfen lange Schatten. Das Grün der Wiesen ist matt geworden, wie mit einer Dunstschicht bedeckt. Der Himmel hat sein Blau verloren und ist blass, fast durchsichtig. Hinter uns, im Westen, ist es noch hell, aber im Osten zieht sich bedrohlich eine dunkle Wolkenwand zusammen. Ein Bussard stößt über dem Feld herab und fliegt, eine Beute in den Fängen, wieder auf. Ein paar graue Wolken senken sich immer tiefer über uns und drücken auf unsere Stimmung. Sogar die Luft hat aufgehört, nach Frühling zu duften, und riecht seltsam modrig, obwohl wir nicht durch ein Sumpfgebiet fahren, sondern vorbei an einer ausgedehnten Wiese, hinter der sich ein dunkler Wald erstreckt. Nur die Vögel zwitschern lauter, als wollten sie den Tag mit aller Kraft festhalten. Aber in ihren Gesang mischen sich die dunklen Töne eines fernen Donnergrollens.

Zwei Reiter überholen uns, und mir fällt erst jetzt auf, dass wir in der letzten Zeit kaum noch anderen Kutschen oder Pferdewagen begegnet sind. Ich bin müde und erschöpft von der langen Fahrt und mein Körper tut weh von dem Gerüttel und Geschüttel des Wagens, ich rutsche hin und her und weiß schon nicht mehr, wie ich sitzen soll. Und hungrig bin ich auch. Selbst Kuno wird immer langsamer, mit gesenktem Kopf trottet er vor sich hin und kaut auf seinem Zaumzeug, und aus seinem Maul tropfen immer wieder Schaumflocken auf die Straße und werden, noch bevor sie den Boden treffen, vom Wind weggeweht.

Unser Vater sitzt zusammengesunken auf dem Bock und sieht auf einmal älter aus als früher. Seine Lippen sind nur ein schmaler Strich, kaum zu erkennen über dem Bart, der inzwischen zerzaust auf seine Brust hängt. Selbst Joschua ist still geworden und hat aufgehört, uns auf alles aufmerksam zu machen, was er sieht, und als am Waldrand ein paar Rehe auftauchen, stehen bleiben und neugierig zu uns herüberschauen, wirft er ihnen nur einen müden Blick zu und senkt wieder den Kopf. Ich lege ihm, hinter dem Rücken unseres Vaters vorbei, tröstend die Hand auf die Schulter, er schenkt mir nur ein schiefes Lächeln und deutet auf die Raben, die, als wir vorbeifahren, aus einem Busch auffliegen. Ihr Krächzen vermischt sich mit dem Ruf eines Kuckucks. Der erste Kuckuck in diesem Jahr. Joschua hebt lauschend den Kopf, sagt aber nichts.

Dann, endlich, taucht in der Ferne ein Gebäude am Straßenrand auf.

Unser Vater richtet sich auf. »Das muss die Herberge sein«, sagt er. »Ich habe sie schon viel früher erwartet. Auf jeden Fall werden wir dort eine warme Mahlzeit bekommen. Und wenn wir Glück haben, finden wir auch einen Platz zum Schlafen.«

»Hoffentlich«, murmelt Joschua, »ich bin so müde, dass ich im Sitzen einschlafen könnte. Ich kann an nichts anderes mehr denken.« Und mit einem tiefen Seufzer fügt er hinzu: »Ich wünschte, wir wären zu Hause geblieben.«

Unser Vater wirft ihm von der Seite einen strafenden Blick zu, den Joschua aber nicht bemerkt, und erst nach einem scharfen »Burkhard!« nickt mein Bruder, ohne etwas zu sagen, und setzt sich aufrechter hin. Das Donnern kommt näher und die Wolkenwand vor uns wird immer schwärzer. »Es wird ein Unwetter geben«, sagt unser Vater, schwingt die Zügel und treibt Kuno zur Eile an. Das Pferd verfällt gehorsam in einen leichten Trab.

Ich hebe den Kopf und betrachte den Himmel. Es ist, als würde sich die Welt direkt über uns in zwei Hälften spalten, eine helle und eine dunkle, hinter uns die helle, vor uns die dunkle. Hinter uns die Vergangenheit und vor uns die Zukunft, denke ich unwillkürlich, schiebe diesen Gedanken aber schnell zur Seite. Es hilft ja nichts. Schwarze Gedanken muss man vertreiben, sie machen einem das Herz unnötig schwer, würde Agatha jetzt sagen.

Es dauert noch eine ganze Weile, bis wir die Herberge erreichen. Die Räder quietschen, als unser Vater den Wagen um die scharfe Kurve der Einfahrt lenkt. Zwei Katzen laufen vor uns über den Weg und verschwinden unter einem Strauch mit prallen Knospen, von denen die ersten schon weiß aufgeplatzt sind.

Das Donnern ist jetzt ganz nah, ab und zu zerteilt ein Blitz die Wolkenwand, der Himmel über uns ist fast schwarz. Gleich wird es anfangen zu regnen.

Die Herberge erweist sich als ein behäbiges Gebäude, aus Feldsteinen gemauert und mit einem strohgedeckten Dach mit einem Schornstein, aus dem Rauch aufsteigt und sich gleich in den dunstigen Wolken auflöst. An beiden Seiten des Gebäudes erstrecken sich in einem rechten Winkel Scheunen und Stallungen und bilden eine Art Hof, der jetzt, im Zwielicht, weich und zerfließend aussieht und vor uns liegt wie ein Teich in einer verschatteten Waldlichtung. In einer Ecke erhebt sich ein Misthaufen, auf dem Hühner scharren. Aus einem der Ställe dringen das Meckern von Ziegen und das Muhen einer Kuh. Ein Geruch nach gekochtem Kraut und Pferdeäpfeln weht uns entgegen.

»Hier werden wir hoffentlich einen Schlafplatz finden«, sagt unser Vater, als er auf den Hof einbiegt, die dicken Pflastersteine schütteln unseren Wagen. Er wirft einen Blick zum Himmel. »Wir haben Glück gehabt, dass wir rechtzeitig vor dem Unwetter angekommen sind.«

Mir fällt auf, dass er die Lippen zu einem stummen *Baruch ha-schem* bewegt, *gelobt sei Sein Name*, und ich spreche es ihm unhörbar nach. Wir sind nur noch im Herzen Juden, nach außen hin sollen wir es nicht mehr zeigen. Aber vergessen dürfen wir es nicht.

Bevor wir noch etwas sagen können, geht vor uns die aus rohen Balken gezimmerte Haustür auf und ein Mann kommt heraus, ein Riese, breit und stämmig, in einem grauen Wams und mit einer grünen Schürze um den Bauch gebunden. Er kommt die drei Steinstufen vor der Tür herunter und kommt uns leicht schwankend entgegen. Seine Augen verschwinden fast hinter den feisten Wangen, als er uns zur Begrüßung ein breites Lächeln schenkt.

Mein Vater zieht an den Zügeln und stößt ein lautes »Brrr!« aus. Kuno bleibt stehen, der Wagen ruckelt kurz, dann steht er ebenfalls.

»Willkommen«, sagt der Mann, der offenbar der Wirt ist. Ein plötzlicher Windstoß weht ihm die braunen Haare auf.

»Ihr habt es ja gerade noch geschafft vor dem Unwetter. Dort könnt ihr euren Wagen abstellen.« Er macht eine Handbewegung zu einem überdachten Platz zwischen Wohnhaus und Stallungen, wo, wie mir jetzt erst auffällt, bereits einige Kutschen und Pferdewagen stehen. Die Stimme, die aus diesem massigen Körper dringt, ist überraschend hoch und dünn.

»Wir hätten gern ein Nachtlager für uns«, sagt mein Vater, »und einen Platz im Stall und ein bisschen Hafer für unser Pferd.«

Der Wirt schiebt zwei Finger in den Mund und stößt einen schrillen Pfiff aus. Ich fahre erschrocken zusammen und sehe, dass auch Kuno den Kopf hochreißt und wiehert, bevor er ihn wieder senkt und unruhig hin und her bewegt. Eine Schaumflocke tropft von seinen Lippen und torkelt zu Boden. Auf seinem dunklen Fell zeichnen sich glänzende Schweißflecken ab.

Aus einem Stall tritt ein älterer, graubärtiger Mann in einem grauen Kittel und mit einer grauen Wollmütze auf dem Kopf, alles an ihm ist grau, auch das faltige Gesicht. Als er auf uns zukommt, sehe ich, dass er hinkt. Er ist verwachsen, krumm wie ein Wurzelzwerg, und hat einen Buckel.

»Bring den Gaul in den Stall, Rupert«, sagt der Wirt. »Reibe ihn ab und gib ihm eine ordentliche Portion Hafer und einen Eimer Wasser, er scheint es nötig zu haben.« Und zu uns gewandt fährt er fort: »Ihr seid wohl schon den ganzen Tag unterwegs …« Das letzte Wort bleibt in der Luft hängen, als könne er sich nicht zwischen einer Feststellung oder einer Frage entscheiden.

Unser Vater steigt ab, wir folgen seinem Beispiel. Der Knecht ergreift die Zügel und führt Kuno mit dem Wagen zu dem überdachten Platz. Als er am Misthaufen vorbeikommt, stieben die Hühner laut gackernd zur Seite. Wir sehen noch, dass der Knecht Kuno ausspannt, dann folgen wir dem Wirt ins Haus. Ein lauter Donnerschlag lässt uns zusammenfahren, die ersten Regentropfen fallen.

An der Tür drehe ich mich noch einmal um und blicke in die Richtung, aus der wir gekommen sind, da ist der Himmel noch hell. Dort, wo Erfurt liegen muss, färbt er sich rot. Bestimmt setzt Agatha sich jetzt auf die Bank vor dem Haus und betrachtet den schönen Sonnenuntergang. Heute hat sie Zeit dafür, sie muss ja nicht unsere Abendmahlzeit zubereiten. Vielleicht setzt sich Burkhard zu ihr, vielleicht sprechen sie gerade von uns und überlegen, wohin wir wohl gezogen sind. Und warum wir uns nicht von ihnen verabschiedet haben. »Das hätte ich von unserem Herrn nicht erwartet«, wird Burkhard mit offenem Vorwurf in der Stimme sagen, und Agatha wird antworten: »Sei still, er ist ein guter Herr, er wird wissen, was er tut.« Und sie wird den Blick heben, die Wolkenwand im Osten sehen und sagen: »Der Herrgott reißt den Himmel auf. Wenn das kein schlechtes Omen ist.«

Wir betreten die Wirtsstube, in der zwei lange Tische mit Bänken auf beiden Seiten stehen. Gäste sitzen daran, die wir aber wegen des Dämmerlichts, das in der Stube herrscht, kaum erkennen können. Der Raum wird nur notdürftig von ein paar Öllampen erhellt, die Fenster sind zu klein und zu weit oben unter der Decke, um genügend Licht hereinzulassen. Es riecht nach Bier, Schweiß und nassen Pferdedecken, gemischt mit einem durchdringenden Kohlgeruch.

Wir setzen uns in einem gewissen Abstand zu den anderen an einen der Tische. Mein Vater bestellt bei dem Wirt ein Abendessen und etwas zu trinken, der Mann bringt einen Humpen Bier und einen Krug Wasser.

Joschua rutscht unruhig auf seinem Platz hin und her. »Wir haben Knöpfchen vergessen«, sagt er dann leise, »er ist ganz allein im Wagen. Soll ich ihn holen?«

»Nein«, sagt unser Vater abweisend, »hörst du nicht, wie es donnert und regnet? Der Hase wird es aushalten, seine Kiste steht sicher unter dem Verdeck.«

Da kommt auch schon das Essen. Es gibt Haferbrei mit gesalzenem Fisch und Zwiebeln, dazu Kraut. Der Haferbrei ist grau und glitschig, es fehlt das Gänsefett, mit dem Agatha ihn immer schmälzt, und der Fisch, ein Karpfen, sieht nicht sehr frisch aus und riecht auch nicht besonders appetitlich. Aber wir haben Hunger, deshalb essen wir alles auf, auch wenn es uns nicht wirklich gut schmeckt, am besten sind noch die Zwiebeln. Über uns donnert es heftig und jedem Donner folgt ein greller Blitz. Durch die Fenster oben in der Wand sehen wir, dass es dunkel geworden ist, die Wolkenwand muss jetzt über der Herberge hängen.

»Gut, dass wir es noch rechtzeitig vor dem Regen geschafft haben«, sagt mein Vater zu dem Wirt, als dieser eine Öllampe vor uns auf den Tisch stellt.

Ein Mann schiebt sich auf die Bank gegenüber, in der Hand einen Humpen Bier, den er vor sich auf den Tisch stellt. »Nun, Gevatter«, fragt er neugierig, »woher kommst du und wohin geht die Reise?«

Ich sehe, wie unser Vater zusammenzuckt, aber er beherrscht sich und lächelt den Fremden an, ein Lächeln, dem man, wenn man ihn kennt, ansieht, dass er sich dazu zwingt. Der Mann stellt sich als Dietrich vor, ein Kutscher aus Mainz, dessen Herr, ein Kaufmann, auf einer Reise nach Polen ist. Er hebt die Hand, deutet unbestimmt in eine Richtung und sagt: »Er hat sich schon niedergelegt.« Dietrich trägt ein braunes Wams und auf dem Kopf eine grüne Mütze mit einer Feder. Er hat ein längliches Gesicht mit einem schütteren Bart, der nur halb eine hässliche, wulstige Narbe auf seiner Wange verdeckt. Ich muss mich zusammennehmen, um nicht ständig die Narbe anzustarren, die sich vom Jochbein schräg nach unten bis zum Kinn zieht. Er trinkt einen Schluck, dann wiederholt er seine Frage nach dem Woher und Wohin. Seine Zähne sind braun verfärbt, einige fehlen.

»Ich bin ein Kaufmann aus Nürnberg«, sagt mein Vater, »und ich habe durch einen Brand mein Hab und Gut verloren. Von meinem letzten Geld habe ich mir einen Wagen und ein Pferd gekauft. Jetzt bin ich auf dem Weg nach Polen, dort hat sich mein Bruder niedergelassen, er wird mir bestimmt helfen, sonst weiß ich nicht, wie ich meine Kinder Burkhard und Agatha satt kriegen soll.«

»Und deine Frau?«, fragt der Mann mit der Narbe.

»Gott hat sie zu sich gerufen«, sagt mein Vater, »meine armen Kinder sind mutterlos.«

Der Mann mit der Narbe nickt bedächtig und kratzt sich am Kinn. Seine Fingernägel sind schwarz. »Das Leben ist hart für unsereinen«, sagte er. »Ich gebe dir einen guten Rat, Gevatter: Meide die Hohe Straße und umfahre sie lieber, da bist du sicherer vor Wegelagerern und umgehst auch den Zoll. Wenn du dich im nächsten Dorf rechts hältst, in nördlicher Richtung, triffst du nach etwa einer oder zwei Stunden Fahrt auf eine Nebenstraße nach Osten. Auf dieser Strecke kommst du durch Dörfer und kannst bei Bauern in Scheunen übernachten, das ist billiger als in einer Herberge, und für wenig Geld kannst du dir auch eine Mahlzeit kaufen, die besser ist als das, was man unsereinem hier vorsetzt.«

»Danke für den guten Rat«, sagt mein Vater, zieht sich die Kappe tiefer in die Stirn, beugt sich vor und klopft dem Mann über den Tisch hinweg auf die Schulter, wie Kutscher und Knechte es untereinander tun. Trotzdem wirkt das Klopfen seltsam ungeschickt, irgendwie unpassend, auch wenn ich nicht hätte sagen können, warum das so ist. Vielleicht klopft er nicht schnell und nicht hart genug. Oder ich bilde es mir auch nur ein.

Ich kann den Blick nicht von meinem Vater wenden, so anders sieht er aus, er passt sich seiner Umgebung an, spricht auch mit lauter Stimme und leicht polternd, wie einfache Leute das tun. Von seiner für gewöhnlich nachdenklichen Bedächtigkeit ist nichts mehr zu spüren, auch nichts zu hören. Trotzdem habe ich das Gefühl, dass er aussieht, als würde er nicht hierher gehören. Aber Dietrich scheint das nicht aufzufallen, er spricht ganz unbefangen und freundlich. Wenn er nur nicht diese Narbe hätte.

Ich schaue mich um und sehe, dass ein Mann, ein finsterer Kerl, der ein Stück von uns entfernt sitzt, uns nicht aus den Augen lässt und sich auf der Bank langsam näher in unsere Richtung schiebt. Ich kann sein Gesicht nicht genau erkennen, aber er sieht irgendwie unheimlich aus. Das mag natürlich an dem dämmrigen Licht liegen, vielleicht auch daran, dass er so groß und breit ist, mindestens so groß und breit wie der Wirt, und einen langen, dunklen Bart hat. Und an den Donnerschlägen, die laut dröhnen und das Gespräch der Männer immer wieder unterbrechen.

Joschua fragt, ob er nach Kuno schauen dürfe, bei dieser Gelegenheit könne er ja auch Knöpfchen mitbringen, er habe ja vielleicht Angst, so ganz allein im Wagen. »Dann geh schon«, sagt mein Vater ungeduldig, »aber mach schnell, damit du nicht allzu nass wirst. Und halte dich nicht zu lange auf. Wir müssen bald schlafen, damit wir morgen in aller Frühe gleich weiterziehen können.«

Dietrich nimmt einen Schluck Bier und kratzt sich an der Narbe. »Mit was hast du gehandelt?«, fragt er.

Mein Vater zögert, dann sagt er: »Mit gebrauchten Kleidern und Lumpen. Es war kein großes Geschäft, aber es hat gereicht, damit ich meine Kinder auch nach dem Tod meiner Frau, Gott hab sie selig, einigermaßen durchbringen konnte. Zumindest mussten sie nicht hungern.«

Dietrich nickt zustimmend. »Hauptsache, unsereiner hat etwas zu beißen, dann muss man schon zufrieden sein. Gott schütze uns vor Hungersnot und Feuer.«

Mein Vater nickt. »Du sagst es.«

»Und vor der großen Pestilenz. Hast du auch schon von den Gerüchten gehört?«

Wieder nickt mein Vater. »Gott möge uns bewahren, falls sie sich als wahr erweisen.«

»Es ist besser, nicht darüber zu sprechen«, sagt Dietrich. »Man soll das Unheil nicht herbeireden.«

»Du sagst es«, sagt mein Vater wieder.

Die beiden Männer heben ihre Bierkrüge und prosten einander zu.

Ich schiele zu dem finsteren Kerl hinüber. Er ist noch ein Stück näher gerückt und scheint aufmerksam zuzuhören. Er ist mir unheimlich, ein Schauer läuft mir über den Rücken, plötzlich fange ich an zu frieren. Ich ziehe das Wolltuch, das Notburga mir im letzten Moment gebracht hat, fester um mich und trinke meinen Wasserbecher leer.

Mein Vater und Dietrich unterhalten sich noch über das Wetter und die Gefahren, die durch Dürre und Überschwemmungen drohen, darüber, wie die Reichen sich die Bäuche mit gebratenem Fleisch und Rebhühnern vollschlagen, während die Armen sich mit Haferbrei und gesalzenem Fisch begnügen müssen, wie die Pfaffen immer dicker werden und wie den Armen die Kinder wegsterben, weil sie nicht genug zu essen bekommen. Als Dietrich gerade von den jüdischen Pfeffersäcken anfängt, die gegen Wucherzinsen Geld verleihen und den armen Schluckern die letzten Heller aus der Tasche ziehen, kommt Joschua zurück und stellt Knöpfchens Kiste vor mich auf den Tisch. »Es regnet immer noch«, sagt er und wischt sich ein paar nasse Strähnen aus dem Gesicht.

Mein Vater ruft den Wirt und fragt nach unserem Nachtlager. Dann verabschieden wir uns von Dietrich, mein Vater dankt ihm noch einmal für seinen guten Rat und verspricht, sich an die Nebenstraßen zu halten, und wir folgen dem Wirt, der eine Öllampe aus der Küche neben dem Schankraum geholt hat. Ich trage die Kiste mit Knöpfchen. An der Tür drehe ich mich noch einmal um. Der finstere Kerl starrt uns hinterher.

Der Wirt geht uns voraus eine Treppe hinauf. Die Dielen ächzen unter seinen schweren Schritten. Das Ächzen mischt sich mit den Donnerschlägen, die aber leiser zu werden scheinen, das Gewitter zieht ab. Wir bekommen eine kleine Dachkammer mit zwei Strohsäcken zugewiesen, kaum größer als unsere Vorratskammer zu Hause. Außer einem Hocker gibt es kein anderes Möbelstück, es hätte auch keines Platz gefunden. Zum Zudecken holt der Wirt zwei grobe Pferdedecken aus einer Truhe im Gang und reicht sie uns. Er stellt die Lampe auf den Hocker, bevor er uns einen guten Schlaf wünscht und verschwindet.

Unser Vater legt sich mit Joschua auf den einen Strohsack, den anderen weist er mir zu.

Das Donnern wird wieder lauter und durch die Fensterluke sieht man Blitze zucken. Ich ziehe mir die Decke bis unters Kinn. Sie ist rau und kratzig und riecht muffig, ebenso der Strohsack, aber ich beschwere mich nicht, es hätte auch keinen Sinn. Trotzdem denke ich an zu Hause, an Agatha und an unser Bett, in dem sie jetzt allein liegt, an die sauberen Laken und die warmen Decken.

Mein Vater löscht die Öllampe, wir wünschen uns eine gute Nacht und machen die Augen zu. Aber an Schlafen ist nicht zu denken, es kracht und dröhnt über unseren Köpfen und ein heftiger Sturm rüttelt am Dach. »Trotzdem müsst ihr jetzt schlafen, Kinder«, sagt mein Vater. »Wer weiß, was uns der nächste Tag bringen wird.«

Ich halte mir die Ohren zu, wage aber nichts zu sagen. Von draußen dringt das Heulen eines Hundes. Oder ist es ein Wolf? Neben mir, in der Kiste, raschelt Knöpfchen. Ich sehe Agatha vor mir, die jetzt allein in unserem weichen Bett liegt, und empfinde eine so heftige Sehnsucht nach ihr, dass mir die Augen brennen.

Allmählich wird das Donnern etwas leiser, die Abstände zwischen den einzelnen Schlägen länger, das Gewitter verzieht sich jetzt wirklich. Nur der Regen prasselt weiter auf das Strohdach.

Nach einer Weile höre ich, dass mein Vater anfängt zu schnarchen, ein Geräusch, das mich wach hält.

Irgendwann muss ich doch eingeschlafen sein, denn als unser Vater mich weckt, wird es im Fenster schon grau. »Wir müssen los«, sagt er. »Wir haben noch einen weiten Weg vor uns.«

Ich frage mich, ob er wirklich weiß, wie weit unser Weg sein wird.

15 Danila

Meine Oma hat früher oft gesagt: Jeder hat sein Päckchen zu tragen und man sieht es den Leuten nur selten an. Sie hat auch gesagt: Es ist nicht alles Gold, was glänzt, und: Keiner sieht dem anderen ins Herz.

Ich weiß noch, wie dumm ich solche Sprüche fand, ich hielt sie für Geschwätz, sie gingen mir auf die Nerven und passten eigentlich auch nicht zu meiner Oma, einer gebildeten Frau, die trotzdem bei allen möglichen Gelegenheiten solche Plattheiten von sich gab, wie es die einfachen Leute aus dem Dorf taten. Doch nun, wenn ich an Alexej dachte, wurde mir langsam klar, dass es sich dabei nicht nur um banale Redensarten handelte, sondern dass sie tatsächlich einen wahren Kern besaßen, einen Kern, den man sich von Zeit zu Zeit ins Gedächtnis rufen sollte, wenn auch vielleicht anders formuliert, nicht so simpel.

Alexejs »Päckchen« war also sein Jüdischsein. Ich dachte oft darüber nach und meinte nun zu verstehen, warum er sich in der Schule von den anderen fernhielt. Er hatte ein Geheimnis, das er unbedingt verbergen wollte. Er war von einer Angst gepackt, nicht richtig gesehen zu werden. Von einer Angst, die anderen würden ihn nicht als Person betrachten, nicht als den Alexej, der er war, sondern nur als »den Juden«.

Diese Angst kannte ich auch, obwohl sie bei mir nicht so vorherrschend war wie bei ihm. Bei meiner Mutter hatte ich oft das Gefühl, sie sähe in mir nur die lästige, unordentliche Fünfzehnjährige und nicht die Person, die ich wirklich war. Ich überlegte auch, warum alle Leute, nicht nur Alexej und ich, so sein wollten wie die anderen, und dennoch bestrebt waren, uns von ihnen zu unterscheiden. Darüber hatte ich schon oft nachgedacht und auch diesmal kam ich zu keinem Ergebnis.

Alexej und ich verbrachten nicht nur die Pausen miteinander, wir trafen uns auch nachmittags. Er begleitete mich und Herrn Schneider auf unseren Spaziergängen, außer wenn er Klavierstunde oder Basketballtraining hatte. Meistens gingen wir am Schluss zu unserem Platz an der Wilden Gera. Wir redeten und redeten, es war, als würden wir getrieben von dem Wunsch, uns gegenseitig alles mitzuteilen und zugleich alles von dem anderen zu erfahren, wir konnten einfach nicht genug davon bekommen. Wir sprachen über Bücher, die wir gelesen hatten, Alexej las viel mehr als ich, und ich erzählte von den Malern, die mir gefielen. Nur über Juden, ich meine, die heutigen Juden, redeten wir selten, als wäre dieses Thema tabu.

Aber natürlich sprachen wir über Rachel und Joschua. Alexej sagte: »Ich kann mir den Heusack, auf dem Rachel bei Sebastian und Notburga geschlafen hat, gut vorstellen. Hast du schon mal auf Heu geschlafen?« –

»Nein, noch nie.«

»Ich schon. Wir wandern viel, meine Eltern lieben das. Und einmal haben wir in einer Scheune geschlafen, weil es in dem Dorf, in dem wir landeten, kein Gasthaus gab. Danila und ich fanden das ganz toll, Heu riecht unglaublich stark, ich habe den Geruch nie vergessen. Was macht ihr so an den Wochenenden?«

»Manchmal gehen wir ins Kino oder wir sehen fern, ich zeichne viel und meine Mutter hängt nur rum.«

»Ihr könntet doch mal mit uns wandern, meine Eltern hätten bestimmt nichts dagegen. Es ist wirklich ganz schön, nur meine Mutter nervt manchmal, weil sie uns immer wieder erklärt, wie diese oder jene Pflanze heißt und wozu man sie früher in der Volksmedizin benutzt hat.«

»Das ist doch interessant«, sagte ich.

Er lachte. »Nicht, wenn jemand so besessen ist wie meine Mutter.«

Einmal brachte ich das Gespräch auf Danila. »Du hast gesagt, sie sei als kleines Kind immer krank gewesen. Ist sie jetzt gesund?«

Er nickte. »Als sie drei Jahre alt war, hat sie eine neue Herzklappe bekommen, seitdem ist sie in Ordnung, außer einer Operationsnarbe ist ihr nichts geblieben. Aber natürlich machen sich meine Eltern noch immer Sorgen um sie und fürchten, es könnte wieder was passieren. Sogar wenn sie nur einen Schnupfen hat, geraten sie in Panik, und Babuschka achtet ständig darauf, dass sie nicht zu dünn angezogen ist. Danila wehrt sich gegen diese Fürsorge, sie will wie alle anderen Kinder sein. Ich kann sie verstehen.« Er zögerte kurz, dann fragte er: »Ich könnte sie ja mal mitbringen, soll ich? Sie ist wirklich lieb. Und sie wird verrückt sein nach Herrn Schneider. Sie liebt Tiere und begrüßt sogar jede Stubenfliege einzeln.«

Ich schaute zu Herrn Schneider hinüber. Er stand am Ufer,

starrte ins Wasser und bewegte dabei den Kopf hin und her, vielleicht beobachtete er ja einen Fisch, doch als er seinen Namen hörte, kam er angelaufen, leckte mir die Hand und drängte sich zwischen uns. Wir lachten und streichelten ihn, jeder von einer Seite, und manchmal berührten sich unsere Hände.

»Ja«, sagte ich, »bring sie mit, ich würde sie gern kennenlernen.«

Schon am Tag darauf hatte er Danila dabei, als er mich und Herrn Schneider abholte. Sie sah wirklich niedlich aus, dunkelhaarig wie Alexej, aber mit hellerer Haut und einem runden Kindergesicht mit einer Stupsnase und großen, neugierigen Augen. Für ihre acht Jahre war sie noch ziemlich klein und ein bisschen mollig, und wenn sie lachte, zeigte sich ein Grübchen in ihrer linken Wange. Und sie war, wie Alexej vorausgesagt hatte, vom ersten Moment an verrückt nach Herrn Schneider. Und er war verrückt nach ihr.

Wir gingen zur Wilden Gera, legten uns der Länge nach ins Gras, dicht nebeneinander, obwohl der Boden allmählich kühler wurde, und schauten den beiden zu, die übermütig herumtollten. Danila brachte es wirklich fertig, meinen alten, bedächtigen Hund zum Rennen und Springen zu animieren. Wenn er mit ihr zusammen war, schien er wieder um Jahre jünger geworden zu sein, oder als würde er sich wenigstens daran erinnern, wie er als junger Hund gewesen war. Danila warf Holzstöckchen in einem weiten Bogen ins Gras und ins Gebüsch, er lief hinterher, brachte seine Beute zurück und legte sie ihr stolz vor die Füße. Dann setzte er sich hin, wedelte mit dem Schwanz und streckte erwartungsvoll den Kopf vor, um gestreichelt und gelobt zu werden.

Früher, als meine Oma noch lebte, hatten wir dieses Spiel geliebt, Herr Schneider und ich, aber in den letzten Jahren hatten wir ganz damit aufgehört. Warum eigentlich? Lag es an ihm, weil er alt und träge geworden war, oder hatte ich es einfach vergessen?

»Wie ist eigentlich deine Großmutter?«, fragte ich Alexej.

»Wir nennen sie Babuschka«, sagte er. »Sie ist bei uns diejenige, die kocht und backt, sie ist die beste Köchin, die du dir vorstellen kannst. Aber sie ist schon alt, nächstes Jahr wird sie achtzig.«

Meine Oma war zweiundsiebzig, als sie starb. Sogar jetzt, auf der Wiese, mit Alexej, Danila und Herrn Schneider, verschwamm mir alles vor den Augen, als ich an sie dachte. Ich wandte den Kopf zur Seite, riss ein Sauerampferblatt ab und kaute darauf herum, um ihn nicht anschauen zu müssen. Ich wollte nicht, dass er meine feuchten Augen sah.

»Manche Sachen erzählt sie zwei- oder dreimal«, fuhr Alexej fort. »Aber das stört uns nicht, wir sind alle sehr froh, dass wir sie haben. Ohne sie hätten meine Eltern den Neuanfang in Deutschland nicht so ohne weiteres geschafft, sie haben beide gearbeitet und hatten zwei Kinder, von denen eines noch dazu krank war.«

»Bei mir war es ähnlich«, sagte ich. »Ohne meine Oma wäre es meiner Mutter vermutlich auch kaum gelungen, in ihrem Beruf Karriere zu machen. Meine Oma war immer bereit, einzuspringen. Ich war sehr oft bei ihr, manchmal wochen- oder monatelang. Sie ist vor drei Jahren gestorben, im Dezember werden es vier. Herr Schneider ist das Einzige, was mich noch mit ihr verbindet, ich glaube, deswegen hänge ich auch so an ihm.«

»Das kann ich gut verstehen«, sagte Alexej mit seiner schönen Stimme und plötzlich fing ich an zu weinen. Er nahm mich in den Arm und hielt mich fest, so fest und so lange, bis alles wieder gut war, gut, in Ordnung, friedlich, ruhig.

Herr Schneider kam angetrottet und ließ sich erschöpft und keuchend neben uns auf den Boden fallen. Danila folgte ihm, streckte sich im Gras aus und legte ihren Kopf auf seinen Bauch. Neugierig betrachtete sie uns und fragte: »Habt ihr gestritten?«

»Nein«, antworteten wir beide gleichzeitig.

»Warum hat Laura dann geweint?«

Ich wischte mir die Tränen aus den Augen. »Manchmal weint man auch, weil es einem gerade gut geht.«

»Versteh ich nicht«, sagte Danila. Sie strich sich über die Haare, die gleiche flüchtige Bewegung, die ich von Alexej kannte, und ich überlegte, ob diese Bewegung angeboren oder nur abgeguckt war.

Plötzlich fing sie an zu kichern, wie kleine Mädchen es oft tun, und auf ihrer linken Wange erschien das süße Grübchen. »Seid ihr verliebt?«

Ich wurde rot, aber Alexej lachte nur und sagte: »Vielleicht.«

Und dann erzählte sie, dass sie selbst ganz schrecklich verliebt sei, in Tobias, einen Jungen aus ihrer Klasse. »Er sieht niedlich aus und bringt die andern immer zum Lachen, weil er dauernd Faxen macht.«

»Ist er größer als du?«, fragte Alexej.

Danila zog einen Flunsch. »Alle sind größer als ich, das weißt du doch. Nur Conny und Lena sind noch kleiner.«

Ich beugte mich vor, gab ihr einen Kuss und sagte: »Mach dir keine Sorgen, Danila, ich war auch immer kleiner als die anderen, und dann bin ich auf einmal gewachsen. Und jetzt bin ich ganz normal.«

Sie hob den Kopf von Herrn Schneiders Bauch und reckte die Arme. »Ich werde mal so groß wie Alexej«, sagte sie.

Ich musste lachen. »Das vielleicht nicht, aber so groß wie ich wirst du bestimmt.«

Später, zu Hause, versuchte ich, Danila und Herrn Schneider zu zeichnen. Danila gelang mir einfach nicht, sie sah immer aus wie auf einer Kitschpostkarte. Ich gab's auf, vermutlich musste ich sie erst besser kennenlernen.

Danach stand ich lange vor meiner Wand mit den Zeichnungen und betrachtete das Porträt, das ich von meiner Oma gemacht hatte. Es war nicht wirklich gut, sie sah steifer und strenger aus, als sie gewesen war. Das Bild war im Jahr vor ihrem Tod entstanden, damals konnte ich noch nicht so gut zeichnen, meine Finger waren noch nicht geübt.

Inzwischen wusste ich, dass Können ständiges Üben voraussetzte, ein Training der Hände, aber auch ein Training der Augen. So wie Julian täglich auf der Geige üben musste, damit seine Finger nicht steif wurden, so musste ich täglich üben, damit meine Finger eins wurden mit dem Bleistift und ihn mit dem richtigen Druck über das Papier gleiten ließen. Damit sie genau das taten, was ich wollte.

Im Lauf der Zeit hatte ich auch das Schraffieren für mich entdeckt und damit hatte das Licht Einzug in meine Bilder gehalten und ihnen eine zusätzliche Tiefe verliehen. Schatten zeigen, aus welcher Richtung das Licht kommt: Lichteinfall von der Seite, von hinten, direkt von vorn.

Wenn ich zeichnete, fühlte ich mich ganz eins mit mir. Es war, als wäre der Bleistift eine natürliche Verlängerung meiner

Finger, so wie der Geigenbogen eine natürliche Verlängerung von Julians Fingern war. Ich hatte sogar schon einmal mit ihm darüber gesprochen und er hatte mir recht gegeben.

Ich nahm das Bild meiner Oma von der Wand und legte es vor mich auf den Schreibtisch, bevor ich nach Block und Bleistift griff, um sie noch einmal zu zeichnen, diesmal etwas verschwommener, mit vielen Schraffierungen, so, wie ich sie zum letzten Mal gesehen hatte.

Frau Kleiner, ihre Nachbarin, die jeden Tag nach ihr sah, hatte sie eines Morgens tot in ihrem Bett gefunden. »Ganz plötzlich, und trotzdem nicht unerwartet«, hatte meine Mutter gesagt. Meine Oma hatte schon immer ein schwaches Herz gehabt, das wusste ich, das war der Grund für ihre Frühpensionierung gewesen, deshalb hat sie auch immer Zeit für mich gehabt. Ich hatte also gewusst, dass sie krank war, war aber nicht darauf vorbereitet, dass sie mich verlassen könnte. Doch dann ist sie in jener schrecklichen Nacht im Dezember, zwei Wochen vor Weihnachten, im Schlaf gestorben. Einfach nicht mehr aufgewacht.

Meine Mutter holte mich nach Frau Kleiners Anruf von der Schule ab, und wir fuhren nach Niederzimmern, weil sie wollte, dass wir uns von Oma verabschiedeten. Ich habe auf der ganzen Fahrt geweint, und als wir vor ihrem Bett standen, waren meine Augen so zugeschwollen, dass ich Omas Gesicht nur ganz verschwommen erkennen konnte. Das ist das Bild, das mir von ihr geblieben ist: ein Gesicht wie auf einer verwischten Fotografie, vertraut und zugleich seltsam fremd. »Schauen Sie nur, wie friedlich sie aussieht«, hatte Frau Kleiner gesagt, die mit uns ins Schlafzimmer gekommen war, und sich eine Träne aus den Augen gewischt.

Und dann hatte sie noch gesagt: »Ein gnädiger Tod.«

An diese Formulierung musste ich später immer wieder denken, ich verstand einfach nicht, was das Wort »gnädig« mit dem Tod meiner Oma zu tun haben sollte, denn für mich war ihr Tod das Schlimmste, was ich je erlebt hatte, für mich war er eine Katastrophe, der Untergang meiner Welt.

Danach war alles anders, so anders, dass ich das Gefühl hatte, nirgendwo zu Hause zu sein. Ich konnte an nichts anderes mehr denken, wenn ich die Augen zumachte, sah ich sie vor mir, und wenn ich sie aufmachte, kamen mir gleich wieder die Tränen. Am liebsten lag ich mit Herrn Schneider auf meinem Bett, mit heruntergelassenem Rollladen, und dachte an meine Oma. Ich stellte mir vor, wie sie Plätzchen backen würde, wie sie einen Weihnachtsbaum aussuchen und schmücken und dann Päckchen für uns packen würde.

Ich habe lange gebraucht, bis ich kapierte, dass sich die Welt einfach weiterdrehte, dass sie auch nicht einen Moment innehielt, um zu trauern, weil meine Oma gestorben war. Die Versuche meiner Mutter, mich zu trösten, kamen mir schal und gekünstelt vor, ich glaube sogar, dass damals unsere Streitereien angefangen haben. Wir waren plötzlich nur noch zu zweit, während wir vorher zu dritt gewesen waren, und das ist uns beiden nicht gut bekommen.

Ich betrachtete die neue Zeichnung. Eigentlich hatte ich sie statt der ersten aufhängen wollen, aber das kam mir plötzlich falsch vor. Ich hängte die erste zurück an ihren Platz an der Bilderwand und hängte die neue unten hin, direkt neben ein Porträt von Tamara. Es ging nicht nur darum, welche Zeichnung besser war, es ging auch darum, dass jede einen anderen Zeitpunkt festhielt. Einen anderen Moment der Erinnerung.

Vor dem Einschlafen dachte ich an Alexej und fragte mich, warum ich geweint hatte. Ich verstand es nicht. Natürlich wegen meiner Oma, aber das war nicht alles gewesen. Es gab noch etwas anderes. Etwas, was gut für mich war.

16 *Am Felsen*

Wir fahren schon seit geraumer Zeit durch ein Tal, das immer enger wird. Über uns hängen graue Wolken und ab und zu treffen uns kühle Windböen. Die Hügel neben dem Tal ragen steil in die Höhe, der Bach, der neben dem Weg plätschert, ist ein dünnes Rinnsal geworden. Die Gegend wirkt düster, so düster, wie das Gesicht meines Vaters, der unhörbar die Lippen bewegt. Betet er in Gedanken jetzt Psalmen, wie jeder fromme Jude es tut, dem eine Gefahr droht? Als der Weg noch steiler wird, sagt er, wir müssten absteigen, um Kuno das Ziehen zu erleichtern. »Der Gaul ist der Erschöpfung nahe, wir werden ihn am Halfter führen, wir dürfen nicht riskieren, dass er zusammenbricht.«

Wir gehen also zu Fuß weiter. Der Weg führt durch einen dichten Wald und wird immer enger, er ist unter der dicken Vorjahreslaubschicht, die unter unseren Füßen raschelt, kaum mehr zu erkennen. Weiter oben treten zwei Rehe aus dem Unterholz und schauen zu uns herunter, bevor sie mit eleganten Sprüngen wieder verschwinden. Joschua lacht entzückt, aber das Gesicht unseres Vaters wird immer düsterer. Er hat sich einen vertrockneten Ast aufgehoben und stützt sich beim Gehen darauf. Hoch über uns dreht ein Raubvogel seine Kreise und irgendwo in der Ferne krächzen Raben ein schauriges Lied. Kuno hebt den Kopf und schnaubt, als wolle er ihnen antworten.

Der Weg endet auf einer Lichtung, auf der eine zerfallene Holzhütte steht. Die Hütte ist verlassen, das verdorrte Gras steht hoch und schwankt im Wind, hier hat im letzten Jahr bestimmt keiner gemäht. Unser Vater hält den Wagen an. Wir beobachten, wie er um die Lichtung herumgeht und mit seinem Stock im alten Laub und im Gras herumstochert, wie er den Kopf hebt, die Wolken betrachtet und den Oberkörper langsam vor und zurück wiegt, als würde er beten. Schließlich kommt er wieder zu uns und sagt: »Wir werden hier umdrehen, die Richtung ist falsch, es gibt auch keinen Weg, der weiterführt. Wir müssen zurück zur Hohen Straße, sonst bleiben wir hier irgendwo im Wald stecken.« Als Joschua anfängt zu jammern, fährt er ihn zornig an: »Sei still und tu, was man dir sagt. Wir haben uns verirrt, das kann passieren. Der Ewige wird uns helfen, den rechten Weg zu finden.«

Es ist gar nicht so einfach, Kuno zum Wenden zu bewegen, das hohe Gras, in dem da und dort dorniges Gestrüpp wächst, scheint ihn zu erschrecken. Aber er ist gehorsam, wie Sebastian gesagt hat, und schließlich haben wir es geschafft. Weil es jetzt bergab geht, dürfen wir wieder aufsteigen. Als wir hinter dem Dorf, in dessen Nähe wir die letzte Nacht in einer abgelegenen Scheune verbracht haben, eine Wegkreuzung erreichen, strafft unser Vater die Zügel. Kuno bleibt schnaubend stehen. Unser Vater steigt ab und schaut zum Himmel, eine Hand schützend über die Augen gelegt, obwohl die Sonne nur als milchiger Fleck hinter einer dünnen, grauen Wolkenschicht zu erkennen ist. Dann steigt er wieder auf den Bock und greift nach den Zügeln. »Wir werden den anderen Weg einschlagen, den nach Norden, nicht den westlichen, aus dem wir gekommen sind, ich glaube, das war unser Fehler.«

Nach etwa einem halben Tag erreichen wir endlich die Hohe Straße, und ich höre, wie unser Vater erleichtert aufatmet, als wir wieder anderen Reisenden begegnen, Kutschen, Bauernwagen, Wanderern mit Bündeln und Stöcken. »Wir haben es geschafft, dem Ewigen sei Dank, wir sind wieder auf dem richtigen Weg«, sagt er. Und ich denke: *Baruch ha-schem, gelobt sei Sein Name.*

Nicht weit entfernt von der Straße, hinter einem Feld und einer Wiese mit Obstbäumen, taucht ein Bauernhof auf, breit und behäbig liegt das Gehöft da und erinnert uns daran, dass wir kein Brot mehr haben. Unser Vater beschließt, hier haltzumachen, um Vorräte einzukaufen, und biegt in den Weg ein, der zu dem Gehöft führt. Wir sind offenbar nicht die Einzigen, die ihren Proviant auffüllen wollen, im Hof steht bereits eine Kutsche, und vor dem Scheunentor hockt eine Gruppe laut schwatzender und gestikulierender Wanderer. Der Bauer macht hier, so nahe an der Hohen Straße, bestimmt gute Geschäfte.

Zwei Männer, der Kleidung nach Kutscher, kaufen Brot, Milch und Eier. Dann sind wir an der Reihe. Ich frage nach Gemüse, und der Bauer, ein kräftiger, rotgesichtiger Mann mittleren Alters, bringt eine Handvoll runzliger Karotten, Zwiebeln, ein paar gelbliche Rüben, eine Sellerieknolle, getrocknete Bohnen. Wir kaufen außerdem zwei große, runde Brotlaibe, ein halbes Dutzend Eier und für Kuno einen Sack Hafer, und als der Mann uns frische gesalzene Butter anbietet, greifen wir erfreut zu. Um den Bauern zu bezahlen, klappt mein Vater sein Wams auf und holt ein paar Münzen aus einem prall gefüllten Beutel, von dem ich bis jetzt nichts gewusst habe. Ich erschrecke, als ich die Blicke sehe, die der Bauer und die Männer, die hinter uns warten, auf den Beutel meines Vaters werfen. Einer erinnert mich an den düsteren Kerl mit dem schwarzen Bart in der Wirtschaft, in der wir am Tag des Unwetters übernachtet haben.

Wir laden unsere eingekauften Sachen in den Wagen und steigen wieder auf den Bock. Als wir vom Hof rollen, frage ich meinen Vater, ob er den Mann erkannt habe. Er schüttelt den Kopf und antwortet mit gleichmütiger Stimme: »Nein, Tochter, das ist er bestimmt nicht gewesen. Mach dir keine Sorgen, diese Männer sehen sich alle ähnlich. Wie sollte er denn plötzlich hier auftauchen?«

Ich senke den Kopf. Mein Vater hat sicher recht, er kennt sich aus auf der Welt. Aber tief in mir nagt es weiter, ich sehne mich nach der Sicherheit unseres Hauses in Erfurt zurück, nach Agatha und Burkhard, ganz besonders nach Agatha. Doch ich reiße mich zusammen und schiebe diese Gedanken schnell zur Seite, mich drückt eine andere, drängendere Sorge.

Irgendwann kann ich die Frage nicht länger zurückhalten. »Vater, warum hast du so viel Geld mitgenommen? Du hast doch gesagt, es sei sicherer, ohne Geld zu reisen. Du hast gesagt, reiche Juden leben gefährlich, das sollte ich nie vergessen.«

Er schweigt, und ich habe schon aufgegeben, eine Antwort zu erwarten, da sagt er: »Du hast recht, Tochter, das habe ich gesagt und es auch ernst gemeint. Doch andererseits hat es mir widerstrebt, als Bettler zu reisen, kannst du das verstehen? Ich habe es nicht über mich gebracht.« Und nach einer Pause fügt er hinzu: »Vielleicht war das ein Fehler.«

Schweigend fahren wir weiter. Mein Vater ist offenbar in Gedanken versunken, und ich weiß, dass ich ihn jetzt nicht stören darf, er würde bestimmt ungehalten darauf reagieren. Hinter uns, im Wagen, sitzt Joschua. Er hat sich aus einem Weidenzweig eine Flöte geschnitten und versucht, eine Melodie zu spielen. Ich erkenne sie, es ist das Lied von einer unglücklichen Waise, die allein durch die Welt zieht, Agatha hat es uns oft vorgesungen. Aus dem Gebüsch zwischen der Straße und dem Bach dringt das Schnattern von Enten.

Eine Kutsche überholt uns, nach einer Weile eine zweite. Erst da fällt mir auf, wie langsam wir vorwärtskommen. Kuno stapft schwerfällig dahin, er wiegt den Kopf hin und her wie ein müder alter Mann und Schaumflocken taumeln aus seinem Maul.

»Vater«, sage ich verängstigt, »Vater, schau doch, was ist mit Kuno?«

Mein Vater richtet sich erschrocken auf und packt die Zügel fester. Er schwingt die Peitsche und versucht, Kuno anzutreiben, dieser schnaubt, reißt den Kopf hoch, dass die schwarze Mähne auffliegt und wie eine Fahne durch die Luft weht, macht zwei, drei schnelle Schritte, als wolle er anfangen zu traben, dann lässt er den Kopf wieder fallen und stapft langsam, sehr langsam weiter.

Mein Vater fährt sich mit der Hand durch den Bart und kratzt sich am Kinn. »Wir können heute nicht weiter«, sagt er schließlich. »Der Gaul braucht Ruhe, ich fürchte, wir haben ihn überanstrengt.«

Als wir an einer Wiese vorbeifahren, durch die ein Trampelpfad bis zu einem Wald führt, biegt mein Vater ab. Die Wiese ist weicher als die steinige Straße, das Rumpeln wird leiser, aber der Erdboden ist uneben, unser Wagen schaukelt hin und her wie ein Boot auf der Gera.

Joschua kommt aus dem Wagen gekrochen und setzt sich neben mich auf den Bock. »Was ist los?«, fragt er. »Machen wir schon wieder eine Rast?«

»Das Pferd«, sagt unser Vater und Joschua springt vom Wagen. Er läuft zu Kuno und streicht ihm mit der Hand über den Hals, auf dem sich dunkle Schweißflecken zeigen, auch seine Flanken glänzen feucht.

Joschua dreht sich um. »Kuno braucht Ruhe«, ruft er uns zu. »Unbedingt!«

Nur mit Mühe schaffen wir es bis in den Wald und stehen plötzlich vor einer Felswand, die sich schräg bis zum Waldboden hin absenkt. Das Moos dort ist dunkelgrün und sehr dicht. Ein breiter Streifen vor dem Felsen ist mit Geröll bedeckt, der Platz ist aber groß genug, dass unser Vater den Wagen bequem auf die leicht abschüssige Fläche lenken kann. Joschua und ich suchen große Steine, die wir vor die Räder legen, um ein Wegrollen des Wagens zu verhindern.

Unser Vater spannt Kuno aus und bindet ihn mit dem langen Strick an einem Buchenstamm fest, damit er grasen kann. Er holt den Eimer aus dem Wagen, gießt Wasser aus einem Krug hinein und stellt ihn vor Kuno hin, der gierig anfängt zu saufen. Wir stehen neben ihm und schauen zu. Er sieht magerer aus als an dem Tag, an dem wir Sebastian und Notburga verlassen haben, seine Widerristknochen sind unter dem feuchten Fell deutlich zu erkennen. Unser Vater bringt ihm die Hälfte des Hafers, den wir bei dem Bauern gekauft haben, und befiehlt uns, Gras für ihn zu rupfen. »Wir müssen besser für ihn sorgen«, sagt er bekümmert. »Wir brauchen ihn noch.«

Joschua und ich machen uns daran, Gras auszureißen und vor Kuno hinzulegen. Ich pflücke auch Huflattichblätter für

Knöpfchen, dem es zum Glück sehr gut zu gehen scheint. Wir sind erst erleichtert, als wir sehen, wie friedlich und ruhig Kuno frisst, und als Joschua ihn streichelt, stößt er ein kurzes Wiehern aus.

»Bis morgen wird er sich erholt haben«, meint unser Vater und setzt sich, mit dem Rücken an den Felsen gelehnt, auf einen flachen Stein. Ich lasse mich neben ihm nieder und stelle Knöpfchens Kiste an meine Seite. Wir schauen Joschua zu, der seine Schleuder aus dem Gürtel gezogen hat und mit Steinchen auf Baumstämme zielt.

Plötzlich steht unser Vater auf und nimmt Joschua die Schleuder aus der Hand. »Das musst du anders machen«, sagt er, nimmt ein Hölzchen vom Boden und stellt es auf einen zwanzig, dreißig Schritte entfernten, bemoosten Baumstumpf. Er hebt ein Steinchen auf, spannt die Schleuder und zielt. Ich höre das Steinchen durch die Luft zischen, das Holzstück fällt vom Stumpf. Unser Vater lächelt zufrieden. »So übt man zielen«, sagt er und gibt Joschua die Schleuder zurück.

Joschua wirft ihm einen bewundernden Blick zu, stellt das Holzstück wieder auf den Stumpf und versucht ebenfalls, es zu treffen.

Es ist nicht wirklich kalt. Ich halte Knöpfchen eine Karotte hin. Er setzt sich auf die Hinterbeine, packt die Karotte mit den Vorderpfoten und fängt an zu knabbern. Es sieht lustig aus, wie sich sein Näschen zittrig auf und ab bewegt. Der Himmel ist heller geworden, ab und zu schaut sogar die Sonne heraus, und wir werden für kurze Zeit von ihren Strahlen getroffen, bevor die nächste Wolke an ihr vorbeizieht. Der Wind streicht sanft über unsere Gesichter, nur manchmal wirbelt eine plötzliche Böe raschelndes Laub auf. Es ist so friedlich hier, ich merke, wie ich immer entspannter und gelassener werde. Von mir aus könnten wir noch lange hier an diesem schönen Ort bleiben und Joschua zuschauen, der, wenn er sein Ziel verfehlt, einen enttäuschten Seufzer ausstößt, und begeistert jubelt, wenn er es trifft.

»Er ist wirklich sehr geschickt«, sagt unser Vater, der meinen Bruder nur selten lobt. Ich werfe ihm einen verstohlenen Blick zu. Er hat sich während unserer Reise verändert, er wirkt nicht mehr so streng wie früher, er spricht auch häufiger und wägt seine Worte nicht mehr so sorgfältig ab, wie er es zu Hause getan hat. Ich wundere mich, dass mir das jetzt erst auffällt. Früher, vor unserer Flucht, habe ich seine Schweigsamkeit für selbstverständlich gehalten, für unveränderlich.

»Wo sind wir eigentlich?«, frage ich. »Weißt du, wo wir sind? Wie weit ist es noch bis Polen?«

»So genau weiß ich das auch nicht«, gibt er zu. »Der Wirt, bei dem wir in der vorletzten Nacht geschlafen haben, hat gesagt, bis zur Grenze wären es wohl noch etwa vier, fünf Tagesreisen, vielleicht auch nur drei. Ich denke, wir sind irgendwo zwischen Leipzig und Polen, vermutlich näher an Polen.«

Ich schiebe eine Hand in Knöpfchens Kiste und kraule das weiche Fell zwischen seinen Ohren. Vor mir krabbeln Ameisen über die Steine, eine, die einen Grashalm schleppt, der doppelt so groß ist wie sie, will einen dicken, runden Stein erklimmen, aber sie rutscht immer wieder ab und versucht es aufs Neue. Ich schaue ihr zu. Dann, endlich, merkt sie, dass sie es nicht schafft, und wählt den Weg um den Stein herum, wie ihre Schwestern es tun.

»Worüber denkst du nach?«, fragt mein Vater.

Das hat er mich noch nie gefragt, deshalb wage ich es, die

Frage zu stellen, die mich schon seit Meir Nachums Besuch beschäftigt, seit jenem Abend, an dem die Männer über die große Pestilenz und über die Massaker an Juden gesprochen haben. »Warum geben uns die Christen an allem Unglück die Schuld, an Unwetter, Missernten, Seuchen und was sonst noch an Unheil über die Menschheit kommt?«

Mein Vater beugt sich vor. »Weil wir Juden sind«, sagt er, »weil wir nicht glauben, dass ihr Christus Gottes Sohn war, wie sie behaupten. Weil wir auf die Ankunft des Messias warten, den uns unsere Väter versprochen haben. Sie sagen, wir hätten ihren Christus ans Kreuz geschlagen und dafür müssten wir büßen.«

»Aber das ist doch so lange her«, wende ich ein.

»Das ist ihnen egal. Sie sind überzeugt, dass wir uns niemals von dieser Schuld reinwaschen können. In jeder Generation werfen sie es uns vor, immer wieder. Das ist es, was ihre Priester in der Kirche predigen, und das ist es, was sie glauben. So ist es immer gewesen und so wird es bleiben. Sie nehmen uns übel, dass wir an der Thora und dem Glauben unserer Väter festhalten. Und sie sind viele, wir wenige. Wir leben in der Diaspora, sie haben die Macht.«

Er lehnt sich zurück und schließt die Augen, sein Atem wird ruhig und gleichmäßig. Ich baue aus Steinchen, die von der Geröllhalde heruntergerollt sind, einen kleinen Turm. Ein Vogel fliegt dicht an mir vorbei und verschwindet in einem nahen Busch, ich schaue ihm hinterher und denke über die Worte meines Vaters nach.

Joschua kommt angerannt und zeigt mir einen grün schillernden Käfer mit großen Zangen. »Schau nur«, sagt er, »ist er nicht wunderschön?«

Ich finde das eigentlich nicht, mir kommt er unheimlich vor. Wenn er größer wäre, würde er mir Angst machen. Aber ich nicke zustimmend, um ihn nicht zu enttäuschen.

»Ich bringe ihn wieder zurück«, sagt Joschua und verschwindet.

Plötzlich fängt mein Vater wieder an zu sprechen, als hätte er nicht eben noch ein wenig geschlafen. Er erzählt vom Geldhandel, auch das hat er nie zuvor gemacht. »Bankiers sind nur wir Juden«, erklärt er, »Christen dürfen aus religiösen Gründen kein Geld gegen Zinsen verleihen.«

Er schweigt, doch als ich schon glaube, das war's, er wird nichts mehr sagen, spricht er doch weiter: »Auch Juden dürfen von ihren Brüdern keine Zinsen nehmen, denn es steht geschrieben: *Wenn du Geld verleihst an einen aus meinem Volk, an einen Armen neben dir, so sollst du an ihm nicht wie ein Wucherer handeln; du sollst keinerlei Zins von ihm nehmen.* Aber wir Juden müssen Geld verleihen, das ist Teil der Abmachung, die wir mit unserem Schutzherrn getroffen haben. Auch das ist ein Grund, warum reiche Juden gefährlich leben. Oft werden sie nur deshalb erschlagen oder vertrieben, weil die Christen ihre jüdischen Gläubiger loswerden wollen. Wegen der Not, die im Land herrscht, haben sich viele bei uns Juden verschuldet. Ausschreitungen sind dann eine einfache Lösung: Wenn sie, die Schuldner, die Juden loswerden, sind sie zugleich ihre Gläubiger los. So einfach ist das. Nur der Schutzbrief bewahrt uns davor. Ohne das Schutzgeld, das wir dem Erzbischof von Mainz jedes Jahr bezahlen, wären wir in ständiger Gefahr.«

»Aber wir leben doch nach dem Gesetz«, wende ich ein, »wir tun doch nichts Unrechtes.«

»Ja«, sagt mein Vater. »Wir bemühen uns, die Gebote der

Thora einzuhalten.« Er schaut mich ernst und eindringlich an und legt seine Hand auf meine. Ich unterbreche das Spiel mit den kleinen Steinen und halte ganz still. »Höre, Tochter, was König David gesagt hat.« Er spricht den Text in der heiligen Sprache, von der ich aber nur ab und zu ein Wort verstehe. Mein Vater ist ein gebildeter Mann, und als er meinen hilflosen Blick sieht, übersetzt er die Worte König Davids für mich. *»Herr, wer darf weilen in deinem Zelt? Wer untadelig lebt und tut, was recht ist, und die Wahrheit redet von Herzen, wer mit seiner Zunge nicht verleumdet, wer seinem Nächsten nichts Arges tut und seinen Nachbarn nicht schmäht; wer die Verworfenen für nichts achtet, aber ehrt die Gottesfürchtigen; wer seinen Eid hält, auch wenn es ihm schadet; wer sein Geld nicht auf Zinsen gibt und nimmt nicht Geschenke wider den Unschuldigen. Wer das tut, wird nimmermehr wanken.«*

Ich denke lange über diese Worte nach und versuche sie mir einzuprägen. *Wer untadelig lebt und tut, was recht ist … wer die Wahrheit redet von Herzen … wer seinem Nächsten nichts Arges tut …*

Plötzlich bin ich so traurig, dass ich weinen könnte. Ich hole Knöpfchen aus seiner Kiste, nehme ihn auf den Schoß und streichle ihn. Sein Fell ist weich, so weich, ich bohre mein Gesicht hinein und denke an alle, die ich lange nicht mehr sehen werde, vielleicht nie wieder, ich denke an Agatha, an Burkhard, an Mirjam, an Notburga, an Urselchen. *Wer seinem Nächsten nichts Arges tut …*

Als die Sonne im Westen, wo Erfurt liegen muss, schon langsam sinkt, suchen wir Reisig und Holz und bereiten da, wo die Steine sich im Waldboden verlieren, eine Feuerstelle vor. Ich möchte heute Abend eine Suppe aus dem Gemüse kochen und darin kleine Klöße garen, die ich aus Eiern und unserem Rest Mehl formen werde.

Joschua kümmert sich um das Feuer, das Reisig knistert, Funken sprühen und bald züngeln die ersten Flämmchen. Unser Vater legt die größeren Holzstücke auf einen Baumstumpf und zerhackt sie mit dem Beil, das Sebastian uns vorsorglich mitgegeben hat. Ich hole den Dreifuß und den irdenen Topf aus dem Wagen. Doch als ich den zweiten Wasserkrug anhebe, stelle ich fest, dass er leer ist.

»Wir haben kein Wasser mehr für die Suppe«, sage ich.

Unser Vater legt das Beil zur Seite und nimmt mir den Krug aus der Hand. »Ich gehe hinunter zum Bach neben der Hohen Straße«, sagt er, »und hole Wasser.«

»Soll ich mitgehen?«, fragt Joschua.

Unser Vater schüttelt den Kopf. »Nein«, sagt er. »Du passt auf das Feuer und auf deine Schwester auf.«

Wir schauen ihm nach.

Als er zwischen den Bäumen verschwunden ist, dreht Joschua sich zu mir um. »Woher kann er das alles?«, fragt er erstaunt. »Ich meine, mit Pferd und Wagen umgehen, Holz hacken, mit der Schleuder treffen, als hätte er so etwas tagtäglich getan? Dabei hat er doch immer nur in seiner Stube gesessen.«

»Burkhard hat gesagt, dass er viel gereist ist, als unsere Mutter noch am Leben war.«

»Aber die Schleuder …«, sagt Joschua zweifelnd.

»Er war einmal ein Knabe wie du«, erkläre ich und mache mich daran, den Sellerie, die Karotten und die Rüben in kleine Stücke zu hacken.

Wir warten. Allmählich sinkt die Dämmerung herab und unser Vater ist immer noch nicht zurückgekommen. Aus dem

Wald dringen die Rufe von Nachtvögeln. »Wo bleibt er nur?«, fragt Joschua beunruhigt, springt auf und macht ein paar Schritte Richtung Waldrand. »Nichts«, sagt er, als er zurückkommt, und ich höre eine aufkeimende Angst in seiner Stimme. Auch in mir kriecht ein ungutes Gefühl hoch, mir wird kalt, obwohl wir doch am Feuer sitzen. Ich bringe Knöpfchen zurück in den Wagen und hole mir eine Schafwolldecke.

Joschua rückt näher zu mir, bis wir am Ende beide, dicht nebeneinander und eng umschlungen, unter der Schafwolldecke sitzen. »Sollen wir ihn nicht suchen gehen?«, fragt er mit erstickter Stimme.

»Ich weiß auch nicht, was wir tun sollen«, gebe ich zu. »Was ist, wenn wir uns in der Dunkelheit verlaufen? Oder wenn er inzwischen zurückkommt, uns nicht vorfindet und wieder losläuft, um uns zu suchen?«

Wir schmiegen uns so fest aneinander, wie wir es nie getan haben. Auf dieser Reise passieren uns so viele Dinge zum ersten Mal, denke ich, und es ist nicht nur Schönes.

Das Feuer flackert nur noch ganz leicht, ich starre in die Flammen und sehe, wie die rote Glut langsam zu weißer Asche zerfällt, dann wird sie grau und verschmilzt mit dem Grau der Steine, bis ich sie nicht mehr erkennen kann, nur noch vereinzelte Funken, die wie Glühwürmchen auffliegen und gleich wieder erlöschen. Um uns herum hören wir das Rascheln kleiner Tiere, die sich im Schutz der Dunkelheit auf Nahrungssuche begeben.

Es ist eine stockdunkle Nacht. Aber ich weine nicht. Meine Angst ist so groß, dass sie sich nicht in Tränen auflöst.

17 Babuschka

Es war in den Herbstferien, da stand ich vor dem Haus. *Dr. Tschernowitzer, 3. Stock.* Die schwarzen Buchstaben sahen streng und abweisend aus. Ich warf einen Blick auf meine Armbanduhr. Zwei Minuten vor vier. Ich beschloss, noch ein bisschen zu warten, um nicht übereifrig zu wirken.

Sie hatte mich zum Tee eingeladen, Alexejs Großmutter, die Babuschka. Sogar ausdrücklich mit Herrn Schneider. Den hatte ich vorher noch gebürstet, damit er nicht so viel haarte. Ich hatte mir sogar überlegt, ob ich ihm eine Schleife umbinden sollte, wie meine Oma es früher an Weihnachten immer getan hatte, diese Idee aber als albern verworfen. Auch mich selbst hatte ich gebürstet und frisch angezogen, Jeans und eine weiße Bluse, und um ein bisschen hübscher auszusehen, hatte ich mir eine Kette von meiner Mutter geliehen, eine mit kleinen runden Silberplatten und dazwischen Korallen, nicht auffallend, eher Understatement, wie es ihr Stil war. In der einen Hand hielt ich die Leine, in der anderen einen Strauß Astern.

»Nicht zu protzig«, hatte meine Mutter gesagt, »auf keinen Fall Rosen, die passen weder zum Anlass noch zu deinem Alter. Ein selbst gepflückter Strauß Wiesenblumen wäre natürlich am besten, aber jetzt blüht ja nichts mehr.« Sie hatte sich an der Schläfe gekratzt, was sie immer tat, wenn sie nachdachte, und dann gesagt: »Astern, nimm bunte Astern, und ja keinen zu großen Strauß.«

Da stand ich also, und das Papier, in das die Astern eingewickelt waren, weichte auf, sei es nun durch die feuchten Stängel oder weil ich schwitzte. Ich nahm die Blumen in die linke Hand, die mit der Leine, und trocknete meine rechte an der Hose ab, bevor ich auf den Klingelknopf drückte. Sofort erklang der Summer. Ich fuhr mit dem Aufzug hinauf, um Herrn Schneider das Treppensteigen zu ersparen. Alexej und Danila standen in der offenen Tür. Alexej lächelte verlegen, und Danila stürzte mit ausgebreiteten Armen auf Herrn Schneider los, der sich sofort auf den Rücken warf und vor Begeisterung zu jaulen und zu winseln begann. Danila nahm mir die Leine aus der Hand und ab da waren die beiden erst einmal in ihrem Zimmer verschwunden.

Alexej führte mich durch den Flur ins Wohnzimmer. Alles sah ganz anders aus als bei uns. Wir hatten helle Holzmöbel mit ein paar alten Möbelstücken aus der Wohnung meiner Oma, die Vitrine, einen Ohrensessel, in dem meine Mutter beim Fernsehen saß, und einen alten gedrechselten Teewagen, und in meinem Zimmer stand ihr Schreibtisch, an dem ich schon als kleines Kind oft gesessen und gezeichnet hatte. Ich fand unsere Wohnung eigentlich ganz schön, aber so richtig durchgestylt war sie nicht. Die Wohnung der Tschernowitzers war modern, die weißen Möbelstücke hätten im Schaufenster eines eleganten Einrichtungshauses stehen können, sogar das Klavier war weiß. Das Sofa und die Sessel, in die wir uns setzten, waren kornblumenblau bezogen, an der Wand hing ein Bild, das an Miró erinnerte, aber kein Miró war, dazu Teppiche und Sofakissen in Grün und Blau und Sonnengelb. Der Esstisch neben einer Tür, die vermutlich in die Küche führte, war für vier Leute gedeckt.

Es war eine schöne Wohnung, zu der, wenigstens auf den ersten Blick, die schwarz gekleidete Frau, die nun aus der Küche kam, nicht zu passen schien. Sie stellte ein Tablett mit einer Teekanne und einer Kuchenplatte auf den Tisch, bevor sie sich zu uns umdrehte. Sie erinnerte mich an meine eigene Oma, rundlich, vollbusig, mit einem faltigen Gesicht, das von grauen, fast weißen Locken umrahmt war.

»Guten Tag, Laura, herzlich willkommen«, sagte sie mit einer auffallend rauen Stimme. Sie sprach Deutsch mit einem leichten Akzent. Heute weiß ich, dass man der ganzen Familie, außer Alexej und Danila, die russische Herkunft anhört.

Ich sprang auf und hielt ihr den Blumenstrauß hin. Sie bedankte sich, stellte die Blumen in eine Glasvase und die Vase auf den Couchtisch. »Was für schöne Blumen«, sagte sie, und ich bedankte mich im Stillen bei meiner Mutter, weil sie auf die Idee mit den bunten Astern gekommen war, die Farben passten hervorragend in dieses Zimmer.

Dann saßen wir zu viert um den Esstisch, tranken süßen Tee aus Gläsern und aßen Käsekuchen mit Rosinen, der ausgezeichnet schmeckte. »Ich habe dir ja gesagt, Babuschka ist die beste Köchin der Welt«, sagte Alexej, und Danila fragte, ob sie Herrn Schneider auch ein Stück Kuchen geben dürfe. Er lag neben ihrem Stuhl und hob gierig den Kopf, als er seinen Namen hörte. Ich nickte und Danila rutschte vom Stuhl und fütterte Herrn Schneider bröckchenweise mit einem Stück Kuchen. Er schmatzte laut, und sie pickte ordentlich die Krümel auf, die ihm aus der Schnauze fielen.

Babuschka erkundigte sich nach der Schule, nach meiner Mutter, und wollte wissen, wo wir wohnten. Ich beantwortete bereitwillig ihre Fragen. Eigentlich erwartete ich, dass sie auch nach meinem Vater fragen würde, und überlegte mir schon, welche meiner üblichen Antworten ich geben würde, aber das tat sie nicht. Stattdessen fing sie mit dem Wetter an und was für ein schöner Sommer das doch gewesen sei. Ich erzählte von unserem Urlaub auf Kreta, und Danila rief dazwischen, sie seien in den Ferien in Israel gewesen und sie habe endlich richtig schwimmen gelernt.

»Du bist also eine gute Schülerin«, sagte Babuschka, »das ist sehr schön. Und was machst du sonst noch, ich meine in deiner Freizeit?«

»Ich gehe mit meinem Hund spazieren«, antwortete ich. »Und außerdem zeichne ich sehr viel.«

Babuschka lächelte mich freundlich an. »Was für ein interessantes Hobby.«

Ich wollte gerade sagen, dass es für mich mehr als ein Hobby ist, da mischte sich Alexej ein.

»Babuschka, Laura zeichnet die Geschichte des Erfurter Goldschatzes.«

Das Lächeln auf dem Gesicht der alten Frau erlosch, auf einmal sah sie kühl und ablehnend aus. »Ich habe den Schatz noch nie gesehen«, sagte sie. Was mich sehr verblüffte, denn ich hätte geschworen, dass jeder Erfurter diesen Schatz kannte, schließlich gab es kaum eine Möglichkeit, ihm auszuweichen.

»Ich habe den Schatz noch nie gesehen«, wiederholte sie, »und ich will ihn auch nicht sehen.«

»Aber es ist doch ein historisch bedeutsamer Fund«, wandte ich ein, »eine Sensation! Erfurt hat damit eine echte Attraktion.«

»Ach ja?«, sagte Babuschka. »Eine Attraktion? Und was ist mit dem Juden, dem der Schatz einmal gehört hat?«

»Das ist es ja gerade«, sagte ich. »Der Schatz ist ein weiterer Beweis für die jüdische Geschichte der Stadt, die mittelalterliche jüdische Geschichte.«

»Ein Beweis für die mittelalterliche jüdische Geschichte der Stadt also«, wiederholte sie meine Worte, und in ihrer Stimme lag so etwas wie Hohn und Verachtung, nicht viel, aber spürbar. »Und was weißt du davon? Was weiß die Stadt davon?«

Ich zuckte mit den Schultern.

»Das ist genau das, was ich meine«, sagte sie, »es geht nur um den Schatz und den Profit, den man davon hat. Ich will mit alldem nichts zu tun haben. Allein der Gedanke daran macht mich traurig und wütend.« Sie presste die Lippen zusammen, stand auf und ging zum Sofa, aufrechter und steifer als vorher, mit seltsam kantigen Bewegungen. Von ihrer gutmütigen, großmütterlichen Freundlichkeit war nichts mehr übrig.

Ich war mal wieder in eine Falle getappt, in einen Fettnapf, von dessen Existenz ich nichts geahnt hatte, und dabei hatte ich nur die Worte wiederholt, die ich von meiner Mutter so oft gehört hatte.

Danila verzog sich mit Herrn Schneider in ihr Zimmer, und Alexej machte sich unaufgefordert daran, den Tisch abzuräumen. Ich wollte ihm helfen, aber die alte Frau rief mich zu sich und deutete auf den Sessel gegenüber dem Sofa. Folgsam setzte ich mich hin. Ich wusste nicht, was ich sagen sollte, sie sah so abweisend aus. Aber einfach aufzustehen und Alexej in die Küche zu folgen, wagte ich auch nicht. Ihr Blick schien mich an meinen Platz zu fesseln.

Eine ganze Weile lang herrschte ein unangenehmes Schweigen, ich hatte Herzklopfen und spürte, wie meine Hände feucht wurden. Es war wie früher, wenn meine Oma böse auf mich war und zu einer Strafpredigt ansetzte.

Plötzlich unterbrach Babuschka das Schweigen. »Willst du hören, warum ich den Schatz nicht sehen will?«, fragte sie mit einer Stimme, die weniger abweisend war als ihr Gesichtsausdruck.

Ich nickte und sagte »gern«, obwohl ich mir gar nicht so sicher war, ob ich es wirklich hören wollte, aber besser als dieses angespannte Schweigen war es allemal.

Aus der offenen Küchentür drang das Klappern von Geschirr, das Alexej vermutlich in die Spülmaschine räumte, und aus dem Flur kam Danilas Stimme, die »Sitz, Herr Schneider!« rief, »Gib Pfote!«, und dann »Braver Hund!«.

»Meine Familie stammt aus Breslau«, fing Babuschka an. »Sie waren alteingesessene, assimilierte Juden, die sich kaum mehr als Juden fühlten, sondern als Deutsche. Sie waren recht wohlhabend und besaßen ein Stoffgeschäft. Keine Billigware, sondern kostbare Stoffe, Brokat, Seide, Samt, Tuche aus England, Tüll und so weiter. Ich habe das alles nie gesehen, aber meine Eltern haben mir das Geschäft und auch ihre Wohnung als gediegen und prachtvoll beschrieben. Es ging ihnen gut.

Das änderte sich 1933, als die Nazis an die Macht kamen. Für Juden wurde die Situation immer schwieriger. Auch das Geschäft meiner Eltern ging jetzt schlecht, weil überall die Schilder *Kauft nicht bei Juden!* auftauchten. Deshalb beschlossen sie 1935, aus Deutschland zu emigrieren. Palästina kam für sie nicht infrage, sie waren nicht besonders gläubig und alles andere als Zionisten und nach Amerika oder England hatten sie keine Beziehungen. Das war der Grund, weshalb sie sich für die Sowjetunion entschieden, immerhin lebte in Moskau eine Kusine meiner Mutter. Sie bereiteten ihre Flucht gut vor, verkauften alles, was zu veräußern war, und legten den Gewinn in Gold an. Einen Teil bestimmten sie für die Reise in die Sowjetunion, den weitaus größeren Teil versteckten sie. Wie die meisten Juden waren sie überzeugt, dass ›der Spuk‹, wie sie es nannten, bald vorbei sein würde und sie zurückkehren könnten. Als Versteck für ihr Gold wählten sie das Grab meines Urgroßvaters Naftali Kohn. Bei Nacht und Nebel gruben sie neben dem Grabstein ein Loch und versteckten dort eine Metallkiste mit Gold und Schmuck.«

Die letzten Worte hatte sie sehr leise gesprochen, jetzt schaute sie mich an. »Verstehst du, was ich meine, Laura?«

Natürlich verstand ich, was sie meinte. Der Erfurter Goldschatz war vielleicht der erste gewesen, den Juden in ihrer Not versteckt hatten, aber bestimmt nicht der letzte. Ich senkte den Kopf und ballte die Hände so fest, dass sich mir die Nägel in die Handballen drückten.

Babuschkas Stimme klang jetzt sachlicher. »Dann fuhren meine Eltern nach Moskau, angeblich um Henny, die Cousine meiner Mutter, zu besuchen. Aber in Russland kam alles anders. Henny war nicht mehr in Moskau, sie war mit ihrer Familie nach Birobidschan umgesiedelt, ein Gebiet im Fernen Osten, an der Grenze zu China, wo Stalin den Juden eine eigene Jüdische Autonome Region versprochen hatte. Dort lebte sie in einer Kolchose. Meine Eltern reizte es nicht, nur unter Juden zu leben, und Landarbeit konnten sie sich überhaupt nicht vorstellen, also blieben sie ein paar Jahre in Moskau. Dort wurde ich geboren. Aber auch in der Sowjetunion gab es einen massiven, immer stärker werdenden Antisemitismus, besonders als die Deutschen 1941 den Russlandfeldzug begannen. Meine Eltern, die vor Hitler geflohen waren, fühlten sich in der Stadt nicht mehr sicher und zogen weiter ins Landesinnere, Richtung Ural, und landeten schließlich in dem Städtchen Beresniki. Inzwischen hatten sie auch ihr Geld aufgezehrt, und mein Vater war froh, dass er eine Arbeit im dortigen Bergbau bekam, bei der Kalisalzförderung.« Sie machte eine Pause, bevor sie weitersprach: »In Beresniki ist er gestorben, drei Jahre nach Kriegsende, ich war zehn Jahre alt.«

Sie wischte sich mit der Hand über die Augen, und ich sah sie plötzlich vor mir, ein Mädchen, kaum älter als Danila, und ich dachte daran, wie ich mich nach dem Tod meiner Oma gefühlt hatte. Es fiel mir schwer, ihr weiter zuzuhören, obwohl ich damals noch nicht ahnte, dass mich ihre Geschichte nicht mehr loslassen würde.

»Mein Vater war ein eher schmächtiger Mann, die Arbeit war viel zu schwer für ihn. In meiner Erinnerung hat er immer nur gehustet, jedes Gespräch mit ihm wurde von Hustenanfällen unterbrochen.« Sie schwieg einen Moment, wischte sich wieder über die Augen. »Bis heute wache ich manchmal nachts auf und meine, ihn husten zu hören«, sagte sie leise, bevor sie mit normaler Stimme fortfuhr. »In meiner Erinnerung haben meine Eltern jeden Abend lange Gespräche geführt, auf Deutsch natürlich, ich habe mit meinen Eltern immer Deutsch gesprochen, auch wenn wir außerhalb unserer Wohnung nur Russisch sprachen. In diesen Gesprächen ging es regelmäßig darum, wie sich unser Leben ändern würde, wenn wir endlich nach Breslau fahren und unseren Schatz ausgraben könnten. Und mir versprachen sie das Blaue vom Himmel, ich könnte ins Gymnasium gehen, ich könnte studieren, ich hätte alles, was ich mir wünschen würde. Und jedes Mal schärften sie mir die Lage des Schatzes ein, rechts neben dem Grabstein meines Urgroßvaters Naftali Kohn.«

Alexej kam aus der Küche. Sein Gesicht war ernst. Er hat zugehört, dachte ich, und er ist genauso betroffen wie ich, auch wenn er diese Geschichte bestimmt kennt. Er wich meinen Blicken aus, als er sich neben seine Großmutter setzte, ihre Hand nahm und sie streichelte.

Sie atmete schwer, bevor sie weitersprach. »Nach seinem Tod zog meine Mutter mit mir wieder nach Moskau, wo sie als Krankenschwester eine Arbeit fand. Ich fing nach der Schule ebenfalls an, im Krankenhaus zu arbeiten. Mit zwanzig lernte ich Nikolai kennen, Koljas und Aljoschas Vater.« Sie fuhr Alexej über die Haare. »Und natürlich Alexejs Großvater. Wir heirateten und bekamen zwei Söhne. Den Schatz erwähnte ich nicht, weder meinem Mann noch meinen Söhnen gegenüber, denn ich wollte nicht, dass ihr Leben nur aus Hoffnung und Erwartung und ständiger Unzufriedenheit bestehen sollte, so wie meines, ich wollte, dass sie unbeschwert aufwuchsen. Nur wenn ich mit meiner Mutter allein war, sprachen wir darüber und malten uns aus, wie gut es uns gehen würde. Dann starb auch meine Mutter.«

»Warum erzählst du das, Babuschka?«, fragte Alexej und legte den Kopf an ihre Schulter. »Du weißt doch, dass es dich aufregt, davon zu sprechen.« Sie umarmte ihn und drückte ihn fest an sich. Einen Moment lang sahen sie aus wie eine mittelalterliche Skulptur, eine Pietà. Die beiden gehören zusammen, dachte ich, sie sind eine Familie. Ich konnte mich nicht erinnern, wann meine Mutter mich so umarmt hatte. Ob sie es überhaupt je getan hatte. Ein Gefühl stieg in mir auf, das ich erst viel später als Neid erkannte.

»Laura soll wissen, dass Juden und ein versteckter Schatz etwas ist, was nicht nur mit dem Mittelalter zu tun hat, die Versuche von Juden, bei Pogromen ihren Besitz vor Raub und Plünderung zu bewahren, setzen sich durch die ganze Geschichte fort.« Es klang, als würde sie Alexejs Frage beantworten, doch sie sah bei ihren Worten nur mich an.

Ich senkte den Kopf und hob ihn erst wieder, als sie weitererzählte.

»Ich versuchte, den Gedanken an das Gold wegzuschieben, weil ich keine Möglichkeit sah, nach Breslau zu fahren. Doch in den Neunzigerjahren wanderte Nikolai, mein geschiedener Mann, nach Israel aus und nahm Kolja, unseren jüngsten Sohn, mit. Und Aljoscha, der inzwischen sein Studium beendet und Irina geheiratet hatte, wollte auch nicht mehr in Russland bleiben, er plante die Auswanderung nach Deutschland, selbst wenn ein Neuanfang sicher nicht leicht sein würde. Erst da, um ihnen die Angst vor der Zukunft zu nehmen, erzählte ich Aljoscha und Irina von dem versteckten Schatz.«

Wieder machte sie eine Pause, es fiel ihr sichtlich schwer, weiterzusprechen, und mich beschlich ein ungutes Gefühl, eine Vorahnung. Am liebsten hätte ich gesagt: Bitte, erzählen Sie nicht weiter. Aber natürlich sagte ich das nicht, und sie fuhr fort: »Aljoscha und Irina waren ganz außer sich darüber, dass wir in der fremden alten Heimat nicht mit leeren Händen dastehen würden. Auf dem Weg nach Deutschland fuhren wir über Breslau. Der Friedhof war beeindruckend, sehr groß, mit schönen alten Bäumen, wir waren ganz ergriffen von der Ruhe und der Würde, die er ausstrahlte. Aber wir sahen auch viele zerbrochene, umgeworfene und beschädigte Grabsteine. Der Friedhofswärter, ein alter polnischer Jude, ein KZ-Überlebender, half uns, das Grab meines Urgroßvaters zu finden, und blieb einfach stehen, auch als wir anfingen zu graben, erst langsam und vorsichtig, dann immer hektischer. Wir fanden nichts. Gar nichts. Keine Kiste, nur Erde.

›Ihr sucht vergebens‹, sagte der alte Mann traurig. ›Die Polen haben viele Gräber verwüstet, um die Schätze zu finden, die die Juden vielleicht versteckt haben könnten. Sie haben den ganzen Friedhof geschändet. Und die Einschläge, die ihr in den Grabsteinen seht, stammen von polnischen Soldaten, die nach dem Krieg dort drüben, in dem alten jüdischen Knabengymnasium, stationiert waren, sie haben Schießübungen gemacht und auf die jüdischen Grabsteine gezielt.‹«

Ich sah sie vor mir, Babuschka, ihren Sohn und ihre Schwiegertochter, wie sie mit den Händen die Erde durchwühlten und nicht glauben wollten, dass sie nichts finden würden. Dass ihre Hoffnungen und Erwartungen vergeblich gewesen waren. Ich konnte ihre Enttäuschung deutlich fühlen, spürte, wie sie sich auch in mir ausbreitete.

»Der Schatz war weg, gestohlen, geplündert. Bedrückt kehrten wir ins Hotel zurück und sprachen nicht mehr darüber. Wir trauten uns einfach nicht. Ob Aljoscha und Irina darüber sprachen, weiß ich nicht, ich habe sie nie danach gefragt. Erst als sie in Berlin Fuß gefasst hatten, als Aljoscha eine Stelle an der Universität bekommen und Irina ihr Studium beendet hatte, gaben sie zu, wie enttäuscht sie gewesen waren. Das war aber nichts gegen meine Enttäuschung. Meine ganze Kindheit, meine Jugend und mein Leben als erwachsene Frau hindurch hatte mir der Schatz wie ein leuchtendes Ziel vor Augen gestanden, als Versprechen, als Lohn, der uns für unser hartes Leben und all die Entbehrungen entschädigen würde.«

»Babuschka«, sagte Alexej und gab ihr einen Kuss, »Babuschka, es geht uns gut, auch ohne Schatz.«

Sie wehrte ihn ab. »Das verstehst du nicht«, sagte sie, »du hast das alles nicht mitgemacht.«

»Frau Tschernowitzer«, fing ich an, ich wollte sagen, wie leid mir das alles tue, aber sie unterbrach mich. »Das war's, jetzt weißt du, was es mit jüdischen Schätzen auf sich hat. Es steckt immer eine Geschichte dahinter, und selten eine, die gut ausgeht.«

Sie stand auf, ging mit steifen, marionettenartigen Schritten zu einem Wandschrank, holte ein Glas und eine Flasche heraus und goss sich etwas ein. »Manchmal ist ein Glas Wodka gut gegen das Elend der Welt«, sagte sie. »Und jetzt genug von den alten Geschichten, ich gehe in die Küche. Lasst euch durch mich nicht stören.«

Ich folgte Alexej in sein Zimmer. »Sie kommt einfach nicht drüber hinweg«, sagte er, nachdem er die Tür geschlossen hatte. »Sie tut mir so leid. Ich glaube, sie erträgt es nur schlecht, dass sie nach einem Leben voller Arbeit kein eigenes Geld hat. Was sie vom Staat bekommt, reicht hinten und vorn nicht. Manchmal sagt sie zu meinen Eltern: ›Es ist nicht richtig, dass ich euch auf der Tasche liege.‹ Dabei sind wir alle glücklich, dass wir sie haben, meine Eltern hätten es ohne sie nicht so weit gebracht. Aber sie verwindet den verlorenen Goldschatz einfach nicht. Sie kommt über ihre Enttäuschung nicht hinweg.«

Wir saßen nebeneinander auf seinem Bett, berührten uns aber nicht. Ich war verwirrt, wusste nicht, was ich sagen sollte, durch meinen Kopf schwirrten die Gedanken wie welke Blätter in einem Herbststurm, ich war noch immer gefangen in Babuschkas Geschichte, der Geschichte von Alexejs Großmutter. Auf einmal kam er mir fremd vor, obwohl er deutsch sprach wie ich und auch nicht irgendwie auffallend aussah, nicht anders als die anderen Menschen, die ich kannte. Trotzdem war er anders. Es war, als hätte sich zwischen uns eine Kluft aufgetan. Als wäre er nicht mehr der Alexej, den ich kannte, sondern Alexej, der Enkel seiner Großmutter. Und ich die Enkelin von meiner.

Als wäre es meine Schuld, dass sich die Hoffnungen seiner Großmutter nicht erfüllt hatten.

18 *Große Steine*

Etwas krabbelt über meine Hand, im ersten Morgengrauen erkenne ich eine fette Spinne, die sich staksig über meinen Unterarm bewegt. Ich schüttle sie erschrocken ab. Sie taumelt durch die Luft und landet neben mir im Gras. Ich streiche mir über die Haare, die feucht sind vom Tau, dann hebe ich den Kopf, stütze mich mit den Ellenbogen nach hinten ab und schaue mich um. Im ersten Augenblick weiß ich nicht, wo ich bin und warum ich auf der nackten Erde liege. Ein Schauer läuft mir über den Rücken, die feuchte Kälte ist mir durch Kittel und Beinkleider bis auf die Haut gedrungen. Zwischen den Bäumen hängt noch ein dünner Nebel, der sich jetzt, im ersten Morgenlicht, langsam auflöst. Irgendwo im Wald kollert ein Auerhahn, ein anderer antwortet.

Neben mir, unter der Schafwolldecke, liegt Joschua. Er hat sich auf der Seite zusammengerollt, den einen Arm angewinkelt unter den Kopf geschoben, den anderen hat er um meine Hüfte gelegt. Sein Griff wird noch fester, als ich versuche, von ihm abzurücken, er stöhnt im Schlaf und schiebt die Unterlippe vor, als würde er getadelt.

Und plötzlich weiß ich, wo ich bin und warum ich auf der nackten Erde liege, die Erkenntnis trifft mich wie ein Schlag und vertreibt mir den letzten Rest Schläfrigkeit aus dem Körper. Wir haben auf unseren Vater gewartet und müssen eingeschlafen sein. Er ist nicht zurückgekommen, sonst hätte er uns geweckt. Wir sind allein. Die Dämmerung kriecht in meine Seele und wird auch nicht durch das zarte Rosa erhellt, das sich am Osthimmel zeigt.

Mühsam befreie ich mich aus Joschuas Umklammerung und richte mich auf. Das Feuer ist zwar erloschen, trotzdem habe ich noch den Rauchgeruch in der Nase. Vom Wald herüber höre ich ein dumpfes Knurren, ich erschrecke und schaue zu Kuno hinüber, er hat sich zum Schlafen hingelegt und sieht friedlich aus. Vielleicht stammt das Knurren von einem Fuchs oder einem Luchs, jedenfalls muss es, dem lauten Geräusch nach, ein größeres Tier sein. An einen Wolf möchte ich lieber nicht denken.

Ich berühre Joschua an der Schulter. »Joschua«, sage ich leise. Er schüttelt im Schlaf meine Hand ab und dreht sich auf die andere Seite. »Joschua, aufwachen!«, sage ich jetzt lauter und rüttle ihn. »Wir müssen Vater suchen.«

Er dreht sich wieder zu mir und starrt mich an, einen Moment lang ist er noch in seiner Schlafwelt gefangen, dann versteht er, seine Augen weiten sich, sein Mund öffnet sich wie zu einem lautlosen Schrei. Er springt auf, die Schafwolldecke rutscht ihm von der Schulter, fällt zu Boden und bleibt wie ein verendetes Tier liegen.

Joschua läuft zum Wagen hinüber und reißt die Plane hoch. Er reckt sich, um ins Innere zu schauen. Eine kleine Hoffnung flackert in mir auf, vielleicht ist unser Vater ja doch zurückgekommen und schläft im Wagen. Doch als ich sehe, wie Joschua zusammensackt und die Plane fallen lässt, weiß ich, dass es eine vergebliche Hoffnung war. Zögernd gehe ich zu ihm hinüber und schaue hinein. Der Wagen ist leer, nur Knöpfchen ist wach, ich höre ihn in seiner Kiste scharren.

Joschua schaut mich an, verwirrt, fassungslos, unglücklich. Er greift nach meiner Hand und klammert sich verzweifelt an ihr fest. Hand in Hand, wie früher, als wir noch kleine Kinder waren, gehen wir ratlos um den Wagen herum, umkreisen den Felsen, versuchen zu verstehen, zu entscheiden, was zu tun ist. Unsere Kreise werden größer, bald erreichen wir den Waldrand. Vor uns erstreckt sich die Wiese bis hinunter zur Hohen Straße. Zögernd, fast widerwillig, gehen wir weiter, den Pfad entlang, den wir gestern heraufgefahren sind. Den Pfad, den unser Vater am Abend nehmen wollte, um Wasser für die Suppe zu holen.

Noch immer Hand in Hand, gehen wir weiter durch das taunasse Gras. Wir reden nicht, was hätten wir auch sagen sollen, wir setzen einen Fuß vor den anderen, unsicher wie Schlafwandler, wie in einem Traum, einem bösen Traum. Im Osten färbt sich der Himmel rot. Als wir die Straße erreichen, bleiben wir stehen. So früh am Morgen ist weit und breit kein Mensch zu sehen.

Ich will die Straße überqueren, aber Joschua hält mich zurück. »Und wenn er ohne uns weitergezogen ist?«, fragt er. »Wenn er gedacht hat, wir seien nur eine Last und er käme ohne uns besser voran?«

Ich drücke seine Hand. »Dummerchen«, sage ich, wie Agatha es immer tut, wenn er etwas Törichtes sagt. »Das würde er nie tun, er ist unser Vater, er würde uns nie im Stich lassen, und das weißt du auch.«

In der Ferne sehen wir einen Reiter auf uns zukommen, wir warten, bis er vorbei ist, dann überqueren wir die Straße, bahnen uns einen Weg durch das Gebüsch auf der anderen Seite und rutschen die Böschung hinunter zum Bach.

Und da sehen wir ihn.

Er liegt auf dem Rücken im Bachbett, das hier nicht sehr tief ist, und ist nackt bis aufs Hemd. Seine Kleidung ist verschwunden, auch seine Schuhe. Dass der Beutel mit dem Geld nicht mehr da ist, nehme ich nur beiläufig wahr, es ist nicht mehr wichtig. Im Schwemmholz am Bachrand haben sich ein paar Scherben des zerbrochenen Krugs verhakt. Ganz still liegt unser Vater da, nur seine Haare und die Schläfenlocken, die er sonst hinter den Ohren versteckt, bewegen sich mit den kleinen Wellen, die über die Steine hüpfen. Seine Augen sind offen, sein Blick ist zum Himmel gerichtet.

Wir stehen da, wie zu Salzsäulen erstarrt, unfähig, uns zu bewegen. Er ist tot, das wissen wir sofort, dazu brauchen wir die klaffende Wunde an seiner linken Schläfe nicht zu sehen. Er, unser Vater.

Wir schauen uns an, sehen das Entsetzen in den Augen des anderen, die Fassungslosigkeit. »Wer hat ihm das angetan?«, fragt Joschua mit erstickter Stimme. Ich antworte nicht, es ist egal. Wir lassen uns los und gehen steifbeinig auf ihn zu, durch das Wasser, das sehr kalt ist. Wir wagen erst nicht, ihn zu berühren, doch dann zerren wir ihn mit vereinten Kräften aus dem Bach zum Rand, keuchend und ohne Rücksicht darauf, wie nass wir werden. Er ist schwer, sehr schwer, vielleicht sind tote Körper schwerer als lebende. Dann, endlich, liegt er am Ufer.

Joschua zieht ihm das Hemd über die Blöße und schaut mich fragend an. Ich bin die Ältere, ich muss entscheiden.

»Geh und hole Kuno«, sage ich mit einer Stimme, die ich selbst nicht als meine erkenne. »Hole Kuno, wir können ihn nicht hinauftragen, er ist zu schwer. Und bring die Pferdedecke und das Seil mit.«

Joschua klettert wortlos die Böschung hinauf und verschwindet. Ich bleibe allein zurück, allein mit meinem toten Vater. Ich kauere mich neben ihn und nehme seine Hand, die kalt und nass und leblos ist. In der Nähe quaken Frösche, die mein Vater nicht mehr hören kann, und eine Eidechse huscht vorbei, die mein Vater nicht mehr sehen kann. Er kann auch die wärmenden Strahlen der aufkommenden Morgensonne nicht mehr spüren. Nie mehr. Dieser Gedanke schneidet mir durch das Herz wie ein scharfes Messer. Die offenen Augen sind nicht zu ertragen, denn ich weiß, dass sie mich nie mehr anschauen werden. Auch die freundliche Stimme, wenn er »Tochter« sagt, werde ich nie mehr hören. Nie mehr sehen, wie er das Glas hebt und den Segen spricht, wie er das Brot bricht und dem Ewigen dafür dankt, dass er es für uns aus der Erde wachsen lässt. Zögernd strecke ich die Hand aus, um seine Augen zu schließen, wie Agatha es bei meiner Großmutter getan hat, aber es geht nicht, seine Lider sind so starr wie sein Blick.

Ich fühle nichts. Ich weiß, dass ich mir jetzt die Kleidung zerreißen und laut klagen müsste, aber ich kann es nicht. Ich bin leer. Es ist, als hätte sich mein Herz in einen Steinklumpen verwandelt. Ich bin innerlich so leblos wie mein Vater. Ich starre in sein fahlgrau gewordenes Gesicht.

Lange sitze ich so da, bis hinter einem Weidenbusch Joschua mit Kuno auftaucht, er muss einen flacheren Zugang zum Bach gefunden haben. Seine Bewegungen sind steif und hölzern, nichts ist von seiner geschmeidigen Gewandtheit geblieben. Er bewegt sich vorwärts wie ein alter Mann.

Mit großer Mühe laden wir unseren toten Vater auf Kunos Rücken. Das ist viel schwieriger, als ich gedacht habe, unser Vater ist starr und unbeweglich und droht immer wieder abzurutschen. Schließlich gelingt es uns mit vereinten Kräften, ihn mit dem Seil auf dem Pferderücken festzubinden und mit der Pferdedecke zuzudecken. Wir arbeiten wortlos, wir tun, was wir tun müssen, und ich versuche, nicht daran zu denken, dass dieser Tote unser Vater ist. Mein Atem geht schwer, langsam steigt die Kälte von meinen nassen Beinen nach oben, kriecht mir in den Körper bis in die Knochen.

Dann setzen wir uns in Bewegung. Joschua führt Kuno am Halfter, ich laufe neben dem Pferd her und halte den Körper unseres Vaters fest. Joschua hat tatsächlich einen flachen Zugang von der Straße zum Bach gefunden, Reisende müssen ihn geschlagen haben, um ihre Tiere zum Tränken zu führen. Wir überqueren die Straße und gehen langsam, mit steifen Beinen, den Weg entlang, den unser Vater gestern Abend genommen haben muss. Der Rückweg zwischen den Wiesen hindurch kommt mir unendlich lang vor, meine nassen Schuhe sind so schwer, dass ich die Füße kaum heben kann. Auch Joschua schlurft langsam und stolpernd vorwärts, und selbst Kuno bewegt sich anders als sonst, er scheint zu spüren, dass wir einen schweren Weg gehen.

Als wir endlich den abschüssigen Platz vor dem Felsen erreichen, breite ich die Schafwolldecke auf dem Geröll aus und wir binden unseren Vater los. Der leblose Körper rutscht auf die Decke. Dann führen wir Kuno wieder zu der Baumgruppe und schlingen das Seil so locker um den Stamm, dass er genügend Bewegungsfreiheit hat. Auf dem Weg zurück reiße ich zwei Blätter ab und lege sie auf die toten Augen unseres Vaters, weil ich den starren Blick, der in die Unendlichkeit des Himmels gerichtet ist, nicht länger ertragen kann.

Hilflos, ratlos stehen wir da, wir schauen ihn an und können uns nicht bewegen. Ich will etwas sagen, ohne zu wissen was, nur um die unerträgliche Spannung zu unterbrechen, um das Unglück, das ich nicht mehr ändern kann, wenigstens abzumildern, aber ich bringe kein Wort heraus. Mein Mund ist trocken, die Zunge klebt mir am Gaumen. Wir haben seit gestern nichts gegessen und nichts getrunken. Als ich Kuno wiehern höre, denke ich, dass er sich bestimmt am Bach satt getrunken hat.

»Joschua, du musst Wasser holen«, krächze ich.

Folgsam holt er den anderen Krug aus dem Wagen, packt den Eimer, aus dem Kuno gestern getrunken hat, und zieht los. Als ich sehe, wie er, den Kopf zwischen die schmalen Schultern gesenkt, zwischen den Bäumen verschwindet, kommt er mir plötzlich jünger vor. Er wird erst am Wochenfest zwölf, denke ich, er ist noch ein Kind, und schlagartig trifft mich die Erkenntnis, dass ich ab jetzt die Verantwortung für uns beide übernehmen muss.

Wieder sitze ich neben meinem toten Vater, und noch immer kann ich nicht trauern, wie ich es eigentlich sollte. Ich fühle nichts. Ich bin innerlich so leer, dass ich noch nicht einmal weinen kann.

Irgendwann kommt Joschua zurück und reicht mir den Krug, ich trinke gierig, ich kann gar nicht aufhören zu trinken. Erst als mir die Eingeweide schon wehtun, lasse ich den Krug sinken.

»Wir müssen ihn waschen«, sage ich.

Joschua holt ein Tuch aus dem Wagen, ich senke es in den

Eimer und reibe vorsichtig das Gesicht unseres Vaters ab, dann seine Hände und seine Füße. Noch nie habe ich seine Füße nackt gesehen, überraschend große Füße mit geschwollenen Knöcheln, mit dicken Zehen und gelblichen Fußnägeln, mit fleckiger Haut, mit den kleinen Zehen, die krumm und irgendwie verkrüppelt aussehen.

Wieder sitzen wir eine Weile schweigend da, dann steht Joschua auf und holt den Spaten aus dem Wagen. »Wir können ihn nicht einfach hier liegen lassen«, sagt er und versucht, vor dem Geröll ein Grab auszuheben. Der Boden ist sogar hier, in einiger Entfernung von den Bäumen, voller Wurzeln und Resten von Baumstümpfen. Sogar das Wurzelwerk der Büsche ist undurchdringlich. Wir versuchen es abwechselnd, wir stoßen den Spaten so fest in die Erde, wie wir können, aber es gelingt uns nicht. Der Schweiß rinnt mir von der Stirn und brennt mir in den Augen, als ich mutlos den Spaten hinlege. Es geht nicht.

»Wir sollten es auf der Wiese versuchen«, sagt Joschua.

Ich schüttle den Kopf. »Da kann man uns von der Straße aus sehen.«

Ich wische mir die Hände an meinem Kittel ab und gehe langsam um den Felsen herum. Auf dieser Seite, der Nordseite, sind die Steine mit einer dicken Moosschicht bedeckt. Dann stehe ich vor der Vertiefung hinter einem Felsbrocken, die mir am Morgen schon aufgefallen ist. Sie ist groß genug.

Kurz entschlossen gehe ich zu Joschua zurück und winke ihm, mir zu folgen. Er gehorcht mir widerspruchslos. Das fällt mir zwar auf, aber jetzt ist nicht die Zeit, über so etwas nachzudenken. Ich führe ihn zu der Vertiefung und fange an, Moos von den Steinen zu rupfen und sie damit auszukleiden. Joschua starrt mich erst verblüfft an, dann begreift er und tut es mir nach. Wir arbeiten so lange, bis wir für unseren Vater ein Bett aus Moos bereitet haben.

Es ist gar nicht so leicht, die Decke mit dem toten Körper bis hinter den Felsen zu schleifen, aber schließlich schaffen wir es und legen die Leiche unseres Vaters auf das Moosbett. Dabei sind die Blätter von den starren Augen gefallen, ich lege zwei neue darauf.

»Weißt du das Kaddisch auswendig?«, fragt Joschua.

Ich schüttele den Kopf. »Nur den Anfang. *Sein großer Name werde erhoben und geheiligt in der Welt, die er nach seinem Willen erschaffen hat.*«

Joschua spricht es mir nach.

»Ich weiß auch noch den Schluss: *Der Frieden stiftet in Seinen Höhen, Er stifte Frieden für uns und für ganz Jisrael, und sprechet Amen.*«

»Amen«, sagte Joschua.

Ich bedauere, dass ich mir den Text des Kaddischs nicht gemerkt habe, aber Frauen und Kinder werden selten zu Beerdigungen mitgenommen, die letzte, die ich erlebt habe, war die unserer Großmutter. Und wenn wir zusammen auf dem Friedhof waren und unser Vater für unsere Toten das Kaddisch gesprochen hat, hat er es immer sehr leise und viel zu schnell getan, sodass ich ihn kaum verstanden habe. Auch die Trauernden nicht, die in der Synagoge das Kaddisch für ihre Verstorbenen gesagt haben.

Aber ich erinnere mich noch an die eindringlichen Worte, die unser Vater gestern gesagt hat, an den Psalm König Davids. Auch Joschua soll sie hören. »*Wer untadelig lebt und tut, was recht ist …*«, sage ich langsam, »*wer die Wahrheit redet von Herzen … wer seinem Nächsten nichts Arges tut …*«. Und plötzlich fällt mir auch der Schlusssatz wieder ein: »*Wer das tut, wird nimmermehr wanken.*«

Auch diese Worte wiederholt Joschua.

»Wir müssen eine Totenrede halten«, sage ich, »wir sind die Einzigen, die das können.«

»Du warst ein angesehener Mann und uns ein guter Vater«, fängt Joschua an, und ich fahre fort: »Du warst ehrenhaft und fromm und freigebig gegenüber den Armen. Du hast immer für uns gesorgt. Wir werden dich nie vergessen. Wir werden dich in unserem Herzen behalten und uns bemühen, dem Weg zu folgen, den du uns gezeigt hast. Wir werden versuchen, untadelig zu leben und zu tun, was recht ist, wir werden unserem Nächsten nichts Arges tun.«

»Amen«, sagt Joschua. Er senkt den Kopf, hebt die Hand wie zum Schwur und sagt feierlich: »Ich werde das Kaddisch für unseren Vater sprechen, wenn wir wieder Juden sein dürfen.«

Ich nehme seine Hand und drücke sie. Noch immer kann ich nicht weinen. Auch Joschua weint nicht.

Ich bücke mich, hebe einen Stein auf und lege ihn unserem Vater aufs Herz, dann einen zweiten auf die Stirn, zwei weitere auf seine Hände, behutsam, als könnte ich ihm wehtun. Joschua versteht und folgt meinem Beispiel. Hier sind nicht viele Steine, wir müssen welche von der Geröllhalde auf der anderen Seite holen. Nach einer Weile haben wir den toten Körper unseres Vaters mit Steinen bedeckt, aber wir arbeiten weiter, Schicht um Schicht. Mein Rücken tut weh vom vielen Bücken und Anheben, die Steine sind schwerer als erwartet und werden mit jedem Stein schwerer. Aber wir hören nicht auf, wir schleppen immer weiter Steine an, bis so etwas wie ein Grabhügel entstanden ist.

Die Sonne scheint schon schräg durch die Bäume, als ich mich strecke, die Hände in die Seiten stemme und meine Muskeln lockere. Joschua versteht sofort, dass ich damit das Ende unserer heiligen Arbeit anzeige. Langsam und bedächtig legt er den letzten Stein hin. Sein Gesicht ist noch immer so ausdruckslos wie meines.

Schweigend gehen wir zurück zum Wagen. Ich schneide zwei dicke Scheiben Brot ab, bestreiche sie mit Butter und halte Joschua einen Kanten hin. Er nimmt ihn zögernd. Auch ich beiße in das Brot. Wir kauen und kauen, als hätten wir Stroh im Mund, und können den zähen Brei nur mit Wasser hinunterspülen. Nach den vielen Stunden des Fastens tut das Schlucken weh.

»Wir müssen ein Feuer machen«, sage ich.

Wir sammeln Holz und Reisig, wie wir es am Tag zuvor getan haben. Als wäre nichts passiert. Als wäre unsere Welt nicht zusammengebrochen. Aber wir bewegen uns so steif, als hätten unsere Seelen die Körper verlassen. Wir versorgen Kuno, der sich offenbar gut erholt hat, ich füttere Knöpfchen und Joschua kümmert sich um das Feuer. Alles ist wie gestern, nur dass ich diesmal den Dreifuß über das Feuer stelle, das geschnittene Gemüse von gestern hineingebe, Wasser dazukippe und aus Eiern und Mehl kleine Klöße forme, die ich darin gare. Der Geruch nach Essen verbreitet sich, ich denke, das hätte meinem Vater gut geschmeckt, und erwarte fast, dass er gleich um den Felsen herumkommt und sagt: Es riecht köstlich. Wann ist die Suppe fertig?

Wir tun alles, was wir gestern getan haben, denke ich, als wir anfangen zu essen. Aber unser Vater wird nie wieder kommen, er wird nie wieder fragen: Wann ist das Essen fertig? Er wird mir nie wieder das Glas hinhalten und sagen: Tochter, gieße mir ein bisschen Wein nach.

Auch das Feuer knistert wie gestern, als wir, mein Bruder und ich, zwei Waisenkinder, nach dem Essen eng umschlungen unter der Schafwolldecke davorsitzen und in die Flammen starren. Über dem Wald steigt eine blasse Mondsichel auf, die ersten Sterne blitzen am wolkenlosen Himmel. Joschua fängt an zu weinen. Ich drücke ihn fest an mich und spüre, wie meine Wangen nass werden von seinen Tränen. Er weint sich in meinen Armen in den Schlaf.

Aber ich habe keine Tränen.

19 Israel

In Geschichte saß ich an jenem Morgen auf meinem Platz, hatte die Ellenbogen aufgestützt und den Kopf schräg auf die gefalteten Hände gelegt, eine Haltung, die Aufmerksamkeit vorspiegeln sollte, denn so saß ich oft da, wenn ich tatsächlich aufpasste. In Wirklichkeit beschäftigte mich jedoch etwas ganz anderes, Babuschka.

Ich hatte sie gezeichnet, wie sie mit steifen Schritten zum Wandschrank gegangen war, um sich einen Wodka einzugießen, die grauen Locken über dem schwarzen Kleid, den gewölbten Rücken einer alten Frau, die abfallenden, nach vorn geneigten Schultern, den Rock, der sich über den Hüften spannte, die steifen Beine. Erst als ich sie zeichnete, war mir nachträglich aufgefallen, dass sie ähnlich klobige Gesundheitsschuhe getragen hatte, wie ich sie von meiner Oma kannte, die allerdings meistens in Hosen herumgelaufen war und nur selten Kleider getragen hatte.

Seit Alexejs Großmutter mir vor einigen Tagen ihre Geschichte erzählt hatte, musste ich immer wieder an sie denken. Ich konnte ihre Enttäuschung gut verstehen, für sie war es nicht nur der Verlust des Geldes, das ihr zugestanden hätte, es war der Verlust einer Existenz, die ihr versprochen war und mit der sie fest gerechnet hatte. In meinen Gedanken vermischte sich ihre Geschichte mit der Geschichte Kalman von Wiehes.

Doch mit diesem Vergleich stimmte etwas nicht, irgendwo war ein Denkfehler. Aber wo? Dieser Gedanke ließ mich nicht los.

Und da, während des Geschichtsunterrichts, kam ich darauf: Babuschkas Schatz war geraubt worden, war vielleicht in die Hände jener Menschen gefallen, die schuld waren an ihrem Unglück und dem Unglück ihrer Eltern, oder zumindest mitschuldig. Kalman von Wiehe hingegen war es gelungen, seinen Besitz vor Raub und Plünderung zu retten, selbst wenn er ihn, aus welchen Gründen auch immer, nicht mehr selbst holen konnte. Erst sechshundertfünfzig Jahre später war er gefunden worden, zufällig, und gehörte jetzt der Allgemeinheit, er war zu einem wichtigen Kulturerbe geworden. So gesehen konnte man sagen, Kalman von Wiehes Plan war aufgegangen.

Was Alexejs Großmutter wohl zu diesem Argument sagen würde? Ich hatte sie nicht zum letzten Mal getroffen, da war ich mir sicher, aber würde ich den Mut aufbringen, mit ihr darüber zu sprechen? Ich wollte unbedingt, dass sie den Schatz sah, auch wenn ich nicht ganz verstand, warum mir das so wichtig war. Aber es war mir wichtig. Vielleicht um mich nachträglich dafür zu rechtfertigen, dass sie sich wegen meiner unbedachten Worte gezwungen gefühlt hatte, ihre bitteren Erinnerungen mit mir zu teilen.

Plötzlich drang ein Wort an mein Ohr, das mich aus meinen Überlegungen riss und aufhorchen ließ: »Israel«. Und dann: »Gaza«. Keine Ahnung, wie sie darauf gekommen waren, ich hatte nicht aufgepasst, vermutlich hatte es wieder irgendeinen Grenzzwischenfall gegeben. So war es. Israels Militär hatte einen Tunnel im Gazastreifen gesprengt, dabei wurden mindestens fünf Palästinenser getötet und vierzehn weitere verletzt.

»Stand in der Zeitung«, sagte Simon. »Unter den Getöteten sollen zwei Anführer des Islamischen Dschihad und einer der Hamas sein.«

»Ich hab's auch gelesen«, warf Oliver ein. »Der Dschihad kündet Vergeltungsaktionen an.«

Simon zuckte mit den Schultern. »Und das führt wieder zu Vergeltungsaktionen der Israelis.«

»Und so weiter, und so weiter ...«, sagte Vanessa.

»Das israelische Militär hat den Gazastreifen abgeriegelt«, sagte Ali. »Da ist es doch kein Wunder, dass die Palästinenser Tunnel bauen.«

Paula sagte: »Die Palästinenser leben im Gazastreifen unter menschenunwürdigen Bedingungen, man kann verstehen, dass sie sich wehren.«

Plötzlich wurde mir bewusst, dass ich vor gar nicht langer Zeit vielleicht dasselbe gesagt hätte, ohne groß darüber nachzudenken. Damals war Israel für mich nur ein Land im Nahen Osten gewesen, ein Land, das immer in Schwierigkeiten steckte und Schwierigkeiten machte. Das hatte sich geändert. Jetzt war es das Land, in dem Babuschkas Sohn Kolja und ihr geschiedener Mann Nikolai lebten.

»Die Juden sind die Aggressoren«, sagte Ali.

»Ja«, stimmte Tobias zu, »die Juden sind an allem schuld.«

Wie damals vor dem Pestpogrom, dachte ich, und wie in der Nazizeit. Hört das denn nie auf?

Ich wollte es gerade sagen, da griff Frau Küppers ein. »Moment mal«, sagte sie. »Ihr müsst zwischen Israelis und Juden unterscheiden, die einen sind Angehörige eines Staates, die anderen grundsätzlich Angehörige einer Religionsgemeinschaft. Sie werden manchmal Israeliten genannt, wie in der Bibel, aber niemals Israelis.«

»Aber in Israel leben doch Juden«, protestierte Carina.

Frau Küppers nickte. »Ja, das stimmt, die meisten Israelis sind Juden, aber nicht alle. So wie im grundsätzlich christlichen Deutschland längst nicht alle Christen sind und im katholischen Italien nicht nur Katholiken leben.«

»Mein Vater sagt, dass man in Deutschland nichts gegen Israel sagen darf«, wandte Julian ein. »Kaum sagt einer etwas gegen Israel, wird er gleich als antisemitisch oder rechtsradikal beschimpft.«

Zustimmendes Gemurmel. Frau Küppers hob die Hand, um die Klasse zum Schweigen zu bringen. »Man kann durchaus etwas gegen Israels Politik haben, ohne gleich antisemitisch zu sein. Aber sobald man sagt, ›die Juden sind so oder so‹, ist es etwas anderes. Es gibt bei uns Leute, die grundsätzlich antisemitisch sind und Israels Politik nur als Vorwand nehmen, um ihre Ablehnung gegen alles Jüdische laut auszusprechen.«

»Aber es sind doch die Israelis, die die Palästinenser unterdrücken«, sagte Vanessa. »Ausgerechnet die Juden, die am eigenen Leib Unterdrückung und Gewalt erlebt haben, verhalten sich jetzt den Palästinensern gegenüber so, wie es die Deutschen mit ihnen gemacht haben.«

»Stopp!«, sagte Frau Küppers. »Das ist ein Vergleich, den man nicht ziehen darf, er ist absolut unzulässig. In Deutschland wurden die Juden fabrikmäßig umgebracht und millionenfach vergast, das ist etwas ganz anderes als das, was in Israel passiert. Es stimmt, dort kommen Palästinenser bei Grenzzwischenfällen und bei Demonstrationen ums Leben, aber auch Israelis werden bei Attentaten der Palästinenser getötet. Man kann dabei über richtig und falsch diskutieren, über gerecht oder ungerecht, über Ursache und Wirkung, aber man sollte sich vor pauschalen Schuldzuweisungen hüten. Auf keinen Fall darf man aber die politischen Gegebenheiten dort mit dem Holocaust vergleichen. Und noch etwas, Vanessa: Wer sagt denn, dass man durch Unterdrückung und Gewalterfahrung zu einem besseren Menschen wird? Genauso gut kann das Gegenteil der Fall sein. Geprügelte Kinder werden oft zu prügelnden Eltern.«

»Wollen Sie damit sagen, dass die Israelis aufgrund des Holocaust gewalttätig sind?«, fragte ich.

»Nein, das meine ich nicht. Ich will euch nur darauf hinweisen, dass man den Juden immer unterstellt, irgendwie besonders zu sein, entweder besonders gemein und hinterhältig oder besonders großartig, jedenfalls besonders. Entweder besonders intelligent, dann führt man die jüdischen Nobelpreisträger an, oder besonders musisch begabt, denkt nur an die berühmten jüdischen Geiger wie David Oistrach und Yehudi Menuhin und Maler wie Marc Chagall oder Modigliani, oder sie sind besonders gute Kaufleute und daher reich wie die Rothschilds. Man gesteht ihnen keine Normalität zu, das meine ich. Muss Israel jetzt, aufgrund eigener leidvoller Erfahrung, humaner und gerechter sein als all die anderen Staaten? Außerdem solltet ihr nicht vergessen, dass das kleine Land von vielen Feinden umgeben ist, die es seit seiner Staatsgründung bekämpfen und auslöschen wollen.«

Das sind die Argumente, an die ich mich heute noch erinnere, und daran, dass Julian plötzlich leise sagte: »Scheißjuden.«

Ich erschrak. Ausgerechnet Julian. Warum hatte er das gesagt? Ich war gekränkt und wütend, brachte aber kein Wort heraus, denn sofort fing es in meinem Kopf an zu rattern. Er war der einzige Freund, den ich in der Klasse hatte, auch für die anderen war er mein Freund, obwohl wir natürlich nie ein Paar waren. Aber wir saßen schon seit drei Jahren nebeneinander, und es war klar, dass wir auch im nächsten Jahr nebeneinander sitzen würden. Wir spielten in den Freistunden Schach, er war musikbesessen, ich war leidenschaftliche Zeichnerin. Bisher hatte das gereicht, aber reichte es auch noch, nachdem er so etwas gesagt hatte? Neben wem sollte ich sonst sitzen? Etwa allein wie Manu, neben dem niemand sitzen wollte? Hätte ein anderer »Scheißjuden« gesagt, wäre ich ihm übers Maul gefahren, aber bei Julian schwieg ich. Ich wollte das, was wir beide Freundschaft nannten, nicht in Gefahr bringen.

Das sagte ich wenigstens in der Pause zu Alexej, aber ich wusste, dass das nur eine Ausrede war, ich hatte mich feige verhalten. Ich muss zugeben, dass ich es mir bis heute übel nehme, damals geschwiegen zu haben. Alexej fand das übrigens weniger schlimm als ich, er war der Meinung, man müsse nicht bei jeder Gelegenheit den Mund aufmachen und nicht über jedes Stöckchen springen, das einem hingehalten werde.

Was Frau Küppers' Argumentation betraf, war er sehr angetan. »Sie hat recht. Mein Vater sagt oft, er habe die Nase voll davon, sich für Israel rechtfertigen zu müssen. Hier in den Medien hört es sich immer an, als wären alle Israelis mit der Politik Netanjahus einverstanden, aber das stimmt nicht, nicht alle sind politisch rechts oder orthodoxe Fanatiker. Kolja, mein Onkel, gehört zum Beispiel zur israelischen Friedensbewegung.« Und dann erzählte er mir von seinem Großvater,

Babuschkas geschiedenem Mann, seinem Onkel Kolja, seiner Tante Orit und ihren Zwillingen Ya'el und Eyal. »Sie sind so alt wie Danila, und Ya'el und Danila sehen sich sehr ähnlich, ganz anders als Eyal, der so blond ist wie seine Mutter.«

Nachmittags schlenderten wir mit Herrn Schneider durch die Stadt, ich brauchte unbedingt neue Stifte, und Alexej wollte bei der *Buchhandlung Weberknecht* vorbeischauen, er suchte ein Buch über die Kreuzzüge. Danila war nicht dabei, sie war zu einem Kindergeburtstag eingeladen. »Bei Tobias«, sagte Alexej, »du weißt doch, der Junge, von dem sie uns erzählt hat, der Faxenmacher. Sie hat ihr Lieblings-T-Shirt angezogen, blau mit einem knallbunten Papagei, und Babuschka hatte alle Mühe, sie davon abzuhalten, sich auch noch mit Irinas Lippenstift herauszuputzen. Du kannst es dir kaum vorstellen.«

Ich lachte. »Doch, kann ich.«

Ich kaufte mir ein neues Set Bleistifte, einen Knetgummi, mit dem sich Schraffierungen wunderbar aufhellen ließen, und zwei Skizzenblöcke, die besseren, die ich mir leistete, seit ich mit meiner Graphic Novel begonnen hatte, und Alexej kaufte sich ein Taschenbuch, *Der heilige Krieg der Barbaren. Die Kreuzzüge aus der Sicht der Araber.* Danach hatten wir Lust auf eine Pause. Wir setzten uns in ein Café und tranken eine Cola, und die Bedienung war so aufmerksam, unaufgefordert für Herrn Schneider eine Schüssel mit Wasser zu bringen.

»Ich arbeite gerade an dem Bild, wie Rachel und Joschua ihren toten Vater begraben«, sagte ich. »Das muss wirklich ganz schön hart gewesen sein.«

Alexej trank einen Schluck Cola, wischte sich den Mund ab und fragte zögernd: »Hast du eigentlich schon mal einen Toten gesehen?«

Ich nickte. »Ja, meine Großmutter. Und ein Jahr später einen Nachbarn aus unserem Haus, der lange krank gewesen war. Sogar seine Frau hat gesagt, sein Tod sei eine Erlösung gewesen.«

»Ich noch nie«, sagte Alexej. Er schob sich die Haare aus dem Gesicht und schaute an mir vorbei, als er leise hinzufügte: »Ich stelle mir manchmal vor, wie es sein wird, wenn Babuschka stirbt.«

»Aber sie ist doch noch ganz gesund, oder?«, fragte ich erschrocken.

»Ja, sie ist zwar alt, aber zum Glück ganz gesund. Deine Rachel würde sagen: *Baruch ha-schem*, jedenfalls sagt das meine israelische Tante immer.«

Er lachte. Und ich erzählte ihm, warum ich der Meinung war, die Geschichte von Babuschka und die von Kalman von Wiehe seien nicht vergleichbar.

»Das klingt logisch«, sagte er. Er warf einen Blick auf seine Uhr. »Erst vier«, sagte er. »Komm, gehen wir zu ihr.«

»Aber sie hat mich nicht extra eingeladen«, widersprach ich.

Er lachte. »Wenn du einmal bei uns warst, kannst du immer kommen, auch ohne extra eingeladen zu sein. Los, sie wird sich freuen, du hast ihr gefallen. Sie hat mich ausdrücklich für meinen guten Geschmack gelobt.«

Wir bezahlten und machten uns auf den Weg zu Tschernowitzers. Alexejs Großmutter freute sich wirklich, sie umarmte mich zur Begrüßung und küsste mich auf beide Wangen. Ich zuckte nicht zurück, dank Tamara hatte ich mich daran gewöhnt, zur Begrüßung geküsst zu werden, es war mir sogar angenehm. »Ich habe gerade Tee gekocht«, verkündete sie und stellte drei dampfende Tassen auf den Couchtisch. Sie nahm einen Schluck, bevor sie fragte: »Nun, wie war's heute in der Schule?«

»Babuschka, Laura hat sich etwas überlegt, was deinen und den Erfurter Schatz betrifft«, sagte Alexej.

Stockend fing ich an zu erzählen, viel zu umständlich, ich musste immer wieder neu ansetzen. Die alte Frau hörte aufmerksam zu. Als ich meine Überlegungen endlich erklärt hatte, schwieg sie noch eine Weile, dann sagte sie nachdenklich: »Mag sein, dass du recht hast, vielleicht sollte ich noch einmal in Ruhe darüber nachdenken.«

»Lauras Mutter könnte uns bestimmt eine Führung durch die Synagoge organisieren, Babuschka, hättest du nicht Lust?«

Sie wehrte ab. »Ihr habt mich jetzt überfallen«, sagte sie. »Ihr müsst mir Zeit lassen. Ich bin eine alte Frau, in meinem Alter ändert man seine Meinung nicht so schnell.«

»Aber so alt sind Sie doch gar nicht, Frau Tschernowitzer«, sagte ich, nicht weil ich es wirklich dachte, sondern weil ich diesen Satz schon öfter von meiner Mutter gehört hatte und höflich sein wollte.

Sie lachte. »Ach Kind, das ist nett gemeint, aber überflüssig. Und hör mit dem ›Frau Tschernowitzer‹ und dem ›Sie‹ auf, ich bin ›Babuschka‹ und ›du‹, das passt viel besser zu mir.«

Ich wurde rot vor Freude, und ein so breites Grinsen erschien auf meinem Gesicht, dass ich es bis an beide Ohrläppchen spürte. Babuschka also.

Alexej brachte Herrn Schneider und mich zur Tür, als wir uns auf den Heimweg machten. »Das wird was«, sagte er fröhlich. »Bestimmt wird das was mit Babuschka.«

20 *Allein*

Die vorgeschriebenen sieben Trauertage verbringen wir auf diesem abschüssigen Platz neben der Geröllhalde, unfähig, uns von unserem Vater zu trennen, der hinter der Felsenwand in seinem steinernen Grab liegt. Die Tage sind frühlingshaft mild, aber für uns hätte es ebenso gut regnen können. Der seidige Himmel spannt sich über unserer eigenen, düsteren Welt, in der wir förmlich versinken, unfähig, uns gegenseitig zu trösten.

Am Tag nach der Katastrophe haben wir miteinander gesprochen und überlegt, wie es weitergehen solle. »Wir hätten nie wegfahren dürfen«, sagte Joschua, »das war ein Fehler, damit hat unser Unglück begonnen.« Er sagte auch, er würde am liebsten nach Hause zurückkehren, zu Agatha und Burkhard, deren Namen wir jetzt trugen.

»Das würde Vater nicht wollen«, wandte ich ein, »schließlich sind wir aus Erfurt geflohen, um unser Leben zu retten.«

»Und was ist mit Sebastian und Notburga«, fragte Joschua, »können wir uns nicht bei ihnen verstecken, bis alles vorbei ist?« Ich brauchte nicht einmal den Kopf zu schütteln, ich hörte an seinem zaghaften Ton, dass er nicht mit einer Antwort rechnete, er kannte sie bereits. Wir hätten uns nie auf diese beschwerliche Reise mit dem Planwagen begeben, wenn unser

Vater es für möglich gehalten hätte, dass wir bei Sebastian und Notburga bleiben.

Danach sprachen wir nicht mehr miteinander. Wir erledigten alle Aufgaben, die nötig waren, Joschua führte Kuno auf die Wiese zum Grasen, ich fütterte Knöpfchen und richtete unser Essen, das immer kärglicher wurde. Zu Hause wären die Nachbarn gekommen und hätten uns Suppe und Fleisch gebracht, sie hätten sich zu uns gesetzt und mit uns getrauert, so wie wir es oft genug getan hatten, wenn jemand in die andere Welt gegangen war. Hier kam niemand. Wir waren allein und versuchten weiterzuleben, wo es eigentlich kein Weiterleben gab. Wir saßen auf der Erde, wie es die Tradition verlangte, und hingen schweigend unseren Gedanken nach. Denn wir wussten beide, dass uns nichts anderes übrig blieb, als die geplante Reise nach Polen, nach Krakau oder Lemberg, fortzusetzen. Aber wie sollten wir, zwei vaterlose, hilflose, ratlose Kinder, das schaffen?

Am siebten Tag wasche ich unten am Bach unsere Kleidung und hänge sie zum Trocknen über die Steine. Und ich zupfe Löwenzahnblätter, nicht nur für Knöpfchen, sondern auch für uns, denn unsere ohnehin kargen Vorräte sind zu Ende gegangen, obwohl wir sie sparsam eingeteilt und jeden Tag weniger gegessen haben. Wir haben nicht mehr das kleinste Fitzelchen Brot. Als wir abends am Feuer sitzen, streiche ich unseren letzten Rest Gänseschmalz auf Löwenzahnblätter, aber das reicht nicht, um unseren Hunger zu stillen.

»Ich denke, ich kann einen Wagen lenken«, sagt Joschua plötzlich. »Ich bin sehr oft mit Burkhard gefahren und manchmal hat er mich die Zügel halten lassen.«

Ich schaue ihn zweifelnd an, aber er wirkt jetzt erwachsen und selbstsicher. Seit jenem Abend, als er in meinen Armen weinend eingeschlafen ist, scheint er jeden Tag um Monate älter geworden zu sein. Wir beschließen, uns unten am Bach noch einmal gründlich zu waschen. Das tun wir. Bevor wir uns im Wagen zur Ruhe legen, friemeln wir noch die Münzen, die Notburga fürsorglich in die Säume und Gürtel genäht hat, aus unseren Kleidungsstücken. Es sind nicht sehr viele, und wir haben beide keine Ahnung, wie lange uns das Geld reichen wird. Ich verstaue die Münzen in der Innentasche meines Kittels.

Es sind die Vögel, die uns wecken, wie sie es jeden Tag getan haben. Der Morgen ist hell und klar, der Tag verspricht schön zu werden, aber in unseren Herzen und Gedanken ist es dunkel. Wir gehen noch einmal um den Felsen herum und bleiben mit gesenkten Köpfen vor dem steinernen Grab unseres Vaters stehen. Ich habe nur einen einzigen Gedanken: Wieder ein Abschied, ein Abschied für immer. Und plötzlich sehe ich meinen Vater vor mir, wie er an unserem letzten Schabbat in Erfurt zwischen den Gräbern gestanden hat, als wir, gegen alle jüdische Tradition, auf den Friedhof gegangen waren. Ich sehe ihn vor mir, wie er unter einem grauen Himmel das Kaddisch für unsere Liebsten gelesen hat. Ich habe viele Erinnerungen an meinen Vater, dieses Bild jedoch gehört zu den stärksten. Ich werde es nie vergessen, das weiß ich. Es wird für mich ein Sinnbild jüdischen Lebens und Leidens bleiben.

Bevor Joschua Kuno einspannt, beschmieren wir uns noch Gesichter und Hände mit Erde und Staub, wie Notburga es uns aufgetragen hat, obwohl unsere Haut schon nicht mehr so hell und glatt ist wie am Tag unserer Abreise und man uns nicht mehr sofort die Städter ansieht. Dann sind wir so weit.

Doch statt aufzusteigen, bleiben wir seltsam unschlüssig stehen und schauen uns an. »Wir müssen es versuchen, wir haben keine Wahl«, sagt Joschua.

Ich nicke. »Ja, wir müssen es versuchen.«

Mein Bruder scheint nicht mehr so selbstsicher zu sein wie am Abend zuvor. »Du solltest für den Anfang Kuno am Halfter führen«, sagt er, »ich brauche ein bisschen Zeit, bis ich mich sicher genug fühle.«

So ziehen wir los, die Hohe Straße entlang in östlicher Richtung, langsam, im Tempo meiner Schritte. Ab und zu wende ich den Kopf und werfe einen Blick auf Joschua, der angespannt und besorgt aussieht, sodass ich mich sofort wieder umdrehe und vor mich schaue. Ich höre das Klappern von Kunos Hufen auf der Straße und spüre seinen warmen Atem, wenn er den Kopf wendet, ich rieche seinen Geruch nach Fell und Schweiß und setze einen Fuß vor den anderen.

Die Sonne steht schon ziemlich hoch, als Joschua die Zügel strafft und Kuno stehen bleibt. »Steig auf«, sagt mein Bruder. »Ich glaube, ich kann es jetzt.«

Ich bin erleichtert, denn mein rechter Fuß schmerzt heftig, ich habe heute Morgen vergessen, meinen Zeh festzubinden. Ich krieche nach hinten in den Wagen, ziehe meinen Schuh aus und greife nach dem Leinenstreifen, der neben meiner Schafwolldecke liegt. Am liebsten würde ich hinten bleiben, bei Knöpfchen, und mich ausruhen, aber ich habe Angst, Joschua allein auf dem Bock zu lassen, er braucht mich.

Da sitzen wir nun, nebeneinander, und tun, als lebten wir einen Alltag, der kein Alltag mehr ist. Ich merke sehr wohl, dass uns neugierige Blicke mustern, wenn uns jemand entgegenkommt, eine Kutsche, ein Bauernwagen, ein Reiter, aber ich beruhige mich damit, dass niemand wissen kann, dass unser Vater nicht hinten im Wagen liegt und schläft. Wir kommen an einem Bauernhof vorbei, wagen aber nicht, anzuhalten und Brot zu kaufen. Zwei Kinder, die allein einkaufen, das gibt es nicht an der Hohen Straße. Wir hoffen, dass wir bald durch ein Dorf kommen, in dem es vielleicht Straßenhändler gibt, da würden wir kaum auffallen, in der Nähe von Straßenhändlern treiben sich immer Kinder herum.

Wir haben Glück. Vor uns taucht eine Stadt auf, eine größere Stadt. Und es ist Jahrmarkt. Besser hätten wir es nicht treffen können. Wir stellen unseren Wagen neben anderen Kutschen ab und binden Kuno an einen Pfosten, dann gehen wir Hand in Hand zum Marktplatz, der von vornehmen Bürgerhäusern umgeben ist. Die Luft ist erfüllt von Gerüchen nach Kräutern und Gewürzen, nach den Ausdünstungen von Menschen, aber vor allem nach Gesottenem und Gebackenem. Mir läuft das Wasser im Mund zusammen.

Als Erstes kaufen wir uns bei einer dicken, freundlichen Bäuerin zwei fettige Teigtaschen, die mit weichem Käse gefüllt sind, und schlingen sie gierig hinunter. Erst danach schauen wir uns um. Es gibt die Stände mit Töpferwaren, ein Krug ist schöner als der andere, eine Schale bunter geschmückt als die daneben. Bei einem Silberschmied bleiben wir stehen und betrachten die Häufelbecher, die jenen ähnlich sehen, die wir zu Hause gehabt haben, ebenjenen Bechern, die wir, mein Vater und ich, im Keller versteckt haben. Auch als wir an einem Weinhändler vorbeikommen, denke ich an meinen Vater, wie er vor der Schabbatmahlzeit den Becher gehoben und gesagt hat: »*Gelobt seist Du, Ewiger, unser Gott, König der Welt, Schöpfer der Frucht des Weinstocks.*«

Joschua zieht mich weiter. Bei einem Gemüsehändler kaufen wir Rüben, Zwiebeln und Knoblauch und verstauen sie in unseren Taschen. Wir hören Badern und Heilern zu, die ihre Künste und ihre Wundermittel anpreisen, und beobachten gebannt, aber auch mit einem gewissen Schauder, wie einer von ihnen einem alten, laut jammernden Mann einen Zahn zieht. Ich habe Angst, Joschua in dem allgemeinen Gewusel und Gedränge zu verlieren, deshalb lasse ich seine Hand keine Sekunde lang los.

Ein fahrender Sänger weckt unsere Neugier, ein Mann mit kunterbunten Streifen am Rock und einer dreizipfeligen bunten Mütze. Er hält eine Laute in der Hand, dreht sich im Kreis, schwingt die Beine in die Luft und ruft: »Hört, Leute, hört, was sich in der großen und mächtigen Stadt Erfurt zugetragen hat.« Mir stockt der Atem, als ich den Namen unserer Heimatstadt höre. Wie festgenagelt bleiben wir in der Menge stehen, die sich um den Mann versammelt hat. Er schlägt die Laute und beginnt zu singen:

»In Erfurt in der großen Stadt
Es viel Volk und Bürger hat.
Es gibt Gerechte und auch Sünder,
Doch alle sind sie Gottes Kinder.
Es gibt die Reichen und die Armen
Und über allen Gott's Erbarmen.
Es gibt die Schlechten und die Guten
Und, Gott behüte, es gibt Juden.
Holt Stock und Stecken aus dem Sack
Schlagt ein auf dieses Judenpack!«

Die Leute um uns herum lachen, einige klatschen laut Beifall. »So ist's recht!«, ruft ein langer, dünner Mann in einem schäbigen Rock. »Die Juden ziehen uns den letzten Heller aus der Tasche. Es wird Zeit, dass man ihnen zeigt, wer hier der Herr im Haus ist.« Der Sänger macht ein paar Tanzschritte, dann schlägt er wieder die Laute und singt weiter.

»Vergiftet haben sie die Brunnen,
Wollt Christenleben nicht vergunnen.
Doch die brave Bürgerschaft
Wehret sich aus eigner Kraft.
Sie rufet auf zur Gegenwehr:
Wir dulden keine Juden mehr.
Die Heiden wollen uns verderben,
Wer Christus leugnet, der muss sterben.
Sie packen Knüppel, Stecken, Messer,
So fließt das Judenblut noch besser.«

Wieder klatschen die Leute Beifall. Joschua drückt meine Hand so fest, dass ich nur mit Mühe einen Schmerzensschrei unterdrücken kann. Eine Frau mit einem Säugling auf dem Arm ruft: »Sie bauen sich schöne Häuser und schmücken ihre Judenweiber mit Silber und Gold und unsereiner kaut auf einer trockenen Brotrinde.«

»Ja«, ruft ein anderer. »In Regensburg sollen sie ein Christenkind geschlachtet haben, weil sie sein Blut für ihr Judenbrot gebraucht haben.«

»Wartet«, sagt der Sänger, »dann hört ihr, wie sich die ehrbaren Erfurter gewehrt haben.« Er schlägt wieder die Laute, es wird still, alle hören zu.

»So zogen sie von Haus zu Haus
Und holten alle Juden raus.
Sie schlugen kräftig auf sie ein,
Bald war die Luft erfüllt von Schrei'n.
Den Juden hilft kein Flieh'n, kein Rennen
Und auch kein Heulen und kein Flennen.
Vorbei ist heut der Christen Not,
Die Gottesleugner sind jetzt tot.«

Er schwenkt die Laute durch die Luft, bevor er ein paar fröhliche Akkorde schlägt und mit triumphierender Stimme die beiden letzten Zeilen singt:

»In Erfurt lebt kein einz'ger Jud,
so soll es sein, so ist es gut.«

Der Sänger dreht sich ein paarmal im Kreis, dann zieht er seinen Hut und geht von einem zum anderen. Die Leute lachen und werfen ihm ein paar Münzen hinein.

»Komm«, flüstert Joschua und zieht mich weiter. Meine Beine sind weich, die Knie scheinen unter mir nachzugeben. Hinter einem Stand, in dem Bier und Schnaps verkauft werden, lassen wir uns zu Boden sinken.

»Unser seliger Vater hatte recht«, sagt Joschua.

Die Männer, die vor dem Stand stehen, unterhalten sich laut auf Polnisch. Sind wir schon hinter der Grenze, sind wir schon in Polen, ohne es gemerkt zu haben? Aber selbst wenn das stimmt, gerettet sind wir noch lange nicht.

21 Die Alte Synagoge

Es war, wie Alexej es vorausgesagt hatte, es wurde was mit Babuschka. Sie hatte nachgedacht, lange, denn in ihrem Alter änderte man seine Meinung nicht mehr so schnell. »Du hast recht, Laura«, sagte sie an einem trüben Herbsttag, als ich Alexej und Danila nach unserem Spaziergang mit Herrn Schneider nach Hause brachte. »Du hast recht, Laura, ich sollte mir den Schatz anschauen, vielleicht hilft mir das ja, mit meiner eigenen Geschichte meinen Frieden zu machen. Außerdem werde ich mich freuen, deine Mutter kennenzulernen.«

Als ich meine Mutter fragte, ob sie für uns eine private Führung machen würde, stimmte sie sofort zu. »Gern«, sagte sie, »kommt dein Alexej auch mit?«

Ich nickte.

»Wird ja auch Zeit, dass ich endlich den Jungen kennenlerne, in den meine Tochter offensichtlich verliebt ist. Oder etwa nicht? Mach doch nicht so ein Gesicht, das ist ganz normal in deinem Alter, beim Ersten denkt man immer, es ist der Richtige. Aber glaub mir, du wirst dich noch oft verlieben.«

Wut stieg heiß in mir hoch, ich ballte die Fäuste, sagte aber nichts. Warum konnte sie nicht einfach mal den Mund halten? Feinfühligkeit war ihre Sache nicht, sie platzte immer mit allem heraus, was ihr gerade durch den Kopf ging. Wie würde sie sich mit Alexej und Babuschka verhalten? Nach langem Nachdenken schlug ich ihr am Abend vor dem geplanten Termin vor, beim Italiener zu essen. Ich wolle ihr etwas erzählen, sagte ich.

Um draußen zu sitzen, war es jetzt endgültig zu kühl geworden, zum Glück war unser Lieblingstisch im ersten Stock noch frei. Herr Schneider kannte sich aus, er legte sich unter den Tisch und schob den Kopf Richtung Treppe. Tatsächlich kam Antonio und brachte ihm einen Knochen, der so groß war, dass ich mich fragte, von welchem Tier er wohl stammte. Ich bestellte Spaghetti mit Gorgonzolasoße, meine Mutter Garnelen vom Grill.

Wir hatten gegessen und meine Mutter hatte ein zweites Glas Wein vor sich stehen. »Also«, sagte sie, »dann fang mal an. Ich bin schon sehr gespannt.«

Ich erzählte ihr Babuschkas Geschichte in allen Details, an die ich mich noch erinnerte, und versuchte zu erklären, warum es mir so wichtig war, dass sie den Schatz besichtigte. »Verstehst du, ich habe einfach nur dahergeredet und gar nicht gemerkt, dass ich in ein Fettnäpfchen trete. Und wenn sie jetzt den Schatz sehen will, ist das ein bisschen wie eine nachträgliche Rechtfertigung.«

Sie nickte. »Das kann ich verstehen. Und du hast es mir erzählt, damit ich nicht ebenfalls in ein Fettnäpfchen trete?«

»Ja«, bestätigte ich. »Du sagst manchmal Sachen, die ich nicht so toll finde.«

»Zum Beispiel?«

»Zum Beispiel, dass ich mich noch oft verlieben werde.«

Sie wurde ernst. »Stimmt«, sagte sie, »das will keiner hören, der zum ersten Mal verliebt ist. Entschuldige.«

Ihre Nachgiebigkeit brachte mich dazu, ihr auch zu erzählen, was an jenem Nachmittag passiert war, als Alexej mich fragte, warum ich ihn eigentlich angesprochen hatte.

Sie hörte mir gespannt zu und nippte nur manchmal an ihrem Glas. Als ich fertig war, legte sie ihre Hand auf meine und sagte: »Du siehst, die Beziehung zwischen Deutschen und Juden ist voller Fettnäpfe.«

Ich seufzte. »Und sie stehen an Stellen, wo man sie nicht erwartet.«

Meine Mutter lachte. »Das haben Fettnäpfe so an sich«, sagte sie. »Und glaub mir, mein Kind, du bist nicht die Einzige, die hineintappt.«

Als wir nach Hause gingen, fing es an zu regnen, und wir kamen völlig durchweicht an. Wie immer stank Herr Schneider fürchterlich. Wenn sein Fell trocken war, roch es angenehm staubig und ein bisschen bitter. Ich rubbelte ihn mit einem Badehandtuch ab, bekam jedoch den Geruch nicht aus der Nase und riss das Fenster auf. Ihn störte es nicht, er war sofort eingeschlafen und schnarchte friedlich und ab und zu zuckte er im Schlaf mit den Pfoten. Ich hätte gern gewusst, was er träumte, von einer Hasenjagd oder von glücklichen Hundekindertagen? Falls er diese je gehabt hatte, meine Oma hatte ihn schließlich aus dem Tierheim geholt.

Ich tippte noch eine WhatsApp an Tamara und erzählte ihr, dass meine Mutter und ich einen extrem netten Abend bei Antonio verbracht hatten. *Seit du da warst, kommen wir deutlich besser miteinander aus. Sie hat nicht gemeckert und ich habe nicht gemault.*

Sie antwortete sofort. *Wie schön für euch. Ich hatte einen elend langweiligen Abend mit zwei Staatssekretären. Au revoir, meine Süße, schlaf gut.*

Am folgenden Tag war der Himmel noch immer grau und verhangen, aber es regnete nicht mehr. Wir hatten uns mit Babuschka, Alexej und Danila in der *Alten Synagoge* verabredet. Wir waren etwas zu früh dran und unterhielten uns ein paar Minuten mit Frau Mohr, die uns bereitwillig über den neuesten Erfurter Klatsch und Tratsch informierte.

Dann waren sie da. Babuschka war wunderschön mit ihren grauen Haaren und dem bräunlichen Gesicht. Sie trug diesmal ein silbergraues Kleid und eine elegante schwarze Jacke. Alexej sah aus wie immer, Jeans und ein dunkles T-Shirt, und Danila hatte ihr Lieblings-Papageien-T-Shirt angezogen, sie wollte ganz offensichtlich meine Mutter beeindrucken. Ein eitler kleiner Fratz, dachte ich, ein richtiges Mädchen.

Die Begrüßung zwischen meiner Mutter und Babuschka verlief etwas reserviert, aber nicht unfreundlich, dann gab sie Alexej und Danila die Hand. Natürlich fiel mir auf, wie interessiert sie Alexej betrachtete, aber schnell wieder wegschaute, um ihre Neugier zu verbergen.

»Wie heißt du?«, fragte Danila.

»Kathrin«, sagte meine Mutter. »Dein Name ist viel hübscher.«

»Kathrin ist okay«, sagte die Kleine großzügig. »Und wo ist Herr Schneider?«

»Den haben wir zu Hause gelassen, ein Hund hat in einem Museum nichts verloren.«

»Schade«, sagte Danila.

Als wir die Treppe zum Untergeschoss, zu der Ausstellung, hinuntergingen, hielt Babuschka sich mit einer Hand am Geländer fest, Alexej hatte ihren anderen Arm genommen und stützte sie.

Meine Mutter, die hinter ihnen herging, war sichtlich beeindruckt. »Er liebt sie sehr«, flüsterte sie mir zu und ich nickte.

Unten setzte sich Babuschka auf einen Hocker. »Ich bin nicht mehr so gut auf den Beinen«, sagte sie entschuldigend. »Bitte, erzählen Sie uns etwas über den Schatz.«

Meine Mutter fing damit an, wie der Schatz gefunden worden war, und fügte wie immer hinzu: »Er ist wirklich einzigartig in Deutschland, sowohl was den Umfang als auch die Qualität der Goldschmiedearbeiten betrifft.« Sie klang so stolz, als gehöre ihr der Schatz persönlich.

»Und woher weiß man, dass er damals von einem Juden versteckt worden ist?«

»Das war ziemlich schnell klar. Zum einen ließ die Datierung der Silbermünzen, immerhin über dreitausend Stück, darauf schließen, dass der Schatz etwa 1349 versteckt worden war, das heißt vor dem Pestpogrom gegen die Juden, und zum anderen konnte der Fundort aufgrund alter Dokumente einem gewissen Kalman von Wiehe zugeordnet werden, der ein jüdischer Geldverleiher war. Und ganz sicher war man, als man den Hochzeitsring gefunden hatte, auf dem in hebräischen Buchstaben *MASEL TOW* steht.«

Danila hatte die Schaufiguren in mittelalterlicher Kleidung entdeckt und knipste immer wieder das Licht an. Sie war sichtlich hingerissen von dem jungen Mann und der jungen Frau. Als sie merkte, dass ich sie beobachtete, rief sie mir zu: »Guck mal, Laura, die beiden sind verliebt, das sieht man ihnen an.«

»Wie viel ist der Schatz eigentlich wert?«, fragte Babuschka.

»Sein Wert ist gar nicht hoch genug einzuschätzen«, sagte meine Mutter. »Abgesehen von den Münzen, den vierzehn Silberbarren und dem Silbergeschirr enthält er über siebenhundert gotische Goldschmiedearbeiten. Solche Funde sind ausgesprochen selten, denn Gold war sehr wertvoll, und wenn man neue Schmuckstücke anfertigen lassen wollte, hat man die alten einfach eingeschmolzen. Ähnlich hat man es mit Silberschmuck und Silbergeschirr gemacht. Das heißt, nur wenn derjenige, der den Schatz versteckt hat, ihn nicht mehr zurückholen konnte und er nicht von anderen gestohlen wurde, findet man heute noch solche Arbeiten.«

Babuschka presste die Lippen zusammen und ich dachte: Mama, sag jetzt bitte etwas Versöhnliches!

»Leider bedeutet das, dass die Existenz derartiger Funde fast immer auf historische Katastrophen zurückzuführen ist«, sagte meine Mutter.

Danke, Mama, du hast die Situation gerettet.

»Anfang des 14. Jahrhunderts hat sich die Situation der Juden ständig verschlechtert, man gab ihnen, weil Minderheiten leicht zu Sündenböcken werden, die Schuld an Missernten und Hunger, und als sich die Pest in Europa verbreitete, wurde ihre Lage noch viel schlimmer.«

Ich wusste, dass meine Mutter jetzt auf das Pestpogrom eingehen würde, deshalb schlenderte ich hinüber zu Danila, zog sie zu dem Doppelkopf und zeigte ihr die Rekonstruktion der transluziden Emailmedaillons, die sich jeweils unter dem Fuß und auf dem Innenboden der beiden »Köpfe« befinden. Sie war ganz begeistert davon, sie lachte und das Grübchen auf ihrer linken Wange wurde tiefer.

»Auf jedem Doppelkopf ist eine Geschichte gemalt. Siehst du den Raben und den Fuchs?«, sagte ich. »Die stammen aus einer Fabel von Äsop, einem berühmten altgriechischen Dichter. Die Geschichte geht so: Ein Rabe hat ein Stück Käse im

Schnabel, das ein Fuchs, der ihn beobachtet, gern gehabt haben würde. Deshalb schmeichelt er dem Raben und sagt, was für ein schöner Vogel er doch sei, und bittet ihn, ein Lied für ihn zu singen. Der Rabe fühlt sich geehrt und öffnet den Schnabel, um dem Fuchs etwas vorzukrächzen. Dabei fällt das Stück Käse auf den Boden, der schlaue Fuchs schnappt es und läuft davon.«

Danila kicherte. »Ein dummer Vogel. Und wie geht die zweite Geschichte?«

»Die erzähle ich dir ein andermal«, sagte ich. Ich fand sie einfach noch zu jung für die grausame Fabel vom Fuchs und dem Adler, der die Fuchsjungen fressen wollte. Tierkinder sollten nicht gegessen werden, deshalb kaufen wir auch kein Lamm- oder Kalbfleisch.

Ich zog sie zu den Broschen. »Was für schöne bunte Steine!«, rief sie begeistert.

»Das sind Edelsteine«, sagte ich. »Die roten heißen Rubine, die lilafarbenen Almandine, die blauen Saphire, die grünen Malachite.« Ich wies sie auf die beiden Broschen hin, die mir besonders gut gefielen, eine große und eine kleinere, die sich sehr ähnlich sahen. »Schau mal, die große hat bestimmt dem Vater gehört und die kleine dem Sohn.«

»Warum nicht der Mutter und der Tochter?«

Ich zuckte mit den Schultern. »Weil sie zu prächtig sind. Ich glaube, so prächtige Broschen haben nur Männer getragen.«

»Das ist ungerecht«, sagte Danila.

»Stimmt«, gab ich zu und gab ihr einen Kuss, weil sie nicht nur ein eitler kleiner Fratz war, sondern auch ein selbstbewusstes Mädchen, und führte sie zu den Gürtelbeschlägen.

Alexej gesellte sich zu uns, meine Mutter und Babuschka standen beim Silbergeschirr. »Diese Becher – wie haben Sie gesagt, Häufelbecher? – sehen ganz modern aus, man könnte sie heute noch verwenden«, sagte Babuschka.

»Gürtel mag ich nicht«, sagte Danila, »sie sind zu unbequem. Gehen wir lieber zu den Ringen.«

Sie war sprunghaft, hüpfte von einer Vitrine zur nächsten, von den Ringen zu den Häufelbechern, zur Silberschale, dann zurück zu den Broschen, aber immer wieder zum Doppelkopf mit den restaurierten Emailmedaillons.

»Woher kommt eigentlich der Name Doppelkopf für ein Gefäß«, hörte ich Babuschka fragen. »Ich kenne Doppelkopf nur als Kartenspiel.«

»Im Mittelhochdeutschen war *kopf* beziehungsweise *kopp* ein bauchiges Trinkgefäß und als Doppelkopf bezeichnet man zwei miteinander verbundene Gefäße«, erklärte meine Mutter.

Sie gingen jetzt zum letzten Exponat, dem wichtigsten, dem Hochzeitsring. Meine Mutter hob Danila hoch, damit sie ihn besser sehen konnte, die Kleine legte die Arme um ihren Hals und schmiegte sich dicht an sie. Auf einmal sah ich ein Foto vor mir, meine Mutter, die mich als kleines Mädchen auf dem Arm hält, genau so, wie sie jetzt Danila hielt, und mir wurde ganz warm ums Herz. Wir hatten früher bessere Zeiten, dachte ich, und wusste plötzlich, dass diese besseren Zeiten nicht für immer verloren waren.

»Außer diesem Hochzeitsring hier gibt es nur noch drei ähnliche Funde in Deutschland«, sagte meine Mutter, »dieser hier ist meiner Meinung nach der schönste.«

Babuschka stand ganz versunken da, sie schwieg lange, dann sagte sie: »Langsam halte ich es auch für ein Glück, dass dieser Schatz erhalten geblieben ist.«

Meine Mutter streichelte Danilas Haare, Alexej griff nach meiner Hand und drückte sie. Seine langen Finger umschlossen meine kurzen, seine Haut war warm und angenehm trocken. Es war der Händedruck, mit dem wir uns jeden Morgen zu Beginn der großen Pause begrüßten, und zum ersten Mal dachte ich, wie schön es doch sein könnte, Hand in Hand mit ihm über den Schulhof zu gehen und allen zu zeigen, dass wir zusammengehörten.

Als wir die Ausstellung verließen, lud meine Mutter Babuschka ein, noch eine Tasse Tee bei uns zu trinken, und zu meiner Überraschung nahm Babuschka die Einladung an. Alexej drückte mir wieder die Hand, und Danila war ganz außer sich vor Freude, dass sie Herrn Schneider noch sehen würde. Offenbar interessierte sie sich mehr für lebende Tiere als für tote Gegenstände, egal wie wertvoll sie waren. Vielleicht hätte meine Mutter früher, als ich kleiner war, auch mal auf diese Idee kommen sollen. Jetzt war sie jedenfalls sehr liebevoll zu Danila.

Auf dem Weg kaufte sie noch ein paar Gebäckstücke und ließ sich dabei von Danila beraten. Zu Hause ging sie gleich in die Küche, um Tee zu kochen, Babuschka setzte sich in den alten Ohrensessel meiner Oma, Danila lag schon mit Herrn Schneider auf dem Teppich, und Alexej half mir, mit Omas gutem Teegeschirr den Wohnzimmertisch zu decken. Als er die Tassen hinstellte, beugte er sich so dicht vor mir über den Tisch, dass seine Lippen mein Gesicht streiften.

Dann saßen wir um den Esstisch, tranken Tee und aßen Gebäck. Babuschka stellte ihre Teetasse zurück. »Und damit war die Geschichte mit Erfurt und den Juden beendet?«

»Aber nein«, sagte meine Mutter, »keineswegs. Es hat keine

zehn Jahre gedauert, da hat sich eine neue jüdische Gemeinde in Erfurt gebildet. Nachdem das Erzbistum Mainz auf den Besitz der Getöteten verzichtet hatte, standen die Juden nun unter dem Schutz der Stadt Erfurt. Einem Verzeichnis der Judensteuern kann man entnehmen, dass in Erfurt die größte Gemeinde des thüringischen und sächsischen Gebietes war, größer war nur noch die Gemeinde von Nürnberg. Es gab bestimmt auch ein reiches kulturelles Leben. Aus dem 13. und 14. Jahrhundert sind viele Grabsteine erhalten. Das jüdische Leben fand erst ein Ende, als die Juden, wie in den meisten deutschen Gemeinden, im 15. Jahrhundert aus der Stadt vertrieben wurden. In Erfurt war das 1485.«

»Keine zehn Jahre …«, sagte Babuschka nachdenklich.

»Ja, die ersten Juden kamen 1354 und acht Jahre nach dem Pogrom gab es wieder eine jüdische Gemeinde. 1389 fand in Erfurt eine Rabbinerversammlung statt, an der unter anderem auch die Rabbiner der benachbarten Gemeinden Plaue und Weißenfels mitgewirkt haben.«

Danila war längst aufgestanden und schmuste mit Herrn Schneider. Alexej schaute mich an und zog die Augenbrauen hoch. Ich wusste, was er dachte: Wie im Geschichtsunterricht. Bevor meine Mutter sich weiter in Jahreszahlen vertiefen konnte, fragte er: »Laura, möchtest du Babuschka nicht mal deine Bilderwand zeigen?«

Ja, natürlich wollte ich das, ich hatte noch immer ihre Bemerkung über mein »interessantes Hobby« in den Ohren, ich wollte ihr zeigen, dass Zeichnen für mich viel mehr war als ein Hobby, deshalb führte ich sie in mein Zimmer. Lange stand sie vor der Wand und betrachtete jedes einzelne Bild. »Du bist eine Künstlerin, Laura«, sagte sie schließlich.

Ich wehrte ab. »Nein, das bin ich wirklich nicht, aber mir ist Zeichnen sehr wichtig.«

Als sie sich an meinen Schreibtisch setzte, nahm ich die beiden Bilder von meiner Oma von der Wand und legte sie vor sie auf den Tisch. »Das war die erste Zeichnung, die ich von meiner Großmutter gemacht habe, ich habe das Bild nicht datiert, ich nehme an, es ist vielleicht vier Jahre alt. Damals hat sie noch gelebt. Und dieses da, das zweite, habe ich erst neulich gemacht, es zeigt meine Oma, wie ich sie in Erinnerung habe, so hat sie vor drei Jahren ausgesehen, als ich sie zum letzten Mal gesehen habe.«

Babuschka hob die Zeichnung hoch und betrachtete sie lange. »Wie alt warst du, als sie gestorben ist?«

»Zwölf.«

»Ach, Kind«, sagte sie. »Es ist schwer, jemanden zu verlieren, wenn man noch so jung ist, jemanden, den man sehr lieb gehabt hat.«

Sie ließ das Blatt sinken und zog mich an sich.

Und wieder einmal konnte ich weinen. Sie streichelte mich so lange, bis ich mich wieder beruhigt hatte.

Als wir, meine Mutter und ich, Babuschka, Alexej und Danila in ein Taxi gesetzt hatten, legte mir meine Mutter den Arm um die Schulter. »Und?«, fragte sie. »Bist du zufrieden mit mir?«

»Sehr«, sagte ich.

»Diese Babuschka gefällt mir, sie ist eine wirklich beeindruckende Frau.«

Und als sie die Wohnungstür aufschloss, sagte sie, ohne mich anzuschauen: »Dein Alexej sieht ziemlich gut aus und er hat eine wunderbare Stimme.«

An jenem Abend sprachen meine Mutter und ich zum ersten Mal darüber, wie traurig wir nach Omas Tod gewesen waren und wie sehr wir sie auch heute noch vermissten.

»Ich habe erst, als sie nicht mehr da war, gemerkt, wie wichtig sie für mich war«, sagte meine Mutter. »Ich glaube, ich habe ihr das nie gesagt, und mir deshalb lange Vorwürfe gemacht.«

Ich tröstete sie. »Sie hat es bestimmt gewusst.«

Als wir uns Gute Nacht sagten, umarmten wir uns.

22 *Der Fiedler*

Ich sitze vor dem Wagen am Feuer und schnipple Karotten, Rüben, Zwiebeln und Knoblauch in den Topf, der über dem Dreifuß hängt. Aus dem Topf steigt ein Duft auf, der mir durch die Nase ins Blut und von dort in jede Faser meines Körpers dringt, so lange habe ich ihn nicht mehr gerochen. Es ist der Duft nach zu Hause, nach Agathas Hühnersuppe, und die Sehnsucht nach ihr, nach meinem früheren Leben, packt mich so heftig, dass mir die Brust wehtut. Fast meine ich meinen Vater zu hören, der fragt: Was riecht denn hier so gut?

»Was riecht denn hier so gut?«, fragt auch Kunigunde, unsere Nachbarin. Sie ist die Frau des Baders, den wir gestern dabei beobachtet haben, wie er einem alten Mann den Zahn gezogen hat. Als wir noch spät am Abend unseren Wagen hierhergefahren haben, zum Anger, wo schon etliche andere Planwagen und Fuhrwerke standen, haben wir uns einen freien Platz gesucht und Kuno an einem der Pflöcke auf der Wiese angebunden. Erst heute Morgen haben wir entdeckt, dass Kunigunde und Berthold unsere Nachbarn sind. Sie leben in einem Planwagen, der etwas größer ist als unserer. Als ich »Gott zum Gruße, Herr Bader« sagte, betonte Berthold sofort, er sei kein Bader, sondern ein Wunderheiler und habe für alle Schmerzen und Nöte der Menschen eine Medizin. Jetzt machen er und seine Frau sich auf, um auf dem Anger und im nahen Wäldchen nach Heilpflanzen zu suchen, und bitten mich, ein Auge auf ihren Wagen zu haben.

Gestern Abend sind wir also noch hierhergefahren. Wir, das sind Joschua und ich und Mendel, der Fiedler, unser neuer Freund.

Das Huhn, die Rüben und ein paar Eier haben mir Mendel und Joschua gebracht, das Holz und die Glut für das Feuer habe ich von Kunigunde und Berthold bekommen, das fahrende Volk ist offenbar leichter bereit, seinem Nächsten zu helfen, als es zum Beispiel die Bauern sind, von denen wir noch nie etwas umsonst bekommen haben.

Mendel, unser neuer Freund. Ich weiß noch immer nicht genau, was ich von ihm halten soll. Er ist ein großer, kräftiger Mann mit einem dünnen, braunen Bart, einem grünen Umhang und einem schwarzen Hut mit einer auffallenden gelben Krempe, älter als Burkhard, aber jünger, als unser Vater war. Wir haben ihn gestern gegen Abend kennengelernt und das kam so:

Wir gingen über den Markt und kauten an zwei schrumpeligen Äpfeln, die wir an einem Stand gekauft hatten, als plötzlich eine Melodie an unser Ohr drang und uns aufhorchen ließ. Joschua legte den Kopf schräg und lauschte mit geschlossenen Augen. Irgendwo spielte ein Fiedler ein Lied, das wir gut kannten, wir hatten es oft genug auf jüdischen Hochzeiten und bei Purimspielen gehört. Ein Lächeln erschien auf Joschuas Gesicht, er packte meine Hand und zog mich durch die Menge.

Die Melodie wurde lauter, je näher wir den Menschen kamen, die einen Kreis gebildet hatten. In dem Kreis stand ein

Fiedler, der sein Instrument mit einer Hingabe spielte, als wäre er mitten unter Juden. Wir blieben hinter ein paar größeren Kindern stehen und betrachteten neugierig das Bild, das sich uns bot. Die Menschen lachten und klatschten, und die Kinder deuteten jubelnd auf etwas auf dem Boden, das wir von unserem Platz aus nicht erkennen konnten. Wir drängten uns zwischen sie, bis wir sahen, was ihre Begeisterung auslöste.

Es war ein kleiner Hund, weiß mit schwarzen Pfoten, schwarzen Ohren und einem fast herzförmigen schwarzen Fleck auf der Stirn. Um den Hals trug er ein rotes, zu einer Schleife gebundenes Band. Er erhob sich auf die Hinterbeine und machte ein paar Schritte, als wolle er tanzen, und hob dabei wie winkend die Vorderpfoten. Er bewegte sich so putzig, dass auch ich unwillkürlich lachen musste.

Plötzlich stieß mich Joschua zur Seite, machte einen Satz und stand vor dem Fiedler, der erstaunt den Bogen sinken ließ. Joschua bedeutete ihm, er möge weiterspielen, und fing an zu tanzen. Es war ein wilder, ungestümer Tanz, den mein Bruder vollführte, ein Tanz, wie ich noch nie einen gesehen hatte. Zwischen ein paar Schritten schlug er einen Salto vorwärts und landete auf den Füßen, dann, nach ein paar weiteren Schritten, folgte ein Salto rückwärts. Er schwang sich auf die Hände und bewegte die Beine im Takt der Melodie, er schlug ein Rad nach links und wieder zurück, er stand auf einem Bein und drehte sich so schnell um die eigene Achse, dass mir schon vom Zuschauen schwindlig wurde.

Die Leute waren zurückgewichen, um ihm Platz zu machen. Die Melodien des Fiedlers wurden immer fröhlicher und Joschuas Sprünge immer wilder und ausgelassener, Purzelbäume wechselten mit den verwegensten Kapriolen. Ich habe nicht gewusst, dass er so etwas kann, vielleicht hat er es ja selbst nicht gewusst. Ich habe ihn schon oft genug auf Händen gehen sehen, zu Hause, in unserem Hof, ich habe auch gesehen, wie er auf unserem Apfelbaum von einem Ast zum anderen flog, als wäre er ein Vogel, ich habe ihm zugeschaut, als er am Dachbalken des Schuppens ein Seil befestigt hat, daran herumkletterte und sich wild hin- und herschwang, ich habe ihn schon unzählige Purzelbäume hintereinander schlagen sehen. Aber so etwas?

Als der Fiedler nach einem wilden Schlussakkord den Bogen in die Luft reckte, die Fiedel sinken ließ und sich verbeugte, verbeugte sich auch mein Bruder, keuchend, aber mit einem so stolzen und strahlenden Gesicht, wie ich es noch nie an ihm gesehen hatte. Der Fiedler nahm seinen Hut vom Kopf, bückte sich zu dem kleinen Hund und hielt ihn ihm hin. Der Hund packte den Hut an der Krempe und lief von einem Zuschauer zum anderen, und wenn ihm jemand eine Münze hineinwarf, erhob er sich auf die Hinterbeine und dankte artig mit einem Winken der Vorderpfoten.

Joschua kam auf mich zu, noch immer verschwitzt und schwer atmend, umarmte mich und fragte flüsternd: »Ich war gut, nicht wahr?«

»Du warst großartig«, bestätigte ich, nahm seine Hand und wollte ihn aus dem Kreis ziehen.

»Halt!«, rief der Fiedler. Er hielt den Hut in der einen Hand und wühlte mit der anderen in den Münzen, bevor er Joschua ein paar Geldstücke hinhielt. »Das ist dein Anteil, Junge«, sagte er. »Du bist ein wunderbarer Akrobat, zusammen wären wir ein gutes Paar.«

»Danke«, sagte Joschua und steckte die Münzen ein.

»Ich bin Mendel, der Fiedler«, sagte der Mann, »und der Hund hier ist mein Freund Simpel.« Er winkelte den linken Arm an, der kleine Hund sprang mit einem Satz hinauf und kuschelte sich in die so entstandene Kuhle. »Und wer seid ihr?«

Bevor Joschua den Mund aufmachen konnte, sagte ich schnell: »Wir heißen Agatha und Burkhard.«

»Und woher seid ihr?«, fragte Mendel.

Ich zögerte mit der Antwort. »Aus Nürnberg, wir sind auf dem Weg nach Krakau, dort wartet unser Vater auf uns.«

Der Mann musterte uns zweifelnd. »Zwei Kinder allein? Den ganzen Weg zu Fuß?«

»Nein«, sagte Joschua schnell. »Wir sind mit einem Wagen unterwegs, mit einem Pferdewagen.«

Ich denke, das hat Mendel erst recht neugierig gemacht. Ich wollte schnell gehen, aber er hielt mich am Arm fest. »Wartet«, sagte er, »ich lade euch zum Essen in die Wirtschaft ein, da können wir uns in aller Ruhe unterhalten. Ihr habt doch bestimmt Hunger, nicht wahr?«

Ich schüttelte den Kopf und wollte mich aus seinem Griff befreien, doch da stand Joschua schon neben dem Mann und fragte, ob er Simpel tragen dürfe. Mendel hielt ihm den Hund hin, Joschua nahm ihn und drückte mit einem glücklichen Lächeln sein Gesicht in das weiße Fell. Der kleine Hund hob den Kopf und leckte ihn über die Wange. Joschua gluckste vor Vergnügen. Da war mir klar, dass ich keine Wahl hatte, ich musste den beiden folgen.

Die Wirtschaft war eigentlich keine Wirtschaft, eher eine Art Garküche. Mendel kaufte für uns Hafergrütze mit Gemüse und einem Stück gekochten fetten Fleisches und setzte sich uns gegenüber auf die Bank. Noch immer ausgehungert von den sieben Tagen am Felsen fielen wir gierig über das Essen her. Mendel selbst aß nur wenig und verfütterte den größten Teil seines Fleischs an Simpel, den kleinen Hund. Dann holte er für sich ein Bier und einen Humpen Wasser für uns, stützte die Arme auf, legte den Kopf auf die Hände und forderte uns auf, unsere Geschichte zu erzählen.

Ich wollte gerade von Sigmund, dem Kaufmann aus Nürnberg, und seiner verstorbenen Frau Adelheid anfangen, da unterbrach mich Joschua und fragte: »Mendel, woher kennst du die Melodie, die du gespielt hast?«

»Die spielt man bei uns immer bei Festen«, antwortete Mendel. »Warum fragst du das?«

»Wir kennen die Melodie«, sagte Joschua. »Bist du ein Jude?«

Mendel zögerte, seine Augen verengten sich, dann nickte er und fragte: »Hast du etwas gegen Juden?«

Joschua stieß einen erstaunten Pfiff aus. »Ein Jude unter dem fahrenden Volk?«

»Warum nicht?«, sagte Mendel. »Ich bin nicht der einzige, Juden gibt es überall.« Er schaute erst Joschua an, dann mich und langsam breitete sich ein Lächeln auf seinem Gesicht aus. »Ihr auch, nicht wahr?«, fragte er.

Bevor ich etwas sagen konnte, nickte Joschua und fing an, unsere wirkliche Geschichte zu erzählen. Er nannte auch unsere jüdischen Namen. Ich hätte ihn gern zum Schweigen gebracht, wusste aber nicht wie, und außerdem war es sowieso schon zu spät. Mendel hörte schweigend zu. Als Joschua sagte: »Und dann haben wir unseren toten Vater gefunden«, streckte er die Hand aus und strich Joschua über die Haare. Mein Bruder senkte den Kopf, seine Schultern zuckten. Mendel stand auf, setzte sich neben ihn und nahm ihn in die Arme.

Ich glaube, in diesem Moment habe ich schon gewusst, wie es weitergehen würde.

Die Frage kam später, als wir schon mit Kuno und dem Wagen auf den Anger gefahren waren und Mendel seinen kleinen Leiterwagen neben uns abgestellt hatte. Wir saßen vor dem Wagen, an dem fast erloschenen Feuer unserer Nachbarn, die sich offenbar bereits zur Ruhe begeben hatten. Ich spielte mit Knöpfchen, Joschua hatte Simpel auf dem Schoß und streichelte ihn. Es war ein milder Abend, und über allem lag das milchige Licht des fast vollen Mondes, an einem samtgrauen Himmel glitzerten Sterne, die Umrisse der Häuser und Kirchen in der Stadt vor uns schienen zu verschwimmen. Nach dem lauten Tag auf dem Markt hüllte uns eine tiefe Stille wie ein wärmender Umhang ein, nur ab und zu waren von irgendwoher Rufe zu hören und verstummten bald wieder.

Da sagte Mendel plötzlich: »Rachel, Joschua, wollt ihr nicht mit mir zusammen weiterziehen? Ich verspreche euch, dass ich auf euch aufpassen werde und ihr jeden Tag etwas zu essen bekommt.«

Joschua hob sein im Mondlicht blasses Gesicht vom Hundefell und schaute mich erwartungsvoll an. Ich schüttelte den Kopf. »Nein, wir müssen uns nach dem Plan unseres Vaters richten, das hätte er so gewollt.«

Joschua wandte sich ab, um seine Enttäuschung zu verbergen, aber ich konnte sie spüren. Mendel schwieg lange, dann schaute er mich ernst an und sagte: »Was du sagst, ehrt dich, Kind, für dich mag das richtig sein. Doch den Jungen solltest du hierlassen, bei mir, ich werde gut für ihn sorgen.«

Das war es, was ich befürchtet hatte.

Ich gab ihm keine Antwort. Ich schaute hinauf in den Himmel und schwieg, obwohl ich wusste, dass die beiden, Joschua und Mendel, mich nun gespannt beobachteten. Plötzlich war mir kalt. Ich stand auf und stieg, Knöpfchens Kiste unter dem Arm, hinauf in den Wagen, wickelte mich in meine Schafwolldecke und legte mich dicht an die Seitenplanken.

Ich hörte, wie Joschua und Mendel in den Wagen kamen, spürte, wie der Boden unter ihren Füßen zitterte, aber ich tat, als würde ich schlafen. Ich rührte mich nicht, als sie sich leise Gute Nacht wünschten. Auch nicht, als Joschua sich neben mich legte, mir kurz über die Haare strich und »Schlaf gut, Rachel« flüsterte.

Mendel verbrachte die Nacht bei uns im Wagen. Joschuas langsamer werdende Atemzüge verrieten mir, dass er einschlief. Auch Mendels Atemzüge wurden schwerer und tiefer, dann fing er leise an zu schnarchen, und ich wusste, dass auch er eingeschlafen war. Nur ich lag lange wach und grübelte und sprach in Gedanken mit meinem toten Vater, der, das wusste ich, diesen Vorschlag abgelehnt hätte.

Aber Joschua ist glücklich, sagte ich, und Mendel ist schließlich ein Jude.

Aber was für einer, wandte mein Vater ein. Ist dir nicht aufgefallen, dass er heute Abend nicht gebetet hat?

Darauf wusste ich keine Antwort, denn natürlich war mir das aufgefallen.

Auch am Morgen wich ich Joschua und Mendel aus, ich kümmerte mich um Knöpfchen und Kuno, holte Wasser aus dem nahen Brunnen und tat, als wäre ich sehr beschäftigt. Irgendwann sagte Joschua, er gehe jetzt mit Mendel und Simpel auf den Markt, sie wollten ein bisschen Geld verdienen und würden etwas für die Abendmahlzeit mitbringen. Das taten sie, sie brachten mir ein bereits gerupftes Huhn, Hirse, Rüben und ein paar Eier.

Deshalb sitze ich jetzt vor dem Wagen und koche. Joschua und Mendel sind wieder zum Markt gegangen. Ich weiß nicht, was ich denken soll, meine Gedanken schlagen Purzelbäume, wie Joschua sie jetzt wohl vor Mendel schlägt, der fröhliche Melodien fiedelt.

Ich bin die Ältere, die Entscheidung liegt bei mir.

Doch selbst da bin ich mir nicht sicher, vielleicht hat Joschua schon längst entschieden, wie sein Leben verlaufen soll.

Kannst du Mendel trauen?, fragt mein Vater.

Ich weiß es nicht. Mendel sagt zwar, er sei Jude, hat aber weder gestern Abend noch heute Morgen gebetet. Vielleicht geht er ja wenigstens am Schabbat in die örtliche Synagoge. Soll ich ihn darauf ansprechen oder nicht? Ich frage mich, ob das überhaupt eine Rolle spielt, und erschrecke bei diesem Gedanken. Habe ich mich schon so weit von meinem Vater entfernt? Tochter, höre ich ihn sagen, wir werden uns jetzt wie Christen verhalten, doch später, wenn das alles vorbei ist, werden wir wieder Juden sein.

Das alles ist noch nicht vorbei.

Und mein Vater ist tot. Es gibt niemanden, den ich um Rat fragen könnte.

Der wunderbare Geruch nach Hühnersuppe macht mich innerlich ganz weich. Ich hole Knöpfchen aus dem Wagen und lasse ihn herumhüpfen und Gras knabbern. Ich bin inzwischen sicher, dass er mir nicht wegläuft, das Tierchen weiß, dass es zu mir gehört.

Als die Luft schon blau wird und sich im Westen, wo Erfurt liegt, bereits die ersten rosafarbenen Schlieren am Himmel zeigen, kommen Joschua und Mendel vom Markt zurück. Joschua trägt Simpel auf dem Arm und strahlt über das ganze Gesicht und Mendel überreicht mir einen großen Laib Brot und eine Wurst.

Auf der Suppe schwimmen goldfarbene Fettaugen, es war ein wohlgenährtes Huhn, und die Joich, wie meine Großmutter Hühnersuppe immer genannt hat, schmeckt wunderbar und gut gewürzt, denn zum Glück haben wir auch noch etwas von dem Salz, das Notburga so fürsorglich für uns eingepackt hat. Wir geben auch Berthold und Kunigunde etwas von unserer Suppe ab, als Dank für das Feuer, und neben uns schlabbert Simpel seinen Anteil.

Nachdem Berthold und Kunigunde sich verabschiedet haben, um schlafen zu gehen, bleiben wir sitzen. Aus der Feuerstelle schlagen noch kleine Flämmchen, und wenn Joschua mit einem Stock in der Glut herumstochert, sprühen Funken auf wie Glühwürmchen.

»Joschua, geh noch ein bisschen mit Simpel spazieren«, sagt Mendel.

Joschua schaut mich fragend an. Ich nicke.

Er steht auf und entfernt sich mit Simpel über die mondbeschienene Wiese. Er geht langsam, dreht sich immer wieder nach uns um.

Als er außer Hörweite ist, fragt Mendel: »Nun, hast du über meinen Vorschlag nachgedacht?«

Ich stelle eine Gegenfrage: »Warum willst du Joschua bei dir behalten? Damit die Leute dir mehr Geld geben?«

»Nein«, sagt Mendel, »zumindest nicht nur. Er ist ein guter Junge.«

Wir schweigen beide. Erst nach einer ganzen Weile sagt Mendel: »Die Wahrheit ist, dass ich allein bin. Allein mit Simpel, aber ein Hund ist kein Ersatz für einen Menschen. Ich bin zu jung, um allein zu sein, und zu alt, um noch eine Familie zu gründen. Ich sehne mich nach Gesellschaft.«

»Und wenn Joschua bei dir bleibt, bin ich allein«, sage ich. Und das ist die Wahrheit. Das ist es, was mir die größte Angst macht. Allein mit mir und meinem Kummer. Allein vor einer ungewissen Zukunft.

»Du bist so jung, du wirst nicht allein bleiben«, sagt Mendel.

Wieder schweigen wir.

Ganz in der Nähe fauchen Katzen, aber ich kann sie nicht sehen, sie verstummen auch gleich wieder. Es ist so still, dass man die Blätter des nahen Wäldchens rascheln hört, wenn ein Windstoß sie trifft.

»Es gibt noch einen weiteren Grund«, sagt Mendel. »Du bist ein Mädchen, noch keine Frau. Glaubst du wirklich, du könntest mit einem Jungen wie Joschua fertig werden? Glaubst du wirklich, du könntest ihm das nötige Rüstzeug fürs Leben geben?«

»Er ist mein Bruder«, sage ich. Und in plötzlich aufwallendem Zorn füge ich hinzu: »Was könntest du ihm beibringen, was ich nicht kann?«

»Zu überleben«, sagt er einfach. »Ich bin ein Mann, ich kann ihm alles beibringen, was ein Mann zum Überleben braucht. Und ich würde es gerne tun. Denke noch einmal darüber nach.«

Joschua kommt zurück, wir gehen schlafen.

Ich liege fast die ganze Nacht wach. Inzwischen bin ich mir sicher, was ich von Mendel zu halten habe, er ist ein guter

Mensch. Vielleicht kein guter Jude, aber ein Mensch, der seinem Nächsten nichts Arges tut.

Morgens, als wir Brot und Wurst essen, teile ich Joschua und Mendel mit, was ich beschlossen habe. Joschua kann, wenn er das will, bei Mendel bleiben. Ich werde ihnen auch Kuno und den Wagen überlassen, denn allein kann ich nicht fahren, das traue ich mir nicht zu. Und mit dem Wagen werden sie es bequemer haben, sie können sich ihre Mahlzeiten selbst kochen und haben immer einen Platz zum Schlafen.

»Das geht nicht«, sagt Mendel, »du kannst nicht allein zu Fuß weitergehen.«

»Zu Fuß ist ein Mädchen unauffälliger als allein mit einem Pferdewagen.«

»Das kann ich nicht annehmen«, sagt er.

»Doch. Aber du musst mir versprechen, gut für meinen Bruder zu sorgen.«

Joschua setzt sich neben mich, schmiegt sich dicht an mich.

»Du weißt, was für ein Leben dich erwartet?«, frage ich.

Er nickt. »Das Leben, das ich mir wünsche. Das ich mir immer gewünscht habe.«

»Du wirst keine Broschen haben, kein Silbergeschirr, keinen Schmuck. Du wirst niemanden haben, der für dich arbeitet, du wirst für dich allein sorgen müssen.«

»Ich weiß«, sagt er. »Ich brauche keine Broschen und kein Silbergeschirr.«

Ich lege den Arm um ihn und drücke ihn an mich. Das Bild unseres toten Vaters taucht vor mir auf. Reiche Juden leben gefährlich. Ich werde ihm nichts von dem Schatz sagen, er ist zu jung, er könnte, wenn er in Not kommt, versuchen, den Schatz zu holen, und sich damit in Gefahr bringen.

Ich küsse ihn. »Ich wünsche dir viel Glück, mein Bruder. Und vergiss nie, dass du ein Jude bist.«

»Ich weiß«, sagt er und wiederholt die Worte unseres Vaters: »Wir werden uns jetzt wie Christen verhalten, doch später, wenn das alles vorbei ist, werden wir wieder Juden sein.«

»Es muss kein Abschied für immer sein«, sagt Mendel. »Wo du auch sein wirst, gehe zu jedem Jahrmarkt in der Nähe und halte Ausschau nach uns. Irgendwann werden wir uns wiedersehen.«

»So Gott will«, sage ich, wie Agatha es immer gesagt hat.

23 Kreuzzüge

Ich saß an meinem Schreibtisch, vor mir die Mappe mit den Zeichnungen, die ich von Zeit zu Zeit durchblätterte. Manche gefielen mir ganz gut, bei anderen hatte ich das Gefühl, sie noch mal überarbeiten zu müssen, aber eine störte mich ganz besonders, sie drückte nicht das Gefühl aus, das ich mir vorgestellt hatte. Es war die Zeichnung mit dem Planwagen, der auf der Hohen Straße auf den Betrachter zufährt, auf dem Bock sitzen Kalman von Wiehe, in der einen Hand die Zügel, in der anderen die Peitsche, und links und rechts neben ihm Rachel und Joschua.

Besonders misslungen fand ich das Pferd, es wirkte hölzern. Fehlten bloß noch Kufen unter den Hufen und es hätte als Schaukelpferd durchgehen können. Und Rachel und Joschua sah man nicht an, dass ihre Reise zu jenem Zeitpunkt noch eher ein Abenteuer für sie gewesen sein muss, schließlich konnten sie damals nicht ahnen, was ihnen alles bevorstand. Das Bild hätte so was wie Leichtigkeit und Lebensfreude ausstrahlen sollen, stattdessen war es langweilig und ausdruckslos, eine simple Illustration, also genau das, was ich nicht wollte.

Ich holte mir aus dem Internet ein paar Pferdebilder und probierte alles Mögliche aus, wurde aber zunehmend unzufriedener. Schließlich hatte ich die rettende Idee: Ich musste Pferde zeichnen am lebenden Modell üben.

Die Einzige, von der ich wusste, dass sie regelmäßig reiten ging und sogar ein eigenes Pferd besaß, war Sarah zwei aus meiner Klasse, die wir Sarina nannten, um sie von Sarah eins aus Vanessas Clique zu unterscheiden. Ich hatte noch nie viel mit ihr zu tun gehabt, sie war eine unauffällige Schülerin, nicht nur äußerlich, und im Unterricht eher mittelmäßig, abgesehen von Sport und Musik, da war sie wirklich gut, sie war im Schulchor und hatte einmal bei einer Abschlussfeier ein Solo gesungen, einen Gospelsong. Ansonsten hielt sie sich zurück und redete nicht viel, außer wenn es um Pferde ging.

Schon am nächsten Morgen fragte ich sie, ob ich sie mal begleiten könne, ich wolle üben, Pferde zu zeichnen. Sie war sofort einverstanden, schien sich sogar richtig zu freuen.

»Wenn du willst, gleich heute«, sagte sie, »ich habe immer montags, mittwochs und samstags Reitstunden.«

So kam es, dass ich mir am selben Nachmittag, Alexej hatte sowieso Basketballtraining, das Fahrrad meiner Mutter auslieh und mit Sarina die acht, neun Kilometer zu dem Stall radelte, in dem ihr Pferd untergebracht war.

Das Wohnhaus der Stallbesitzer war eine alte, schön renovierte Villa an einer gepflasterten Seitenstraße, die Stallungen mit der angebauten Reithalle waren neu. Dahinter, weiter oben am Hang, grasten Pferde auf einer eingezäunten Weide, und auf der anderen Straßenseite befand sich ein Reitplatz, auf dem zwei Reiter über niedrige Hindernisse sprangen.

Als wir unsere Fahrräder abstellten, kam ein junger, rothaariger Mann in Reithose und einem offenen hellen Hemd auf uns zu und sagte, mit einem Blick auf seine Armbanduhr: »Los, Sarah, beeil dich, du bist spät dran.«

»Entschuldige«, murmelte Sarina und fragte, ob es in Ordnung sei, wenn ich mich ein bisschen im Stall umschauen würde, ich wolle Pferde zeichnen.

Der Rothaarige warf mir einen gleichgültigen Blick zu und machte eine Handbewegung, die wohl einladend gemeint war, bevor er zum Reitplatz zurückging.

»Das war Anton, mein Reitlehrer«, sagte Sarina, als sie mich zum Stall führte. Mir fiel zwar auf, wie verschwörerisch ihre Stimme klang, als verrate sie mir ein Geheimnis, aber ich hatte keine Zeit, darüber nachzudenken, denn wir betraten einen Stall mit vielen Boxen, von denen die meisten leer waren. »Die Pferde sind draußen auf der Koppel«, erklärte Sarina, »im Stall bleiben nur die, deren Besitzer noch heute zum Reiten kommen.«

Ich achtete nicht auf sie, ich hörte nur noch Rascheln, Schnauben, Wiehern und das Knarren von Holz und mich umfing ein aufreizender Geruch nach Tier, Heu, Leder und Pferdeäpfeln. Ein betörender Geruch, der mir direkt ins Gehirn stieg, sodass ich für einen Moment wie berauscht die Augen schloss.

Sarina stellte mir Raureif vor, ihr Pferd, eine hübsche, mittelgroße Apfelschimmelstute mit sanften Augen und langen Wimpern. Während sie sich umzog und Raureif sattelte, ging ich von einer Box zur anderen. Noch nie hatte ich Pferde von so nah gesehen und war ganz hingerissen von ihrer Schönheit, von den aufmerksamen Ohren, den großen, ausdrucksvollen Augen, der gespannten Haut über dem schmalen Nasenrücken, den grauschwarzen, weichen Nüstern, der beweglichen Oberlippe, dem elegant geschwungenen Hals mit der Mähne, den klar definierten Muskeln unter dem glänzenden Fell. Sie strahlten etwas aus, für das mir nur Worte wie »Kraft« oder »Gelassenheit« einfielen, und zum ersten Mal verstand ich, warum so viele Mädchen wild aufs Reiten waren.

Sarina, die in Reithosen, Stiefeln und Helm plötzlich ganz anders aussah, weniger unscheinbar, winkte mir zu, als sie ihr Pferd über die Straße hinüber zum Reitplatz führte. Durch die offene Stalltür sah ich, dass ihr rothaariger Reitlehrer bereits auf sie wartete und sich mit der Peitsche ungeduldig gegen die Oberschenkel schlug.

Ich setzte mich auf eine Holzkiste, holte mein Zeug aus dem Rucksack und fing an zu zeichnen, und je länger ich arbeitete, umso schöner kamen mir die Pferde vor, besonders eines, ein dunkelbrauner Hengst mit schwarzer Mähne und einem schwarzen Schweif, der laut dem Schild auf seiner Tür *Goldgräber* hieß. So oder so ähnlich musste Kuno ausgesehen haben, obwohl er, zumindest später in der Geschichte, bestimmt magerer gewesen war. Beim Zeichnen fiel mir auf, dass Pferde verschiedene Gesichter haben und fast so etwas wie Mimik aufweisen, je nachdem, wie sie Oberlippen, Nüstern und Ohren bewegen.

Ich war vollkommen fasziniert und so konzentriert, dass ich gar nicht merkte, wie die Zeit verging, sodass ich überrascht hochfuhr, als Sarina mit Raureif zurückkam. Während sie ihr Pferd absattelte und trocken rieb, packte ich meine Zeichenutensilien ein.

»Zeig doch mal«, sagte sie und streckte die Hand nach meinem Block aus.

Ich wollte schon den Kopf schütteln, doch dann dachte ich, es wäre wohl besser, ein bisschen kommunikativer zu sein, wenn ich vorhatte, noch öfter hierherzukommen, und das wollte ich unbedingt. Ich hielt ihr den Block hin. Sie betrachtete ein Blatt nach dem anderen und rief: »Toll, großartig!«, und: »Machst du mir mal eine Zeichnung von Raureif? Bitte!«

Ich muss zugeben, dass ich mich über ihre begeisterte Reaktion freute, und ich wunderte mich, dass mir noch nie aufgefallen war, was für ein sympathisches Mädchen sie eigentlich war. Doch sofort musste ich innerlich grinsen: War ich wirklich so dumm, dass man mich mit einer simplen Schmeichelei um den Finger wickeln konnte?

»Klar mach ich das«, sagte ich. »Willst du ein Porträt oder Raureif als Ganzes?«

»Als Ganzes und im Profil.«

Ich nickte und packte meinen Block ein.

In den folgenden zwei Wochen begleitete ich Sarina regelmäßig, wenn sie zum Reiten fuhr. Anton, der Reitlehrer, begrüßte mich inzwischen mit einem freundlichen »Hallo«, er hatte sich an mich gewöhnt. Die Pferde auch, ich hatte immer Würfelzucker in der Tasche und steckte ihnen heimlich ein, zwei Stücke zu. Und dann, an einem Samstag, sah ich endlich etwas, was mich auf die entscheidende Idee brachte: den lachenden Goldgräber. Ich stand vor seiner Box und zeichnete seine Kruppe und den Schweif, als er plötzlich den Kopf hob, die Oberlippe hochzog und laut wieherte. Es sah tatsächlich aus, als würde er lachen. So, genau so, wollte ich Kuno zeichnen.

Noch am selben Abend fing ich mit den Skizzen an. Ich wollte die Perspektive ändern, Kunos erhobener Kopf und die wie lachend hochgezogene Oberlippe mit den freigelegten Zähnen sollten im Vordergrund sein, ganz unten am Blattrand, als Basis eines gleichschenkligen Dreiecks, die Augen sind fast nicht zu sehen, Stirn und Ohren sind schon kleiner, ein schwarzer Wust als Mähne, die Kruppe und der erhobene Schweif perspektivisch extrem verkleinert, dahinter der Kutschbock mit Kalman von Wiehe, Rachel und Joschua. Kalmans Gesicht wird von Kunos Schweif halb verdeckt, und Joschua hat eine Hand erhoben, als winke er dem Betrachter zu. Der Planwagen hinter ihnen setzt die extreme Perspektive fort, die Straße wird immer schmaler und verliert sich im Wald, die spitz zulaufenden Straßenränder wiederholen das Dreiecksmotiv, das zusätzlich noch durch einen über den Bäumen herausragenden spitzen Kirchturm betont wird. Die Idee war prima, ich war ganz hingerissen, auch wenn ich wusste, dass ich noch viel daran arbeiten müsste.

Am Tag darauf, am Sonntag, kam Alexej zu mir. Seine Familie war nach Berlin gefahren, um alte Freunde zu besuchen, und Alexej hatte eine anstehende Englischschulaufgabe vorgeschoben, um nicht mitfahren zu müssen. »Aber Babuschka hat mich gleich durchschaut«, sagte er. »Sie hat mir auf den Kopf zugesagt, dass ich lieber mit dir zusammen sein wollte.«

Ich zeigte ihm die Skizze vom lachenden Kuno und dem Planwagen, an der ich arbeitete. »Toll«, bemerkte er anerkennend. »Das solltest du dir merken, eine überspitzte Perspektive zieht den Betrachter gleich viel stärker ins Bild und in die Stimmung.«

Meine Mutter klopfte an meine Tür, etwas, was sie nur tat, wenn Alexej da war, sonst platzte sie einfach in mein Zimmer, als wäre ich noch ein kleines Kind, ohne Rücksicht darauf, dass mich das ärgerte. »Ich bin heute Nachmittag nicht da«, sagte sie, »aber bis abends bin ich zurück.« Sie lächelte Alexej an. »Hast du nicht Lust, mit uns essen zu gehen, wenn deine Leute sowieso erst spät heimkommen?«

»Ja, gern, danke«, sagte er höflich.

Als meine Mutter gegangen war, umarmte er mich. »Endlich sind wir allein«, sagte er, und ich fing vor Verlegenheit an zu lachen, und als er mir ins Ohr flüsterte, wie schön es mit mir sei, jagte mir seine Stimme einen Schauer über den Rücken. Aber es war nicht nur seine Stimme, es waren auch seine Hände, diese vorsichtigen, zärtlichen Finger, nach denen ich mich immer sehnte, wenn ich an ihn dachte, und denen ich oft, wenn wir zusammen waren, auszuweichen versuchte, als wäre dieses neue Gefühl größer, als ich ertragen konnte. »Ich brauche Zeit, mich an dich zu gewöhnen«, sagte ich, und er drückte sich an mich und flüsterte so leise, dass ich ihn kaum verstehen konnte: »Ich weiß. Ich auch.«

Gegen Abend kam meine Mutter zurück, zufrieden und heiter, und wir gingen zusammen zu unserem Lieblingsitaliener. Antonio betrachtete Alexej neugierig, wandte sich aber schnell ab, als er meinen Blick spürte, und zückte Block und Stift. Wir bestellten, und er brachte sofort unsere Getränke, Wein für meine Mutter, Saft für Alexej und mich, und außerdem den üblichen Knochen für Herrn Schneider.

Bis zum Essen machten wir Small Talk, sprachen über Babuschka und Danila, über das Wetter und den kommenden Winter, der manchmal schon in der Luft lag. Doch bis es richtig kalt würde, hätten wir zum Glück noch ein paar schöne Wochen vor uns. »Der Herbst ist die schönste Zeit zum Wandern«, sagte Alexej.

Nach dem Essen trank meine Mutter einen Schluck Wein, wischte sich den Mund mit der Serviette ab und fragte Alexej, ob er schon wisse, was er studieren wolle. Wie eine blöde Tante, die sich zu einem kleinen Kind hinunterbeugt und fragt: Na, Kleiner, was willst du denn werden, wenn du mal groß bist? Lokomotivführer oder Schornsteinfeger?

Aber Alexej schien sich nicht daran zu stören. »Ich schwanke noch zwischen Geschichte und Literatur, aber Geschichte interessiert mich am meisten.«

»Eine bestimmte Zeit?«, fragte meine Mutter neugierig.

»Das Mittelalter.«

»Die jüdische Geschichte?«

Alexej lachte. »Die interessiert mich nicht so sehr, wie man vielleicht glauben könnte. Nein, ich finde die Kreuzzüge besonders spannend. Ich habe gerade ein Buch gelesen, *Der heilige Krieg der Barbaren. Die Kreuzzüge aus der Sicht der Araber.* Ein tolles Buch, es hat mir klargemacht, dass auch lange zurückliegende Ereignisse Auswirkungen bis in die Gegenwart haben. Zum Beispiel wird das Verhältnis der Araber zu den Europäern unter anderem immer noch von den Kreuzzügen geprägt, zumindest teilweise. Für uns liegt diese Zeit viel weiter zurück und wir sehen sie irgendwie idealisiert, für uns waren die Kreuzfahrer edle Ritter und fromme Pilger, die Jerusalem zum Ruhm Gottes aus den Händen der Heiden befreien wollten. Aber für den Vorderen Orient bedeuten die Kreuzzüge bis heute Erniedrigung und Tod, dort sind sie keineswegs vergessen. Bei der ersten Eroberung Jerusalems haben die Christen ein schreckliches Blutbad angerichtet, ganz im Gegenteil zum Sultan Saladin, der, als er Jerusalem zurückerobert hatte, die Christen unbehelligt ziehen ließ. Der Patriarch von Jerusalem durfte sogar sein gesamtes Vermögen mitnehmen, und Saladin hat ihm zum Schutz ein Geleit bis zu einer der Kreuzfahrerburgen bereitgestellt. Das war tatsächlich eine edle Geste.«

»Ja«, sagte meine Mutter und bekam wieder diesen belehrenden Tonfall, der mir auf die Nerven ging, »es kommt immer auf den Standpunkt an, es ist tatsächlich wichtig, historische Ereignisse von verschiedenen Seiten zu betrachten. Auf die Geschichtsschreibung kann man sich nicht verlassen, und die Zeitgenossen haben ihre eigenen Protagonisten verherrlicht, sie waren die Edlen, die für die gute Sache kämpften, und die anderen waren immer die Barbaren. Am schwierigsten finde ich aber, dass das Leben der einfachen Menschen in der Geschichtsschreibung nicht wirklich stattgefunden hat. Um bei deinem Beispiel zu bleiben, Alexej, wir wissen zwar viel über Saladin, aber kaum etwas darüber, wie ein einfacher Bauer oder Straßenhändler damals gelebt hat und wie schwer es ihm gefallen sein muss, sein tägliches Brot zu verdienen.«

»Und erst recht nichts über eine einfache Bäuerin oder Straßenhändlerin«, warf ich ein.

Die beiden schauten mich an, als hätten sie ganz vergessen, dass es mich auch noch gab. Ich spürte, wie Zorn in mir aufstieg. Sie hatten die Blicke schon wieder abgewendet und diskutierten weiter. Sie will ihn beeindrucken, dachte ich, und Alexej fällt auf sie rein, wie immer alle auf sie reinfallen. Was geht es sie an, was Alexej denkt und was er später werden will, muss sie sich immer in alles einmischen? Ich hatte keine Lust, ihnen zuzuhören, und als die Namen Richard Löwenherz und Kaiser Rotbart fielen, bückte ich mich, griff nach Herrn Schneiders Leine und stand auf. »Ich glaube, er muss mal«, sagte ich und verließ das Lokal.

Es war ein kühler, klarer Abend, über dem Haus *Zum Roten Ochsen* blinkte ein erster Stern. Wir schlenderten über den Fischmarkt, der tagsüber immer voller Menschen ist, aber um diese Uhrzeit, es war nach neun, schon ziemlich leer war. Die meisten Leute saßen jetzt in Lokalen oder vor dem Fernseher, Sonntagabend war schließlich *Tatort*-Zeit, meine Mutter verzichtete selten darauf und ich leistete ihr oft genug Gesellschaft. Vor dem Rathaus standen ein paar Jugendliche, Punks, und diskutierten darüber, was sie heute Abend unternehmen wollten. Ich ging um das Rathaus herum zur *Kleinen Synagoge*. Warum eigentlich, dachte ich verärgert, warum lasse ich mich immer wieder von den Interessen meiner Mutter dirigieren? Oder lag es an Alexej, weil er Jude war? Aber er hatte es nicht mit Religion, das wusste ich doch. »Komm, Herr Schneider«, sagte ich, »wir gehen wieder zurück.«

Meine Mutter und Alexej waren noch immer in ihr Gespräch vertieft. »Ich möchte nach Hause«, sagte ich.

Wir brachten Alexej noch zur Straßenbahn, dann machten wir uns auf den Heimweg.

»Was ist los mit dir?«, fragte meine Mutter, der natürlich auffiel, wie schweigsam ich war.

Ich stellte eine Gegenfrage: »Warum musst du dich immer in alles einmischen?«

»Was meinst du?«

»Ihr habt geredet, als wäre ich nicht dabei.« Die Worte waren mir einfach herausgerutscht, ich hatte sie eigentlich nicht sagen wollen. Und um von mir abzulenken, fügte ich hinzu: »Du bist übergriffig, so nennt man das doch.«

Meine Mutter schüttelte den Kopf. »Ich wollte Alexej doch nur ein bisschen besser kennenlernen«, sagte sie. »Ich wollte nur wissen, mit wem du Umgang hast, das ist doch ganz normal.«

»Normal wäre es«, sagte ich wütend, »wenn du dich um deinen eigenen Kram kümmern würdest. Normal wäre es gewesen, wenn du zu deinem Neuen gegangen wärst und uns in Ruhe gelassen hättest.«

Meine Mutter blieb stehen und packte mich am Arm. »Was redest du da? Woher weißt du, dass ich jemanden habe?«

Ich grinste. »Ich bin doch nicht blöd.«

Sie runzelte die Stirn und ließ mich los. »Nein«, sagte sie, »nein, bei Gott, das bist du nicht.« Und plötzlich fing sie an zu lachen.

Ihr Lachen war so ansteckend, dass ich auch lachen musste. Als wir schon die Moritzstraße erreicht hatten, fragte ich: »Wer ist es eigentlich? Kenne ich ihn?«

Meine Mutter zögerte, dann sagte sie: »Es ist Dr. Kleinschmitt.«

»Unser Zahnarzt?« Ich konnte ein Kichern nicht unterdrücken.

»Ja, unser Zahnarzt. Na und? Was findest du denn daran so komisch?«

Herr Schneider hob an einem Baum das Bein, wir warteten, bis er fertig war, dann gingen wir weiter.

»Wer denkt bei einer Liebesgeschichte schon an einen Zahnarzt?«, sagte ich. »Und außerdem ist er schon ein bisschen alt, nicht wahr?«

»Drei Jahre älter als ich«, sagte meine Mutter. »Vergiss nicht, dass ich auch keine zwanzig mehr bin.«

Als wir die Wohnungstür hinter uns zumachten, fragte ich noch: »Weiß Tamara von ihm?«

Meine Mutter nickte.

Später, als ich im Bett lag und Herr Schneider schon eingeschlafen war und schnarchte, sah ich Alexej vor mir, der sich so angeregt mit meiner Mutter unterhalten hatte, und spürte erneut Ärger in mir aufsteigen. Doch dann dachte ich an den schönen Nachmittag, den wir miteinander verbracht hatten, und der ganze Ärger fiel von mir ab. Zurück blieb nur die Sehnsucht.

24 *Jadwiga*

Die Tür knarrt, als sie vorsichtig aufgestoßen wird. Im Rahmen steht Jadwiga, die Kerze in ihrer Hand beleuchtet ihr Gesicht und die grauen Haare, die ihr jetzt wirr über die Schulter hängen. »Kind«, sagt sie, »ich möchte, dass du dir eines merkst: Wenn du gar nicht mehr weiterweißt, kannst du jederzeit zu mir zurückkommen. Meine Hütte ist groß genug, auch der Acker reicht für uns beide, und die Schafe und Ziegen werden dafür sorgen, dass wir satt zu essen haben. Gute Nacht, Kind, schlaf gut.«

Die Tür geht zu, ich liege auf dem Lager, das sie mir in einer Ecke der Küche bereitet hat, ein frischer Strohsack, über den sie ein Schaffell und eine mit Gänsedaunen gestopfte Decke gelegt hat. Es riecht noch immer nach den Eiern mit Speck und Knoblauch, die sie abends für mich gebraten hat, und vom Herd herüber weht ab und zu in einem Schwall der Geruch nach Geräuchertem, das im Rauchfang hängt. Es ist dunkel, nur durch den offenen Spalt unter dem Dach dringt fahles Mondlicht herein. Irgendwo heult ein Wolf, im Stall, in Sicherheit, blöken aufgeschreckt Jadwigas Schafe.

Jadwiga. Was für eine freundliche, gutherzige Frau. Und was für ein Angebot.

Ich bin müde, erschöpft von den tagelangen Fußmärschen

und noch erschöpfter vom Weinen, aber ich finde keinen Schlaf. Alle möglichen Bilder und Geräusche taumeln durch meinen Kopf und vermischen sich, es ist, als triebe ich auf einem Fluss durch das Leben, am Ufer entlang, und fände doch keinen Halt. Jedes Mal, wenn ich meine, eine Baumwurzel entdeckt zu haben, stellt sie sich als Schwemmholz heraus.

Und dann lasse ich die vergangenen Tage an mir vorbeiziehen, Tage, an denen ich viel Hilfe erfahren habe, bis hierher, in Jadwigas Hütte.

Angefangen hat es mit dem Morgen, an dem ich mich von Joschua und Mendel, dem Fiedler, verabschieden und allein weiterziehen wollte. Ich hatte die Kiste mit Knöpfchen in mein großes Schultertuch gehüllt und versucht, es mir so umzuhängen, dass mich das Bündel auf dem Rücken möglichst wenig behindern würde, als Berthold und Kunigunde herüberkamen und wissen wollten, was ich vorhatte. Ich erklärte ihnen, dass mein Bruder bei Mendel bleiben wolle und ich beschlossen hatte, mich allein auf den Weg Richtung Krakau zu machen.

»Wenn du noch einen Tag wartest«, sagte Berthold, »dann kannst du mit uns im Wagen fahren. Wir wollen morgen los und unsere Tochter besuchen, die eine Tagesreise weiter oben an der Hohen Straße in eine Bäckerei eingeheiratet hat, bis dorthin könnten wir dich mitnehmen.«

»Ja, bleib doch«, bettelte Joschua, »nur noch einen Tag.« Ich sah ihm an, dass er genauso viel Angst vor der Trennung hatte wie ich und sie noch ein bisschen hinausschieben wollte.

Es wurde ein trauriger Tag, Joschua wich mir nicht von der Seite, außer während der paar Stunden am Nachmittag, als Mendel ihn mitnahm auf den Markt. Sonst saß er immer neben mir, und sogar wenn er Simpel streichelte, tat er es nachlässig und ohne mich aus den Augen zu lassen. Abends saßen wir mit Berthold und Kunigunde zusammen am Feuer, sie hatten für uns gekocht, es gab Rübengemüse, vermischt mit frischen Blättern und Kräutern, und dazu für jeden ein Stück gebratene Wurst.

Am Morgen darauf war es dann endgültig so weit. Ich schnürte mir ein Bündel mit meinen wenigen Habseligkeiten, packte die Weste aus Hasenfell ein, die ich jetzt nicht mehr brauchte, weil es von Tag zu Tag wärmer wurde, und die paar Kleidungsstücke, die mir Notburga mitgegeben hatte. Meinen Löffel und ein Messer steckte ich in meine Tasche. Berthold hatte schon den Wagen vorbereitet und das Pferd angeschirrt, ich hatte Kuno ein letztes Mal gestreichelt und hielt Joschua im Arm. Er weinte und verbarg sein Gesicht an meiner Schulter, weil er sich seiner Tränen schämte. Ich hielt ihn so lange fest, bis er sich wieder beruhigt hatte. »Vergiss nicht, was unser Vater gesagt hat«, flüsterte ich ihm ins Ohr. »Wer seinem Nächsten nichts Arges tut, wird nimmermehr wanken.«

Mendel drückte mir zum Abschied ein paar Silbermünzen in die Hand, seine Ersparnisse für schlechte Zeiten. Ich wollte das Geld nicht nehmen, aber er bestand darauf. »Wir behalten immerhin den Wagen und das Pferd«, sagte er, »wir können gut für uns sorgen, und wer weiß, ob du es nicht noch dringend brauchst.«

Auch er umarmte mich zum Abschied ganz fest. »Denk dran, wir sind immer auf Jahrmärkten«, sagte er. »Es möge dir gut ergehen, Agatha, und mögest du den Freund deines Vaters finden.« Und so leise, dass Berthold und Kunigunde es nicht hören konnten, flüsterte er mir ins Ohr: »Der Ewige wird dafür sorgen, dass wir uns wiedersehen, Rachel.«

Ich gab ihm keine Antwort.

Während der Fahrt saß ich fast die ganze Zeit hinten im Wagen und hielt Knöpfchen auf dem Schoß, er war der Einzige, der mir jetzt noch geblieben war. Ich fühlte mich vollkommen verloren, und eigentlich war ich ja auch verloren. Ich dachte an meinen Vater, vor allem an meinen Vater, aber auch an die anderen Menschen, die ich wohl nie wiedersehen würde, an die vielen Abschiede, die ich seit unserer Flucht aus Erfurt schon erlebt hatte, an all die Dinge, auf die ich verzichten musste. Und ich fragte mich, ob Abschiede und Verzichte untrennbar mit jüdischem Leben verbunden sind, Abschiede von Menschen, die man geliebt hat und nur noch im Herzen bei sich haben kann, und Verzichte auf Häuser und Orte, an denen man gern geblieben wäre, von denen man aber vertrieben wurde.

Wenn Berthold den Wagen für eine Weile am Straßenrand anhielt, damit wir unsere Notdurft verrichten konnten, pflückte ich Löwenzahnblätter und Giersch für Knöpfchen. Das frische grüne Gras und die Blumen auf den Wiesen und Böschungen weckten keine Freude in mir, sie erinnerten mich nur daran, dass ich an einem solchen Tag mit Agatha vor die Stadt gezogen wäre, um Pflanzen für unsere Küche zu pflücken, Löwenzahn, Brennnesseln, Sauerampfer, Labkraut, Knoblauchsrauke, Giersch, Spitzwegerich, Wiesenschaumkraut, Gänseblümchen und andere, deren Namen und Verwendung sie mir beigebracht hätte.

Gegen Abend erreichten wir die Bäckerei. Elsbeth, Bertholds und Kunigundes Tochter, war eine heitere, rundliche Frau mit zwei kleinen Kindern und einem dritten im Bauch. Chleb, ihr Mann, sagte kein Wort, er nickte nur ab und zu und lächelte ganz unvermittelt. Ich dachte erst, er sei nicht ganz richtig im Kopf, aber später wurde mir klar, dass er kein Deutsch sprach. Das war seltsam in einer Gegend, in der die meisten Leute Deutsch konnten, manche allerdings nur gebrochen. Ich blieb in der Nacht bei ihnen, Elsbeth hatte mir ein Lager in der Backstube hergerichtet, es roch nach ranzigem Mehl und Asche, und vor dem Einschlafen hörte ich die Mäuse rascheln. Doch als ich morgens in aller Frühe die Augen aufmachte, umfing mich der Geruch nach frisch gebackenem Brot. Chleb stand vor mir und hielt mir ein noch warmes, salziges Gebäck hin, das ich mit großem Appetit aß.

Danach machte ich mich bereit, meinen Weg zu Fuß fortzusetzen. Elsbeth ließ mich mehrmals den Namen ihrer Freundin Barbel wiederholen, die mit einem Bader verheiratet war und mir bestimmt weiterhelfen würde. »Barbel und Frans leben im fünften Dorf, das du von der Hohen Straße aus siehst. Du brauchst nur nach dem Bader zu fragen. Sie stammen beide vom fahrenden Volk und sind sehr hilfsbereit.«

Ich machte mich auf den Weg, das Schultertuch mit Knöpfchens Kiste auf dem Rücken und meinem Bündel unter dem Arm. Die Straße war trocken, es roch nach Sand und Pferdekot und frischem Grün. Jedes Mal, wenn mich ein Wagen oder eine Kutsche überholten, wehte eine Staubwolke auf und drang mir in Mund und Nase, sodass ich anfing zu husten und meine Augen tränten. Bald war ich so erschöpft, dass ich eine Pause machen musste. Schlimmer war aber, dass mir die Kante von Knöpfchens Kiste durch den Stoff hindurch den Rücken aufscheuerte, zudem wurde mir meine Last immer schwerer, je länger ich unterwegs war. Schweiß lief mir von der Stirn und brannte in meinen Augen. Als ich endlich das Dorf erreicht hatte und nach Frans, dem Bader, und seiner Frau Barbel fragte, hatte ich das Gefühl, gleich vor Erschöpfung zusammenzubrechen.

Die beiden waren wirklich so freundlich, wie Elsbeth gesagt hatte. Barbel, die mir ansah, wie müde ich war, gab mir etwas zu essen und richtete mir ein Lager in der Kammer ihrer Töchter, denen sie befahl, hinauszugehen und mich ja nicht zu stören. Am nächsten Morgen bereitete ich mich für den Weiterweg vor. Als ich mir das Schultertuch mit Knöpfchens Kiste umhängte, stöhnte ich vor Schmerz auf. Barbel bestand darauf, dass ich mich auszog und ihr meinen Rücken zeigte. »Eine hässliche, blutige Schramme«, sagte sie, »so kannst du nicht gehen.« Sie schmierte mir eine kühlende Salbe auf die Wunde und deckte sie mit einem sauberen Leinen ab. Dann brachte sie einen Henkelkorb. »Hier, damit wirst du es leichter haben.« Sie holte etwas Heu aus dem Ziegenstall und fütterte den Korb damit aus, bevor sie Knöpfchen hineinsetzte. »Und dein Bündel kannst du dir jetzt im Schultertuch umhängen.« Sie gab mir noch Brot und Käse als Wegzehrung mit und schickte mich zu ihrer Base, drei Dörfer weiter. »Sie heißt Ljuba und ihr Mann Rasz ist der Dorfschmied, du kannst sie nicht verfehlen. Sage ihr, dass ich dich geschickt habe, dann wird sie dir weiterhelfen.«

Wieder ein Abschied. Ljuba und ihr Mann Rasz waren es dann, die mich zu Jadwiga schickten, und damit in die größte Verwirrung.

Die Sonne stand noch hoch am Himmel, als ich bei ihr ankam. Eine Frau, die Jadwiga sein musste, arbeitete auf dem Acker neben ihrer Hütte, mit geraffter Schürze, aus der sie mit weiten Bewegungen Samen auf ein umgegrabenes Stück Erde streute. Als sie innehielt, den Kopf hob und mir entgegenschaute, blieb ich wie vom Schlag getroffen stehen und hätte mich am liebsten umgedreht und wäre Hals über Kopf geflohen, aber ich konnte den Blick nicht von ihr wenden. Sie sah Agatha so ähnlich, dass ich überzeugt war, ich hätte ihren Geist vor mir. Das Blut wich mir aus dem Kopf und meine Beine zitterten. Doch sie winkte mich näher, und ich sah, dass sie Agatha zwar ähnlich sah, eine Frau mit Agathas Statur und einem ebenso runden Gesicht, aber das war auch alles. Langsam beruhigte ich mich wieder. Und als sie anfing zu sprechen, mit einer viel tieferen Stimme als Agatha, hatte ich mich so weit gefasst, dass ich ihr Grüße von Ljuba und Rasz ausrichten und sie fragen konnte, ob ich eine Nacht bei ihr schlafen dürfe.

Sie musterte mich von oben bis unten, bevor sie sagte: »Setz dich auf die Bank vor dem Haus und warte, bis ich hier fertig bin.«

Ich legte mein Bündel ab, stellte den Henkelkorb auf den Boden und nahm Knöpfchen auf den Schoß. Die Sonne schien, Vögel zwitscherten und die Schafe auf der großen Weide hinter dem Haus blökten. Auf dem Hof um mich herum pickten Hühner und auf dem Misthaufen vor dem Stall krähte ein Hahn.

Als Jadwiga mit dem Säen fertig war, kam sie herüber, setzte sich neben mich auf die Bank und wischte sich mit der Schürze den Schweiß von der Stirn. »Wer bist du?«, fragte sie. »Und wohin gehst du?«

Ich erzählte ihr die Geschichte vom Kaufmann Sigmund aus Nürnberg, meinem Vater, und dass ich ihn verloren hätte, die Geschichte, die ich mir unterwegs zurechtgelegt hatte. »Wir waren auf dem Weg nach Krakau«, sagte ich. »Ich bin hinter dem Wagen gegangen und habe wohl getrödelt, ohne dass er es bemerkt hat. Jedenfalls war er auf einmal verschwunden. Deshalb muss ich jetzt allein nach Krakau gehen und ihn suchen.«

Jadwiga sah mich von der Seite an, sagte aber nichts. Doch ich kannte diesen Blick, so hatte mich Agatha immer angeschaut, wenn sie mir nicht glaubte.

»Komm«, sagte sie und stand auf. Ich setzte Knöpfchen zurück in den Korb und folgte ihr. Sie führte mich zu einem Hasenstall und machte eine Tür zu einem Stall auf, in dem eine schwarz-weiß gefleckte Häsin saß. »Setz deinen Hasen dazu«, sagte sie, »da hat er es für die Nacht bequemer als im Henkelkorb.«

Ich hob Knöpfchen heraus und setzte ihn in den Stall. Die Häsin fing sofort an, ihn zu beschnuppern, und er machte einen vergnügten Hopser. Ich streichelte ihn noch einmal, bevor Jadwiga die Stalltür schloss und mir voraus in die Küche ging. Sie stellte mir einen Becher mit frischer Ziegenmilch hin und legte einen Kanten Brot daneben. Während ich aß, schob sie einen großen Topf mit Wasser über das Feuer und schleppte einen Holzzuber in die Küche, nahm zwei Eimer und ging wieder hinaus. Durch die offene Küchentür sah ich, wie sie Wasser aus einem Ziehbrunnen schöpfte. Sie kippte das Wasser in den Zuber und goss dann das warme Wasser aus dem Topf hinzu.

»Zieh dich aus«, befahl sie. »Es wird Zeit, dass du dich einmal gründlich wäschst. Zum Glück habe ich letzte Woche neuen Ziegentalg gekocht, damit wirst du sauber werden.« Und als sie sah, dass ich zögerte, lachte sie und fügte hinzu: »Ich habe schon öfter nackte Mädchen gesehen, also ziere dich nicht.«

Folgsam zog ich mich aus und stieg in den Zuber. Das Wasser war wunderbar warm und angenehm, ich hatte schon so lange nicht mehr gebadet. Jadwiga saß am Tisch und schaute mir zu, wie ich mich mit Ziegentalg einrieb. »Wie alt bist du?«, fragte sie plötzlich.

»Im Sommer werden es sechzehn Jahre«, sagte ich.

»Dein Gesicht ist älter als dein Körper«, sagte sie nachdenklich. »Meine Tochter war mit sechzehn schon eine Frau.«

»Wo ist sie jetzt, deine Tochter?«, fragte ich.

»Der Herr hat sie zu sich gerufen, als sie gerade mal achtzehn war«, antwortete Jadwiga mit rauer Stimme. »Sie und ihr ungeborenes Kind.«

»Das tut mir sehr leid«, sagte ich, »für sie und für dich.«

Sie wischte sich über die Augen, wie ich es immer tue, wenn ich an meine Mutter denke, und auch ihre Augen waren trocken. Wir schwiegen beide.

Nach einer Weile stand sie auf, holte ein Tuch aus ihrer Kammer und breitete es aus. »So, komm raus, jetzt bist du sauber.« Sie schlug das Tuch um mich und trocknete mich ab, als wäre ich ein kleines Kind, und während sie meine Haut rubbelte, sagte sie: »Und jetzt erzählst du mir die Wahrheit. Ich glaube dir deine Geschichte nicht. Welcher Vater würde sich, wenn er seine Tochter verloren hat, nicht an den Straßenrand stellen und so lange warten, bis sie wieder auftaucht? Oder zurückfahren und sie suchen? Also, was ist wirklich passiert?«

»Mein Vater ist tot«, sagte ich. »Und mein Bruder ist auf dem Jahrmarkt geblieben. Und ich bin allein.« Und dann fing ich an zu weinen, zum ersten Mal seit dem schrecklichen Tag, an dem wir, Joschua und ich, unseren Vater tot im Bachbett gefunden hatten. Es war, als hätten sich in all den Tagen, in denen ich nicht geweint hatte, die Tränen in mir angestaut und würden jetzt gewaltsam hervorbrechen. Ich weinte, wie ich als Kind geweint hatte, und Jadwiga hielt mich fest, wie Agatha mich festgehalten hatte. Als ich wieder sprechen konnte, erzählte ich ihr alles, wirklich alles. Sie hielt mich einfach nur im Arm und hörte zu.

Dann briet sie mir Eier mit Speck und Knoblauch und richtete mir das Lager her, auf dem ich jetzt liege. Es ist warm und angenehm und tut meinen Gliedern gut. Und der Geruch des Geräucherten steigt mir verführerisch in die Nase. Dazu die Vorstellung, wie es wäre, wenn ich nie mehr tagelang zu Fuß gehen müsste. Ich verliere mich in Träumen.

Es ist die Stimme meines Vaters, die mich in die Wirklichkeit zurückholt. Tochter, sagt er, vergiss nicht, wer du bist.

Nein, Vater, ich vergesse es nicht. Ich habe es nicht vergessen und ich werde es nicht vergessen.

25 Indianer

Ich radelte noch einmal mit Sarina zum Stall, um Raureif zu zeichnen, wie ich es ihr versprochen hatte. Ich wusste inzwischen viel von ihr, ihr Vater war Filialleiter eines Baumarkts, ihre Mutter Grundschullehrerin, beide waren leidenschaftliche Hobbyreiter und hatten ihr zum vierzehnten Geburtstag Raureif geschenkt. Jonas, ihr großer Bruder, war jedoch eine Enttäuschung für die Eltern, er interessierte sich überhaupt nicht für Pferde, sondern nur für Computer.

An diesem Tag ritt Sarina das Pferd ihrer Mutter und Raureif, mein Modell, blieb im Stall. Ich hielt der Stute ein Stück Karotte aus dem Korb hin, der immer bereitstand, und spürte ihre warmen Lippen, als sie mir den Leckerbissen vorsichtig aus der Hand nahm. Ich hätte mich gern bei Goldgräber bedankt, auch wenn er sicher nicht verstand, welchen Gefallen er mir getan hatte, aber er war heute leider auf der Koppel, deshalb machte ich mich gleich an die Arbeit. Zugegeben, es ist relativ einfach, einen Apfelschimmel zu zeichnen, er sieht dem Modell immer ähnlich, aber die Zeichnung gelang mir wirklich ganz gut. Ich ließ Raureif mit erhobenem Schweif traben und ihre Mähne flatterte im Wind.

Sarina war ganz begeistert. »Super!«, rief sie und wollte das Bild sofort aus dem Block reißen. Ich hielt sie zurück und sagte, ich wolle zu Hause noch den Hintergrund fertig machen und würde es ihr morgen in die Schule mitbringen.

Auf dem Rückweg, als wir nebeneinander durch die Felder radelten, fing sie von Anton an, was für ein wundervoller Reitlehrer er sei, er studiere Jura und verdiene sich nebenher mit dem Unterricht etwas dazu. Sie ist ganz offensichtlich verliebt in ihn, dachte ich amüsiert, und da fragte sie plötzlich: »Was ist eigentlich mit dir und Julian los?«

»Was soll mit uns los sein?«

»Komm schon, ihr redet nicht mehr miteinander, ihr sitzt da wie zwei Gestalten aus einem Wachsfigurenkabinett, mit völlig ausdruckslosen Gesichtern. Habt ihr euch gestritten? Ist er eifersüchtig, weil du jetzt mit Alexej zusammen bist?«

Ich hatte nicht erwartet, dass es den anderen auffallen würde, aber es stimmte tatsächlich, seit er »Scheißjuden« gesagt hatte, redeten wir nicht mehr miteinander, das heißt, ich redete nicht mehr mit ihm, und wenn er mich ansprach, wimmelte ich ihn so schnell wie möglich ab. Obwohl er gar nicht mich gemeint hatte, ich war ja keine Jüdin, fühlte ich mich tief gekränkt, sozusagen stellvertretend für Rachel, für Alexej, für Babuschka.

Zu Hause, als ich am Schreibtisch saß und Raureif eine Wiese unter die Hufe zeichnete, mit Blumen und Gras, das vom Wind gegen ihre Trabrichtung geweht wurde, und mit dunklen Bäumen im Hintergrund, dachte ich über Julian nach und beschloss, mit ihm zu reden, selbst wenn ich hinterher allein sitzen müsste.

Das erklärte ich Alexej, als wir am nächsten Tag mit Herrn Schneider spazieren gingen. »Ich werde mit Julian reden«, sagte ich. »So geht es nicht weiter. Ich muss wissen, warum er das gesagt hat.«

Alexej verstand sofort, was ich meinte, er wehrte ab. »Lass ihn doch, solche Typen gibt es immer. Wenn man sich jedes Mal gleich aufregen würde, sagt Babuschka, bekäme man einen Herzschlag und könnte sich gleich begraben lassen.«

»Da magst du ja recht haben«, widersprach ich, »aber Julian war die ganzen Jahre mein Freund. Und ich will keinen Freund, der so was wie ›Scheißjuden‹ laut ausspricht.«

»Dann musst du eben mit ihm reden«, sagte Alexej und sein Gesicht war wieder sehr verschlossen. »Komm, rennen wir ein bisschen, wer zuerst an der Gera ist.«

Wir rannten los, Herr Schneider hinterher. Mir war klar, dass Alexej das Thema wechseln wollte, ich ahnte, dass er sich davor scheute zu sagen: Aber sag ihm ja nicht, dass ich Jude bin. Natürlich würde ich das nicht tun, auch wenn ich bei dieser Sache eine andere Meinung vertrat als er. Wenn ich Jüdin wäre, würde ich es laut sagen und mich einen Dreck um die Meinung der anderen kümmern. Aber ich hatte leicht reden, ich war ja keine Jüdin und ich war nicht Babuschkas Enkelin, ich war nicht mit ihrer Geschichte aufgewachsen.

Natürlich kam Alexej als Erster an, er war viel schneller als ich, sogar Herr Schneider erreichte das Ufer vor mir, stand schon breitbeinig im flachen Wasser und trank laut schlabbernd, als ich keuchend ankam.

»Kunststück«, sagte ich zu Alexej, »deine Beine sind viel länger als meine.«

Er grinste und breitete die Arme aus. »Aber deine sind viel schöner.« Ich mochte es, wenn er solche Sachen sagte, ich mochte so vieles an ihm, und manchmal fragte ich mich erstaunt, warum ein solcher Junge ausgerechnet mich haben wollte, er hätte jede haben können, die Allerschönste und Allerangesagteste.

Das textete ich am Abend auch an Tamara. *Ich verstehe nicht, warum ein Junge wie Alexej mit einem so unscheinbaren Mädchen wie mir rumhängt.*

Du bist alles andere als unscheinbar, antwortete sie, *aber so ist es nun mal. In deinem Alter hat jedes Mädchen etwas an sich auszusetzen. Das wird sich noch ändern. Wart's nur ab.*

Danke, liebe Tante, für deine weisen Sprüche, schrieb ich zurück. *So was hätte ich eher von meiner Oma erwartet.*

Sie antwortete: *Manche Weisheiten bleiben über Generationen hinweg wahr. Gute Nacht, Süße, ich muss jetzt schlafen, ich habe einen anstrengenden Tag vor mir.*

Julian machte große Augen, als ich ihn nach der Schule fragte, ob wir uns nicht am Nachmittag treffen könnten, ich würde gerne etwas mit ihm besprechen. Wir verabredeten uns für fünf im Café an der Krämerbrücke, vorher könne er nicht, sagte er, er habe noch Geigenstunde.

Er saß bereits an einem kleinen Tisch in der Ecke, als Herr Schneider und ich ankamen, und hatte eine Cola vor sich stehen. Er trug den blauen Pullover, der ihm zu seinen blonden Haaren und den blauen Augen besonders gut stand, das wusste er auch, ich hatte es ihm oft genug gesagt. Er will mir gefallen, dachte ich und war fast ein bisschen gerührt. Ich setzte mich zu ihm und bestellte mir einen Kakao, der ja angeblich beruhigend wirkte, ich hatte keine Anregung nötig.

»Wir haben uns schon so lange nicht mehr getroffen«, sagte Julian, als mir die Kellnerin den Kakao gebracht hatte. »Raus mit der Sprache, was willst du mit mir besprechen?«

Ich hatte keine Lust, lange um den heißen Brei herumzureden, deshalb fragte ich direkt: »Warum hast du neulich in Geschichte so etwas gesagt?«

»Was habe ich denn gesagt?«

»Scheißjuden.«

Die Röte stieg ihm ins Gesicht, erst wurde sein Hals rot, dann seine Wangen. Seine Oberlippe zuckte. »Und?«, fragte er. »Was ist daran so schlimm?«

»Ich habe nicht gewusst, dass du so etwas denkst.«

»Wir haben nie darüber gesprochen«, sagte er.

»Ach ja?«, fuhr ich ihn wütend an. »Wir haben auch nie darüber gesprochen, was du von Sinti und Roma hältst. Oder von Afrikanern oder Chinesen. Vielleicht hätten wir das besser mal tun sollen, statt nur über so elitären Kram wie Musik und bildende Kunst zu reden, dann hätte ich gewusst, was du über Juden denkst.«

»Warum regst du dich so auf?«, fragte Julian. »Ich habe damit doch nur sagen wollen, dass die Juden lieber nach Israel ziehen sollten, sie haben hier nichts verloren.«

»Wer sagt das?«

»Alle.«

Alle bestimmt nicht, dachte ich, sogar in der NS-Zeit hat es Menschen gegeben, die den Juden geholfen haben. Aber die anderen waren zu viele.

»Wer sind alle?«, fragte ich. »Dein Vater?«

Er schüttelte den Kopf.

»Wer dann? Dein Freund Simon?«

Er senkte die Lider. Plötzlich sah ich den anderen Julian vor mir, den Jungen, der mit seiner Geige auf der Bühne steht und mit gesenkten Lidern ein Adagio spielt, und konnte diese beiden Julians nicht mehr zusammenbekommen.

»Da sagt jemand irgendeinen Blödsinn und du plapperst es ihm nach wie ein folgsamer Papagei?«, fragte ich wütend.

Julian schob die Unterlippe vor, er fühlte sich sichtlich unbehaglich.

»Was sagt er denn sonst noch?«, fragte ich.

»Er sagt, die Juden sind arrogant und bilden sich wer weiß was ein, und wenn man etwas gegen sie sagt, ziehen sie gleich die Holocaustkeule, und dabei haben wir Deutschen schon genug dafür bezahlt, sie kriegen einfach den Hals nicht voll genug. Einmal muss doch Schluss sein.«

»Es ist nie Schluss«, sagte ich entmutigt. »Schon immer hat man den Juden an allem die Schuld gegeben, und es wird nie aufhören. Wenn es so weitergeht, gibt man ihnen am Ende auch noch die Schuld am Holocaust.«

»Ich bin nicht rassistisch«, sagte Julian unglücklich, »egal was du jetzt sagst.«

»Nein, natürlich nicht, ich hätte fast vergessen, dass du Indianer magst, du hast sie doch auch mal gesammelt, nicht wahr? Hast du sie immer noch auf dem Regal über deinem Bett stehen, und würdest du sie auch mögen, wenn sie hier bei uns leben würden?«

Herr Schneider legte mir den Kopf auf die Knie, ich fuhr ihm über die Schnauze und sagte laut: »Dich habe ich nicht gemeint, Herr Schneider, dir kann man nichts vorwerfen, du magst alle Hunde, egal wie sie aussehen und von welchen Eltern sie stammen.«

»Du bist gehässiger, als ich gedacht habe«, sagte Julian.

»Tut mir leid«, sagte ich. »Und du bist dümmer, als ich gedacht habe.« Ich stand auf, schnappte mir Herrn Schneiders Leine.

»Ich wollte nicht mit dir streiten«, sagte Julian.

»Und ich nicht mit dir. Aber statt einfach nur jeden Unsinn

nachzuplappern, solltest du lieber mal selber denken. Beim Schachspielen kannst du das doch auch.«

Im Vorbeigehen bezahlte ich meinen Kakao, den ich gar nicht getrunken hatte. Auf dem Heimweg dachte ich: Auch Spezialbegabungen schützen nicht vor Dummheit, selbst musikalische Genies können, sozial gesehen, strohdumm sein. Und dann fragte ich mich, warum ich das nicht früher gemerkt hatte, vermutlich hatte ich nichts merken wollen, ich hatte mich mit einer oberflächlichen Beziehung zufriedengegeben, weil es mir bequem war. Andererseits kann man doch nicht jedem Menschen, mit dem man sich unterhalten will, erst einmal einen Fragebogen hinhalten: Was hältst du von Escher? Magst du Chagall? Hast du etwas gegen Juden?

Meine Mutter war schon zu Hause, sie empfing mich mit einem strahlenden Gesicht. »Stell dir vor, ich habe Irina kennengelernt, Alexejs Mutter. Ich bin bei Babuschka vorbeigegangen und habe ihr ein Buch über den Erfurter Schatz gebracht und da war Irina da. Sie ist eine ganz besonders interessante Frau. Wir haben uns sehr gut unterhalten und sie hat uns für Samstagabend zum Essen eingeladen.«

»Das trifft sich doch prima«, sagte ich bissig und hängte meinen Anorak auf. »Jetzt kannst du ja beweisen, wie judenfreundlich du bist.«

Sie starrte mich erschrocken an. »Was ist denn mit dir los?«

»Nichts«, sagte ich, »gar nichts. Es fällt mir nur auf die Nerven, dass Juden immer etwas Besonderes sein sollen, entweder besonders arrogant und geldgierig oder besonders interessant. Mir reicht's.«

Ich lief in mein Zimmer, knallte die Tür hinter mir zu und warf mich auf mein Bett. Ich trauerte Julian nach, denn ich wusste, dass das, was wir für Freundschaft gehalten hatten, vorbei war. Wir würden weiterhin nebeneinandersitzen und tun, als wäre nichts, aber das Kumpelhafte, das uns verbunden hatte, war durch seine Bemerkung gestorben. Und im nächsten Schuljahr würde ich Sarina fragen, ob wir nicht zusammensitzen wollen, denn sie hat mit Corinna, ihrer jetzigen Banknachbarin, offenbar nicht viel zu tun.

Nach einer Weile roch ich, dass meine Mutter kochte, Zwiebeln, Knoblauch, Fleisch, vermutlich gab es Spaghetti Bolognese. Aber sie rief mich nicht zum Essen.

Erst viel später stand ich auf, ging hinüber ins Wohnzimmer, wo sie vor dem Fernseher saß, und sagte: »Entschuldigung.«

Ich machte mir die Spaghetti Bolognese warm, und als ich anfing zu essen, kam meine Mutter in die Küche, setzte sich zu mir und fragte: »Was ist passiert?«

Da erzählte ich ihr vom Geschichtsunterricht und von meinem Gespräch mit Julian.

Sie hörte aufmerksam zu, ohne mich zu unterbrechen. Nur einmal strich sie mir über den Arm. »Diese Fettnäpfchen«, sagte sie, als ich fertig war. »Immer diese Fettnäpfchen.«

»Wenn's doch bloß Fettnäpfchen wären«, sagte ich. »Ich halte sie eher für Fallstricke.«

Meine Mutter stieß ein seltsames Lachen aus. »Oder sogar für Tretminen.«

26 *Krakau*

Schon von Weitem, noch bevor man die Mauern und Kirchtürme sieht, spürt man, dass man sich einer Stadt nähert. Man merkt es daran, dass die Kutscher ihre Peitschen lauter knallend durch die Luft schwingen, die Reiter ihre Pferde zur Eile antreiben, die Wagen und Kutschen schneller fahren, die Menschen ihre Schritte beschleunigen. Gespannte Erwartung liegt in der Luft.

Auch ich spüre die Anspannung, die mich jedoch nicht zur Eile antreibt, sondern zögern lässt. Ich gehe immer langsamer, je näher ich meinem Ziel komme. Dabei weiß ich gar nicht, ob Krakau wirklich mein Ziel ist, Krakau oder Lemberg, hat Meir Nachum von Köln gesagt, vielleicht geht meine Reise ja noch weiter. Über den Mauern und Türmen von Krakau hängen neblige Wolken, zu hell, um Regen zu bringen, zu dunkel, um einen schönen Tag zu versprechen. Der graue Himmel drückt auch auf meine Stimmung. Ich weiche einer Pfütze aus und lenke meine Schritte zu einem Geröllhaufen neben der Straße. Die Erde riecht feucht und lehmig, im Gras wachsen Gänseblümchen und gelbe Blumen, deren Namen ich nicht kenne. Zwischen den Steinen drängen sich Grasbüschel zum Licht, und eine Maus huscht in einen Brennnesselbusch, als ich mein Bündel ablege und mich auf einen großen Stein setze.

Weiter hinten, über einem dichten Gebüsch, das in einen Wald übergeht, kreist ein Raubvogel.

Ein seltsames Gefühl hält mich zurück, ein Unbehagen, in das sich Trauer und Angst mischen. Hier hätten wir zu dritt ankommen sollen, mein Vater, mein Bruder und ich. Mein Vater hätte gewusst, was zu tun ist, er wäre, ohne zu zögern, durch das Stadttor gegangen und wir wären ihm gefolgt, vielleicht ein bisschen zögernd, aber neugierig. Stattdessen sitze ich allein hier und fürchte mich vor der Stadt, von der ich nicht weiß, was sie mir bringen wird. Noch nie habe ich mich so allein gefühlt, allein in einer fremden Welt. Wenn wenigstens Knöpfchen bei mir wäre. Aber Knöpfchen ist bei Jadwiga geblieben.

Ich wusste nicht, was mich geweckt hatte, ein Hahnenkrähen oder das Blöken der Schafe. Blinzelnd hob ich die Lider. Jadwiga hantierte in der Küche herum, ihr schwerer Körper warf einen Schatten auf mein Gesicht, als sie vor den Herd trat. Ich schloss die Augen und stellte mich schlafend. In meiner Vorstellung war es Agatha, die geschäftig in unserer Küche herumlief und unsere Morgenmahlzeit vorbereitete. Ich genoss die Geräusche, die mir so vertraut waren, die raschen Schritte, das Prasseln des Feuers, den dumpfen Ton, wenn irdenes Geschirr auf Holz gestellt wird, das plötzliche Aufbrutzeln, wenn Teig in eine Pfanne geschöpft wird. Ich genoss auch den Geruch nach Holzfeuer, nach heißem Öl, nach Gebratenem. So, mit geschlossenen Augen, konnte ich mir fast einbilden zu hören, wie mein Vater die Treppe herunterkam und meinen Bruder weckte.

Aber es war Jadwigas Stimme, die mich mahnte. »Aufstehen, Kind, es wird Zeit! Der Regen hat aufgehört, wenn du wirklich weiterwillst, ist heute der richtige Tag.«

Ich wusch mir am Brunnen Gesicht und Hände, bevor ich mich an den Tisch setzte. Jadwiga hatte Hirsepfannkuchen für mich gebacken, fette, knusprige Hirsepfannkuchen, auf die sie Honig träufelte. »Hast du es dir noch einmal überlegt?«, fragte sie, während ich aß. Ich hörte die Erwartung in ihrer Stimme.

»Ja«, antwortete ich. »Ich muss es tun, mein Vater hätte es so gewollt.«

Nach der Morgenmahlzeit ergriff ich den Henkelkorb und ging zum Stall hinüber, um Knöpfchen zu holen. Er und die schwarz-weiß gefleckte Häsin saßen dicht nebeneinander, sehr dicht, und knabberten einträchtig an dem frischen Heu, das Jadwiga ihnen schon gebracht hatte, als sie ihre Ziegen gefüttert und die Schafe auf die Weide gelassen hatte. Lange stand ich da und schaute den beiden beim Fressen zu. Mein Herz hat wohl vom ersten Moment an gewusst, was ich tun musste, aber es dauerte eine Weile, bis die Erkenntnis auch meinen Verstand erreichte. Wer seinem Nächsten nichts Arges tut, hörte ich meinen Vater sagen, und ich widersprach ihm heftig: Er ist nicht mein Nächster, er ist nur ein Tier, und mein Vater sagte, aber auch ein Tier ist ein Geschöpf unseres Herrn.

Ich senkte den Kopf und nahm das Urteil an. Ich durfte Knöpfchen nicht aus dem Stall nehmen und in den Henkelkorb setzen, wo er allein wäre, nur damit ich nicht allein war. Ich durfte ihn nicht aus einem Leben reißen, für das er geboren war, nur weil ich selbst aus einem Leben gerissen worden war, für das ich geboren war. Knöpfchen konnte sich nicht wehren, er konnte seinen Willen nicht äußern, geschweige denn durchsetzen. Er konnte noch nicht einmal mit seinem Schicksal hadern.

Irgendwann stand Jadwiga neben mir. Ich wandte mich zu ihr und bat: »Darf ich ihn bei dir lassen? Hier geht es ihm besser als bei mir.«

Jadwiga legte den Arm um meine Schulter. »Natürlich«, sagte sie. »Und ich verspreche dir, ich werde für ihn sorgen, solange er lebt. Er wird nicht im Kochtopf landen.«

Also zog ich allein los, ohne den Henkelkorb. Jadwiga umarmte mich zum Abschied und sagte: »In der Stadt kann ich dir nicht helfen, da kenne ich niemanden außer einem Neffen meines verstorbenen Mannes, doch zu dem kann ich dich nicht schicken, der ist ein arger Judenhasser. Schon immer gewesen. Ich weiß zwar, dass in Krakau viele Juden wohnen, aber ich habe keine Ahnung, wo das ist, du wirst fragen müssen. Du wirst ganz auf dich gestellt sein. Sei vorsichtig, Kind, hüte dich vor den Städtern, dort treibt sich viel Gesindel herum, man hört schreckliche Geschichten. Am liebsten würde ich mit dir gehen und auf dich aufpassen, aber ich kann meine Tiere nicht alleinlassen.«

»Du hast schon so viel für mich getan«, sagte ich, »ich bin dir sehr dankbar.«

Und das stimmte. Drei Tage hatte ich bei ihr verbracht, drei Tage, in denen es regnete. Sie hat meine Kleidung gewaschen und geflickt und mir ein paar neue Schuhe besorgt, meine waren schon fast auseinandergefallen. An einem Nachmittag war sie weggegangen und ein paar Stunden später mit Schuhen zurückgekommen, die mir besser passten, als mir Notburgas Schuhe gepasst hatten. Sie hatte mir auch aus einem Hemd ein paar Streifen für meinen rechten kleinen Zeh geschnitten.

Jetzt, hier auf dem Stein neben der Straße, frage ich mich, ob ich nicht besser doch bei ihr geblieben wäre.

Ich stehe auf und streiche meine Kleidung glatt, bevor ich mir mein Bündel wieder umhänge, schließlich kann ich nicht ewig hier sitzen bleiben. Dennoch fühlen sich meine Beine seltsam schwer an. Vor mir liegt die Stadt. Sie ist groß, viel größer als Erfurt, und auf einem Hügel thront eine Burg. Dort wohnt vermutlich der König, der uns Juden Schutz versprochen hat.

Ich folge einer zweispännigen gelben Kutsche durch das Tor, tue, als würde ich dazugehören. Und es klappt, die Torwächter kümmern sich nicht um mich.

Die Stadt ist nicht nur größer als Erfurt, sie sieht viel prächtiger aus, die meisten Häuser sind aus Stein, mit kunstvoll behauenen Umrandungen an Fenstern und Türen. Man sieht auch viele Kutschen und Reiter und noch viel mehr Menschen, es herrscht ein Gedränge fast wie auf einem Jahrmarkt. Direkt neben mir hält eine grüne, goldverzierte Kutsche, ich weiche aus und drücke mich an eine Hauswand. Der Kutscher, fein gekleidet wie ein Herr, springt vom Bock und reißt die Wagentür auf. Ein Herr mit einem schwarzen Hut und einem silbernen Stöckchen in der Hand steigt aus und reicht einer eleganten Dame mit einer bunten Kopfbedeckung und einem gefältelten Rock den Arm, um ihr zu helfen. Als sie beim Aussteigen ihren Kleidersaum anhebt, sehe ich, dass sie feine spitze Schuhe und gewirkte Strümpfe trägt. Der Herr sagt etwas zu dem Kutscher, dann führt er seine Dame zu einem Haus mit einem prachtvoll behauenen Torbogen.

Es gibt so viel zu sehen, dass ich gar nicht weiß, wohin ich zuerst schauen soll. Plötzlich taucht eine Katze auf und läuft auf die Straße, sie weicht der grünen Kutsche aus, die gerade losfährt, und wird von einem Pferdehuf getroffen. Sie reißt das Maul auf, aber in dem Lärm um mich herum kann ich nicht hören, wie sie aufheult, ich sehe nur, wie sie sich hinkend wieder zurückschleppt und zwischen zwei Häusern verschwindet.

Die Hohe Straße mündet auf einen Platz, der so groß ist, wie ich noch nie einen gesehen habe, und der von prächtigen Häusern und Kirchen umrahmt wird. Auf der gegenüberliegenden Seite erstrecken sich vor den Gebäuden lange Säulengänge. Ich kann feine Damen und Herren entdecken, wage mich aber nicht näher. Alles ist so anders hier, so fremd. Es müssen reiche Leute sein, die hier leben, so reich, dass sie herumspazieren können und nicht arbeiten müssen. In der Mitte des Platzes stehen Markthallen, davor und daneben haben Händler ihre Verkaufsstände aufgebaut, dort drängen sich die einfachen Leute, Frauen in grauer Kleidung und grauen Hauben, mit Körben in der Hand. Ich nehme an, es sind Köchinnen, die in den feinen Häusern arbeiten und für ihre Herrschaften Leckerbissen kaufen. Ich sehe auch Lastenträger mit gebeugten Rücken, kleinere und große Kinder, Bettler, die den Vorübergehenden die Hände entgegenstrecken. Zögernd mische ich mich unter die Menge.

Überall sind Stände und Verkaufstische, Bauern bieten Gemüse feil, Metzger haben vor sich große, blutige Fleischstücke auf Tischen liegen, Bäcker verkaufen Brot, Bäuerinnen Hühner und Gänse, und weiter hinten sehe ich, dass auch Schafe und Ziegen angeboten werden.

Ich stelle mich einer älteren Frau in den Weg, einer mit einem blauen Rock und einer weißen Schürze, und frage sie, wo hier in der Stadt Juden wohnen. Sie schaut an mir vorbei, hebt den Arm, deutet in eine Richtung, sagt nur: »Unten am Fluss«, und geht weiter. Ihr Rock schaukelt beim Gehen hin und her, die weißen Schürzenbänder flattern.

Ich will schon die angegebene Richtung einschlagen, da packt mich jemand am Handgelenk. Erschrocken drehe ich mich um. Es ist eine Bettlerin, die da sitzt, zerlumpt, die Beine unter den Rock gezogen. Ich habe sie vorher nicht bemerkt, die Frau mit der weißen Schürze muss sie verdeckt haben.

»He, Judendirne!«, ruft sie mit krächzender Stimme. »Gib mir was, damit Gott dir deine Sünden verzeiht.«

Mir sackt vor Entsetzen das Blut aus dem Kopf in die Beine, so Furcht einflößend sieht sie aus, eine Hexe, ein Gespenst, ein klapperdürres Gestell. Ihr zahnloser Mund grinst mich an, ihre Wangen sind eingefallen, ihre Augen, glühend wie Kohlen, liegen tief in den Höhlen. Am schlimmsten sind aber die eitrigen Pickel und Pusteln, mit denen ihr Gesicht übersät ist. Auch ihr Arm, von dem der Ärmel hochgerutscht ist, hat eitrige Beulen und rote Flecken. Ich versuche mich loszureißen, aber ihre dürren Finger umklammern mich mit eiserner Kraft. »Los, Judendirne, gib mir was!« Ihr Griff ist so fest, dass mir ihre Nägel ins Fleisch schneiden.

Ich greife mit meiner freien Hand in die Tasche, erwische eine Münze und werfe sie ihr in den Schoß. Es ist eine der Silbermünzen, die mir Mendel aufgedrängt hat. Viel zu viel für eine Bettlerin, doch das ist mir jetzt egal, sie soll mich nur loslassen. Vergeblich versuche ich, meine Hand aus der Umklammerung zu befreien. Die Alte hebt die Münze zwischen zwei Fingern hoch und hält sie sich vor die Augen. »Die Judendirne hat Silber!«, kreischt sie. »Los, gib mir mehr!«

Auf einmal umringen mich vier, fünf Jungen, kaum älter als ich, und strecken die Hände aus.

»Sie ist eine Judendirne!«, keift die Alte. »Ich habe gehört, wie sie nach Juden gefragt hat. Sie ist eine Judendirne und hat die Taschen voller Geld!«

Die ausgestreckten Hände kommen näher. Ich nehme meine ganze Kraft zusammen und reiße mich aus dem Griff der Alten. »Hilfe!«, rufe ich. »Hilft mir niemand?«

Verzweifelt schaue ich mich um, aber keiner achtet auf mich, ich sehe nur die schmutzigen Hände, die nach mir greifen wollen, und fange an zu rennen.

Ich renne durch enge, verwinkelte Straßen, springe über Pfützen, weiche Passanten aus, einem Hund, der wütend anfängt zu bellen, ein paar spielenden Kindern, und die ganze Zeit höre ich hinter mir die Schritte meiner Verfolger und ihr Schreien: »Bleib stehen, Jüdin, wir erwischen dich doch!« Ich stoße einen alten Mann um, der wütend anfängt zu schimpfen, Wasser spritzt auf, als ich in eine Pfütze trete, mein Bündel schlägt mir gegen den Rücken, der Atem sticht mir in den Lungen, aber ich renne und renne, ich habe gar nicht gewusst, dass ich so schnell laufen kann. Lautes Schnaufen dröhnt mir in den Ohren, und ich weiß nicht, ob es das Schnaufen meiner Verfolger ist oder mein eigenes.

Plötzlich taucht der Fluss vor mir auf, die Straße ist zu Ende. Mir bleibt keine Zeit, mich umzuschauen, ich höre, dass sie immer näher kommen, und vor Verzweiflung springe ich auf eine niedrige Kaimauer. Hände reißen an meinem Wams, ich stolpere, kämpfe um mein Gleichgewicht. Das Keuchen meiner Verfolger ist unnatürlich laut und mischt sich mit dem Geschrei von Möwen. Ich höre, wie mein Wams reißt, und dann fliege ich durch die Luft, ohne zu wissen, ob ich gestoßen wurde oder gesprungen bin.

Unter mir ist das graugrüne Wasser, ich fliege an einem Boot vorbei und klatsche in die Fluten. Das Wasser ist kalt, sehr kalt, und schlägt über mir zusammen, ich bekomme keine Luft mehr, der Fluss packt mich und drückt mir die Brust zusammen. Ich strample und schlage wild um mich, und für einen Moment gelingt es mir, den Kopf über Wasser zu bekommen und nach Luft zu schnappen, bevor mich wieder eine Welle packt und in die Tiefe drückt. Der Fluss ist ein Ungeheuer, das mich beißt und beutelt und verschlingen will. Um mich herum ist alles graugrün, verschwommen, mit hellen tanzenden Flecken. Sind das Fische, oder ist es das Licht, das sich im Wasser bricht?

Das ist das Ende, denke ich, so ist es also. Meine Arme und Beine werden schwer, meine Bewegungen langsamer, und da sehe ich plötzlich meine Mutter, sie schwebt durch das Wasser, schaut mich an und streckt die Arme nach mir aus, und auf einmal weiß ich wieder, wie sie ausgesehen hat, ich sehe ihr Gesicht deutlich vor mir, doch bevor sie mich erreicht, höre ich die Stimme meines Vaters, los, Tochter, wehr dich, ruft er, und Joschua schreit, kämpfen, Rachel, nicht aufgeben, und ich schlage um mich, mit Armen und Beinen, aber meine nassen Kleider werden immer schwerer und ziehen mich in die Tiefe. Das Wasser drückt mir die Luft aus den Lungen, es tut weh, so weh, und dann merke ich, wie mir die Sinne schwinden. Ich gebe auf, Joschua, ich kann nicht mehr.

27 Der Prozess

Wir waren also zum Abendessen eingeladen. Es störte mich, auch wenn ich nicht genau sagen konnte, was mich ärgerte. Ich hatte das Gefühl, dass sich meine Mutter wieder einmal in mein Leben einmischte, und das passte mir nicht. Ich wollte Alexej für mich allein haben, auch Babuschka und Danila, ich hatte sie entdeckt, ich hatte mich überwunden und Alexej angesprochen, er und seine Familie gehörten mir. Meine Mutter hatte nichts anderes getan, als den Schatz vorzuführen, etwas, was sie oft genug tat und was zu ihrem Job gehörte. Natürlich sagte ich das nicht laut, es war mir peinlich, denn ich merkte selbst, wie kindisch meine Gedanken waren.

Als ich Alexej fragte, wie er es finde, dass meine Mutter und seine Eltern sich treffen wollten, antwortete er, er finde es prima, und wir hätten es doch viel einfacher, wenn unsere Eltern sich gut leiden könnten. Das klang so vernünftig, dass ich meine Bedenken lieber für mich behielt.

Aber meine Mutter merkte, dass ich bedrückt war, kein Wunder, ich wurde richtig patzig, als sie mich fragte, wie es mir bei der Französischarbeit ergangen war. »Was geht dich das an? Die Schule ist meine Sache, warum musst du dich immer einmischen?«

Sie schwieg gekränkt, und ich wusste auch nicht, warum

ich das gesagt hatte, es war nämlich sehr gut gelaufen. Seit ich Tamara kannte, gab ich mir in Französisch große Mühe, ich wollte sie schließlich mal besuchen und hatte nicht vor, mich mit französischem Rumgestotter zu blamieren. Ich entschuldigte mich also, und weil ich schon mal dabei war, erklärte ich ihr auch mein Unbehagen wegen des geplanten Abendessens bei den Tschernowitzers.

»Ich kann verstehen, was du meinst«, unterbrach sie mich. »Ich hatte mit Oma ganz ähnliche Probleme. Jedes Mal, wenn ich einen Freund mit nach Hause gebracht habe, hat sie ihn um den Finger gewickelt, und ich hatte das Gefühl, abgeschrieben zu sein. Wenn sie ihn nicht sowieso schon vorher in der Schule unterrichtet hatte. Weißt du was? Geh allein hin, ich lege mich ins Bett, spiele krank und mache mir einen gemütlichen Abend. Oder ich gehe mit Friedrich ins Kino.«

Sie hat also wirklich einen Neuen und er heißt Friedrich, dachte ich.

Erst fand ich diese Lösung gut, aber nachdem ich eine Nacht darüber geschlafen hatte, war mir die ganze Sache peinlich und ich bat sie, mitzukommen.

Also bürsteten wir am Samstagabend Herrn Schneider besonders gründlich, zogen uns hübsch an, nahmen den Blumenstrauß, den meine Mutter gekauft hatte, wickelten eine Flasche Wein in Geschenkpapier und zogen los.

Irina war wirklich eine beeindruckende Frau und sie war schön. Kein Wunder, dass Alexej so gut aussah. Aber sie war mehr als nur schön, meine Mutter hatte sie »besonders interessant« genannt, und ich verstand sofort, was sie damit gemeint hatte. Irina war extravagant, ich war sicher, dass sie, egal wohin sie kam, sofort alle Blicke auf sich zog. Sie war groß und sehr schlank, während Aljoscha eindeutig ein paar Kilo zu viel auf den Hüften und am Bauch hatte. Irina umarmte mich zur Begrüßung und sagte, wie schön es sei, dass wir uns endlich kennenlernten.

Der Abend verlief so, wie ich es mir vorgestellt hatte. Babuschka hatte gekocht, es gab ein äußerst traditionelles Essen, Suppe, Rinderbraten mit Pilzen und Kartoffelklößen und zum Nachtisch Schokotörtchen mit Waldbeeren und Sahne. Beim Tischgespräch ging es um die Uni, die Arbeitsbedingungen, die ewigen Einsparungen und um die mangelnde Allgemeinbildung der Studenten. Bei der Suppe und beim ersten Glas Wein siezten sie sich noch, bei den Schokotörtchen und dem zweiten oder dritten Glas waren sie zum Du übergegangen.

Danach setzten sie sich auf das Sofa und die Sessel, und meine Mutter erklärte Aljoscha und Irina die Geschichte des Schatzes, denn sie waren bei der Führung ja nicht dabei gewesen. Danila lag wie üblich mit Herrn Schneider auf dem Teppich und flüsterte ihm zärtliche Worte ins Ohr, und ich sah, wie mein Hund unter ihren streichelnden Händen förmlich dahinschmolz. Alexej und ich hatten uns zwei Sitzkissen aus seinem Zimmer geholt, saßen etwas abseits, zwischen Babuschka und meiner Mutter, und hörten zu. Ich kannte die Geschichte auswendig, deshalb ließ ich meine Gedanken schweifen, und während meine Mutter die einzelnen Fundstücke beschrieb, dachte ich an Rachel, die diese Gegenstände in der Hand gehalten und zusammen mit ihrem Vater versteckt hatte.

Ich hörte erst wieder zu, als Aljoscha fragte: »War nur die Pest an dem Gemetzel schuld?«

»Da kam einiges zusammen«, sagte meine Mutter zögernd. Vermutlich dachte sie an die Fettnäpfchen und Fallstricke. »Vorausgegangen war die Zeit der Kreuzzüge, in der die Kirche dazu aufgerufen hatte, ins Heilige Land zu ziehen und die ›Feinde des Christentums‹ zu vertreiben. Zuvor wollten die Kreuzfahrer aber die Juden, die neben den Muslimen als Feinde des Christentums galten, aus den eigenen Territorien vertreiben. Das waren die ersten Pogrome. Besonders in England, Frankreich und Deutschland kam es zu Massakern, denen viele Tausende zum Opfer fielen. Dann, im 14. Jahrhundert, kam eine Zeit der Dürre und der Missernten, und viele Bürger gaben den Juden die Schuld daran. Vergesst nicht, damals glaubte man an Schadenzauber und böse Geister, auch an Hexerei, obwohl die Hexenverfolgungen erst gut hundert Jahre später eingesetzt haben. Doch besonders wichtig war der Einfluss der Kirche, die Menschen definierten sich damals vor allem durch ihren Glauben. Nach Meinung der Kirche waren Juden die Ungläubigen, diejenigen, die Christus gekreuzigt hatten und sich allen Bemühungen, sie zum christlichen Glauben zu bekehren, standhaft widersetzten. Man lebte mit ihnen in derselben Stadt, aber gesellschaftlich gesehen wohl in zwei getrennten Welten. Man brauchte die Juden als Geldhändler und Pfandverleiher, sie waren ein fester Bestandteil der Wirtschaft, aber man mochte sie nicht. Dazu kamen natürlich Neid und oft auch finanzielle Abhängigkeit, weil man sich bei ihnen verschuldet hatte. Kalman von Wiehes Kunden waren nicht nur Erfurter Bürger, die in Not geraten waren, sondern auch Adlige aus der Umgebung. Zudem zeigen die gefundenen Münzen durch ihre Prägungen, dass er weitverzweigte Handelsbeziehungen gehabt haben muss. Es waren jedenfalls harte Zeiten, und als dann noch die Pest drohte, schlugen Angst und Abneigung in Hass und Wut um.«

»Aber die Vernichtung der Erfurter Juden war im März 1349, die Pest kam doch erst Monate später nach Erfurt«, widersprach Aljoscha.

»Stimmt, aber das war in fast allen Städten so. Die Angst vor der Pest und der Hass auf Juden waren so groß, dass es noch vor Ausbruch der Krankheit zu Massakern kam.«

Alexej rutschte von seinem Sitzkissen, saß jetzt dicht neben mir und legte den Arm über meine Knie.

»Und was war hinterher in Erfurt? Hatte das Gemetzel irgendwelche Folgen?«, fragte Irina.

»Oh ja«, sagte meine Mutter, »es gab sogar einen Prozess, von dem Aufzeichnungen erhalten geblieben sind. Dabei kam heraus, dass die Aufrührer, zu denen viele Erfurter Handwerker und Kaufleute gehörten, schon lange vor dem Pogrom ein Komplott geschmiedet hatten. Einer ihrer Anführer war ein angesehener Kaufmann, Gunzel von Wokstedt. Sie beschlossen, am 21. März, am jüdischen Schabbat, die Juden zu überfallen, da waren sie entweder zu Hause oder in der Synagoge, also leicht zu finden. Laut Zeugenberichten scheuten dann aber viele der Verschwörer davor zurück, die Juden einfach zu erschlagen, erst als ein Ratsherr, Hugo Lange, auftauchte und den Aufrührern zusicherte, dass sie freie Hand hatten, schlugen sie los. Die gesamte jüdische Gemeinde wurde vernichtet.«

»Und was war mit dem Prozess?«, fragte Irina. »Wurden sie wenigstens bestraft?«

Meine Mutter kniff die Lippen zusammen, die angedeuteten Falten von ihren Nasenflügeln zu den Mundwinkeln wurden etwas schärfer, ein Zeichen, dass sie lieber nicht weitergeredet hätte. Gab es da irgendwelche Fallstricke, von denen ich noch nichts wusste?

Schließlich räusperte sie sich und fuhr fort: »Die Verschwörer wurden vom Rat zur Rechenschaft gezogen, aber nicht wegen der Ermordung der Juden, sondern wegen einer Verschwörung gegen den Rat, der, wenigstens offiziell, den Schutz der Juden garantiert hatte. Einige Rädelsführer, darunter Gunzel von Wokstedt, wurden zum Tod verurteilt, Hugo Lange, der wirklich eine sehr unrühmliche Rolle gespielt hatte, blieb jedoch unbehelligt, er wurde eher noch reicher und mächtiger. Der Rat der Stadt übernahm sämtlichen Besitz der ermordeten Juden und trieb auch die noch ausstehenden Schulden ein, allerdings nur von den Schuldnern außerhalb, den Bürgern der Stadt wurden die Schulden erlassen.«

»Kein rühmlicher Prozess«, sagte Babuschka bitter.

Meine Mutter schüttelte den Kopf. »Nein, kein rühmlicher Prozess. Trotzdem dauerte es nur ein paar Jahre, bis sich wieder Juden in Erfurt angesiedelt haben und eine Gemeinde gründeten, die für lange Zeit zu den größten des Landes gehörte. Ihnen musste die Stadt auf Anweisung des Erzbischofs von Mainz neue Häuser bauen oder die alten wieder herrichten, und weil die *Alte Synagoge* inzwischen an einen christlichen Kaufmann verkauft worden war, wurde für die Juden eine neue Synagoge gebaut. Diese neue Gemeinde existierte bis 1453, bis die Juden erneut vertrieben wurden. Diesmal dauerte es bis ins 19. Jahrhundert, bis sich wieder Juden in Erfurt ansiedelten. 1810 erhielt der Jude Samuel Meyer Bürgerrechte in der Stadt.«

»Und dann, im 20. Jahrhundert, kam der Holocaust«, sagte Babuschka.

»Ja«, sagte meine Mutter, »dann kam der Holocaust.«

Alle schwiegen. Alexej stützte den Ellenbogen auf mein

linkes Knie und legte den Kopf auf die Hand. Ich kraulte seinen Haaransatz. Er schüttelte meine Hand nicht ab.

Aljoscha brach das Schweigen und sagte: »Das war also die Geschichte der Stadt Erfurt und der Erfurter Juden.«

Plötzlich stand Irina auf und ging hinüber zu Danila, die, zusammengerollt an Herrn Schneiders Bauch und mit dem Kopf auf seinem Fell, eingeschlafen war. Sie hob die Kleine vorsichtig hoch und trug sie hinaus.

»Wir hätten sie vorher in ihr Zimmer bringen sollen«, sagte Aljoscha schuldbewusst, »wer weiß, was sie alles mitbekommen hat.«

»Na und?«, fuhr ihn seine Mutter an. »Einmal muss sie es doch erfahren, ihr könnt nicht immer so tun, als wäre nichts, als wäre die Welt in Ordnung, so wie sie ist.« Sie schaute zu Alexej und mir. »Und ihr?«

Alexej hob den Kopf und schaute seine Großmutter an. »Du hast recht, Babuschka«, sagte er. »Wir haben zugehört und das ist gut so.« Seine Finger schlossen sich noch fester um meine.

Aljoscha stützte den Kopf auf die verschränkten Hände. »Was du uns heute geboten hast, Kathrin«, sagte er, »ist eine geraffte Fassung des Antisemitismus, nur auf die Stadt Erfurt bezogen.« Er seufzte. »Und ich weiß, ehrlich gestanden, nicht, ob ich dir dafür dankbar sein soll.«

»Natürlich sollst du ihr dankbar sein, Aljoscha, Wissen ist allemal besser als Nichtwissen«, sagte Irina, die gerade wieder ins Wohnzimmer kam. »Sie schläft. Sie ist noch nicht mal aufgewacht, als ich sie ins Bett gelegt habe.« Sie setzte sich und goss sich einen Schluck Wein nach. »Heute sind die Menschen so aufgeklärt, eigentlich müssten sie die alten Vorurteile längst überwunden haben.«

Meine Mutter betrachtete Alexej und mich, sie sah traurig aus, traurig und zugleich liebevoll. »Das Verhältnis zwischen Juden und Deutschen wird immer schwierig sein«, sagte sie langsam, »voller Fallstricke und Fettnäpfchen. Wenn ein Jude sagt: Ich bin Jude, denkt der Deutsche automatisch, jetzt wirft er mir gleich die Schuld meines Vaters, Großvaters, Urgroßvaters vor. Durch die Existenz von Juden werden die Deutschen immer daran erinnert, dass es Konzentrationslager und millionenfachen Massenmord gegeben hat, und obwohl die Juden die Opfer waren, nicht die Täter, reagieren die Deutschen aggressiv, weil sie das Gefühl haben, sich gegen einen unausgesprochenen Vorwurf wehren zu müssen. Die Geschichte wird so lange zwischen uns stehen, solange wir nicht gelernt haben, statt ›die Deutschen‹ und ›die Juden‹ ›ich‹ und ›du‹ zu sagen.«

Babuschka hob den Arm, legte über Alexej und mich ihre Hand auf die meiner Mutter. »Ich bin Babuschka, du bist Kathrin«, sagte sie. Meine Mutter beugte sich vor und drückte einen Kuss auf den faltigen, von blauen Adern durchzogenen Handrücken.

Ich gebe gern zu, dass ich in diesem Moment sehr stolz auf meine Mutter war.

28 *Noah*

Hustend, prustend und spuckend kam ich wieder zu mir. Ich war nicht tot, Tote schlägt man nicht und jemand schlug mich ununterbrochen auf die rechte Wange. Unter meiner linken spürte ich Gras und Steine, ich lag auf der Seite, die Schulter leicht nach vorn gekippt, meine rechte Hand umklammerte einen Stein. Die Schläge auf meine Wange waren zu heftig, um als Tätscheln gedeutet zu werden, aber nicht heftig genug, um mir wahrhaft Angst zu machen. Hör auf, wollte ich dem Schläger zurufen, aber kein Wort kam aus meiner Kehle, stattdessen brach ein Schwall Wasser aus mir heraus und raubte mir den Atem, keuchend zog ich die Luft ein. Und da kam auch schon der nächste Schwall. Die Schläge auf meine Wange wurden fester. Ich ließ den Stein los und hob die Hand, um meine Wange zu schützen. Da spürte ich, wie mich jemand an den Schultern packte und auf den Rücken drehte. Mein Brustkorb tat weh, das Atmen fiel mir schwer. Mir war kalt, ein Schauer lief mir über den Körper. Mit geschlossenen Augen blieb ich liegen und versuchte zu verstehen, was passiert war und warum ich hier lag.

Ich hatte meine Mutter gesehen, das wusste ich noch, ich sehe ihr Gesicht deutlich vor mir, sie lächelt und streckt die Arme nach mir aus. Ich bin wieder sechs Jahre alt, sie zieht mich auf ihren Schoß, auf dem kaum mehr Platz ist, seit das neue Kind in ihrem Bauch wächst. Sie drückt mich an sich, senkt den Kopf über mein Gesicht, ich rieche ihre Haare, die nach Veilchen duften, und plötzlich weiß ich wieder, dass sie sich die Haare immer mit Veilchenwasser gewaschen hat. Rachel, mein Schatz, sagt sie, ich bin so froh, dass ich dich habe, du wirst mir eine große Hilfe sein, wenn das Kindlein da ist. Sie küsst mich und streichelt mich, sie nimmt meine Hand und legt sie auf ihren Bauch, damit ich fühlen kann, wie sich das Kind in ihr bewegt. Das war das letzte Bild, das ich von ihr hatte, wie hatte ich das nur vergessen können? Jetzt war es wieder da, und vor Glück über das kostbare Geschenk, das mir gemacht worden war, fing ich an zu weinen.

»Nicht weinen«, sagte eine Stimme, »jetzt ist alles wieder gut, du hast es überstanden, dem Ewigen sei Dank, Er hat dich mit starker Hand errettet.«

Langsam machte ich die Augen auf und sah zum ersten Mal das Gesicht des jungen Mannes, der über mir kniete, ein dunkles Gesicht vor einem hellen, fast weißen Himmel, und hatte das Gefühl, in den schwarzen Augen zu versinken. Der Sog war so stark, dass ich, wie von einer plötzlichen Sonne geblendet, die Augen sofort wieder zumachte. Doch auch vor meinen geschlossenen Augen blieb das Gesicht da, die dunklen Haare, die ein bräunliches, schönes Antlitz mit schwarzen Augen, einer geraden Nase und vollen Lippen umrahmten, ich sah die Schläfenlocken, die lang und gedreht herunterhingen und leicht hin und her schwankten, als der junge Mann sich tiefer über mich beugte, ich sah den gekräuselten Flaum auf seinen Wangen und dem Kinn, die Härchen, die so fein und glänzend waren wie gelockte Seidenfäden.

»Wach bleiben, Mädchen«, sagte die Stimme wieder, »nicht einschlafen! Ich bringe dich jetzt zu meiner Mutter, sie wird dir trockene Kleidung geben.«

»Wer bist du?«, fragte ich.

»Ich heiße Noah«, sagte der junge Mann. »Ich habe am Fluss gesessen und geangelt, da habe ich gesehen, wie dich diese Kerle ins Wasser gestoßen haben. Ich glaube, sie sind selbst erschrocken, sie haben sich sofort umgedreht und sind weggerannt, als wäre der Teufel hinter ihnen her. Da bin ich dir nachgesprungen und habe dich herausgeholt. Ich hatte solche Angst, ich wäre zu spät gekommen, denn du hast dich nicht mehr gerührt, als ich dich an Land gezogen habe, aber dem Ewigen sei Dank, du bist wieder in dieser Welt.«

Ich schaute ihn an, und wieder versank ich in diesen schwarzen Augen, ein Blick, der ewig zu dauern schien. Von sehr weit weg hörte ich Agatha sagen: So sollte ein anständiges Mädchen einen jungen Mann nicht anschauen, und sofort wehrte ich mich: Du bist eine alte Frau, du kannst das nicht verstehen.

»Noah«, sagte ich und der Name schmeckte so süß wie Honig. »Noah. Ich bin Rachel.«

»Bist du Jüdin?«, fragte Noah. »Ich habe gehört, wie sie dir ›Jüdin‹ nachgeschrien haben.«

»Ja, ich bin Jüdin«, sagte ich und war froh, dass ich das wieder einfach aussprechen konnte und dass die schlimme Zeit, von der mein Vater gesprochen hatte, die Zeit des Unterwegsseins für mich vorbei war. Ich war wieder in meinem Leben angekommen, ich, Rachel, die Tochter Kalman von Wiehes.

»Komm«, sagte Noah. Er stand auf und streckte die Hände aus, um mir hochzuhelfen. Meine Knie waren weich und gaben unter mir nach. Er nahm meinen linken Arm und zog ihn über seine Schulter, den rechten schlang er um meine Hüfte, so führte er mich den Hang hinauf. Es war eher ein Tragen als ein Führen, denn er war größer als ich und er war kräftig, meine Füße schleiften kaum über den Boden. Die nasse Kleidung schlug gegen meinen Körper, das Wasser lief mir aus den Haaren über das Gesicht, ich zitterte vor Kälte. Erschöpft schloss ich die Augen und überließ mich seinem Griff, seinem schwankenden Gang. Erst als er stehen blieb, machte ich die Augen wieder auf. Er stieß die dunkle Holztür eines einfachen Hauses auf und trug mich fast hinein in eine warme Stube.

»Mutter, Vater«, sagte Noah, »das ist Rachel. Junge Judenhasser haben sie in die Weichsel gestoßen, ich habe sie wieder herausgeholt. Sie braucht unbedingt trockene Kleider, nicht dass sie, nachdem der Ewige sie errettet hat, noch vom Fieber dahingerafft wird.«

Vorsichtig schaute ich mich um. Die Stube, die zugleich auch Küche war, war groß und ging in eine Werkstatt über, in der ein graubärtiger Mann auf einem Hocker saß, vor sich einen Eisenfuß, über den ein Schuh gezogen war. Er hämmerte Nägelchen in die Sohle. Als er uns sah, ließ er die Hand mit dem Hammer sinken und starrte uns erschrocken an.

Am Herd, in dem ein Feuer brannte, stand eine ältere Frau mit einer blauen Haube und einem blauen Kittel, über dem sie eine graue Schürze trug. Sie brauchte nicht lange, um die Lage zu erfassen. Sie schob den Dreifuß mit dem Topf vom Feuer und kam mit raschen Schritten auf uns zu. Sie war eine zierliche Frau, fast mager, aber überraschend entschlossen und zupackend. Sie löste mich aus dem Griff ihres Sohnes und führte mich zu einem Alkoven an der hinteren Wand.

»Du bist also Rachel«, sagte sie. »Hab keine Angst, wir werden dir helfen. Ich heiße Zipora und das«, sie deutete auf den Schuster, »ist mein Mann Naftali.« Dann drehte sie sich um: »Noah, Naftali, geht jetzt hinauf, du musst dir auch trockene Sachen anziehen, Noah.«

Sie wartete, bis ihr Mann und ihr Sohn die Küche verlassen hatten und ihre Schritte auf einer Treppe zu hören waren, dann holte sie aus einer Truhe neben dem Alkoven ein grobes Tuch. Wortlos zog sie mich aus, so selbstverständlich, wie mich Agatha früher ausgezogen hatte, und legte meine nassen Sachen auf einen Haufen. Sie wickelte mich in das Tuch und trocknete mich ab. Sie löste meine Haare und rieb sie ebenfalls. Ich wehrte mich nicht, ich überließ mich einfach ihren mütterlichen Händen. Sie rubbelte so fest, dass meine Haut anfing zu brennen. Dann verließ sie die Küche und kam mit einem Arm voller Kleidungsstücke zurück, einem Hemd, einem Unterkleid, einem Rock und dicken Strümpfen. Sie half mir beim Ankleiden, doch als ich aufstehen wollte, drückte sie mich auf das Lager und befahl mir, liegen zu bleiben.

Sie füllte einen Becher mit heißem Wasser und goss etwas aus einem Krug hinein. »Hier, trink«, sagte sie und setzte sich zu mir auf die Bettkante.

Das Zeug schmeckte bitter, ich musste würgen. »Trink«, befahl sie noch einmal, und ich überwand mich und schluckte, immer wieder von Husten unterbrochen, das scharfe Getränk hinunter.

»In diesem Alkoven hat mein Vater bis zu seinem Tod geschlafen«, sagte sie. »Vor zwei Jahren ist er in die andere Welt gegangen.« Sie lächelte. »Er hat Schuhe repariert, aber zugleich war er Thoraschreiber.« Sie stand auf, holte ein in ein besticktes Tuch gewickeltes Päckchen von der Kredenz, in der auch zwei silberne Kerzenleuchter standen. »Hier«, sagte sie, wickelte das Tuch ab und hielt mir ein Gebetbuch hin. »Das hat er geschrieben.«

Ich nahm es ehrfürchtig in die Hand, schlug es auf und war glücklich, nach so langer Zeit die heiligen Buchstaben wiederzusehen. Langsam begann ich, das Morgengebet vorzulesen. Zipora hörte mir aufmerksam zu. Dann nahm sie mir das Buch ab, wickelte es wieder ein und legte es zurück auf die Kredenz. Sie lächelte zufrieden, und ich verstand, dass sie mich auf die Probe gestellt hatte.

»So, und jetzt erzähle«, sagte sie und setzte sich wieder zu mir auf die Bettkante. Ich fühlte mich viel zu schwach, um ausführlich von unserer Flucht zu erzählen, ich nannte nur die wichtigsten Punkte und hörte selbst, wie meine Stimme immer leiser wurde. Beim Einschlafen merkte ich noch, dass sie mir die Hand streichelte. Es waren leise Stimmen, die mich weckten. Noah und seine Eltern saßen am Tisch und unterhielten sich. Schnell machte ich die Augen wieder zu, ich wollte sie nicht stören.

»Sie ist mir bestimmt«, sagte Noah, »der Ewige hat sie mir geschickt, das spüre ich ganz deutlich. Ihr dürft euch Seinem Plan nicht entgegenstellen.«

»Das tun wir doch gar nicht«, sagte seine Mutter. »Auch wir sehen sie als Geschenk des Himmels.«

Ein warmes Gefühl stieg in mir auf, überschwemmte mich und umfing mich, wie Agathas Arme mich umfangen hatten, ich hörte nichts mehr, ich genoss die Wärme, die Sicherheit. Noah, dachte ich, Noah hat recht, er hat mir das Leben gerettet, ich bin ihm zu ewigem Dank verpflichtet, ich gehöre ihm.

Doch zugleich wusste ich, dass ich mehr empfand als bloße Dankbarkeit: Meine Reise war zu Ende, ich war angekommen.

Das alles ist jetzt sechs Monate her, es ist Herbst geworden. Weil es nicht gut ist, wenn ein junger Mann und ein junges Mädchen unverheiratet unter demselben Dach wohnen, hat mich Zipora gleich am Tag nach meiner Rettung ins Haus des Rabbiners gebracht, dessen Frau ihr viertes Kind erwartete. Ich habe mich nützlich gemacht und den Haushalt geführt, so gut ich es konnte. Oft habe ich, wenn ich das Essen für die große Familie kochte, mich dankbar an Agatha erinnert, ich hatte bei ihr mehr gelernt, als mir damals bewusst war. Abgesehen vom Kochen und Saubermachen musste ich mich auch um die vier kleinen Kinder kümmern, denn die Rabbinerin litt unter ihrer Schwangerschaft und hat in den letzten Wochen vor der Geburt ihrer Zwillinge das Bett gehütet, weil sie sich kaum mehr bewegen konnte. Auch nach der Geburt der beiden Knaben war sie noch lange schwach. Inzwischen geht es ihr aber wieder besser. Der Rabbiner und seine Frau haben bei der Beschneidungsfeier der Neugeborenen allen Besuchern gegenüber meinen Fleiß, meine Aufmerksamkeit und meine Geduld sehr gelobt und ich habe inzwischen einen festen Platz in der Gemeinde.

Jeden Freitagabend gehe ich zum Schabbatessen zu Zipora, Naftali und Noah und habe sie inzwischen recht gut kennengelernt. Naftali ist ein sehr zurückhaltender Mann, der kaum etwas sagt, aber mir ist sehr wohl aufgefallen, dass er seine Umgebung genau beobachtet und ihm selten etwas entgeht. Zipora ist wesentlich resoluter und redet gern. Noah ist ihr Erstgeborener, er ist ihr Einziger geblieben, das ist ihr großes Unglück. Vier weitere Kinder sind entweder tot geboren oder gleich nach der Geburt gestorben. »Wie bei meiner Mutter, die hatte auch nur mich«, hat sie gesagt, »es ist wie ein Fluch, der über unserer Familie liegt. Hoffentlich setzt er sich in eurer Generation nicht fort.«

Nach dem Essen sitzen wir lange zusammen und besprechen unser zukünftiges Leben. Zipora geht einmal in der Woche zum Markt, und sie freut sich jetzt schon darauf, dass ich sie dann begleite. Vielleicht werde ich ja irgendwann auch Joschua wiedersehen. Ich denke oft an meinen Bruder und hoffe, es geht ihm gut und er schafft es, sich ein lebenswertes Leben aufzubauen. Es wird wohl anders sein, als unser Vater es sich gewünscht hat, aber schließlich ist alles anders geworden.

Noah und ich sprechen an diesen Abenden sehr wenig miteinander, wir schauen uns auch kaum an, wir wagen es einfach nicht. Aber ich weiß, dass er dasselbe empfindet wie ich. Naftali und Noah haben angefangen, hinter der Küche, zum Garten hin, eine Stube anzubauen, in der wir leben sollen.

Heute ist meine letzte Nacht im Haus des Rabbiners, meine letzte Nacht allein, das heißt, allein bin ich ja nicht, ich schlafe in der Kammer mit den Kindern. Die kleine Sara hustet schon seit Wochen, aber zum Glück wird es langsam besser, ich muss nur noch ein- oder zweimal nachts aufstehen, um ihr einen Kamillenumschlag zu machen. Motti, der Zweijährige, wacht jede Nacht auf und kriecht zu mir ins Bett. Nur Chaimke, der Älteste, wird nachts nie wach. Die beiden Kleinen schlafen in der Wiege neben ihrer Mutter. Ich weiß nicht, wie die Rabbinerin das ab morgen allein schaffen will, ich denke, ich werde ihr jeden Tag ein paar Stunden helfen müssen.

Morgen wird der Rabbiner Noah und mich trauen. Ich bin so aufgeregt, dass mich der Schlaf meidet. Ich empfinde eine seltsame Mischung aus Angst und Freude, Zipora hat gesagt, das sei ganz normal, ihr sei es damals nicht anders gegangen. »Aber du brauchst dich nicht zu fürchten, Rachel, Noah wird dir ein guter Mann sein, und er hat geschickte Hände, du wirst keinen Hunger leiden.«

Ich bin einen langen Weg gegangen, einen Weg, der mich von Erfurt nach Krakau geführt hat. Manchmal halte ich inne, drehe mich um und sehe das Mädchen vor mir, das ich damals war, ein unwissendes Kind noch, trotz meiner fünfzehn Lenze. Ich sehe mich mit Agatha durch die Wiesen gehen und essbare Pflanzen sammeln, ich sehe, wie ich ihr beim Zubereiten der Mahlzeiten helfe, ich sehe meinen Vater, der mir sein Glas hinhält, damit ich ihm Wein nachgieße, und meinen Bruder, der auf dem Hof oder im Garten Kunststücke übt. Ich sehe auch unseren Lehrer, Josef ben Zion, und frage mich, ob er das Gemetzel, von dem der Spielmann auf dem Jahrmarkt gesungen hat, wohl überlebt hat. Und was ist mit Nathan, dem Parnass, seiner Frau Ruth und seiner Tochter Mirjam? Was mit Reb Jud Menachem, unserem gebrechlichen Rabbiner? Gehören sie zu den Erfurter Juden, die erschlagen wurden? Vermutlich werde ich es nie erfahren.

Ich lasse in Gedanken unsere Flucht an mir vorbeiziehen, sehe all die Menschen vor mir, die uns geholfen haben, angefangen mit Sebastian und Notburga bis Jadwiga, und muss lächeln, als ich an das dralle Urselchen mit den abstehenden blonden Zöpfen denke.

Alles ist anders gekommen, Vater, als du es geplant hattest. Aber ich glaube, Noah würde dir gefallen, selbst wenn er nicht die gute Partie ist, die du für mich vorgesehen hattest. Ich werde nicht reich sein und das ist gut so. Reiche Juden leben gefährlich, hast du gesagt, und du hast recht behalten.

Deshalb habe ich auch beschlossen, Noah nichts von dem Schatz zu erzählen, kein einziges Wort werde ich sagen. Ich werde das Gold und das Silber noch einmal vergraben, tief in meinem Herzen. Vielleicht so tief, dass ich irgendwann ganz vergesse, dass es diesen Schatz gibt. Ich will ihn nicht haben.

Ich wünsche mir ein einfaches, friedliches Leben mit Noah, dem Mann, der mir bestimmt ist.

29 Immer

»Ein kleiner Ausflug«, hatte Irina gesagt, »eine Art verlängerter Sonntagsspaziergang durch den Wald. Was haltet ihr davon? Morgen soll das Wetter sehr schön werden.«

Meine Mutter hatte sofort begeistert zugestimmt.

»Sonntagsspaziergang« ist die Untertreibung des Jahres, dachte ich, als ich mit Alexej hinter den anderen herging. Bei dem Tempo, das Irina und Aljoscha vorlegten, glich der Spaziergang eher einem Fußmarsch bei der militärischen Grundausbildung. Danila schien das nicht zu stören, sie hopste herum, lief vor und zurück wie ein junger Hund, hob mal ein Blatt auf, das noch eine besonders schöne Herbstfärbung zeigte, mal einen Stein oder eine Vogelfeder. Auch Alexej schritt unbekümmert vorwärts, die beiden waren wohl an die Geschwindigkeit ihrer Eltern gewöhnt. Mir machte das Laufen nichts aus, auch das Tempo nicht, obwohl meine Spaziergänge mit Herrn Schneider wesentlich gemächlicher waren, weil er ständig alles beschnuppern musste oder das Bein hob und eine Duftmarke setzte, um später kommenden Hunden mitzuteilen: Herr Schneider war hier.

Nein, ich machte mir Sorgen um meine Mutter. Sie fuhr zwar Ski, ging manchmal schwimmen, ab und zu auch tanzen, aber das war's dann schon. Dass Leute regelmäßig joggten, fand sie zum Beispiel unverständlich und machte sich sogar lustig darüber. Sonntags lag sie, wenn sie nicht gerade an einem Vortrag oder irgendeiner Veröffentlichung arbeitete, faul auf dem Sofa herum, döste oder zappte sich durch die Fernsehprogramme. Jedenfalls hatten wir schon lange nichts halbwegs Sportliches mehr unternommen. Doch jetzt bewegte sie sich so rasch und energisch vorwärts wie Irina und Aljoscha und trotz des Tempos unterhielten sie sich miteinander.

Ich sog tief die Waldluft ein. Es roch nach feuchter Erde und Moos, die Sonne schien und warf tanzende Lichtflecken auf das Laub zu unseren Füßen. Es war noch nicht vermodert, sondern zeigte, wenn auch gedämpft, die herbstlichen Farben von Hellgelb bis Karminrot, da und dort grün gesprenkelt. Ich dachte an den teuren Aquarellkasten, den meine Mutter mir letztes Jahr zum Geburtstag geschenkt hatte, zusammen mit einem Sortiment an Pinseln und Blöcken mit Spezialpapier. Ich hatte die Farben ein paarmal ausprobiert, meine Versuche aber bald aufgegeben, weil die Ergebnisse nicht so ausfielen, wie ich es mir erhofft hatte. Jetzt nahm ich mir vor, sie wieder hervorzuholen. Ich könnte mir ja Kopien von meinen Zeichnungen machen und versuchen, sie zu kolorieren. Ein Versuch würde sich lohnen.

Wir hielten uns an den Händen, Alexej und ich, was wir nun manchmal sogar in der Schule taten, denn inzwischen wussten sowieso alle, dass wir ein Paar waren, sie hatten sogar aufgehört, ihn den »Russen« zu nennen, sie sagten jetzt »Alexej« oder sogar »dein Alexej«. Ich liebte es, seine langen, knochigen Finger zu spüren, die harten Knöchel, die weichen Kissen seiner Fingerkuppen. Das Laub raschelte unter unseren Füßen, irgendwo über uns zwitscherte ein Vogel. Ich hob den

Kopf und sah das Gewirr der fast blattlosen Zweige gegen den Himmel, der erstaunlich blau war, blauer als an heißen Sommertagen, wenn die Hitze einen weißen Dunstschleier über die Bläue zieht. Was für ein wunderbares grafisches Muster die Zweige bildeten, gleichzeitig filigran und stark wie ein kunstgeschmiedetes Eisengitter.

»Wirklich?«, fragte Alexej, blieb stehen und umarmte mich. »Herzlichen Glückwunsch«, rief er, »sie hat's geschafft.« Als wollte er es der ganzen Welt verkünden.

»Nein, nein«, widersprach ich, »noch nicht ganz, es ist bloß der erste Entwurf. Es gibt noch einige Bilder, die ich neu machen muss, weil ich nicht ganz zufrieden bin. Schau mal nach oben.« Er hob folgsam den Kopf. »Siehst du das Gewirr der Zweige gegen den Himmel?«, fragte ich. »Mir ist gerade etwas eingefallen. Die Zeichnung, die ich von Kalman, Rachel und Joschua im Wald gemacht habe, erinnerst du dich?« Alexej nickte und ich fuhr fort: »Das Bild ist ziemlich gut geworden, auch stimmungsvoll, aber ich werde es neu machen: die drei von hinten, diesmal jedoch klein, zwischen hohen Baumstämmen, deren Wipfel sich als Gitterwerk vor dem hellen Himmel abzeichnen. Verstehst du, was ich meine? Es zeigt, wie ausgeliefert die Menschen damals waren, ausgeliefert der Natur und ihrem Schicksal.« Ich war ganz begeistert, konnte mir alles genau vorstellen. Die Zweige sollten an Gefängnisgitter erinnern, aber nur so leicht, dass ein Betrachter es zwar empfand, das Wort selbst aber nicht dachte. Ich glaube, solche unbewussten, rein gefühlsmäßigen Assoziationen sind das Höchste, was man in der Kunst erreichen kann.

Wir waren beim Reden stehen geblieben, nun mussten wir rennen, um die anderen einzuholen. Zum Rennen hatte Alexej mich losgelassen, aber als wir wieder zwei, drei Meter hinter meiner Mutter, Irina, Aljoscha und Danila hergingen, griff er erneut nach meiner Hand. »Ich finde dich großartig«, sagte er. »Was du alles siehst und dir ausdenkst! Dagegen bin ich jemand, den man erst mit der Nase auf jede Besonderheit stoßen muss.«

So viel Lob machte mich verlegen, deshalb sagte ich schnell: »Außerdem fehlt mir auch noch der Text.«

»Beim Text könnte ich dir helfen«, bot er an.

Es gab mir einen Stich. Einerseits war es reizvoll, etwas mit ihm zusammen zu machen, andererseits hatte ich das Gefühl, als würde mir damit etwas weggenommen. Ich wollte meine Arbeit für mich allein haben, ich war viel zu stolz darauf. Nicht auf die einzelnen Bilder, das auch, sondern vor allem darauf, dass ich so lange durchgehalten hatte, dass ich nicht irgendwann aufgegeben hatte, weil es mir zu schwierig geworden war. Oder zu langweilig. Denn auch diese Momente hatte es gegeben. Ich hatte bereits früher die eine oder andere Idee gehabt und etwas angefangen, zum Beispiel eine Art moderne *Rotkäppchen*-Story, mit einem Einbrecher als Wolf und Rotkäppchen mit einer Baseballkappe und nicht mit einem Korb, sondern mit einer *Aldi*-Tüte in der Hand. Und die Oma liegt nicht krank im Bett, sie hat es sich auf einer Hollywoodschaukel bequem gemacht, und der Einbrecher hat sich keinen Strumpf über den Kopf gezogen, sondern trägt eine Wolfsmaske … Anfangs hatte ich die Idee ganz witzig gefunden, aber über ein paar Skizzen war ich nicht hinausgekommen.

Mir war klar, dass ich die Ausdauer und Geduld bei meiner Graphic Novel über den Erfurter Schatz Alexej zu verdanken hatte. Zeichnen ist eine einsame Tätigkeit, ich hatte meine

Arbeiten nie jemandem gezeigt, ich hatte mich mehr oder weniger freiwillig in diese Einsamkeit vergraben, aus der Alexej mich herausgeholt hatte. Sein Interesse an meinen Zeichnungen hatte mich angespornt, so lange durchzuhalten. Ich hatte nicht mehr nur für mich gezeichnet, sondern auch für ihn. Ich hatte mir immer überlegt, wie ihm dieses oder jenes Detail gefallen würde. Er war es, dem ich mein neues Leben verdankte, zumindest mein neues Lebensgefühl.

Ich drückte seine Hand und sagte: »Danke.«

Natürlich war mir klar, dass er das »Danke« als Reaktion auf sein Angebot, mir beim Texten zu helfen, bezog, ich hatte aber keine Lust, es ihm zu erklären. Nicht jetzt, ein andermal. Wir hatten noch viel Zeit.

Danila wurde langsam müde, kein Wunder, ein Blick auf die Uhr zeigte mir, dass wir schon über zwei Stunden in diesem Tempo vorwärtsgestürmt waren. Sie fing an zu quengeln. »Schau«, sagte Aljoscha beruhigend und deutete zur Kuppe des Hügels, den wir gerade hinaufliefen, »wenn wir dort oben ankommen, kannst du schon den Gasthof sehen, wo wir uns ausruhen und für den Rückweg stärken können.«

»Krieg ich ein Eis?«, fragte sie.

»Wenn der Wirt eins hat«, versprach ihr Vater.

Von oben sahen wir das Dorf unter uns liegen. Es war höchstens noch eine Viertelstunde entfernt und Danila fing fröhlich an zu rennen.

Der Gasthof, den Irina und Aljoscha ausgesucht hatten, war wirklich klein und gemütlich und bis auf ein paar Männer am Stammtisch leer. »Im Sommer ist es hier immer voll«, sagte der Wirt, »aber in den Wochen vor Weihnachten ist nicht viel los, da haben die Leute etwas anderes zu tun, als herumzulaufen.«

Wir bestellten Thüringer Bratwurst mit Kartoffelsalat, Danila bekam als Entschädigung dafür, dass es kein Eis gab, eine Limo, Alexej und ich Cola, und die Erwachsenen bestellten sich Bier. Ich glaube, es war das erste Mal, dass ich meine Mutter Bier trinken sah.

Während wir warteten, nahm sie einen Schluck, wischte sich mit dem Handrücken den Schaum vom Mund und fragte: »Was macht ihr eigentlich an Weihnachten?«

»Ursprünglich hatten wir vor, nach Israel zu fliegen«, antwortete Irina. »Aber Babuschka findet, dass sie langsam zu alt für einen so langen Flug ist, deshalb treffen wir uns mit Aljoschas Bruder und seiner Familie in Österreich, in den Bergen.«

»Und ich lerne Ski fahren!«, rief Danila dazwischen.

»Wir müssen es alle lernen«, sagte Aljoscha. »Wir fahren zum ersten Mal in die Winterferien. Und ihr, Kathrin, was macht ihr?«

»Meine Freundin Tamara aus Straßburg kommt zu Besuch und bleibt bis über Neujahr«, sagte meine Mutter. »Unsere Freundin«, warf ich vorwurfsvoll ein und sie bestätigte: »Unsere Freundin. Und wir freuen uns schon sehr darauf.«

Die Bratwürste kamen und wir widmeten uns, hungrig nach dem langen Fußmarsch, dem Essen.

Den Rückweg legten wir langsamer zurück, wir brauchten statt zweieinhalb Stunden über drei. Ich war froh, dass wir Herrn Schneider nicht mitgenommen hatten, obwohl Danila natürlich sehr enttäuscht war. Aber das wäre wirklich zu viel für ihn gewesen, er wurde in letzter Zeit immer langsamer und schwerfälliger. Frau Schmitz hatte ihn für heute zu sich eingeladen, morgen nach der Schule würde ich ihn wieder abholen.

Als wir endlich bei Babuschka ankamen, wurde es bereits dunkel. Danila rollte sich auf dem Teppich zusammen und hörte sich über Kopfhörer irgendetwas an, Irina ging mit Babuschka in die Küche, um das Abendessen vorzubereiten, meine Mutter und Aljoscha standen am Bücherregal, offenbar wollte er ihr etwas Wichtiges zeigen, und Alexej und ich setzten uns aufs Sofa. Ich war so müde, dass ich meine Schuhe auszog, mich ausstreckte und den Kopf auf Alexejs Knie legte.

»Was glaubst du eigentlich, wie es mit Rachel weitergeht?«, fragte er.

»Sie wird ein ruhiges, friedliches Leben haben, so wie sie es sich gewünscht hat«, antwortete ich. Und nach einer Weile fügte ich hinzu: »Und sie wird ihren ersten Sohn Joschua nennen.«

»Nein«, sagte Aljoscha. Ich hatte nicht bemerkt, dass er und meine Mutter zu uns herüberschauten und uns zuhörten. »Nein«, wiederholte Aljoscha, »sie war, wenn ich recht verstanden habe, ein aschkenasisches Mädchen, und aschkenasische Juden nennen ihre Kinder traditionell nicht nach lebenden Verwandten, sondern nach toten. Ich zum Beispiel heiße Aljoscha nach Babuschkas Vater Alfred, und Alexej trägt den Namen seines Großvaters mütterlicherseits.«

»Gut«, sagte ich, »dann wird ihr erster Sohn eben Kalman heißen.«

»Kalman Krakauer«, sagte Alexej. »Ein guter jüdischer Name.«

Aljoscha legte meiner Mutter den Arm um die Schulter. »Siehst du, Kathrin, es kann zwischen Juden und Deutschen auch klappen«, sagte er.

»Abgesehen davon, dass wir auch Deutsche sind«, sagte Alexej, »klappt es sogar prima.« Er schaute seinen Vater an, als er meine Hand zu seinem Mund führte und einen Kuss daraufdrückte. »Alexej und Laura.«

Meine Mutter lachte, ein bisschen bitter, wie mir schien. »Seid nicht zu voreilig, ihr beiden, das nächste Fettnäpfchen wartet bestimmt.«

Von mir aus, dachte ich, das werden wir auch noch hinkriegen. Ich machte die Augen zu und sah ein Gitter aus Zweigen gegen einen hellen Himmel.

Das war die Geschichte, die ich erzählen wollte, die Geschichte des Erfurter Schatzes und wie er mich und mein Leben verändert hat. Mit einer fixen Idee hat es angefangen, und wie es endet, kann man nicht wissen, denn so, wie man an irgendeinem Punkt in eine Geschichte hineingeht, geht man an einem anderen wieder hinaus. Und auch dann geht es immer irgendwie weiter.

Nachbemerkung

»Reiche Juden leben gefährlich.« Dieser Satz ihres Vaters war der Grund dafür, dass Rachel sich für ein friedliches Leben ohne Reichtum entschied. Um ihre Familie und sich selbst nicht in Gefahr zu bringen, hatte sie beschlossen, den Schatz ein zweites Mal zu vergraben, diesmal tief in ihrem Herzen. Ihr selbst hat diese Entscheidung Glück gebracht, denn einhundertfünfzig Jahre lang konnten sie und ihre Nachkommen vergleichsweise friedlich leben. Die polnischen Könige schützten ihre Juden, auch die Flüchtlinge, die aus den Feudalstaaten des Römisch-Deutschen Reichs aus Angst vor der drohenden Pest nach Polen geflohen waren, so wie Rachel. Sie brauchten die Juden, um Handel und Wirtschaft aufzubauen, deshalb kam es über lange Zeit nur vereinzelt zu »wilden Massakern«. Im damaligen Polen war es nicht die Obrigkeit, die den Hass gegen Juden schürte, sondern der Klerus, der ihnen Ritualmorde vorwarf und zu »weniger Toleranz« gegenüber den Juden aufforderte.

Rachels Nachkommen hat es letztlich aber wenig genützt, dass sie arm geblieben sind, denn auch arme Juden lebten gefährlich, und die meisten Juden waren arm, sogar bitterarm. Als Minderheit wurden sie während ihrer ganzen Geschichte in Europa verfolgt. Auch aus Krakau wurden sie 1495 vertrieben. Rachels Nachkommen, unter ihnen vielleicht ein Kalman, ein Naftali, ein Joschua, eine Rachel oder eine Zipora, könnten nach Kiew entkommen sein, das damals zu Litauen gehörte, und von wo aus sie schon zwei Jahre später zusammen mit anderen Litauer Juden auf die Krim flohen. Von dort aus sind sie vielleicht nach Polozk gelangt, wo Iwan der Schreckliche 1563 dreihundert Juden, die sich nicht zum Christentum bekehren lassen wollten, in der Düna ertränken ließ und ihren Besitz einzog. Nehmen wir mal an, Rachels Nachkommen flohen nach Niemirów, das war eine Stadt, in der 1648 während des Kosakenaufstands unter Chmielnicki mehrere Tausend Juden zum Opfer fielen. Aber vielleicht flohen sie ja auch nach Lublin, eine polnische Stadt, die 1656 von den Russen erobert wurde. Die Russen steckten das Judenviertel in Brand und zweitausend Juden fanden den Tod. Hoffen wir, dass Kalman, Naftali, Joschua, Rachel und Zipora nicht zu den Opfern gehörten.

Trotzdem fanden viele Juden in jenen Jahrhunderten in Polen eine Heimat, Polen wurde zum spirituellen jüdischen Zentrum. 1796, nach dem Ende Polens als souveräner Staat, wurden die polnischen Juden zu Untertanen der Teilungsmächte Russland, Österreich und Preußen. In Russland schien die Lage zunächst Sicherheit zu versprechen. So wurde 1802 ein »Komitee zur Verbesserung der Juden« eingerichtet. Das Komitee schlug Maßnahmen vor, mit denen Juden zur Assimilation ermutigt, aber nicht gezwungen werden sollten. Ein großer Fortschritt gegenüber den Zwangstaufen früherer Großmächte.

Doch auch die Assimilation half den Juden nur bedingt. So waren sie weiterhin gezwungen, in bestimmten Siedlungsgebieten zu leben, in denen sich die Bedingungen zunehmend verschlechterten, zumal die gut gemeinten Maßnahmen nie vollständig umgesetzt worden waren. Als schließlich Zar Alexander II. 1881 ermordet wurde, passierte das, was schon seit Jahrhunderten immer passiert war: Die Tat wurde den Juden zugeschrieben und eine Welle antijüdischer Pogrome breitete sich über Russland und die polnischen Gebiete aus. Fast zwei Millionen Menschen verließen die Heimat und flohen diesmal in den Westen, wo die Aussicht auf ein Leben in Frieden Hoffnung versprach, besonders für die assimilierten Juden. Sie flohen nach Deutschland und auch in außereuropäische Länder, nach Nordamerika, Argentinien, Kanada, Brasilien, Uruguay, Kuba, Mexiko, Australien und auch nach Palästina, wo sich im 19. Jahrhundert die zionistische Idee einer Heimstatt für die Juden etablierte.

Und dann kamen in Deutschland die Nationalsozialisten an die Macht und die grausamste Judenverfolgung begann. Vor dem Zweiten Weltkrieg versuchten viele Juden, sich durch Auswanderung und Flucht in Sicherheit zu bringen, nach Amerika, nach Asien, egal wohin, auch durch erneute Flucht in den Osten, so wie Babuschkas Familie, die nach Russland emigrierte. Doch die Flucht gelang nur den Wohlhabenden und denen mit Beziehungen. Im Holocaust wurden sechs Millionen Juden ermordet, allein neunzig Prozent der jüdischen Bevölkerung Polens kamen ums Leben.

Gehen wir davon aus, dass einige von Rachels Nachkommen den Holocaust in Russland überlebten. Die meisten werden sich wohl von ihrer Religion entfernt und ein assimiliertes Leben geführt haben, trotzdem werden sie unter dem unterschwellig und auch offen gezeigten Antisemitismus gelitten haben. Juden war es in den Neunzigerjahren möglich, die Sowjetunion zu verlassen und nach Israel, in die USA oder als sogenannte Kontingentjuden nach Deutschland zu ziehen, wo sie das jüdische Leben wiederbelebten. Viele Gemeinden hätten sich außerhalb der Großstädte ohne diese Zuwanderung vermutlich durch Überalterung aufgelöst. Auch die kleine jüdische Gemeinde in Erfurt wuchs nach der Wiedervereinigung durch den Zuzug der Kontingentflüchtlinge deutlich an.

Dort hatte man 1998 bei Grabungsarbeiten für eine neue Wohnanlage einen Schatz aus dem 14. Jahrhundert freigelegt. All die Jahrhunderte hindurch, von 1349 bis 1998, war der Schatz unentdeckt geblieben.

Es handelt sich um einen aufsehenerregenden archäologischen Fund, der aus drei Gründen bedeutend ist. Der erste ist der finanzielle Wert, der zweite ist sein kultureller Wert als der weltweit bedeutendste Fund profaner gotischer Goldschmiedekunst, und der dritte besteht schließlich in der Mahnung an die heutige und an zukünftige Generationen, die Gefahr nicht zu unterschätzen, die die Diskriminierung von Minderheiten immer mit sich gebracht hat und auch heute noch mit sich bringt. Denn was als Diskriminierung beginnt, kann zu Verfolgung und sogar zu Auslöschung führen.

Wer die Erinnerung an die Vorgeschichte des heutigen Antisemitismus verweigert oder gar leugnet, fällt allzu leicht auf die billigen Argumente und Parolen heutiger Demagogen und Scharfmacher herein. Deren Argumente haben sich kaum geändert, außer dass im 19. Jahrhundert zur religiös und psychologisch bedingten Judenfeindlichkeit noch die sogenannte Rassenlehre kam und man begann, die Menschen pseudowissenschaftlich in Rassen aufzuteilen, denen man hochwertige oder minderwertige Eigenschaften zuschrieb. Vielleicht ist es kein Zufall, dass der Schatz, der diese Mahnung enthält, gerade an der Schwelle zu einem neuen Jahrhundert gefunden wurde.

Wer sich den Schatz anschauen möchte – er wird heute in Erfurt in der *Alten Synagoge* ausgestellt, die 1094 erbaut worden war und als die älteste erhaltene Synagoge Europas gilt. Er umfasst außer silbernen Schalen und Gefäßen über dreitausend Silbermünzen (geprägt zwischen 1328 und 1345), vierzehn Silberbarren, über siebenhundert Schmuckstücke aus Gold und Silber und viele Trachtbestandteile. Der wohl wichtigste Fundgegenstand ist ein goldener Hochzeitsring mit der Aufschrift *MASEL TOW* in hebräischen Buchstaben, der eindeutig auf einen Juden als ehemaligen Besitzer hinweist. Aufgrund noch erhalten gebliebener alter Dokumente geht die Forschung davon aus, dass der Schatz einem Bankier namens Kalman von Wiehe gehört hatte, der beim sogenannten Pestpogrom im Jahr 1349 seinen Besitz aus Angst vor Plünderung im Keller seines Hauses in der Michaelisstraße versteckt hat. Darüber, ob er dem Pogrom zum Opfer fiel oder ob er aus Erfurt geflohen ist und aus irgendwelchen Gründen seinen Besitz nicht mehr zurückholen konnte, kann man nur spekulieren.

Babuschka würde vielleicht sagen: »Es ist gut, dass der Schatz erhalten blieb, aber sein Ursprung liegt im Antisemitismus, der leider ebenfalls erhalten geblieben ist.«

Mirjam Pressler, im November 2018

Danksagung

Ich bedanke mich bei Dr. Maria Stürzebecher, Kunsthistorikerin, Mitarbeiterin der Kulturdirektion der Stadt Erfurt und Beauftragte für das UNESCO-Welterbe »Jüdisch-mittelalterliches Erfurt«, und bei Prof. Dr. Karin Richter, Professorin für Literaturdidaktik und literarische Erziehung an der Universität Erfurt und Herausgeberin zahlreicher wissenschaftlicher Publikationen zur Kinder- und Jugendliteratur und zum Literaturunterricht. Ihr Interesse und ihre Diskussionsbereitschaft waren mir eine anregende Bereicherung bei der Entstehung dieses Buches.

Außerdem bedanke ich mich bei Frau Dr. Barbara Kempf, Chefärztin der Onkologie im Klinikum Landshut und stellvertretende Leiterin des onkologischen Zentrums, für ihre kompetente und fürsorgliche Begleitung in den vergangenen Jahren.

Besonderer Dank gilt Frank Griesheimer, der mir seit fast 30 Jahren als Freund und Lektor zur Seite steht.

Mirjam Pressler

Mirjam Pressler (1940 – 2019) lebte bis zu ihrem Tod in Landshut. Ihre Bücher wurden vielfach ausgezeichnet, darunter die Romane *Bitterschokolade, Wenn das Glück kommt, muss man ihm einen Stuhl hinstellen, Malka Mai* und *Nathan und seine Kinder*. Für ihr literarisches Gesamtwerk wurde Mirjam Pressler unter anderem mit dem Sonderpreis des Deutschen Jugendliteraturpreises, dem Deutschen Bücherpreis und der Buber-Rosenzweig-Medaille ausgezeichnet.

Mirjam Pressler
Wenn das Glück kommt, muss man ihm einen Stuhl hinstellen

Roman, 216 Seiten (ab 12), Gulliver TB 78293
Deutscher Jugendliteraturpreis
Zürcher Kinderbuchpreis »La vache qui lit«
Ebenfalls als E-Book erhältlich (74307)

Halinka ist zwölf und lebt seit Jahren im Heim. Was vor dieser Zeit war, erzählt sie nicht. Halinka hat keine Freundin und will auch keine. In ihrem wunderbaren Versteck auf dem Speicher schreibt sie all die Sprüche und Sätze auf, die ihr durch den Kopf gehen.

Mirjam Pressler
Wer morgens lacht

Roman, 264 Seiten (ab 14), Gulliver 74486
Ebenfalls als E-Book erhältlich (74412)

Feinfühlig und intensiv erzählt Mirjam Pressler von zwei ungleichen Schwestern: Erst jetzt, Jahre nach Maries spurlosem Verschwinden, wagt Anne, sich den Erinnerungen zu stellen, die ihr fast den Atmen nehmen. Sie will der Wahrheit ins Gesicht sehen, will endlich wissen, was damals geschah.
Dabei treten Familiengeheimnisse zutage, von denen sie nicht wusste. Doch wie weit kann man der eigenen Erinnerung wirklich trauen?

GULLIVER www.beltz.de
Beltz & Gelberg, Postfach 10 01 54, 69441 Weinheim

Rafik Schami
Sami und der Wunsch nach Freiheit
Roman, 320 Seiten (ab 14), Gulliver TB 74964
Gustav-Heinemann-Friedenspreis 2018
Friedolin 2018 der Stiftung Weltethos
Ebenfalls als E-Book erhältlich (74696)

Die unglaubliche Geschichte von Sami und seinem abenteuerlichen Leben in den Gassen von Damaskus. Geschichten um Geschichten reihen sich aneinander. Sie alle erzählen von einer innigen Freundschaft, der Sehnsucht zweier Jungen nach Freiheit und dem Ausbruch der syrischen Rebellion.

Antje Wagner
Hyde

Roman, 408 Seiten (ab 14), Gulliver TB 75535
Phantastikpreis der Stadt Wetzlar
Ebenfalls als E-Book erhältlich (74680)

Seit sie denken kann, ist Hyde Katrinas Zuhause gewesen. Hier ist sie aufgewachsen, mit ihrer Schwester Zoe und ihrem Vater. Jetzt ist Hyde verschwunden – und Katrina auf sich allein gestellt. Von dem was geschehen ist, weiß sie nur noch Bruchstücke. Ihre Suche nach der Wahrheit führt sie auf die Spur eines ungeheuren Geheimnisses. Ist sie überhaupt diejenige, die sie glaubt zu sein?

GULLIVER
www.beltz.de
Beltz & Gelberg, Postfach 10 01 54, 69441 Weinheim